三江传

具化的南方想象

张加强 著

上海人民出版社

目　录

第二章

新安之澈，纯情年代浓缩的乡愁/31

第三章

衢江之道，幽境里的江南遗韵/65

第四章

富春之明,静悟中淬炼江水过往/127

第五章

钱塘之境,宋韵里的山重水复/167

第六章

滨海之巅,山阴道上夜行人/217

从源头到大海

之江凝聚了南中国的特质,这里独具人文气息,具化了南方想象。

1

中华文明于坎坷跌宕中绵延拓展,成为世界史上"连续性文明"的典范。她的脉络分一百万年的人类史、一万年的文化史、五千年的文明史三大段落。

在浙江,暗中积蓄某种力量,一百万年的人类史起始于长兴七里亭,一万年文化史起始于浦江上山,五千年文明史起始于杭州良渚,四千年湖州丝,三千年德清瓷,属文明巩固阶段。中间尚有六千年余姚河姆渡人类聚落群居过渡时期。

之江文明以水而兴。她分安徽黄山和浙江开化两个源头,黄山源蜿蜒向东,成新安江,入浙后过淳安、建德与开化源水构成的衢江、兰江汇合形成富春江,中途有浙东运河和京杭大运河加盟,最后由钱塘江汇入大海。

浙江山水,取自然荟萃,夺天地造化,与之相伴的是哲思与才情。其出处可能是来自古老的山川,由一些蜿蜒流过地表的小溪、小河汇聚而成。于是,之江诞生了一些属于自己的源头:

开化马金溪钱江源,泼墨写就浙江山水的诗书画;

临安太湖源,奏出浙北苏南以财富意义的风雅颂;

天目山黄浦江源,注入上海以面向大海的精气神。

之江水首先接受了溪流水源流淌出来的文化基因,创造了属于自己的故土，自己的文明，早早用良渚和河姆渡遥对黄河文明。良渚城将文明秩序、文明意识、文化底蕴镌刻成历史，湖州丝、德清瓷都是物化的文明。

这种文明内聚力，开启了祖先们创造的"使者相望于道，商旅不绝于途"丝路盛景。借助哲学语言，那是一种"奇特的献祭仪式"。

2

明朝万历年间（1573—1619），临海人王士性，将浙江人文地理切为三块作雅说：

杭、嘉、湖、绍平原水乡，存泽国之韵；

金、衢、严、处丘陵险阻，藏山谷之气；

宁、台、温、舟连山浸海，拥滨海之风。

这位早徐霞客 40 年的地理学家，分出浙地傍水、依山、滨海三大流派。

南朝陈霸先悟出地名之吉祥，盼钱塘江潮"海洪宁静"，取名海宁。龙游、浦江、新昌、乐清、鄞州、天台、长兴，这些沿用至今的地名，皆出自钱镠（852—932）之手。而钱镠改得最为"霸气"的，当属衢州的龙游与江山。

今天浙江十一市格局奠定于大唐盛世。比起自古繁华的杭嘉湖，西部群山的金丽衢，天地疏朗。金华坐拥漫天星辰，身兼义乌的"义"、武义的"武"，浩气干云，义乌继承秦时明月，东阳保存吴地风流，让浙中熠熠生辉。

浙江，本就是一条河流的名字。攥住了源自山水的文化自信，代表了一种宏阔的浙江尺度。

3

中国南方的山水启蒙率先从之江开启，在对人文的精神原点和自然力倡导的层面，借富阳龙门的孙氏智慧，做了经典收官。富阳的潇洒在公元 3 世纪，孙权派大将卫温、诸葛直率水师万余，从临海的章安港出发，远征夷洲和亶洲，一展海上雄风。

富春江在人类早期的舞台上亮相后，唐代桐庐施肩吾率族人渡海，定居澎湖列岛,将富春江上钓台移到了汪洋大海之上,为大陆开发澎湖的第一人。

浙江的秀山与清水,是唐人的无限向往,宋人的人间天堂。杜甫、李白、王维、李商隐、孟浩然、刘长卿是《唐诗三百首》中诗歌数量前六位的诗人,他们都是曾经的之江诗船的主人,在江上看到过唐朝的种种景象。

宋韵的造化,引一句惊世骇俗的诗和词,在之江上可以诱出上下文。良渚以后三千年,中国勾勒出绝色宋韵影响世界。作为南宋都城,杭州在庭院、山房、绿植的小背景下,演绎了殿堂式的宏阔的琴棋书画的大韵律。

之江的过往,有数以千计的名人故居、纪念馆。山水的背后,是一个巨大的人文世界。鲁迅、茅盾文学奖,郁达夫小说奖,艾青诗歌奖,丰子恺散文奖,徐迟报告文学奖等文学奖项,会聚于此。

4

老子、孔子的仁者风姿掠过北方大地以后,中国的思想宝座由谁问鼎?

南方的智者开始登场。朱熹、王阳明的学问在之江风生水起。

历史长河中,漫漫长夜里破晓的是老子和王阳明。老子仰视天空,王阳明则接地气。学说需要地气,王阳明将经济伦理的细节梳了个井井有条,他的民间实学使南方人文地理豁朗而智慧,造就了坚定的理性方式和探索精神,东方式的经济底盘塑得厚实。

之江把生活实践积淀成文明,低调不极端,平静地流淌,复兴和开智不以运动形式出现,不会因精力过剩冲出河岸,只是在遇到大海时,有些许的激动,方凸显之江的力道:

藏南方意志,酿浙地风骨,出现王阳明、黄宗羲、鲁迅、蔡元培、章太炎等特立孤傲的大师。

有艺术的破晓,王羲之、赵孟頫、黄公望等人物,以不朽灵魂塑不朽艺术。

有匠气的横贯,东阳木雕富阳纸,龙泉青瓷湖州笔,均为重要的工艺传承。

而商业先觉更成浙江品牌,财富觉悟和商业理性孕育民国的湖州商、宁波帮,以及遍及世界的浙江城、温州街、青田村和义乌小商品。灵动的南方氛围里,女孩大多落落大方,男孩大体温文尔雅。

5

唐以前,北方的生计,不仰赖南方,盛唐视江南为边远。北宋宰相寇准讥讽南方为"下国"。

中华文化基因,在江南一直流淌。作为吸纳性极强的一方流域,异类文明到了这里,往往被吸收融入进来。

之江每一个时段都构不成历史盛典,但却都是实实在在的积淀,前朝所有的故事只作为背景,之江人从不津津乐道于旧时王燕或曾经辉煌,家道才是日常。

中国历史是在逃离荒昧和野蛮中走向文明的,文明道上,那莽荒的岁月早就弃我们呼啸而去。随之精彩亮相的是人文主义的先驱们:

绍兴鉴湖,走出了四位北大校长。

杭州西湖,接纳胸藏《海国图志》的魏源。

嘉兴南湖,一条小船上诞生一个大党……

之江自成一体,她与黄河、荆楚、巴蜀文化判然有别,之江源头流下第一滴水,那里飞出的第一群鸟,飘忽于人类文明早春的河面上,将开端包含在结尾之中。恣肆奔涌的水势出杭州湾,便得憨厚;历史的印记来到出海口,便成大景观。

第一章
青山之谣，一种文明的生成之道

浙江，本是江名。

初解：因江水千回百折呈"之"字形态，故曰之江。

再解："之"字三划为三江，上游新安江、中游富春江、下游钱塘江。一江三表。

又解："之"字这一点，带源头之意，乃神设。

——源头记

小引——之江源，独特的文化基因

晋人有探奇嗜好，有桃花源创意之后，跟着就是千百年与世隔绝的自然大发现。自打谢灵运（385—433）走之江，开启了浙西水上诗路后，江水带着两岸走，所有到过之江的人，虽走了，故事却留下了。于是，人们好奇这源头是怎样的存在。

哲人则借地球缘于水诠释万物。英国诗人乔叟居住在格林尼治附近，说泰晤士河源头是魔法的所在。乔叟将源头植入一个有关诞生与死亡、开始与结束的隐喻。

之江文化源于中国文化和经济的南移，每逢北方兵荒马乱，由中原迁移而来各大族姓，不乏显赫世家贵族，新安江源头的徽州的特殊地貌成了避难的天然屏障。央视《走遍中国》的文化专题片《徽州》开篇说："历史仿佛风雨中飘来荡去的孤舟，而徽州就是港湾。"到了宋朝，确切说，在南宋，这才接上了之江水脉，有了明清时的辉煌。

之江从源头开始，携一滴水远行，在历史的巷口闪着自己的光，拥有自身独特的文化基因。

峰峦，六股尖的水滴

水源，江出三天子都

河流的起源地，承载了大自然的秘密。恺撒大帝告诉埃及大祭司，如果他能找到尼罗河的源头，他愿意放弃战争。罗马皇帝尼禄派出一支探险队去寻找尼罗河的源头，也没有成功。埃及神话中，尼罗河创于世界之初，其源头将永远是一个秘密。

朝向源头的旅程是一趟远离人类历史向前追溯的旅程。纯洁来自源头，青春来自源头，它是起源，它是生命之源，或者是命运之源。

关于之江的源头，《山海经》说"浙江出三天子都"。《汉书》里这样表述"水出丹阳黟县南蛮中"。《后汉书》的注里说"浙江出歙县"。北魏郦道元（约470—527）在《水经注》中肯定了《汉书》之说。

古话说，山水藏魂，三天子都在古代因处南蛮比较荒芜，峰嶂洞瀑，诡形殊状，人迹罕至。故能阻纷扰于红尘之外，而不阻山水于浩气之外。

三天子都山在浙皖边的东面，闽地的西北面，位于浙江徽州边界，从这里流出的水，最终注入大海。这是浙江源的说法。从地图上看，之江符合这词条的描述。浙水因为所属州府居民各自的习惯而有不同称呼，上游徽州、睦州因为新安郡而称为新安江，中游由于富春县称富春江，下游为钱塘县而称钱塘江。一江三表的之江囊括了世上水的多种状态，源头的甘醇，新安的清澈，富春的静谧，钱塘的不安，杭州湾的浩瀚。

历史上的徽州在公元前221年，也就是秦始皇二十六年，建歙县，属会稽郡，西汉属丹阳郡，唐时属浙江西道。唐后期，浙江东西两道合称两浙，徽州属于两浙。元设行省制度，徽州是江浙行省一员。

说到之江源，20世纪有过四次考察：30年代认定开化县马金溪是之江南源。50年代，曾经考虑之江源在浙皖赣三省交界的休宁县莲花尖。莲花峰海拔1864.8米，与光明顶、天都峰并称黄山三大主峰，为36大峰之一。70年代，说在休宁县龙田乡境内的龙溪。80 年代之江源头再归北源，是休宁县海拔 1629.8 米的怀玉山主峰六股尖，全长 605 公里。北源的说法被最终确定。

源头是诞生的地方。有学者说，人类的无限来自源头，水代表每一种活的生命的开始。返回源头，就是重返生命之始。

纳入了黄山系的之江源，经历了造山运动和地壳抬升，以及冰川和自然风化作用，形成其峰林结构，处处皆为佳境：或出古洞石室，或溢茂林幽谷；或泄飞瀑流泉，或储碧潭清涧。在洞穴或深渊出口处悄然涌出地表，开始新的旅程。

黄山的水，来自史前。黄山集八亿年地质史于一身，融峰林地貌、冰川遗迹于一体，受水溶蚀，形成花岗岩洞穴与孔道、洞室、泉潭溪瀑等地质景观。有七十二峰，有岭三十处、岩二十二处、洞七处、关两处。黄山的第四纪冰川遗迹分布在前山，多球状风化；后山岩体节理稠密，多柱状风化。因此，黄山形成"前山雄伟、后山秀丽"的地貌特征。

远卧荒隅的六股尖群峰耸立，山势峻峭，山脊线上兀立六座尖削高峰。藏着奇峰、瀑水，温润纯洁如良土，用原始的生态法则融入大自然的春华秋实，这里溪流明澈、山花烂漫，这神奇灵气的孤石与众不同的造型，撩起青山和绿水的相思。

4000 多公顷的六股尖自然保护区，有植物 883 种、动物 77 种，其中有 56 种植物被列为国家和省级保护。主峰由六大支脉汇聚而成，是怀玉山脉以及江西婺源的最高峰。历经亿万年的炎凉昏晓。山顶日出，百岗云海。无数跃崖而下的瀑布，让水一次次涅槃重生。山腰那 300 余米的龙井潭瀑布，为新安江头第一瀑。

一条江的发源地，通常被认为是一处圣殿，来自大自然深处的水顿拥六股尖气场：汇日月之精华，融雨露之润泽，吸大地之灵气，承天水之呵护，得林木之命数，隔尘世之俗嚣。

寻觅江水的踪迹，从黑暗洞穴流向光明而广阔的天空。这个过程，在诗人眼里，是伊甸园的水在地下循环，是大气与大地的相互报恩。

六股尖躲在黄山影子里，低调得惊人，黄山错过五岳禅封，错过唐宋诗篇的大手笔，实为大憾。不畏蜀道难的李白梦绕天姥山，止步于天台山，把"飞流直下三千尺"给了庐山。这几处都在江南，离六股尖不远。

齐云山（与六股尖同属黄山系）以"一石插天，直入云端，与碧云齐"得名，隐藏着诸多奇峰，怪岩、幽洞、涧池。整合起一幅斑斓恢弘的山水写意。

源头是诞生神秘之水的地方，可以打通生命，由此生发的舒展，让人世间的浮躁、郁闷、烦琐都随淙淙流泉而去。听久了水石相悦之声，洗去的何止是旅途风尘。郁达夫说"永远滚流着银白色的狂颠"。

水韵，三百六十滩

老子很会借水喻人，他这样解释"上善若水"：水善利万物而不争。

徽州的水，承载了徽州的秘密。群山中的水，凭空出现，带着山川的信息，寻找出路，一泓山涧小潭、一脉乡野小溪，旧寨古道一带流淌，却慢慢汇聚成一条名叫新安的大江。新安江沿途吸纳百余条大小支流，从地图上看，蓝色的河流如同粗细不等的蛛网，遍布整个皖南。

李白怀揣着南朝文学家沈约（441—513）对新安江"千仞写乔树，百丈见游鳞"那种"皎镜无冬春"的神往，"摇艇入新安"，穿行于秀峰峻岭中翠竹绿树里的岸上人家，写道："人行明镜中，鸟度屏风里。"

乡村儒学与农业资产在徽州的成功，是江水对于古老原野的印象派布局，新安江作为古徽州文明的摇篮，曾是古徽州与外界交流的天然通道，她记载了徽商一次又一次在复杂多变的时代筛选面前脱颖而出并逢凶化吉。

清代常州诗人黄仲则（1749—1783）出游三年，由杭州转向浙东四明山观海，回头溯钱塘江而上去徽州登黄山。复经豫章，泛湘水，登衡岳，浮洞庭，由长江以归。黄仲则这样说新安：一滩复一滩，一滩高十丈，三百六十滩，新安在天上。

浅显的语言，深显着写实主义的功力，借民歌风味彰显江势的险峻。后人评价他与洪亮吉齐名，黄诗似李白，洪诗学杜甫。

新安江潭多，至于潭有多少，无人统计，但沿江以"潭"命名的村落比比皆是，冰潭是"新安第一潭"，冰潭以下，还有江潭、月潭、漳潭、绵潭、瀹潭。水如翡翠、山似玉簪，有漓江之胜，三峡之奇。一个个深潭尽处，"泉从山谷无泥气"，一处处浅滩阔远，"玉漱花汀做佩声"。

诗对于新安江，不是用来赞誉的，而是用来肯定自然生命的存在。因着这份肯定，悦纳每一个瞬间，悦纳东流的主题。

古徽州一府六县，僻处深山，散发出幽暗的气息，新安江是歙县的母亲河。徽州人从小睡在那听见水声的地方。她在歙县境内有76公里流程，并吸纳百十条大小支流，两岸森林、茶园、果园错落有致，与掩映其间的古民居辉映成趣。

从柘林出发，而浦口，而深渡，这段长约百里的水道号称"山水画廊"，两岸青山、老镇、码头、古樟，像是一轴展之不尽的水墨长卷。

郁达夫自杭州逆江而上，曾在镇海桥下乌篷船中夜宿三日，在写成的《屯溪夜泊记》中赋诗道："几夜屯溪桥下梦，断肠春色似扬州。"

徽州的先民厘清了一点，歙县的新安江山水画卷，是从与屯溪区交界的王村开始展开的。在那里，急流险水陡变为平波碧湖。江山前行，一座江心洲立在中流，称岑山。它突兀江中，劈碎江流向两边卷起千堆雪流，为新安江上第一岛。岛上怪石峥嵘，周围四面环水，樵歌和棹歌不绝如缕。

离江心屿不远，是父子尚书曹文埴（1735—1798）、曹振镛（1755—1835）故里雄村，尖顶挑檐的文昌阁耸立于绿树丛中，古朴雅致的竹山书院与之毗连，临江堤栏透迤，书院旁牌坊巍峨。

轻舟已过，在练江汇入新安江，江面开阔，即到妹滩水域。妹滩以下，是瀹潭、漳潭、绵潭三个产枇杷的小村。

古镇深渡，北连黄山、南接千岛湖，是黄山市最大的水陆码头。深渡之下，水色清浅，礁石峥嵘，两岸青山夹峙，形成江流峡谷，沿岸有正口、溪口、街口三个乡埠。三口地区，柑橘林成片连坡，到了秋天，蜜橘熟了，橘红叶碧。枇杷三潭过后乃九里潭，山坡上有一个古镇，叫街口，一出街口，江水淼森,时有白鹭和野鸭飞过,阳光在水面撒了一层碎金——是安徽省的最后一站。

水魄,万转出新安

新安江是古徽州文明的摇篮,江岸草萋萋,江水绿如蓝。水草在清澈见底的江中,被江流轻轻地拉得很长;卵石光光的,滑滑的,经过岁月的磨砺,最终它们成了今天的圆滑之相。

人生于何地,诚然也是一种命运。"生在徽州,前世不修;十三四岁,往外一丢。"这其实是缺少耕地资源的徽州人的一种宿命。

杜甫的好友孟云卿(725—781)这样写道:"深潭与浅滩,万转出新安。"

徽饶和徽杭是徽州通往外省的两大水道,徽杭水道即为新安江,黄山脚下幽谷盆地聚集成一条青罗带的新安江,飘逸在千山万壑间,曾经是古徽州与外界交流的天然通道。沿江而下,两岸山水与古村落美妙结合,如入画屏,蒙蒙绿岚,很难分清这一幅山水是写意还是泼墨。在这里春雨会下个透,下个够,万物也吸个饱,润个够。

当年的徽商大都从这条水上商业之路闯荡世界,这是一条黄金通道。

分布各地的盐商、茶商、丝商踏过新安江,开疆辟土,诸多城市中的商帮,总有徽商的辉煌身段,外出经商已成为徽人最传统的生存之道。

古徽州人一旦出了门,一定要混个衣锦还乡才罢休,徽州的角角落落,宽窄不一的河流通过,都能感受到千里之外的潮汐。龙川的地形就像一艘巨大的帆船,镇风压浪。徽人的潜意识中,深埋着对水的敬畏。

传统上以黟县的横江作为新安江正源,于屯溪附近的老桥下汇合,东入浙江。

到了浙江地界,水光山色开始深奥,成高峡出平湖之势,沿岸景色奇绝,水如翡翠、山似玉簪,李白诗:"借问新安江,见底何如此?"这里有漓江之胜,三峡之奇,更有千岛湖之神境。

色泽，古意中的影像

从黄山下来，傍一条溪水东走，是歙县城，古徽州的治所。虽没有了汤显祖（1550—1616）所说的"金银气"，但错落有致的古宅仍轻诉曾经的富贵繁华。

徽居，太白楼的曾经

黄山脚下农耕时代的文化遗存，是村落、会馆和书院、祠堂、牌坊、三雕、戏台等。进得徽州的现代人，踏走依山傍水、秀丽迷人之途，一定体悟得汤显祖"一世痴绝处，无梦到徽州"诗之绝妙。

徽州素有东南邹鲁、程朱阙里之誉，私塾发达，人才辈出，仅黄山山麓一条小溪居然就有"一沟三状元"的说法，又如明代婺源坑头一门出了十多位进士，有"一门九进士，六部四尚书"之称，雄村明清两代出了四十余个进士，现在还有牌坊"四世一品"。《四库全书》收编著作总数三千五百多种，其中徽人所著一百九十七种。

徽州的雨夜，细雨纷纷，远近灯火阑珊，森森然似鬼气，故徽州人敬天畏地，做事讲个分寸。一泓细长的江水，滋润一个个深邃莫测的古村群落。

今天留给人们的徽州意象，是黟县的西递与宏村，黟县僻处深山，似乎最具根源意味的是意指黑色的"黟"字，散发出神秘幽暗的气息。西递和宏村这两个村落，展现了徽州民居民俗、小巷风情。

古徽州的辉煌，大概是得了浙江的风水之宜。徽州地窄、人多，靠种田难糊口，于是如同山西人走西口，徽州人走的是滩恶水险的新安江。好在出新安江便见苏杭这天下财富集聚之地。徽商率先在杭州叫响，无徽不商、无徽不成镇，直证了民间的说法。当年的胡雪岩们，就是从新安江开始，踏上人生成就之路的。再后来的皖南文士，如胡适、陶行知、汪静之、章衣萍之辈，也是由新安江"直挂云帆济沧海"。

一般认为，徽州古城与四川阆中、云南丽江、山西平遥是保存得最为完好的四大古城，徽州府衙、石坊、寺塔、谯楼、曹宅、渔梁古坝、斗山街、徽园等以及镶嵌其间的古色古香的三百余幢古民居，成为中国传统文化中最精彩、最直观的载体。练江边的太白楼，原是一个酒肆，唐代诗仙李白来歙访隐士许宣平不遇，曾在这里饮酒，后人将其改名为太白楼。

太白楼后于明清重建，马头墙，歇山顶，高甍重檐，翘角昂起，鳌鱼腾尾。沿江古道从左、右边门穿过。内墙上嵌有历代重修太白楼记事碑数方。照壁上方匾额"长天一勺"，意为天地虽广，勺水虽微，但运动变化之理是相通的。表明李白怀才不遇，犹如天外之一勺。太白楼已辟为李白纪念堂，陈列有记录李白生平的书籍和各种古字画、古砚、古墨、古历、古屏风等上千件文物展品。

中国古代建筑中，官家的所谓庙堂建筑到了宋代定型之后，范式凝固。倒是民间建筑，尤其是江南民居，走到明清，形制多样、装饰精致，达到鼎盛。徽州民居风格也是此时成型的，被后世誉为徽派，素木、粉墙、青砖、黑瓦，走淡雅一路。虽然整体素朴，但底气十足，震撼人心。

徽帮学徒出门学生意，十年八年不返乡是常事。徽商浪迹天涯，临行前须先完婚，几十年的四海飘零，导演了一幕幕哀婉凄凉的人间悲剧，荣归故里固好，但经商不得志者，永远漂泊异乡，剩下一个可怜的女人独守空房。众多的贞节牌坊昭示着徽州女人的惨烈人生。

徽州民宅所有的房屋一概不向外开窗采光，窗全朝屋内前后天井开，是为防盗贼。山区地窄，宅第之间高楼夹出深巷狭道，更兼两旁无窗，前后少人，那种感觉孤寂透顶。轰轰烈烈地经商、轰轰烈烈地享受以后，徽商衰落了，原始资本主义在耕读传家的氛围里，毫无市场，对中国传统文化有重要贡献的徽州，更默默地躲进僻壤，独享春色去了。

回过头看去，老宅子的残破，有种文士的落魄风度。时光流逝，浮躁气和喧嚣都磨洗褪尽。饱含功力的雕刻线条早已不怎么棱角分明，墙面也含糊不清，连立柱上原本霸道的狮子，也早失了锐气。辉煌年代里所有的经典都化作一种积淀，如同窖了上百年的好酒，细细品，能品出点味儿来。

散落在古徽州成百上千的老宅子，风雨剥蚀，每一座似乎都能讲一个关于昔日繁华的老故事。

看徽派弄堂，好像窥见了先人的生活，稍稍抚一抚斑驳的粉墙，如与先人对话，触摸到先人的体温。

徽商，渔梁坝的别离

古徽州与江南小镇的区别在于，一旦出了门，一定要混个衣锦还乡才罢休。森严的家教，折磨过多少个徽州人的童年，徽州的作品里，私人空间不多，但有个叫渔梁坝的地方适合宣泄。

渔梁是一个水路码头，走过鹅卵石铺成的一公里多的渔梁老街，是清一色坚石垒成的渔梁坝，有古代街衢、水埠和码头的原始风貌，依稀可辨的旧式店号、庄号，是徽商兴盛数百年的重要见证，属"徽商之源"。

渔梁古街依山傍水，古祠堂、古民居、古寺庙，排列井然，称之为江南第一水街。渔梁古坝横截练江，坝上水势平坦，坝下激流奔腾，是新安江上游古代拦河坝，坝南端依龙井山，北端接渔梁古镇老街。

出了渔梁坝，徽商长袖善舞的特性，开始某种程度的分流。

有一拨徽商嗅到商机，借盐漕转运进入运河区域，到了扬州盐业中心便不想再走。扬州港帆樯如林，是我国海上丝绸之路的著名港埠，有数千来自新罗、高丽、日本、波斯、大食、婆罗门等商人长期居住。日本遣唐使十九次来华，多取南路入长江口在扬州登陆。

另一拨在浙江的杭州和湖州布局。南浔张静江的爷爷张颂贤在道光年间（1821—1850）靠经营湖丝出口发了洋财，成为最早沟通国际资本的大资产阶级的代表，又成了浙盐巨头，上海著名园林张园便是张家的产业。

两淮盐业让徽商在扬州称雄，漆器、玉器、铜器、竹木器具和刺绣品、化妆品的工艺都达到相当高的水平。据说，巨贾李宗楣在当铺得一唐太宗"容像"，献给一直以李唐后裔自居的李鸿章，李大人自然十分高兴，问李宗楣要何官，李说不要官，只要自己能够经营盐业，于是得到了成全，垄断淮盐。

徽商获得巨额的财富,建豪华园林后,供养文人是他们开启的传世之举。马曰琯、马曰璐兄弟为文化人解衣食之忧,厉鹗、陈绶衣、杭世骏、汪士慎、全祖望等都曾馆于马家。江春、江昉兄弟家有大厅可容百人,聚集了蒋士铨、金农、方贞观、王步青等一批文人,吴梅村之孙吴献可在江春家治学达二十年之久。

马氏兄弟影响了一批好此道的徽商,"扬州八怪"的作品被大量收藏,上海博物馆藏的《郑板桥偶记》以"岁获千金,少亦获百金"记载了画家的收入,郑板桥得到马曰琯的接济,渡过了一生中最为拮据的时期。华嵒、黄慎来扬州后,被厉鹗荐给马氏兄弟。

金农出席徽商聚会,即席作《飞红诗》应景,得到千金之馈。黄慎、金农、郑板桥、汪士慎、罗聘、高翔等都有过类似经历。扬州学派重要人物阮元称,马氏兄弟与江昉去世后,"从今名士舟,不向扬州泊"。

共生于扬州的晋商和徽商是个有趣的话题。两地商人的家宅上能看出群体的气质差异。晋商文化是一种纯粹的商业文化,有气势、结实,但压抑,不会造山水、种花木。徽商住宅轻松、开阔、愉悦,以审美的情趣消解了晋商大院中那种权力、等级的森严。

扬州大学黄叔成有个研究写道,乾隆三十七年(1772),扬州盐商每年赚银 1500 万两,上交盐税 600 万两,占全国盐课的 60% 左右。这一年,中国的经济总量是全世界的 32%,扬州盐商提供的盐税占了全世界 8% 的经济总量。

从柘林出发,这段长约百里的水道号称"山水画廊",似一轴展之不尽的水墨长卷。顺流而下、驶向浙江淳安的船无论是经商、求学,还是做官,新安江都是往返徽州最重要的通道。

之江上每一座小城都有水的性子,夏夕渔村,江边渔火,舟上渔夫,那是借水经营的生活。江面拐角处,不时浮现历史的身影,之江上的文化人,总如精灵游荡,但以凡人面目。

入浙之后,新安江最终归入了东海。

徽坊，巨石下的伦理

徽州牌坊，是忠孝节义的人造化石，与民居、祠堂并列为徽州古建三绝。

牌坊是由棂星门衍变过来的，棂星原称灵星。《通典·礼回》中曾提到：周制，仲秋之月，祭灵星于国之东南。明清以来用于褒扬功德，旌表节烈等，才从灵星门到棂星门再改称牌坊。

中国西周时已有牌坊。《诗·陈风·衡门》中说："衡门之下，可以栖迟。"衡门，是最早的牌坊的样式，即竖立的两根柱子之间横架一根梁木而成。"坊"在盛唐之前原是一种居民单位，宋代又设置表木，也就是所谓的"置籍立表"。

现代人看古牌坊，大雅中含着精气。

歙县棠樾村口百余米长的甬道上，屹立着7座牌坊。这个全国罕见的牌坊群，雄伟高大，四周是一片平畴，石条架出的牌坊，横亘于乡野空间。

立牌坊是旌表德行、承沐后恩、流芳百世之举，是古代人们的最高追求。

城市阔富，树碑立传的情怀向来有说法，励志之类的话亦向来存气魄。屋檐墙沿上，苍藤的长茎盘根错节进历代生灵，人类所有的轮回被高高挂起，让后人欣赏嬗递，成另一种宗教形态。

一座城市的深奥与气场，牌坊是其中的一部分。对于古城而言，新式形态水土总是不服。民间藏魂在牌坊上，故有牌魂之说。

古时辉煌与愁怨的最后一抹在牌坊，卫道梦想破灭了，牌坊吸一口忧伤，能目睹流星划破天穹。用今天的话说，那是最后的短消息。

作为古城的点缀，外来的观望者一见牌坊可知寒暑、晓晴雨、懂冷暖。顺着印痕走进时间深处，会发现牌坊质地很古典。一种文明深处的定力，承载风物、基因和城中居民的生存故事，大抵由牌坊打开一扇与从前相通的门。

牌坊，是封建王朝用来旌表文功武勋或个人名节的，是生命历史的纪念碑。每一座牌楼的背后都有一个不平常的故事，四柱冲天式的兵部右侍郎鲍象贤尚书坊，石坊上镌刻"命涣丝纶"，被皇上恩泽三代。因母亲两脚病疽，他持续吸吮老母双脚脓血，终致痊愈。孝行感动了乡里，经请旨建了这座鲍灿孝子坊。《歙县志》记载,元代歙县守将李世达叛乱,棠樾人鲍寿松及其父被捕获。叛军说二人只能存活其一,由他们自行商定。于是父子二人争抢自己先死,以换取亲人的生命。后来得朝廷表彰,赐建了慈孝牌坊。鲍逢昌之父在明末离乱时外出,杳无音信。14 岁的鲍逢昌千里乞讨寻父,其孝行感动天地,在湖北雁门古寺与父亲不期而遇,回家后母亲病重,鲍逢昌又攀崖越岭,四处采药,并割股疗亲。乾隆下旨旌表,即建此坊。鲍家还有孝子、节孝、乐善好施、慈孝、忠孝坊。忠孝节义,集于一族。

牌坊,是以悲壮姿态捍卫徽州人心目中的"正义"。江南古镇大都有牌坊,或读书兴族,或荣归故里,成为中国传统建筑之一。歙人赵吉士评价,"新安节烈最多,一邑当他省之半"。

牌坊直通历史深处,坊无贵贱,不问高官与平民,只要细究必有原由。牌坊在交错的时空中诉说前世今生,石条砌成的牌坊,漫布着青苔,把所有的故事封存起来,时间的分量,让这旧日时光变得凝重、深长,在人们的仰望中,酿风尚,造前世。

寻绎一个地方的牌坊建筑史,可以从一个侧面窥测地域的文化史。布满斑驳的牌坊是大地的皱纹。歙县城内解放街和打箍井街十字路口的许国石坊,四坊架连,八脚并立,是举世无双的杰作。石坊四周有题签镌刻,镶嵌着双龙盘边的匾额,是皇帝赐予的恩典。所有题字据说都是董其昌(1555—1636)的手笔,虽无落款,但从"八脚牌楼学士坊,题额字爰董其昌"诗句或可佐证。

在当代人眼里,时尚的街面安放一个老旧的牌坊,城市由此变得厚重,时间改变历史,空灵的巷道上,那凝重的框架,如架在历史老人鼻梁上的老式眼镜,幽幽的,注视着过往与现在。

徽学,状元县的启迪

徽州人厚学重仕的品牌从休宁开启,休宁这个人口不过 20 万的山区小县，走出了 19 位文武状元。中国科举史上，休宁是名副其实的"中国第一状元县"。

休宁出这么多状元，如果借风水来解，境内有被称为黄山白岳的中国四大道教名山之一的齐云山，主峰五龙峰因山脉走向酷似五条巨龙而得名，属于"龙护"。

明代开国谋臣中有个叫朱升（1299—1370）的，安徽休宁人。明朝建立，向朱元璋建议"高筑墙、广积粮、缓称王"，写下："越山临海尽，吴地到江分。"毛泽东赞为"九字国策定江山"。

徽州通往外面的黄金水道从休宁开始，休宁自古文风昌盛，书院、私塾星罗棋布，"十户之村，不废诵读"，读书做学问蔚然成风。李白有诗："地多灵草木，人尚古衣冠。"

皖南、赣东、闽北、浙西这一圈区，是清代学术史上的金三角。学术上说，古徽州是程朱理学的发祥地，此后又有戴震（1724—1777）为首的"皖学"。

徽州有两幢呈巍巍之态的学问大厦耸立着：宋之朱熹，清之戴震，中间又冒出个财政学家王茂荫（1798—1865），关注纯粹民族风格的磅礴创意，有璀璨气势的精神产品烛照世界。

古徽州文脉长盛，明清以来有五百余进士出山，美国诗人埃兹拉·庞德（Ezra Pound，1885—1972）说过："忠诚而有责任感的人，只要 500 人就能撑起一个文明。"

一代鼻祖，构筑学问大厦的朱熹

孔孟以后，中国的思想舞台一度缺少大儒。直到南宋，走来朱熹。

朱熹（1130—1200），祖籍江西婺源，婺源与休宁在民国以前一直属徽州，属新安江上游。于是，用其话说是"新安朱熹"。

朱熹的鸿运在浙江，成就圣人的机缘也在浙江。绍兴十八年（1148），朱熹刚参加完殿试，便专程到江山的清湖南塘拜谒理学大师徐存。

徐存曾师从杨时，是程颐再传弟子。南宋初，徐存屡次拒绝秦桧的征召，隐居清湖,设书院讲学,门下子弟达千余人。其中江山的周贲、柴卫、郑升之,西安县的郑雍、陆律及常山江泳,皆为南宋理学名士。

徐存属纯粹的隐士,以做学问抵御寂寞。徐存不存心难为自己,也不为难学生,他将孔孟讲了个透,有《六经讲义》《中庸解》《论语解》《孟子解》等著述。现仅存《潜心室铭》。朱熹回忆20岁前:"得拜徐公先生于清湖之上,便蒙告以克己归仁,知言养气之说。"

朱熹的舞台不在京城杭州,而在衢州,之江拐入兰江上溯至衢江方抵达。朱熹在衢州开启了他的"南宋理学之路",在金华、衢州、信州、抚州、武夷之间穿梭往来。

衢州已成当时儒学的活动中心,朱熹的闽学、两陆的心学和以吕祖谦为首的浙东学派,中心也都在衢州。

朱熹意识到"妄佛求仙之世风,有碍国家中兴",踏上求师之路,拜李侗为师,因得承袭二程"洛学"的正统,提出了"理"与"气"的概念,认为"理"是宇宙万物的本质,而"气"则构成万物的物质基础,成为中国儒学的代表人物之一,也是宋明理学的集大成者,其思想体系被称为"朱子学",对后世产生了深远的影响。

朱熹往来于衢州最为密集的阶段是淳熙年间。其间,朱熹曾来南塘凭吊徐存遗冢,留诗:"不到南塘久,重来二十年。"除了徐存,对朱熹理学上有重要影响的人,南宋时在衢州还有隐士刘愚以及掀起心学先声的徐霖。

朱熹在文化上的首次亮相,是在长沙与湖湘学派代表张栻一起的岳麓讲学,朱熹与张栻游南岳衡山,不时牵动他们的诗兴,他们一边游览一边唱酬。几天里,他们共得诗149篇,合编为《南岳唱酬集》。下了衡山,朱熹与浙江东阳的吕祖谦的寒泉之会,与陆九龄、陆九渊兄弟论辩讲学达十日之久的鹅湖之会,与浙江永康陈亮展开义利王霸辩论,这些智力与学术对话都完成在50岁前后。最终形成了自己的学派。

时值中国学术活动繁盛之时,学派林立,各臻其妙。吕祖谦与朱熹的闽学、张栻的湖湘学派,并称"东南三贤"。在福建武夷山的寒泉之会、江西上饶铅山县的鹅湖之会、开化县汪氏兄弟听雨轩的三衢之会，堪称南孔文化落地衢州的开山之作。

朱熹在听雨轩留诗："试问池塘春草梦，何如风雨对床诗？"当然，三衢之会，张栻也参与了。《开化县志》说，朱、吕等人就诸子经书，作儒释之辩。

中国思想史上，前可推孔子、后可推朱熹。朱熹是唯一非孔子亲传弟子而享祀孔庙的。南孔圣地给予丰富营养，令朱熹"直把衢州当故乡"。

之江源头上，这位孔、孟以来最为"出跳"的弘扬儒学的大师，带着他一肚子的学问，顺新安江来到京城杭州，去朝廷碰运气。

只是朱熹生不逢时，南宋小朝廷，暖风醺醉了偏安江山，接纳不了朱熹这样有大格局的人物。皇帝身边，不缺那一拨拨经学家、精英帮兜售的高论。在那帮迂腐者眼里，这位自负的"新安朱熹"是在插足朝廷干预政事，读书人去宫廷指手画脚，必有不妥之处。

当然，朱熹做官也颇尽力，1181年8月，浙江饥荒。9月，朱熹"改授提举两浙东路常平茶盐公事"。此后的数月间，朱熹奏报衢州各县灾情，奏请朝廷给予减免税负和减缓催欠，解决春耕。

宋孝宗赵昚（1127—1194，1162—1189年在位）即位，诏求臣民意见。朱熹因其儒学之名入朝陛见，他向孝宗面奏：为君要正心诚意，主张格物致知之学，反对老、佛异端之学，反对和议，主张抗金。孝宗皇帝见这位大儒只会空谈，没一点经世济用"实货"，后悔召见。

孝宗留意的是金谷理财之事，振兴国家经济，恢复民族元气，反感"高谈阔论"的空头儒生。在朝廷眼里，朱熹为首的一帮道学家，高冠大袖，奇装异服，尽是一撮哗众取宠的无行文人。朱熹离开杭州，回他的崇安，做他的学问。

朱熹悲哀于自己这套高远的理论缺少知音，开始思考自己的学问大厦，酝酿自己的文化工程。

朱熹在官位上，整顿创办了一些县学、州学，在武夷山九曲溪畔创建的武夷精舍，讲学为时长久，是传世的朱子学堂。知南康抗灾救荒时重建了白鹿洞书院，请皇帝敕额，赐御书。亲自订立学规，著名的《白鹿洞书院教规》是世界教育史上最早的教育规章制度之一,成为古之中国 700 年书院办学的范式。他还重建岳麓书院,空余时间亲自到此讲课,使岳麓书院成为南宋四大书院之一。

朱熹的目标是复兴儒学,要给执政者一种理论武器和精神指引,他在 52 岁将《大学》《中庸》《论语》《孟子》集注后合刻,从此,经学史上有了"四书"之名。

元朝迄至明清,《四书集注》被历代封建王朝作为治国之本。继孔子孟子之后,学宫的圣坛上,供上了朱子。

宋光宗即位,朱熹受宰相赵汝愚推荐,当上皇帝的顾问和教师。朱熹对沈括的《梦溪笔谈》钻研尤深,科学思想至若天文、地志、律历、兵机,亦皆洞究渊微,至老都在思量天地壁后是何物。他把理学推向鼎盛时期,使儒学的哲学化达到最高水准。

宋宁宗赵扩(1168—1224,1194—1224 年在位)即位,64 岁的朱熹又为宋宁宗进讲理学。朱熹去给皇帝做讲师:要宋宁宗正心诚意,要宋宁宗读经穷理,希望通过匡正君德来限制君权,引起宋宁宗的不满,年青的宁宗皇帝眼下需要的是发展经济之策和实际操作经验,便对这位"严师"心生厌恶。

朱熹想要突出他的大儒之气,开百世之风。南宋的君臣不吃这一套,朱熹被赶出杭州。

监察御史沈继祖奏本,指控朱熹十罪,奏请斩首。皇帝宁宗念朱熹当过帝师,只将朱熹斥为伪师,其学斥为伪学,逐出朝廷。朱熹遭朝廷唾弃,做帝师不到 50 天便被赶出来。

66 岁的朱熹,第二次被斥为伪师,第二次被逐出朝廷,凄凄惶惶奔赴闽赣边境的武夷山脉西麓,在深山峻岭中的福山寺,隐匿不出。朱子门人流放的流放,坐牢的坐牢,朱熹死时门生故旧没人来送葬。

宁宗时代,索性把理学视为伪学。

朱熹死后大名如日中天。元明清三朝,朱学一直是官方哲学,标志着封建社会更趋完备的意识形态。元朝复科举,诏定以朱熹《四书章句集注》为标准取士,朱学被定为科场范例。明科举以朱熹等"传注为宗"。

朱熹学说有它的大市场和特定的体系,但也给了后来的王阳明心学上的提醒,王阳明的思想正是在朱熹基础上的突破。

学风浓厚的儒学思想向统治者渗透,足见文化力量的不可抗拒,徽商把同乡朱熹奉为精神领袖,即所谓"贾而好儒"。

一代通儒,引领近代科学的戴震

政治制度的专横与开明,决定语言文字的衰落与生机,官方潮流与江南的地缘政治一经碰撞,就令前者沉寂与失语。

朱熹靠康熙大帝的对联坐稳了神殿:

集大成而续千百年绝传之学,开愚蒙而立亿万世一定之归。

康熙的话刚落地,便有人来撬大厦的墙角。

这人叫戴震,是乾嘉考据学久负盛名的"皖派宗师",也是徽州人,说起来,是朱熹的老乡,其实,王阳明清风掠过,朱熹的思想大厦已经露出颓相,思想家戴震是在儒学内部最早看到自己老乡"以理杀人"一面的人。作为中国文化转型之人,戴震视个体为真实,批程朱理学,被梁启超、胡适称为中国近代"科学界的先驱者"。

中国的名人纪念馆,原汁原味的不多了,有历史积淀的则更少。1924年,戴震诞生200年之际,戴氏后裔献出屯溪隆阜中街的戴家老屋,建戴震纪念馆。该屋砖木结构,白墙青瓦,龙卷山墙,槲头鹊尾,朱漆灵门。

吴越之地不乏特立独行之人,如"闲来写幅青山卖"的唐寅,如金圣叹,如那个自称"几间东倒西歪屋,一个南腔北调人"的徐渭。

徽州的思想者从不会只认准某一类经典,书呆子式的认真,难有造化。

戴震,安徽休宁隆阜人,今天隆阜属于黄山的一个区。戴震是音韵学家江永的弟子,但他科举考试不行,参加了6次会试,但最终还是个没考中进士的老举人,倒是乾隆给了他一次虚拟的殿试,将其特招入任《四库全书》纂修官,授翰林院庶吉士。他对经学、天文、地理、历史、数学、机械、水利、生物及古代器物都有研究,被誉为百科全书式的学者。

中国的文化好古,"很少向未来的热恋,却多对过去的深情"。看清来路,以辨识出自己的血缘脉络,以确认为之奋斗的精神根据地,这成了许多人心中潜藏的渴望。

戴震不同,瞄准了明嘉靖(1522—1566)、万历(1573—1619)时最具近代气息的事件:

利玛窦(Matteo Ricci, 1552—1610)的科学启蒙,令他脑洞大开。利玛窦将"四书"翻译成拉丁文,在广州肇庆,他穿着僧袍用天文学、数学的知识与当地官员交流。1598年利玛窦口译、徐光启笔授完成了欧几里得《几何原本》的翻译,被梅文鼎等人纳入中国传统的勾股经典系统。

利玛窦更带给北京新奇的货色:自鸣钟、西琴、地球仪、天球仪、罗盘、日晷等。利玛窦将意大利制造的一种长方形琴身的庆巴罗古钢琴敬献给皇帝,这是最早传入中国的古钢琴。那些来自威尼斯的光学玻璃制品,如化妆镜、放大镜、望远镜、近视眼镜等"西洋镜"令士大夫们大开眼界。康熙后来评价《几何原本》,说"乃度数万物之根本,天文地理之源流也"。

利玛窦第一次向中国输入了西方文明,那些由利玛窦等人传来的、以《天主实义》为核心的科学知识,影响了方以智、黄宗羲、戴震等明清思想家。

接下来给戴震思想启蒙的,是江南儒商的整体亮相,是马克斯·韦伯所推崇的新教伦理与资本主义的商人品质。

一桩纠纷,导致戴家失势,为躲避迫害,戴震避难入京,住在京城内的歙县会馆。戴震见到被誉为乾嘉学派开创者之一的钱大昕,钱大昕的数学水平,连当时兼管钦天监的礼部尚书也自叹不如。编撰《五礼通考》的礼部侍郎秦蕙田,要找精通天文历算的人,钱大昕将戴震推荐给他,戴震的《勾股割圜记》被秦蕙田全文刊载。纪昀、王昶、王鸣盛、朱筠等名士纷纷与他相交。戴震后来几次到京师都住在纪昀家。纪昀出资将戴震的《考工记图》付梓,并为之作序。戴震名震京城,接着做吏部尚书王安国的家庭教师,为其子王念孙授课。这位大学者带出两个高徒,王念孙与其后的段玉裁,成为戴震最知名的两个学生。

王安国去世后，戴震南下扬州，在两淮盐运使卢见曾署中认识了吴派大师惠栋。戴震是皖派大师，与惠栋相见后，他开始重视吴派的治学思路。

这个时期江南的文化"诗眼"在扬州。一个小小的扬州，"扬州八怪"和"扬州学派"为艺术和学术上的两座巅峰，把中国文化精神提升到一个新境界。

支伟成说，自戴震崛起安徽，"施教京师，而传者愈众。声音训诂传于王念孙、段玉裁，典章制度传于任大椿。既凌廷堪以歙人居扬州，与焦循友善；阮元问教于焦、凌，遂别创扬州学派。"

乾嘉汉学按地域区分，有吴派、皖派和扬州学派，扬州开放的商业传统造就了地域人群兼容并包的博大胸襟，泰州学派和太谷学派诞生在扬州地域，体现了江南民间对中国文化嵌入经学的创造。

如果考察乾嘉学派，则会发现乾嘉学者中多有精通天文、地理、算学的，他们的天文、地理等科学著作，都围绕着一个核心，那就是正确理解六经。他们文理兼通的风气正好吸纳西方科技，又不致古典历法失传。

赫赫有名的扬州书院请了一批真才实学之士任山长或掌院、院长。安定书院有杭世骏、赵翼、蒋士铨、陈祖范等，梅花书院有桐城派中坚姚鼐、茅元铭、胡长龄等。使得安定、梅花两书院声名鹊起，赵翼主讲安定书院时，还携儿侄五人至书院读书。金坛段玉裁、段玉成兄弟，高邮王念孙及其子王引之等都曾就读于安定书院，刘文淇、凌曙则受业于梅花书院。

志向的融合令扬州学派的几位大师和戴震关系密切，王念孙是戴震的及门弟子，刘台恭任职四库全书馆与戴震同事，任大椿与戴震为"同志志友而问学焉"，焦循虽出生略后，但一生推崇戴学，思想与戴震一脉相承。

侯外庐将明清实学比之于战国诸子百家时代。乾嘉学派的许多著名学者，如江永、戴震、惠栋等等，都有一系列自然科学著作。李贽、王阳明思想是中国近代的遥远铺垫，李贽是反封建的教练，王阳明学说直奔解放思想主题，阳明学说流传到日本，成为明治维新的思想源泉之一。

在戴震纪念馆厅堂，有著名历史学家戴逸撰写的"治经先考文博学冠群伦,千古不朽作原善共疏证"楹联,案桌上安放一尊古铜色戴震塑像,其深邃的目光似洞穿历史的时空,透露出理性批判主义的思想光芒。

从哲学的角度,戴震更多的是批判朱熹禁锢人性的理学。

江南实学浪潮拍打儒学礁石三百年,一批科学家诞生了:徐光启、宋应星、李之澡、梅文鼎。戴震、钱大昕,赵翼、王鸣盛等人的历史考据实学,黄宗羲、万斯同、全祖望、章学诚的经世史学,徐光启、宋应星、王锡阐、梅文鼎的科技实学。他们借开放的眼光、科学的本能,运用数学语言,质测实学,崇尚实证,重估传统价值,江南实学直逼正襟危坐的儒家官学。

戴震借助对《孟子》的再次诠释,展现了自己的哲学思想。以"理欲一元"的论说,打破了程朱理学"理欲二元论"的藩篱。胡适将戴震的《尧典》作为清代学者以"科学精神"进行"大胆假设"和"小心求证"的典范。

这些启蒙思想,是中国文化现代转型的先声。

一代财神,负旧钞入经典的王茂荫

又是一个生不逢时之人,这一次的主角是王茂荫,他是徽州歙县人,道光年间的进士。顶着"主事""行走"一类的微职,沉浮在清廷各部。直到50岁才成为清廷主管财政货币事务的官员。

来自马克思的观照

王茂荫1865年死在歙县老家,死前默默无闻,死后两年,他的名字被提及,却是出现在遥远的西方。

1867年9月,马克思的《资本论》第一卷出版,只印了1000册。《资本论》中出现一个中国人的名字,叫王茂荫。但王茂荫"搭乘"《资本论》回国,已是60年后的事了。

翻译家陈启修不知这位中国人为何方神圣,将其音译成"万卯寅",于是,各路高人四处寻找此人。经过郭沫若等历史学家的考证,人们才知道马克思《资本论》中提到的唯一的国人,便是清朝咸丰年间(1851—1861)的户部右侍郎王茂荫，由此他才引起众人的注目，成为近代中国经济思想史一个饶有趣味的现象。历史学家吴晗更是把王茂荫誉为"清代货币改革者"。

王茂荫为马克思所知，是因其对货币发行后数量的控制、币值的稳定、兑换的自由等方面的理论，被当时驻北京的帝俄使节写进了《帝俄驻北京公使馆关于中国的著述》一书中。1858 年该书又被译成德文版发行。

马克思在写《资本论》时阅读了 2000 多册经济学著作，收集了 4000 多种报纸杂志，在浩瀚的典籍中看到了这本书。在浩瀚的文字海洋中，抓到漂浮中的东方红顶乌纱下的大智慧。论述货币和商品流通时，有一附注："清朝户部右侍郎王茂荫向天子上了一个奏折，主张暗将官票宝钞改为可兑现的钞票。在 1854年 4 月的大臣审议报告中，他受到严厉申斥：所论专利商而不便于国。"

马克思的笔法非常犀利，短短一句话，就把王茂荫针对货币贬值的补救方案概括清楚了。

走不出的农耕时代

王茂荫出生在 1798 年，5 年前，也就是 1793 年，发生了一件小事。只有800 万人口，但时以"世界上最强大的国家"自诩的英国政府，派出著名的马戛尔尼使团，以给乾隆祝寿的名义，携带最新的科技成果作为礼物，给"文明古国"的领导人做寿，英国人的来意很简单，通商做买卖，拉你出来融入世界潮流。

但乾隆因对方不愿下跪觐见而关上了国门，殊不知马戛尔尼后面有强劲的实力；30 年英国工业革命，传统被刷新：珍妮机带来产业革命，蒸汽机带来动力革命，纺织业效率提高数十倍，英国成为世界工厂。

乾隆后期大清步入中衰，统治 63 年，王朝的元气，被透支殆尽。

自然，这些均与王茂荫无关。因为，王茂荫出生的第二年，乾隆就走了。

王茂荫幼年在徽州入私塾，徽州人有从商传统，33 岁时，家人让王茂荫上京城，经营祖产森盛茶庄，管理茶庄店务，间隙不忘让他读书。次年，中举人，再次年，中进士。此后，他一直在京为官，只身寄居歙县会馆。

近代经济思想史上，王茂荫从容出发的依据是对道学的质疑，这种质疑包括王阳明对程朱理学的批判，黄宗羲对君主专制的批判，章学诚对伪史学的批判。

鸦片战争和太平天国，是王茂荫所处时代的背景，政治上的外患内乱，带来经济上的财政、货币危机。战争开支和赔款加上战后的银贵钱贱日趋严重，财政萎缩。王茂荫的经济思想主张形成于这个特殊的时期且独树一帜。

王茂荫在京城任官前后达 30 年，这段时间美洲白银产量下降，给了英国人机会，英国停止把白银运往广州，找了个替代物，以鸦片取代了白银，使英国平衡了五十多年来持续的对华贸易逆差，大量鸦片被换成白银运出中国。

屡被否定的济世偏方

巨额白银流出导致通货吃紧，清政府派林则徐赴广州禁烟，英人不甘心，是为第一次鸦片战争的缘起。清军连吃败仗，签订了多个不平等条约，英国获得了一系列特权。

这一切，在王茂荫眼里，是经济事件，利益较量。他试图用兑现的办法来刹住继续增发不兑现纸币的势头，制止通胀。

1851 年，王茂荫建议发行由银号出资替政府兑现的丝织钞币，当时清政府财源枯竭，银根奇紧，没有能力准允纸币兑现。咸丰看了这个奏折，严辞指斥王茂荫只顾着商人的利益，把皇上的利益搁在一边。他的行钞方案未被采纳。

两年后，内外交困的清政府在愚昧路上继续前行，发行了民间无法向政府兑现成白银的大清宝钞和各类大钱。而民间交易通用铜钱，因云南铜源被内战阻隔，导致京畿银贱铜贵。清廷出下策，收取铜钱，回炉重铸，原定十文的分量，当五十、一百乃至当千，导致民间盗铸成风，假币盛行，一时，京城物价飞涨，通货膨胀愈演愈烈。

此时王茂荫又两上条疏请改币制，反对铸造当百、当五百、当千等项大钱的主张，试图遏制通胀。次年他主张将已发行的不兑现纸币改为可兑现销币。王茂荫的建议，遭到急于填充国库的咸丰皇帝的严斥，还将他调离户部。

当京城为货币争个你死我活时，帝国的一个地方，出现一种金融机构——银行。

第一家抢滩上海的外国银行，是 1847 年的英国丽如银行，随后跟进的是英国的汇隆、阿加剌、麦加利、汇丰银行和法国的法兰西银行。外国银行业务，从汇兑到国际间借贷，充当中国资本输出的执行人，从中获取巨额利润。

鸦片战争之后，严重的财政和货币危机降临。王茂荫焦虑了，苦苦思索对策。1854 年 3 月的一个春寒的早朝上，王茂荫又一次向咸丰皇帝递交《再议钞法折》，针对银票、宝钞和铸大钱造成的剧烈贬值和混乱，亮出改革币制、缓和危机的第二方案。除去之前提到的坚持将不兑现的官票、宝钞改为可兑现的钞票，反对铸造当百和当千等项大钱的主张外，还提了四条补救措施。

咸丰看了折子后还是大为不满，大臣审议结论中也指责王茂荫是"所论专利商贾而不便于国，殊属不知大体"，咸丰下旨"严行申饬"。

孤独的乡间郎中

徐光启、方以智借开放的眼光、科学的精神，运用数学语言，质测实学，崇尚实证，直逼官方的儒家之学。

英国人在上海县城外设立租界，外国人在租界开洋行，两种制度的对垒开局了。英、德、意文艺复兴风格的建筑，一幢幢耸立于外滩，算作特区。

王茂荫历道光、咸丰、同治三朝，一人独居京城的歙县会馆，一路谏言，一路碰钉子。两次鸦片战争的恶果都品尝了，死在 1865 年。

上海在 30 年间，使外滩租界洋楼耸峙，高楼摘星，街衢弄巷，纵横交错，就是久居的当地人，亦容易迷路。原在苏州交割的生丝贸易，改在上海洋行举行，上海衔长江、纳大海。

19 世纪 20 年代，汇丰银行在上海拥有外汇市场的巨大吞吐量，英国人自诩汇丰银行是"从苏伊士运河到远东白令海峡的最华贵建筑"。外国金融业在中国混得风生水起。

王茂荫身为户部主管财政货币的大员，他的价值，不在于抽象地提出货币理论，而在于用务实方案直接干预货币政策。

马克思注意到遥远的东方国度里清代大臣的奏折与他的遭遇。王茂荫的货币思想主张，是在西方的货币理论和制度还没有介绍到中国来时提出的，是独立形成的。马克思赞同王茂荫的货币观点。

王茂荫故居位于歙县城南义成村。围墙内长满竹子，翠绿修长，显得幽深静寂，王茂荫脱蒙的"清水屋学堂"遗址也被几间柴房杂屋所占，全然找不到二品大员故居的蛛丝马迹。铅华洗净，修竹亭立，留一片苍翠，未必不是好事。宅院简陋，门外没有显赫的装饰，门口有2只石鼓。唯一说明宅院身份的，是厅屋李鸿章手书的"高仁堂"匾额。

徽州人有一种与生俱来的天性，他们从小闻惯了自家的泥香，泥土的芳香一直留存在人们心中，抚慰人间的不平。落寞者一回到老家，闻到泥土的芳香，精气神又回来了。

王茂荫的后代没有做官的，1900年八国联军镇压义和团时，王茂荫的儿子王铭慎经营的茶庄遭兵火，他怀抱账簿与开业120年的茶庄同归于尽。

一代宗师，弃旧学构新论的胡适

之江源上的徽派山水，给胡适这个人物以精神滋养，他的故事可谈可思可嚼可品可回味。

上点年岁的音乐发烧友，都知道一首叫作《兰花草》的台湾校园歌曲，词作者署名为无名氏，其实真正的词作者是胡适。出自他的白话诗集《尝试集》中《希望》一诗，婉转悱恻，乡思缠绵。

一种风气的开启

历史向前推50年，人们会关注中国学术的现代转型阶段幸存下来的一批民国大师最后的风采，就像孔子曾把春秋近250年看了个遍，在那个时代的末端悟出点"接轨"的道道来，也就是为下一代留痕。

黄山东麓，新安江源头之一的常溪之滨的绩溪县上庄村，襟山带水，是群山环抱着的一块大盆地。远眺是与溪水相映生辉的起伏群山。

山清以旷，水环以幽，是上庄的神韵所在，清人刘汝骥有诗："竹萦峰前，山萦水聚；杨林桥旁，棋布星罗。"村内苍深曲折，石板道蜿蜒，居民聚族而居。

胡氏宗族在这块土地上繁衍生息了 700 多年。此地出过徽墨大师胡开文，茶叶大王上海汪裕泰、程裕生，著名诗人汪静之及中国第一位农学界女教授曹诚英，可谓是"邑小士多，代有闻人"。胡氏到近代出了胡适这个大人物，让这个山陬僻壤的古老村庄闻名寰宇。

木质构件栏板、隔扇、雀替、梁托均精雕细刻的胡适故居，门窗、隔扇饰以兰花雕板，是胡适的父亲胡传建于清光绪三年（1877 年）的。甲午战争时胡传任台东直隶州知州，助刘永福抗日。

1904 年，13 岁的胡适跟随他的三哥走出这里的山道，赴上海求学，19 岁考取庚子赔款官费生，留学美国，师从哲学家约翰·杜威。26 岁回国，做北大教授，在《新青年》刊登《文学改良刍议》，倡导文学革命，如一股清流冲击中国文化界。北大成为新文化运动的精神高地，他与陈独秀成为一代领军人物。他翻译法国都德、莫泊桑、挪威易卜生的作品，是白话文学创作的开路先锋。

28 岁的胡适，出版《中国哲学史大纲》上册，一夜之间，颜值高、学问好、眼界宽的胡适让整个中国上层文化圈和思想界受到革命性震动。

29 岁胡适，出版新诗《尝试集》，作白话诗尝试，成"沟通新旧两个艺术时代桥梁"，开启新诗纪元。

胡适，完成了一个时代的启蒙。

一个人的新文化运动

胡适在北大站住了脚，清醒地冷对狂热与民粹。

五四后不久，34 岁的胡适与激进的知识分子分道扬镳。

接着是与鲁迅的较劲，两人所处时代，借鲁迅的说法"岩浆奔突"，阶级矛盾突出。五四时他和鲁迅、陈独秀共同提倡白话文。鲁迅与胡适交往 6

年之后，终究政见不同，二人书信断绝。鲁迅对胡适开始了长达 10 多年的嘲讽。

即便如此，鲁迅去世后，胡适告诫女作家苏雪林"不要攻击其私人行为"，肯定鲁迅一生的功绩。还忙前忙后联系出版印行《鲁迅全集》。

一生坚持"但开风气不为师"的胡适，用君子的风度、从容的态度批评着那个时代，不过火，不世故。以这样一个平和的态度，在那样污浊的世界里特立独行 60 年。

胡适是新文化运动时期集大成者之一。接办《每周评论》《努力周报》，与蔡元培、李大钊、陶行知、梁漱溟等联名发表《我们的政治主张》。1924 年，与陈西滢、王世杰等创办《现代评论》周刊。与徐志摩等组织成立新月书店。邀蒋廷黻、丁文江、傅斯年、翁文灏创办《独立评论》。

胡适以学者的态度和君子之风，做新文化运动的先驱。他提出"整理国故"的理念，批评同时代学者眼光狭隘，并宽容地对待之。

一个时代的精神长相

胡适把国学研究纳入了他的"中国文艺复兴"的范畴，发表了《说儒》，这是胡适治学和近代文化史上的巅峰之作。

中国近现代哲学史的现代化征程，自胡适开创，又有熊十力、梁漱溟、冯友兰、金岳霖等人的精进。胡适不提倡东方圣人那种无为，他思索的是中国在世界的地位，他的贡献在于"创造了现代中国的公共舆论"。

胡适关注人类的短视，在致杨杏佛的信中说：我受了十年的骂，从来不怨恨骂我的人。他们骂得不中肯，我反替他们着急，替他们不安。

1930 年 7 月，胡适回应梁漱溟的质询："贫穷、疾病、愚昧、贪污、扰乱，才是中国的第一大仇敌。"读胡适，读他对"健全个人主义"的理解，对乌托邦的批判；读胡适，就是读整个时代的一个缩影，中国现代史的一个缩影。

胡适曾获哈佛、牛津等国际著名大学 36 个名誉博士学位。清政府取消对留学生资助，林语堂靠着胡适的资助继续在国外读书。他先后资助林语堂、吴晗、罗尔纲、周汝昌、李敖、沈从文、季羡林、千家驹等一大批才子，后来这些人都成为栋梁之材。胡适独具慧眼，帮助梁实秋完成了他日后号称对文坛三大功绩之一的《莎士比亚全集》翻译工作。

1937 年，七七事变以后，胡适担任驻美大使，他临危受命，多次拜访美国总统罗斯福，呼吁美国为中国的抗战事业主持正义。在任 4 年间，共演讲 400多场，行程 35000 余里。为了表示对中国抗战的支持，美国各大学纷纷授予他名誉博士的头衔。

一湾浅浅的海滩

胡适的婚姻属于包办，因"不忍伤几个人的心"而选择了接受。见过江冬秀的李敖曾感叹说："见过江冬秀，才知道胡适的伟大。"张爱玲曾羡慕胡适的婚姻"是罕见的幸福的包办婚姻"。胡适的宽容，要"长留利息在人间"。

安徽绩溪上庄村的胡适故居，一座典型的三开间、两层楼的徽派古建筑，门罩门楼，水磨砖雕。故居至今吸引世人的，是一帧漂亮而时髦美女靓照，主人公叫曹诚英，是胡适三嫂的妹妹，胡适结婚时的伴娘，后来的红颜知己。

曹诚英出身于徽商大户人家，饱读诗书。1923 年，曹诚英在杭州与胡适相遇，胡适被这个小他 11 岁妹妹的才华和清秀所吸引，坠入了爱河。在杭州烟霞洞与曹诚英渡过了三个多月的"神仙生活"，这是胡适一生中最闲暇美好的时光。胡适写下《暂时的安慰》，记述秘魔崖夜景所唤起的与曹诚英同住烟霞洞同登南高峰的回忆。又写了一首伤感的《秘魔崖月夜》。

1937 年，曹诚英带着遗传育种硕士学位从美国康奈尔大学回国，在国内多所大学任教。曹诚英曾这样表达自己的心情："鱼沉雁断经时久，未悉平安否？"她坦诚自己"朱颜青鬓都消改，惟剩痴情在。"伤感的诗句，无尽的思念。

1949 年 2 月 16 日，胡适与曹诚英在上海最后一次相见。给曹诚英留下的是无尽的等待和怀念，从此，这个痴情的绩溪女人终生未嫁。

曾经沧海难为水。1973 年曹诚英在孤寂中离开人世,临终前要求把骨灰归葬在安徽绩溪旺川村的公路旁,那是通往邻村胡适家乡上庄村的必经之路。她盼望胡适归来的那一天,能在自己的墓前停留片刻,但胡适已经早她11 年在"一湾浅浅海峡"的那一端去世了。

在不远处的一条小河上,有一座名为"杨林桥"的石拱桥。据说是曹诚英回乡后捐钱所建,希望能和胡适水天相望,还是暗示一生的水天相隔?

第二章

新安之澈，纯情年代浓缩的乡愁

新安江入浙以后，呈现未被"宠坏"的状态，呈现不慌不忙的江南个性，呈现那种理想化的田园风光。

——新安记

小引——淳安，浙江最大的小县

之江入浙，另一番天地，白际、千里岗、昱岭三条山脉护着一个山区小县，独酿气象。因是城市一隅，又是被大山掩隐着，故为偏远山区县。这个县叫淳安，她有一美如仙境的湖，名千岛湖。

淳安县域总面积 4427 平方公里，比位于出海口的嘉兴地区面积都大。

千岛湖内形态各异的 1078 个岛屿和新安江山水画廊，给了淳安大美，徽杭古道上，延续着浙皖之间的文化古韵，也流淌着世间少有的美景，流淌着浙皖文化交融的奇迹。750 年历史的芹川村，徽派古建筑沿溪而建；中洲镇的厦山村，有白际岭下浙皖风情；琅坑源村的方氏宗祠历史悠久，传承千年文脉。

浙西大山的逶迤，山水环抱的淳安，浙皖千年的历史和文化在山水之间弥漫。九处声若咆哮的瀑布群，是江南罕见的自然奇观。新安江作为国家级风景名胜区向有"奇山异水，天下独绝"之称。

淳安山水是连接天地的蓝色琴弦，江水纵横纹理，纯真段落闲疏了自然漫语，蕴含的那种独特的理想化的精神，似显文采风流，书卷韵致。

江上四影：人行明镜中，鸟度屏风里

　　新安江流经休宁至歙县街口东入浙江淳安县境内，终点为浙江建德梅城，主流长 373 公里，在梅城与兰江汇合后入富春江。流域面积 11047 平方公里。1958 年前，从屯溪可以一船到杭州，后水库截断航线，航运停顿。

　　感受了奇峰错立、瀑水横飞、幽壑腾烟之后，去新安江倾听水石相悦之声，山水组合风姿绰约，抚慰品水者的心灵。

细水，桃源孤影

　　从地图上看，蓝色的河流如同粗细不等的蛛网，覆盖了整个皖南浙西。新安江的发源地是黄山山脉、白际山脉与休歙盆地、绩溪盆地的宏大组合。其来水，南支率水，源于休宁六股尖。北支横江，源于黄山东麓的练江。在汇入新安江的各级支流中，河流长度在 10 公里以上有 57 条，在 10 公里以下达586 条。要把复杂水系梳理清楚极其困难，要知道，眼前出现的任何一泓山泉、一截沟渠、一脉溪水，最终都会汇聚成一条名叫新安的大江。

　　气候角度，南陵、泾县、青阳、贵池、东至、石台、祁门、黟县、休宁、屯溪、旌德、绩溪、歙县、徽州、黄山以及铜陵市的大部，宣州区、广德县的南部，地势高耸，雨水充沛，为安徽省之冠。也为大江提供了足够的水量。

　　这是上游格局，江水入浙，新安、富春、钱塘，构成真正意义上的一江三表，群山、城邦、村落，山与水一并走向大海。

　　地质构造上说，所有来水被归纳到钱塘江凹槽带，山岭属天目山、千里岗和龙门山系，千米以上主峰有 12 座，水系与山脉走向一致给了这条江以照应。

　　新安江曲折奔流于群山之间，进入淳安盆地，江水落差增加，从屯溪到铜官峡 200 公里间，落差 100 米。

　　流域面积 19350 平方公里的兰江，上源称马金溪，下接常山港，与江山港汇合后称衢江，至兰溪与金华江汇合后称兰江，在梅城与新安江汇合。昌化溪的主源是安徽绩溪饭甑尖，与天目溪两支源流汇合后的河段称为分水江，沿途接纳 9 条溪流。

新安江以中国独特的徽文化与自然风光的美妙结合著称于世。两岸生态呈"高山林、中山茶、低山果、水中鱼"立体格局，与掩映其间的古村落、古民居交相辉映。山水画廊新安江激发了诗仙李白的灵感，作诗："清溪清我心，水色异诸水。借问新安江，见底何如此。人行明镜中，鸟度屏风里。"

江上每一座小城都是不可多得的，那是水诗上的生活。竹筏游弋江上，任凭浮荡，虽未来得及过尽这"三十六湾、七十二滩"，却着实体味了一番"湾滩静谧听涛声"的诗意。

新安江河网密度之大，河道多弯曲，河床基岩裸露，弯曲凹岸滩地多由沙及卵石沉积而成。

沿江奇景，独特的风土人情，潜移默化中塑造江边之人。

湖底，古城魅影

千岛湖秀水之下，沉睡着叫作贺城和狮城的两座神秘的汉唐古城。贺城建于公元 208 年，狮城建于公元 621 年。

借水护佑千年古城，是新安江的壮举。贺城是淳安古县治，公元 208 年，东吴大将贺齐平定黟、歙两地，在淳安建新都郡，孙权任命贺齐为新都郡太守。第二年，贺齐即在灵岩山之麓兴建新都郡城，此乃贺城的由来。开始的贺城仅在天镜山一带，有城郭，分建内城和外城。贺齐文韬武略，一年后，郡城初具规模，为六县之冠。

贺城在晋太康元年改新安郡，隋唐时为睦州郡。贺城十一条街、七巷、八弄、四岭、四路，是"锦山秀水，文献名邦"的浙西大邑。

遂安的历史比淳安晚一些，建于公元 621 年，因背依五狮山，故称狮城。狮城城内多名胜古迹，有明清时期古塔、牌坊及岳庙、城隍庙、忠烈桥、五狮书院等古建筑，还有历代古墓葬。今天，淳安县高仿修建了岸上的文渊狮城。

两座古城现处于水下约 25 米深处，水温常年保持在 20 ℃左右。条石上开凿的痕迹清晰可见,城门上还嵌着门钉和铁环。民居尽管砖墙、木窗上已经长满藻类,但房内的木楼梯仍然立着,家具还摆放在原来的位置上。

古钱币状精工细琢的"商"字形门廊下成片的徽式大宅缘溪而建,昭示着当年这个新安江畔徽商商路枢纽的繁华与富庶。狮城从唐代开始作为遂安县治,古有"浙西小天府"之称。这两座古城,都曾被徽商视为江边重镇。

千岛湖水底除了有狮城和贺城,还有威坪、港口、茶园3个古集镇,与古城构成完整的水下古建筑群。辉映着深厚的文化底蕴,再现千年狮城的原生景象,重现浙西小天府的传奇生活。

这里曾经是新安江畔的商路枢纽,是繁华之地,富甲一方。商人云集贺城,商会会馆也有好几家,如:江西会馆,福建会馆,永康会馆。还有美国人设的抗战办事处。

城里街面宽度4至8米,中间铺茶园青石板,两旁砌卵石。店面都是木板门,城内有祠堂12个,城东城西各半,规模大的西面为应家祠堂,东面为邵家祠堂。

1959年9月21日,为了建造当时国内最大的水利枢纽工程新安江水电站,一个高105米、长242米的水库大坝拔地而起,新安江截流,库区蓄水。29万人从此离乡移居,两座古城城连同27个乡镇、1000多个村庄、30万亩良田和数千间民房,悄然沉入湖底。最终换来能储水178亿立方米的特大型水电站,更换来湖面有着1078个大大小小岛屿的世界级的秀水。

几乎一夜之间,两座千年古城就淹没在了千岛湖水底。狮城的古建筑物因为来不及摧毁,所以被水保存下来了。水下狮城遗址的一处处徽式院落,梁柱雕刻栩栩如生。在多次国家级大型水下考古活动之后,水下古城中的建筑、街道等古迹被逐一确定。

在淳安县姜家镇,一座叫"文渊狮城"的古城重现天日,重新复原了当年的遂安古风。水下的家乡和水上的新城,宛若穿梭在时光的隧道,狮城这个曾是中国遂安文化的发祥地,一夜之间被淹没在碧波之下,成就了千岛湖波涛万顷的秀美。

千岛湖水质位居优质水之首，最深处能见度达 12 米，被誉为"天下第一秀水"。湖水之下，鬼魅的拱门残缺不齐的影子投射在空旷的水面上，是一个孤独的背景。

浅笔，白沙雾影

全长百里的新安江山水画廊，从杭州经富春江、千岛湖、走新安江抵歙县、屯溪，然后上黄山。

新安江多彩的画卷，弯弯碧波，荡小舟如叶；翠峦迷迷，绕岚雾似纱；村落座座，白墙青瓦；茶园果园，吐芬溢芳。景因节气变，色随四时换。既是诗，又是画，"摇艇入新安"迷了古人，"两岸看不厌"醉了今人。

水绕青山山绕水，山浮绿水水浮山，这是新安江独有的哲学。竹筏过处，牧童、水牛、浣纱女、渔人、篙影、鸟鸣声，都在湍流浪花间构筑各自的生命图案。

山光水色隔绝了尘世俗器，新安江水四季澄碧，孟浩然诗云："湖经洞庭阔，江入新安清。"个中缘由，怎一个"清流白石"能够涵盖。

建德城内的江滨公园，立着一块石碑，上面镌刻着"白沙奇雾"四个大字，新安江的奇雾，几乎天天都有，不同于黄山、庐山的云海难得一见，她如纱似絮飘浮在江面上，有"清波玉臂寒"之感。

清晨登上白沙大桥头的迎客亭，会看到江面上翻腾的云海，漫过整个江城，若隐若现的楼宇，虚无缥缈的黛山恍如蓬莱仙境。

城内山峦苍翠，江水清澈。新安江水电站大坝高水位的调节，使坝下 10 多公里的水温常年保持在 14—16 ℃之间。大量的低温水从坝底源源流淌，好比一台永不停机的大空调，城区水、风、雾三奇，形成了新安江特有的小气候。

建德铁帽山麓，是一组石灰岩溶洞，由彼此相连的灵栖、清风、霭云、灵潭、灵泉五洞组成，灵栖洞多古人墨迹，有宋元两朝题字 30 余处；清风洞盛夏寒不可御；霭云洞入冬雾气弥漫；灵潭、灵泉洞水清至纯。

夏日的新安江水，冰凉得让你觉得不可思议，能够连年举办"耐寒勇士漂流"活动,全国各地的冬泳爱好者,在炎炎夏日来此参加冬泳的耐寒比赛,是新安江水一奇。

山水藏魂,游新安江之人,一旦入得其中,才发现无论用什么形容词赞美新安江都是徒劳的,新安江的山水已不仅仅属于风景,还是一种潜移默化的熏陶,任何名山,少了水的滋润便少了特有的灵气,古人云:"有水无山缺风骨,有山无水少神韵",新安江没有这样的尴尬。

新安江水构建了一种气质,无数跃崖而下的瀑布,窜入江中,水便躺着,编织成地上流动的梦幻,缘水而生的卵石,缘水而歌的泉音,滑过粼粼砾石,带着溪鱼,携着蝌蚪,奔向山外的世界。大自然在这里流淌出了不朽的乐章。

感受新安江水,打通了生命所有孔窍,听了水石相悦之声,自己仿佛成了一尾溪鱼。按文学评论家唐达成(1928—1999)的说法,这大自然的安详与清澄,洗去的何止是旅途风尘。

汇流,三江合影

三江会处,一派大水。江永远都有各自的边界,两岸居民,对彼此所知甚少,使用的语言也有不同。建德千米以上的主峰有 12 座,从山顶岩逢流出的泉水经由它流向广阔的光明。三江口对水的任性做了最恰当的表达。

公元 697 年,睦州州治由雉山移至建德,后建德一直为睦州、严州府治。梅城因旧城城堞形似半朵梅花而得名。梅城背靠乌龙山,三面峰峦环拱,城东南为新安江、兰江与富春江汇合处。这里,南北两座八角七级隋唐砖塔隔江相望。北塔下有方腊点将台、碧波井、刀劈岩。宋维藩词云:"突兀碧云间,烟雾锁栏杆。"南塔有明都御史胡宗宪所撰《两峰建塔记》石碑。

唐伯虎游严州古塔,有"壮观也,双塔凌云"名句。清代查慎行有《睦州》诗:"过城滩更急,直下汇分流。树色衔双塔,山形豁一州。"清代许正绶有《南关》诗:"峥嵘双塔卫严州,下抱长江丁字流。"

我登上古严州城望水,水面比在岸边看时更宽阔些,水色旷远,但并不浩渺。江边的人倾向于接受宿命,他们顺从于河流。他们也变得习惯于水边的生活。

我远远望见"严州府"的城门，城墙上旌旗飞扬，城墙一面新，一面旧，述说着历史的变迁和时代的更迭。在梅城的街头欣赏到牌坊群，绣衣坊、进士坊、观光坊、文魁坊，旧志记载梅城有百座牌坊：世登金榜坊、清朝耳目坊、名高两浙坊、八士联翩坊、彩凤联飞坊、三俊登庸坊……

站在老城墙上，可以把梅城看仔细。三面环山，一面临水，城内有东西二湖，城外有南北双塔。向城外望去，新安江、兰江、富春江在这里交汇。三江滚滚东流去，多少文人豪杰随波而去。严子陵之前的朱买臣，怀才不露，隐居江畔，后被皇帝发现，做了会稽太守。而严子陵，拒绝高官厚禄，成了著名的渔人。

汇流，代表一种生命的开始。之江有诞生梦幻的所在，哲人则借地球缘于水这个大命题诠释万物。

水代表每一种生命的开始，朝向大海的旅程是一趟远离人类历史向前追溯的旅程。水流中的那些漩涡是偶然出现的湍流，从河面直达河床底部的深水处，它们拉长了时间。那些在纤路上漫步的人，与坐着汽车穿过桥面的人，是住在不同的时间维度之中的。

江水在人类世界存在以前就在流淌，人类从一开始，就做着无止境的涉水而行，搭桥而过，漂流而过，来自田园牧歌和神话中的人物，装饰着受古典主义影响的风景。

之江在某种程度上永远是原始的，很少有人能坐在流水旁而不陷入某种沉思与幻想，即使只是出于对永恒变化的认知。总有一种时光匆匆如流水的感慨。

在岸边看着之江水可以体验到一种思想被冲刷、灵魂被洗涤的感觉。它甚至能消除哀愁，江水吸收了一切。直到今天，缓缓流淌的之江水依然让人们感到宁静和平和，抚慰心伤。

水吸收了一切，之江的水可以让人遗忘万物及陷入沉思。有循环和永远重生的意象，在河的下一个转弯，总有一些东西等待着被探索。当河奔流向海之际,它好像充满了新的生命与能量。

过了三江口,扶桨的富春江诗人蒋立波,正摇着时间的片段:

> 抱着枯槁的船木,一如抱回失传的琴,波浪仍在弹奏着童年。

进入富春江段,江河变得曲折,对自身的任性做了最恰当的表达。

钱塘江进入到出海口。江水被描摹出"无时间性"的风光。

睦州六子:野旷天低树,江清月近人

中国大历史,这部浩瀚巨卷中,总藏些"文眼",不时跃出纸面,给读者以灵感。睦州算一处,像是朝廷与文人之间的某种默契,贬至睦州,就不必做大事,只需作好诗。于是,杜牧、柳永、范仲淹、陆游、海瑞等人来了,或许是睦州之水清澈见底的缘故,为官睦州,虽孤独,却能见一条永不尘封、众神栖落的精神坦途。

人生可以作为时,独自探索心灵荒径,以个人力量为济世的大刀阔斧留下伏笔。人生无能为力时,借诗文言志,留传世之作。

睦州搭建的舞台上,表演的都是大咖。

刘长卿,以朽木构建恢弘的别墅

古今之江上的别墅,品质低而品位却最高的,是唐代诗人刘长卿的别墅。和杜甫一样,刘长卿渴望有一处属于自己的宅子,命运安排他去浙江建德做官,在建德,冀望独处的他,在临溪的山间,盖了一幢"豪宅",叫碧涧别墅。

山涧别墅

公元 777 年的一个春日,建德码头,萎靡的刘长卿(约 726—约 786)带着妻儿,上任睦州司马之职。中唐时期,梅城一直是睦州州治。

安置停当之后，他第一件事就是写一首长诗给监察御史苗丕尚，向他报告平安到岗，但他最根本之意是答谢苗侍御为自己洗刷冤屈，古人以诗作谢自是大礼，自然，诗中不乏格调高远之句：建德知何在，长江问去程。孤舟百口渡，万里一猿声。

此时的刘长卿刚刚从鬼门关出来，心神未定。他之前在鄂岳转运留后任上，不愿与截夺上缴中央钱帛的上司同流合污，得罪了这位上司——唐朝名将郭子仪的女婿吴仲儒，这位名将之婿出手够狠，反诬刘长卿"犯赃二十万贯"，铸成特大冤案，这个罪名假如坐实，脑袋要"当宰"好几回。

此案引得朝廷重视，派监察御史苗丕尚来审理这桩"犯赃案"，苗丕尚秉公办案，刘长卿罪名得以洗刷，但难免遭到贬谪，被降为睦州司马。

死里逃生的刘长卿，奉着皇命，千里跋涉，来到了梅城古镇。

刘长卿压根儿不知道建德在何方，来到这远离尘嚣的山水之城，突然起了安顿灵魂的念想，他要在山水间盖一幢别墅，要在人生路途无助之际，绝处逢生，写下："日暮苍山远，天寒白屋贫。柴门闻犬吠，风雪夜归人。"

一幅孤寒清妙的风雪夜归图，一个幽远的雪天，一个孤独的旅人，在人生的风雪中，盼望一小屋、一炉火、一杯热茶、一个温暖的所在。这诗是刘长卿的传世之作。

远离京都的浙西偏僻山沟里的睦州司马，常常是朝廷用来安置贬谪官员的职位。该职位的主要任务是辅助州刺史管理军务，权力小，管事也少，刘长卿贬梅城，生活虽然清贫单调，却也十分悠闲。

遭诬陷被贬到睦州，对刘长卿来说，无疑是一种打击，当时前两任睦州刺史萧定、李揆都对他关爱有加，同意他利用职务之便，在大门外北峰塔下的碧溪坞山涧口兴建了一栋住宅，他将这所简陋的房子称作"碧涧别墅"。

《建德县志》说这幢别墅"在城东三里许，为唐刘司马长卿别墅。群山环抱，胜景天然。今名碧溪坞"。他和家眷就在那儿居住，悠悠白云里，独住青山客。

刘长卿住在碧溪坞口，出门不远处是蛇浦小桥，如遇暴雨则"野桥经雨断"。也好，雨天就在家作诗。过桥后就到东馆码头，在水路交通的年代，他的碧涧别墅倒是接待友人的好处所。在梅城，新老朋友常来他这理想中的别墅："芳草闭闲门"的清新，"青山空向人"的悠远。

在今天的建德，刘长卿别墅作为一处文化地标，给人以诗意的向往，但放在唐代，这里却不过是一处普通的荒村破屋，"猿护窗前树，泉浇谷后田"。夕阳西下，余晖照射在孤独的小屋，特显荒凉。他的女婿李穆来建德探望岳父，诗人这才借诗作描述：欲扫柴门迎远客，青苔黄叶满贫家。

他把破败的柴门整理好，去除台阶上的青苔和黄叶。扫除的，还有心灵上的尘垢。

柴门犬吠之中深藏荒村式的诗歌写作，在不息的之江上，耸起了一座诗的高峰，成为乡野村落的道德高标与文化风景。

江上看舟

边塞诗和田园诗，是盛唐两个重要诗派。诗歌到中唐，没有了初唐、盛唐时开疆拓土的魄力，而是进一步分化，新乐府运动，大历十才子，韩孟诗派，李益、李贺等，诗人辈出，让人眼花缭乱。

此时的田园诗派比之盛唐时的王维和孟浩然，差了许多，假如找一个旗帜性人物，当属刘长卿。

诗歌随大唐历经风雨飘摇，以五言诗著称的刘长卿，走了独具特色的一条路，他借哀伤的情绪描写山水景物，名动天下。

可以这样概括刘长卿，即"一次入狱、两次被贬、历经四帝、成名五言长城"。满腔抱负得不到施展的刘长卿，在梅城待了5个年头，留下了六十多篇流露心声的诗词作品。

刘长卿常在江边体会有关遗忘的感觉，顺从于命运的安排，也习惯于短暂性的停留。他的诗一直在之江上飘忽，常在睦州至七里滩来回跑：惆怅梅花发，年年此地看。桂楫荡漾江中，回转百里之间，青山千万状，总是看不够。送客到严子陵钓台，天晚了，索性宿七里滩，作诗一并寄朋友：

悠然钓台下，怀古时一望。江水自潺湲，行人独惆怅。

或者对酒寄严维：门前七里濑，早晚子陵过。

在梅城是刘长卿创作的高峰，写诗六十余首，其中四首送给越州诗人严维，六首给流寓睦州的越州诗人秦系，三首酬张夏，其中不乏名篇名句。《唐诗善鸣集》说，刘长卿的诗在盛晚转关之时，最得中和之气。

长流水，寂静山，不是单独的词，安庆司马皇甫曾、越州严维等多次乘船来梅城看望他，睦州诗人章八元和越州诗人秦系屡屡约酒，诗人李嘉祐、皇甫冉、张夏、包佶、朱放上们聊诗，颇为热闹。每每送客到江边，立在扑面而来的日光、水汽、江树的气息里，太阳照白了空气，照过了那片时光。

在这里，植根盛唐的诗人们有属于自己一方天地，一种雍容的气度。

住在江边的诗人，有些不食人间烟火的仙气，像今天读梭罗（Henry David Thoreau, 1817—1862），读《瓦尔登湖》，书好，简朴自然。刘长卿亦如是，他护着一泓静美，塑造着江上信仰。

柴门、木屋都有自己的命运，石桥静卧，独木舟斜横，偶尔的乡语透过木格窗棂随风过耳，展现出平民百姓浓郁的生活韵味。淘米浣纱后依然晃荡的河埠，晨曦里晚风中远远近近的犬声，编织了动人的日常。

来到水边，江面壮阔，天镜一般的水面带着光晕"行走"，试图以一己之力为江上的净美或迷惑留点伏笔。但舟楫往返，静中有动，给人以独自探索心灵荒径的欲望。

远远的有些模糊倒影，刷新着我们观看当下的坐标和视角，湖水倒映出旧时光，映出失传的味道，才知人性依旧美好。

五言长城

暮色沉沉的时代，压抑愁苦的命运，刘长卿的诗作，绝大多数包含着自己的怨悱和不甘，缺少盛唐气魄。"安史之乱"后的大唐诗歌，诗风大多清冷幽隽，有着隐士之风的刘长卿，却蕴含一种孤苦的基调。

灰暗冷漠的色调，清空幽寂的气质，轻淡虚净的心性，是刘长卿笔下风貌。带上万里伤心水自流的人生情调,走进山水田园,他收起了锋芒,将萧疏、冷落、忧伤藏于山水之中。刘长卿借用独到的诗风,向黑暗投射一缕光。

诗风还是时代的归属,他是地道的大历诗人。他在狱中被贬为岭南南巴县尉,刚走到江西便接到暂缓的通知。留在江西余干待命,仍不忘作思乡诗:渡口月初上,邻家渔未归。在这里遇到了因站错队而被流放夜郎的大诗人李白,二人把酒言欢,离别时他写下了:万里青山送逐臣。面对荒凉萧瑟的前程有着深深忧虑。

王安石说:人生失意无南北。刘长卿的诗里多的是悲苦意象,比如荒村、野桥、落叶、古路、寒山、孤舟,有学者称他为"闭门诗人",一间一间简陋茅屋,坐落在偏僻的远山深处,是诗人心目中的天堂。一生惆怅,揉进诗歌。

刘长卿在《重送裴郎中贬吉州》诗中"同作逐臣君更远,青山万里一孤舟"。用了一个"远"字,将关山万重,路途遥遥的意境展现得韵味悠远。《听弹琴》展现"激昂",替代王维的"禅静","古调虽自爱,今人多不弹"。

公元780年,刘长卿结束了贬谪生涯,升为随州刺史,才离开了"秋水两溪分"的别墅和"空山卧白云"的梅城,向着江汉"夕阳孤艇去"就任新职。

杜牧,以气质遮蔽越界的文本

西晋(265—316)在中国历史上不太为人注目,搞文学史的人知道那位注了《左传》的荆州刺史杜预(222—285),他的后代出了两位名垂千秋的大家,一位是十三世孙杜甫,一位是十六世孙杜牧。杜预的长子杜耽之一脉中诞生了杜甫,而杜牧这一支出于杜预的少子杜尹,杜甫与杜牧两支派相去很远了。杜甫对于他的世祖景仰深至,常流露于作品。

残春伤睦州

唐武宗会昌六年(846),44岁的杜牧(803—852)由池州移任睦州刺史。他出长江而下,转运河入浙,经杭州溯富春江,历时四个月,到达睦州。杜牧贬到这远僻小郡，心有不畅，后来描述这里的环境时写道："夜有哭鸟，昼有毒雾。"

这是一个星光灿烂的时代，中国文化史上许多熠熠生辉的名字，在杜牧那个时空里发出了悠远的浩叹。中唐重要的作家都还健在，李贺、柳宗元、韩愈、白居易、刘禹锡、贾岛、元稹，一面面文学大旗，构筑了文学史上的辉煌景象。城市的墙垣间，连青苔亦饱含文脉，乡野的官道上，群马扬蹄疾驰，负载着流韵千古的文化景观，驿站破壁上偶尔读到的可能就是大家的绝代之作，这个时代非常宽容，文字读来都朗朗爽口。千年后的今天看去，依然难有僻字险韵精警诡谲的文字陷阱。

杜牧做了十年秘书，莫名地卷入政治斗争漩涡，被挤出京城，一路被挤压外放，去些孤独而荒凉之地做刺史。迁黄州，迁池州，前后七年间，朝中达官几乎无人与他通书问候。也好，偏远之地少点宫廷斗争的污浊，在荒村听雨换得心灵的自由。不必为官场的嘈杂声与互相揣摩躲避冷箭而战栗所扰，失意未必是坏事。

这会儿，他又从池州迁来睦州，心情差到极点，但被眼前的景色惊到了。

睦州郡坐落在距离严子陵钓台不远的地方，这儿的山水着实惹人怜爱。

暮春时节客居于此：人家、绿树、溪水、山石、小鸟、茂林、野烟。这美景真让人陶醉了。他不由地诗兴大发，"州在钓台边，溪山实可怜。有家皆掩映，无处不潺湲。好树鸣幽鸟，晴楼入野烟。残春杜陵客，中酒落花前"。

杜牧把如画的溪山喻作美女，怎一个"怜"字了得。杜牧的这首《睦州四韵》，景中寓情，清丽明朗，着力微，笔力横。方回评此诗"轻快俊逸"，纪昀认为"风致宜人"。怪不得到了宋朝，谪守睦州的范仲淹还在说"令人思杜牧"。

钱钟书说"十字四层意，进而益深，却不着迹"。余韵然，耐寻味。

诗中"残春""落花"有伤春之感，因为外迁，杜陵客想家了。

其间，虽然流连于睦州的自然风光，但他入世的强烈志向，小小睦州不能满足他的宏大抱负，时刻憧憬新的政治局势出现，这种迫切的心情在他启程回长安的途中还存在，在夜泊桐庐时写下：水槛桐庐馆，归舟系石根。回长安后,又写诗点赞睦州的雨,想念这"无处不潺湲"之地。睦州,尺寸不大,气韵千里。

在旅途匆匆的行人里,唐人的脚步最易辨认。杜牧厌恶邪柔谗诐,不肯媚世苟合以求进取,一路被外放,一生在告别,一直在行走,刚就任一地官职,明日便迁他乡。命运练就,他将目光放得很远,他将自己的步履安排得过于放达,这是唐朝的气候。

面对一个颓败的晚唐,杜牧继承了父辈的温厚,笔底不见凌厉惊骇之色,依旧缠绵而淡雅,每离开一座城市,只是瞟一眼客舍窗外的杨柳青青或荒草萋萋,这是唐人的风范。

晚春叹落日

杜牧在晚唐出场,这位宰相杜佑之孙,一生为他的想象所激动,他有充满奇幻色彩的诗句,卓越的政治见解。他23岁将极具思想个性的《阿房宫赋》送给太学博士吴武陵,吴找到当时的主考官崔郾,杜牧中第五名进士,那年他26岁。

初生牛犊的杜牧,拿他的《阿房宫赋》,拉开架式在大唐那强悍的虎背上猛击一掌。"六王毕,四海一。蜀山兀,阿房出"。这开头十二个字,气迈所至,非文章高手不能为。"覆压三百余里,隔离天日。二川溶溶,流入宫墙。五步一楼,十步一阁"的描述,是已经毁于大火的阿房宫给后人留下最好的想象。

《阿房宫赋》痛述天下兴亡之道,是对唐王朝的警告。难怪吴武陵要保荐。

晚唐诗风流于萎靡,入仕之初的杜牧遇到两位开明的领导,沈传师去江西做行政长官,沈点了杜牧作僚佐。后来,牛僧孺又带他下扬州。

33岁那年结束扬州梦回京城,做监察御史,此时正是甘露之变(835年)前夜,朝中密云不雨,景象黯淡,他以为弟弟治眼为由请长假离任到了宣州。37岁,他由宣州进京为监察御史,数年前由扬州进京是由运河北上,溯黄河而西,这是当时江淮一带人士进京常走的通道。这次杜牧换走一道,乘船溯长江、汉水，经襄阳、南阳、武关、商山而至长安。

过项羽兵败自杀处，杜牧留下："江东子弟多才俊，卷土重来未可知。"是对历史上兴亡成败原因的独创。

过武关，当年楚怀王不听屈原劝告，赴会武关，被秦王杀，他感慨："山墙谷堑依然在，弱吐强吞尽已空。"

过商山城驿，杜牧崇敬一位名叫阳城的贤者，留一句："清贫长欠一杯钱。"

来睦州前，他是池州刺史，迁池州时，过赤壁古战场。留下名句，"东风不与周郎便，铜雀春深锁二乔"。可以读出遥接万代的感慨，《赤壁》所传的不是历史之貌，怀古赤壁之战，实则预感到唐朝将要结束。

过金陵，夜泊秦淮，目睹朦胧的夜景，忧患意识，呼之欲出。"商女不知亡国恨，隔江犹唱后庭花。"《泊秦淮》为唐人七绝的压轴之作。

过杭州稍作停留，对朝廷所作禁佛之举抒发了精辟之论，用钱奉佛以买福赎罪的观点与范缜《神灭论》相同，士大夫佞佛的风气中，杜牧可谓清醒的人。凭吊南朝遗迹，不免要讽其广建寺院之妄。"南朝四百八十寺，多少楼台烟雨中。"每句都是一幅画，语言之凝练达到精粹之极致。

世道将变，杜牧秋风中跑到连昔日茂盛的松柏也已荡然无存的唐太宗墓前，以称颂明主而发泄对时下的不满："千古销沉向此中。"为晚唐提前写下挽歌。50 年后，唐王朝就灭亡了。

杜牧没有贾谊近乎疯狂的官本意识，中国的文人如贾谊，不到京城则没舞台展示才华，进了京城又为诱蛾灯所灭，到头来觉得李白、孟浩然、陶渊明洒脱的难得了。杜牧以其浪漫和偶尔的消沉与颓废，将忧国伤时之心融入他俊爽的文风和玩世的态度之中，做官与弃世到了这份上，称风流倜傥确实名副其实。

杜牧仕途跌宕，主张削藩抗夷，颓废的现实没能撞碎杜牧的雄心壮志，处江湖之远仍忧经国之事，他写下了《原罪》，箴言政事，俱切中晚唐要害。所著《孙子注》，满篇珠玑。

杜牧常以天下为己任，16 岁就给朝廷进言，说仅用强健的兵勇是平不了李师道(唐朝地方割据者)的,要用兵法,讲智谋。杜牧关注大唐的盛衰,用他的话说就是"平生五色线,愿补舜衣裳"。他也写过多篇战论、守论、罪言、注孙子序,这些合起来才是杜牧的全貌。复兴大唐才尽其用是杜牧的梦。

暮春又浙江

年轻时杜牧曾有来浙江做官的一个承诺,到晚年该是兑现的时候了。

杜牧豪放不羁,《唐阙史》说,当年他在宣州任团练判官时,听说湖州风光秀丽,美女如云,便想着要去湖州玩。湖州刺史与杜牧是旧交,陪他去看歌舞和竞渡。杜牧在围观人群里,见到一位 13 岁的天姿国色的女孩,即向其母提出嫁娶之意,杜牧说:"十年内我必来此作郡守。如我不来,你便嫁人吧。"杜牧还给了贵重的聘礼。

杜牧给宰相写了三次信,求做湖州刺史,但因为受排挤,只去了黄州、池州、睦州等穷乡僻壤做官,等到他的好朋友周墀出任宰相,才如愿任职湖州刺史。

杜牧在湖州找到了那女孩的母亲,得知人家等了他 10 年才出嫁,此时已过 14 年,那女孩已是 3 个孩子的母亲了,杜牧自恨寻芳已迟,作诗《叹花》,自恨毁了这十年迎娶之约,如今曾经的意中人已是"绿叶成荫子满枝"。随后他还给了对方一笔钱予以抚慰。

杜牧在湖州颇不寂寞,这里风景优美,人物俊秀。他的诗作得相当好,他凭吊了李贺、李商隐赞颂的著名作家沈亚之(781—832)之墓,沈亚之的传奇小说《湘中怨》《异梦录》《秦梦记》开了风气,鲁迅说他"皆以华艳之笔,叙恍惚之情"。杜牧钦佩他的才名,特地去凭吊。

一日,杜牧在顾渚山闲来无事,去了大涧中流的绝壁峭崖上的明月峡游玩,顺便进得一农户家小憩,农户见刺史光临寒舍,自然十分高兴,热情接待了杜牧,这位刺史见这里民风如此之好,一时兴起,在村舍门扉上题了一首诗:

从前闻说真仙景，今日追游始有因。

满眼山川流水在，古来灵迹心通神。

到了宋朝，苏舜钦的祖父苏国老做乌程县令时，听说当年杜牧有此题字，便托人去顾渚山买下了那门扇，奉为传家之宝，一直到他的曾孙苏泌，拿出给王得臣看，只见字体遒媚，隐出木间，是稀世的墨宝，这事被写入了王得臣的《麈史》。

杜牧在顾渚山待了月余，完成贡茶后，在顾渚山银山石壁上刻下了他的佳作。

杜牧在峭健的诗风背面，又有一手让欧阳修赞赏的好散文。洪亮吉说唐代诗文具佳的惟韩愈、柳宗元、杜牧三人。杜牧还是第一个作慢词的人，这一手应是从擅谱曲填词的温庭筠那学来的。他的书法如清人叶奕苞称："深得六朝人风韵。"其《张好好诗》真迹流传至今，20世纪50年代由张伯驹捐献给国家。他所摹顾恺之的维摩像，米芾称"精彩照人"。全祖望说杜牧的才气，为唐长庆以后第一人。

自从孟郊、李贺、柳宗元、韩愈等中唐诗人相继去世以后，元和诗坛上的那种活泼与锐气的诗风也逐渐消失。唐诗路上留给杜牧只是一个清道夫的身影了，杜牧为晚唐留下的关门声清脆而悠远。杜牧去世50年左右，统治中国近300年的大唐帝国寿终正寝。

古之中国诗人留下的孤独背影，杜牧无疑是最深刻的之一。

柳永，以诗歌还原晦涩的世界

柳永（980—1053）是史上最简单的官员，也是最复杂的文人。人们一般只记得这位"凡有井水处，皆可歌柳词"的"奉旨填词柳三变"的诗意人生。故柳永只有文名，而无官声。其实，他为官的声名尽在浙江。

古人出来闯荡，要么做事，要么作诗，官员以文名传世，淡了其官德，柳永做官为文，均上乘，这就让人称奇了。

柳永 19 岁时本来想进京赶考,可路过杭州,看见湖光山色和繁华都市,就迈不开步子了,迷恋湖山美好、都市繁华,遂滞留杭州。

第二年,他父亲的同僚孙何知杭州,柳永带上《望海潮》去拜会:

> 东南形胜,三吴都会,钱塘自古繁华。
>
> 烟柳画桥,风帘翠幕,参差十万人家。

这首词将杭州的"承平气象,形容曲尽"。一出手便艳惊四座、传唱甚广,那一年,他才 20 岁。那是他最初的亮相,但惊艳过早,后一路碰壁。

宋真宗赵恒(968—1022,997—1022 年在位)不喜欢柳永这类浪子的做派,怕坏了仕风与世风。及试,真宗有诏,"属辞浮靡",柳永落第,这对"神童"打击甚大。他发牢骚了,于是就有了那首著名的《鹤冲天》:"忍把浮名,换了浅斟低唱。"发泄对科举的不满。那一年,他 24 岁,却上了科举黑名单。

他第二次参加礼部考试,再度落第,据说这一次宋仁宗特意让他落榜,说道:"此人风前月下,好去浅斟低唱,何要浮名?且填词去。"又把他给勾掉了。于是他扛着"且去填词"的招牌,流连烟花柳巷。

柳永仕途失意,便一头扎进平民堆里去写他的歌词,还自我解嘲为:奉圣旨填词柳三变。倒很风趣地自我幽默了一番。他出入歌馆妓楼,交了许多歌女朋友,不少歌女因他的词而走红。她们给他吃住,还给他发稿费。他大概是第一个到民间去的词作家,这种扎根坊间的创作生活一直持续了 17 年。

随后,宋仁宗赵祯(1010—1063,1022—1063 年在位)亲政,仁宗是个宽容的皇帝,亲政不久开恩科,48 岁的柳永,终于金榜题名。考上进士,柳永梦想成真。

及第登科后的柳永,被授予睦州团练推官,这是柳永人生的第二个转折。柳永由汴京至睦州上任,途经苏州,前往拜谒苏州知府范仲淹这位亲民的官员,并作词进献。而柳永心中的壮志,是践行范仲淹的"民本"。

到职以后,他勤于职守,虽然睦州团练推官只是个相当于八品的下官,但柳永表现出了相当的热情,到任才一个多月,便做出了好业绩,得到睦州州守吕蔚的赏识。州守与盐司联名向朝廷推荐他。

柳永在对秩序的顺从中，塑造自己的信仰。他做睦州团练一年后，改任余杭县令。

柳永初至余杭，就一心扑在工作上，文风也有所改变，常有应景之作：

> 晚来高树清风起。动帘幕、生秋气。
>
> 画楼昼寂，兰堂夜静，省教成、几阕清歌，
>
> 尽新声，好尊前重理。

柳公子不写风月，出手尽显正能量。柳永继续转文风，改作风。访贫问苦中，他了解到当地的百姓，大多目不识丁，深感要致富，得先读书，便写下一篇《劝学文》。

这位在青楼度过近30年浪子岁月的柳大人的文风，确实变得让人有点猝不及防。

余杭出产藤纸，每年都要向朝廷进贡一千张。县令柳永实地查看后，深知做工繁琐，耗时巨多，每一张藤纸的背后，都是农民的血汗，便吩咐手下："即使藤纸有盈余，也不可多贡，给纸民让一点利吧。"柳永"抚民以净"，深得百姓爱戴。

之后，他在定海任盐监官，所经之地，政声良好，但这依旧没带来官运，他一直任散官闲职。

从睦州团练推官，到余杭县令，再到盐监官、屯田员外郎，54岁的柳永，被朝廷派到定海任盐场监官，柳永坐在衙门冰冷的太师椅上，在那个时代，他显然老了。

作为盐区的监官，统辖舟山所有的盐场。当时舟山尚未设县，行政上是鄞县下面的三个乡。盐官监管盐业、渔业和农桑，也掌管生产、诉讼、灾害等地方事务，查缉私盐也是地方巡检和尉司的职责。因此，柳永又具地方官军和刑法的权威。

柳永来舟山正遇上荒年，当时两浙地区连年受灾，百姓流离失所。柳永

从城市转到海岛，是个大转折。盐监柳永深入盐场，看到盐民劳作艰辛，生活艰难，听着盐民字字血声声泪的诉说，心中很痛。于是写下了一首留存至今的民生之歌《煮海歌》，向上呈诉。

《煮海歌》是最早反映海岛盐民真实苦难生活的杰作，揭示了当时繁盛景象下的社会矛盾。钱钟书说："《煮海歌》使我们对柳永的性格和对宋仁宗的太平盛世都另眼相看了。柳永这一首诗跟王冕的《伤亭户》，可以算宋元两代里写盐民生活最痛切的两首诗。"成为中国文学史上不朽的史诗。

史书记载柳永既摄政事，又理盐课，两项工作都得做挺好。《舟山志》说他："区划有方，纤悉不为民病。登阜盈余，寻以最闻云。"他治理舟山，不加重百姓负担，"登阜盈余"指舟山粮食丰收，财货盛多，收支有盈余。这些农商财税方面的事务，是县令的职权，柳永政绩可嘉。

柳永在舟山不只是著名词人，更是播扬"仁"心的使者，《煮海歌》描述盐工的艰苦劳作，百姓可能不知道柳永是大词人，但知道柳永是好官。

《煮海歌》有一种震撼的结果，为政有声的柳永被称为"名宦"。宋代三百多年里，列宋代"名宦"的寥若晨星。舟山百姓亦以特殊方式纪念柳永，为他立碑。只可惜舟山当时未设县，所以鄞县县令的名录上没有柳永的名字。

1043年，柳永调任泗州判官，在泗州待了半年，还是有"政绩斐然"之誉。时柳永已为地方官三任9年，按宋制理应磨勘改官，柳永去京城参加殿试。

宋仁宗一定读过《煮海歌》，品到了这位曾以浪荡闻名的官员内心对百姓的深切关注和真挚同情，于是另眼相看。他问："余杭藤纸产量提高，为何不增加进贡数量？"

柳永回答："加量很简单，若继任者纷纷仿效，百姓会苦不堪言。为陛下谋利益，不如为陛下谋民心。"宋仁宗笑，他发现了这个文人骨子里柔软的部分。从此，仁宗每对酒，必使侍从歌柳词再三。

从青葱岁月到凋零暮年，举慢词长调薪火，烛照低层人生。柳永遍食人间烟火，既然无从独善其身，索性做个不情愿的现实主义者，因为有文人诗意，才将生命拉长，编织朝野有井水处有柳词的神话，供人传说。

庆历新政时，重订官员磨勘之法。柳永转官著作郎，授西京灵台山令兼永安知县，三年后，又赴太常寺任职。这期间，柳永仍然保持着良好的作风。政绩不错，民声也好，但柳永还是不喜欢官场那一套，他在词中说：这巧宦不可多取。

柳永来自市井民间，所以，他不至于如孟郊那样愤恨，或如白居易那样悲伤，面对即将来临的荒凉，不变颜色，也不伤感，不至于一个人走上末路，走进荒芜、寂寞、空虚。

千古文章末路文人，中国的文化史，很大程度是失意文人创造的。柳词开疆拓土，但柳永一生不合于流，操行为正统士大夫所不齿，李清照说"词语尘下"但"协音律"。苏东坡看不起柳永，但读到《八声甘州》中"渐霜风凄紧，关河冷落，残照当楼"时，不得不说"不减唐人高处"。

柳永是北宋仁宗时拥有大量读者的词作者，柳词在当时一经写出，便能传遍全国，没多久就传到了北方。叶梦得任官于丹徒时，曾遇见一位西夏归朝官说：凡有井水处，即能歌柳词。足见柳词流传之广。那美丽的词句和优美的音律覆盖了所有的官家的和民间的歌舞晚会。他是中国历史上第一个专业的民间文学作家。

宋仁宗无意中迫退了一位白衣卿相，造就了一代词人。

时光远去，柳永以为政有声，被称为"名宦"，这才完成精神引渡，在浙江建德、余杭、舟山线装的旧相册里，独秀今朝。

柳永把官德给了浙江，将文品给了世间。

范仲淹，以文字照亮仕途的晦暗

范仲淹毕生推举一种纯粹的文官制度。但终究不能。

朱熹曾说，本朝忠义之风，却是范文正作成起来也。

人们大多是从《岳阳楼记》认识范仲淹的。课堂上，即使教书的先生不布置，学生也总是想把它背下来。"庆历四年（1044 年）春，滕子京谪守巴陵郡。越明年，政通人和，百废俱兴，乃重修岳阳楼。"金圣叹对其的评语为："圣贤心地,圣贤学问,才子文章。"

1034年正月,范仲淹怀揣一纸任命书离开京师,从右司谏任上被贬去浙江一个叫睦州的山地做知州。那年他46岁,是大展宏图的年龄,这是他第二次被贬。

或许因为受前人诗文影响,范仲淹对睦州山水充满憧憬,虽然被贬,心情却并不颓废。"素心爱云水,此日东南行。笑解尘缨处,沧浪无限清。"一路的春江蓝水,一路的见客访友,一路的文诗汹涌,相继写下《谪守睦州作》一首,《赴桐庐郡淮上遇风三首》和《出守桐庐道中十绝》等诗作。

3000余里水路,走了3个月,他在4月中旬到达梅城。

范仲淹心里似乎明白,睦州留给自己的时间不会太长,得抓紧时间知晓民情。走一走所辖的建德、寿昌、淳安、遂安、桐庐、分水六县做调研,得费些时日。东南僻壤睦州,远离政治中心,远贬睦州,是范仲淹的一次政治失意。但作为文学家,能借贬远离官场,在睦州的富江春上泛舟,却是一大幸事。

范仲淹来到睦州,州府在今之梅城。在这一方民风淳朴、山川秀美的土地上,心情无疑格外舒畅,他写下了"使君无一事,心共白云空"的诗句。

他在写给恩师晏殊的信中说:"郡之山川","满目奇胜"。"其为郡之乐有如此者,于君亲之恩,知己之赐。"他把被贬睦州,看成是皇上和朋友对他的恩赐。

公务之余和幕僚一起游乌龙山、登承天寺竹阁、谒严子陵钓台、访方干故里,徜徉在青山秀水之间,相继写下《游乌龙山寺》《江干闲望》《和章岷推官同登承天寺竹阁》等诗作。《桐庐郡斋书事》一诗中"杯中好物闲宜进,林下幽人静可邀"之句,表达了自得其乐的心情。在睦州的这段经历让范仲淹乐不思蜀,以至于他在移守苏州后感叹于姑苏之繁华与繁忙,他在给朋友的和诗中写道:"不似桐庐人事少,子陵台畔乐无涯。"

这是范仲淹第一次到浙江担任地方大员。从赴任到离任,前后不到一年时间,但他干了件功垂千秋的大事。

重修严先生祠堂是一项宏大计划,他派从事章岷前往主抓重修事宜。

范仲淹敬佩严子陵不慕权贵、不贪荣禄的高风亮节。到梅城后，他连知州太师椅都未坐热，便来到七里泷，严子陵钓台原先有座严陵祠，倒塌多年，范仲淹寻访严子陵的遗迹及后裔，拨款主持在东台山麓为严子陵建祠堂，免除其四家后裔的赋税和劳役，要他们管好祠堂事务，亲自为之写《严先生祠堂记》，颂扬严子陵情操，深寄其倾慕之情。

为使这篇记文能与祠堂相得益彰，他写信给当时的书法大家邵悚先生求篆额。这个邵悚，乃北宋大隐士，宋仁宗曾赐他"冲素处士"尊号，邵悚不稀罕，直接退回，邵悚有篆书《归去来辞帖》传世。

范仲淹把建严先生祠堂，视为大功德，须大家方能为之，这个邵悚能否给面子，范仲淹心里没底，故他的求字信写得极为诚恳，极具道德水准，此信140字，求邵悚"神笔于片石"，恳切之心，溢于言表，足见范仲淹用心建严祠的圣愿。

范仲淹在为坐落洞庭湖边的岳阳楼写记时，用了很大的篇幅写景，登楼眺望，浸乾坤，浴日月，括万象；衔远山，吞长江，际无涯。有"沙鸥翔集，锦鳞游泳，岸芷汀兰，郁郁青青"之妙语。朱熹读后视为"天地间气第一流人物"。

这里，范仲淹另开一路，登高台，望逝水，气蒸林海，波撼群山，小江流而大天下，构筑了一种高不可攀的人文精神。《严先生祠堂记》回避富春江的美景，惟崇先生之德。字字珠玑，句句精辟。

范仲淹将《严先生祠堂记》送给今江西的李泰伯看。李泰伯赞叹不止，说是望改一个字。把"先生之德"改成"先生之风"，范仲淹欣然改之。这著名的"云山苍苍，江水泱泱，先生之风，山高水长。"传世之绝句光焰万丈，千年万年尽得风流。

范仲淹高规格修缮严先生祠，严子陵的文化地位得到空前提升，严子陵正式成了桐庐山水的代言人。

千古文心，万古情结，是中国文化的济世精神的本元。严祠坐落在美绝天下的富春江边。范仲淹的《严先生祠堂记》里，竟然没有半笔写景的文字。"先生之风"的从容不迫，化为范仲淹一生的精神支撑。

睦州毕竟是一个小地方,区区公务对范仲淹来说真是小菜一碟,但他仍以"敢不尽心,以求疾苦"的责任心投入公务,不久就初见成效:"吞夺之害,稍稍而息。"

睦州漫山遍野是茶,茶圣陆羽早就说了,桐庐是睦州茶之最。"春山半是茶",是范仲淹十绝中除标题"潇西桐庐郡"以外的诗眼,绝配。范仲淹的春山,满是浸染透了的翠绿,那是富春江水滋润而成的。

《潇洒桐庐郡十绝》,对一个地方一咏十叹,这需要别样的感情。每一首,都是他对睦州大地、富春江山水的咏叹。青山,白云,流泉,竹林,绿波,兰舟,江岸,人家,一个个意象次第而来,换一个季节,这些影像还会不断变幻,给范仲淹以惊喜。

范仲淹每到一地即创建书院,到睦州后,在梅城乌龙山麓庙学原址上创建睦州第一座书院,融庙学与书院于一体。开启了中国官办书院的新时代。

龙山书院距离范仲淹的"办公室"仅几步之遥,得到热衷教育的知州的关注也在情理之中。范仲淹通过求学改变了命运,从他几个儿子的名字看,长子范纯祐,次子范纯仁,三子范纯礼,四子范纯粹,就能知道范仲淹对未来的期许。

书院古迹已难觅,但现在可以在书院内的一幅幅壁画中,窥得当年盛景,南宋"东南三贤"会聚严州,在严州书院讲学辩识,一时天下士子蜂拥而至,严州也成了当时天下理学的交流中心之一。龙山书院成为今天严州古城的宋韵符号,文化地标。范仲淹种下的,是一颗文化的种子。

梅城位于新安江、兰江、富春江三江口,常有水患。兴修水利是范仲淹卓著的政绩,主持修筑南北相连接的堤坝,疏浚了梅城东西湖。老百姓怀念这位州官,先后在梅城建起亭坊、堂、祠,以纪念这位所有恩的父母官。

50岁时,范仲淹第三次到浙江担任地方官,知越州。上任不久,范仲淹就兴办府学,邀请当时著名的学者李泰伯来越州讲学。"一时郡内多置学宫,聘名儒主之。"他在越州大约17个月,这期间范仲淹重视保存文化古迹,凭吊范蠡旧居翠峰院。修了贺知章的故居"天长观",刻上徐铉作的序文。用自己的薪俸周济百姓，得到百姓拥戴。他离任后百姓兴建"希范亭"，碑题"百代之师"纪念。

范仲淹 61 岁知杭州，遇到大饥荒，"道有饿殍，饥民流移满路"。范仲淹没有沿用开仓赈粮或施粥济荒的常规措施，而是一反常态，创造性地实施政策：

兴土木，以工代赈；修道路、建校舍，盖库房，解饥民流离失所之苦；引粮商，杭城粮食爆满只好降价。

杭州人民为纪念范仲淹之惠政，在孤山建祠、建庙，以颂这位先贤。

陆游，以绝句守护壮丽的空坟

1186 年，闲居在绍兴老家 5 年之后，朝廷重新起用被朝中人嘲讽了一辈子的"风月词人"陆游，61 岁的他西戍京城，任严州知州。

陆游清楚，南宋京城在杭州，西边是大后方，本无战事，何来西戍，朝廷无非在自己花甲之年给一个安慰奖。

因为家国信仰的不同，陆游与朝廷唱了一辈子的对头戏，收复中原是陆游毕生的梦。去严州赴任前，自然要谢过皇恩。他需要坐船入京向孝宗辞行，旧时进京，山阻水隔，南宋京城就在杭州，从绍兴出城，朝发夕至，一天就能到天子脚下，故少了那份神圣感。时值陆游诗名大盛，而孝宗皇帝欣赏陆游。

孝宗是南宋颇有作为的皇帝，他登基的第二个月就平反了岳飞冤案，立志光复中原，专心理政，治国有方。孝宗作为一国之主，他知己知彼，清楚南宋之忧在内部的不稳定，在战场上的不争气。打不过人家，那就暂时不打，先厘清家事，孝宗督促地方官修水利、勉农桑、尽地利，出现"乾淳之治"的小康局面。

孝宗在延和殿见过陆游，不作关照，聊天也无关痛痒，说："严陵山青水美，公事之余，卿可前往游览赋咏。"对陆游这位上了年纪仍拿"王师北定中原"做理想的主战派，作象征性使用，对他说你不用太认真，看看山水，写诗应应景。

在南宋，若将收复中原挂嘴上，是犯忌的，可能立马丢官职，皇帝也未必保得住。在被视作"中兴之主"的孝宗皇帝眼里，陆游这个人物值得爱，这已经是第二次见面了。之前召见过诗名日盛的陆游，但"隆兴和议"后，主和派执朝。陆游被调向后方，先去南昌，任隆兴府通判，那年他40岁。后来有人进言陆游"力说张浚用兵"，陆游又遭罢免赋闲绍兴。四年后又去四川，改任为夔州通判，管学事、劝农事，陆游携家眷由山阴逆流而上，作《入蜀记》。

川、陕宣抚使王炎委托陆游草拟收复中原的战略计划，陆游作《平戎策》，遭朝廷否决。不过，在大散关一带的军旅生活，是陆游一生唯一的一次亲临前线、力图实现爱国之志的军事实践，这段生活虽只有八个月，却给始终希望收复中原的陆游留下了终生难忘的记忆。

参知政事郑闻接替王炎出任四川宣抚使，陆游上书出师北伐，收复失地，未被采纳。范成大由桂林调至成都，统帅蜀州，举荐陆游为参议官，二人成莫逆之交。南宋主和势力诋毁陆游，后来范成大迫于压力，将陆游免职。

50岁的陆游索性与朝廷玩潇洒，在杜甫草堂附近的浣花溪畔开辟菜园，大隐于市，躬耕于城。宋孝宗记住了这位高举"主战"大旗的大诗人，于是召见了他，并作安抚，任命他为福州、江西提举常平茶盐公事。那年陆游55岁。

陆游管些粮仓、水利事宜。次年，江西水灾，陆游号令各郡开仓放粮，并亲自"榜舟发粟"。被指"越于规矩"遭弹劾，陆游忿然辞官，重回山阴老家闲居。

陆游不停地疾呼王师北征，不停地被免职，皇上不停地过意不去，陆游依旧生活在他家国至上的信念里。

孝宗一直为主战与主和之事烦恼，耻于这帝座，开始酝酿自己的身后事，他在凤凰山的宫殿里依旧惦记严州陆游。两年后的一个夏日，陆游任满，朝廷升他为军器少监，掌管兵器制造与修缮，再次进入京师杭州。不到半年，孝宗禅位于光宗，皇帝最后为一个文人了却一桩心事。

史书上说，陆游在严州任上，"重赐蠲放，广行赈恤"，深得百姓爱戴。

闲暇之余，陆游也在整理旧作。正是严州的经历，重塑了陆游在历史中的形象，他将旧作整理出来后，这部旧作就是如岳飞般怒发冲冠的《剑南诗稿》。

又是一个有骨气的绍兴人，陆游出身名门望族，祖父陆佃，师从王安石，精通经学，官至尚书右丞，母亲是北宋名臣唐介的孙女。陆游出生于两宋之交，成长在偏安一隅的南宋。1129 年，金兵渡江南下，宋高宗率臣僚南逃，年仅 4 岁的陆游，尚无国家不幸的感怀，但幼小的心灵已有受难的印记。因长辈有功，年幼的他以恩荫被授予登仕郎之职。

南宋走出了陆游这样的大词人，饱含一腔抱负与胆略，却又无法驰骋沙场，书生老去终不见机会到来。直到年近五十才有缘去汉中，在前线，能够横刀跃马，截虎平川，羽箭雕弓，呼鹰古垒，胸口喷涌出忧民爱国的雄篇豪句。

在壮志不伸，年华逝去以后，陆游退居故乡绍兴，苍凉的暮色袭过，仍不忘一露英雄本色："贪啸傲，任衰残，不妨随处一开颜。元知造物心肠别，老却英雄似等闲。"这一英雄末路的咏叹，被后人称之为"亘古男儿一放翁"。后来将这句话作为一种人格力量进行推广，"英雄学道当如此"。在风雨飘渺的南宋，走出陆游这样的爱国诗人，难得。

历史塑造了一个壮岁从戎的诗人，既有气吞残虏的壮志豪情，也有低回婉转，万种柔情的儿女情怀。

陆词里剑气磅礴的豪情直冲斗牛，可见陆游是有个性的，"上马击狂胡，下马草军书""平生万里心，执戈王前驱"，他是一位辛弃疾式的豪放词人。陆游诗词，兼具李白的雄奇奔放与杜甫的沉郁悲凉，宋人刘克庄谓其词"激昂慷慨者，稼轩不能过"。书法遒劲奔放，存世墨迹有《苦寒帖》等。

宋光宗继位后，陆游升为礼部郎中兼实录院检讨官，不停地递折，唠叨着"缮修兵备、搜拔人才""收复失地，王师北定"。谏议大夫何澹弹劾陆游之议"不合时宜"。这一次，朝廷换个名头将他罢官归居故里，叫"嘲咏风月"。

陆游再次离开京师，悲愤不已，自题住宅为"风月轩"。

被罢官十三年后，77 岁的陆游担任实录院同修撰一职，主持编修孝宗、光宗《两朝实录》和《三朝史》。念孝宗有恩于他，赴任了。修国史期间，陆游支持韩侂胄北伐,应韩侂胄之请,为其作记题诗。

宁宗升陆游为宝章阁待制,陆游遂以此致仕,79 岁的陆游回到山阴。浙东安抚使兼绍兴知府辛弃疾拜访陆游,辛弃疾见陆游住宅简陋,提出帮他构筑田舍,都被拒绝。惟请辛弃疾协助韩侂胄谨慎用兵,早日实现复国大计。但史弥远发动政变,诛杀韩侂胄,订下"嘉定和议",北伐失败。

1210 年 1 月 26 日,85 岁的陆游辞世。临终留下绝笔《示儿》作为遗嘱:"王师北定中原日,家祭无忘告乃翁。"

陆游的诗歌涵盖面非常广,陆游自言"六十年间万首诗",把收复沦陷的国土当作人生第一要旨,但他壮志难酬,既是诗人个人的遭遇也是民族命运的缩影。

陆游以爱国为主题的黄钟大吕振作诗风,飘逸奔放,被誉为"小李白"。陆游又崇尚杜甫,关怀现实,主张"工夫在诗外",南宋诗人刘克庄(1187—1269)有"古人好对偶被放翁用尽"之叹。

作为"辛派词人"的中坚人物,陆游的词数量并不多,存世共约一百四十余首。但陆游才气超然,创造出了稼轩词所没有的另一种艺术境界。

朝廷之上,无不以划疆守盟、息事宁人为上策,而放翁独以复仇雪耻、长篇短咏,寓其悲愤。

钱钟书说报国仇、雪国耻在陆游的整个生命里,让他魂牵梦绕,念念不忘,这也是在旁人的诗集里找不到的。

绍兴东南之一隅,存一处叫做沈园的小小园林,园林经历 800 年风雨,主人已换了无数,它之所以名传后世,不与古代的无数园林同倾共圮,湮没无闻,是因为这里的一个哀婉动人的故事。

沈园之会的发生时间,1151 年,陆游 27 岁。唐婉大约是在陆游 35 岁前后故去的,陆游感叹好梦难寻,韶光不再,回思既往,益增唏嘘。对于这位无辜被弃、郁郁早逝的情人,欠账的人生只能化为心香一炷,遥遥默祷了。

见过一幅流传的《沈园图》,画面上楼阁参差,林亭掩映,小桥流水,花影重叠,兼具着幽雅与华美,是一座典型的宋代园林。后人记起的是这里曾经发生的一个缠绵悱恻的故事，是故事里面的一瞬秋波，是秋波以后的一声长叹。

这故事非常经典，作为一出爱情名剧，剧中男女主人公肝肠寸断的生死绝恋，更让后代千千万万有情的观众黯然神伤。后人说起大词人陆游，是他笔下的"红酥手"这一《钗头凤》中的名句。这首悼念前妻的词，被后人称作"绝等伤心之词"。

陆游75岁、81岁、84岁三游沈园，作诗缅怀故人。陆游与唐婉曾有一段刻骨铭心的感情经历，唐婉的美丽永远定格在老人的记忆里，题词之壁早已化为尘灰，只能化作声声暮鼓，化作记记重锤，锤击自己伤感的心。

文学史上，潘岳写悼亡诗是极具地位的，陆游悼念唐婉，在诗作上的表现看来不逊于潘岳，"城南小陌又逢春，只见梅花不见人"。林亭回首，泉路无人，如今幽冥异路，重见难期。陆游时时重温自己的初恋，可见用情之深。

陆游故居遗址在绍兴镜湖新区东浦镇塘湾村。在行宫、韩家、石堰三山环抱之中。现年久失修，佛殿塌圮，仅剩断墙残壁和几间旧屋。

海瑞，以行为阻挡危机的诞生

新安江水的纯粹，洗涤出了一个个特立独行的灵魂，这不，在明代出了个古怪的模范官僚，叫海瑞，淳安知县。这个人物身上的廉洁奉公、刚正不阿在当时的官场颇为特殊，却成为后人学习的楷模。

海瑞36岁中举。先任福建南平县教谕，45岁做严州府淳安县令。

在明代，这该是官员刚开始摸爬滚打的年龄，海瑞却血气方刚，高举道德大旗，挑战权威，站到了整个官场的对立面。

海瑞这个县令很有意思，穿布袍、吃粗粮糙米，让老仆人种菜自给。时任浙江总督胡宗宪还曾将海瑞为母亲做寿而买肉二斤的传闻讲给别人听。

生活俭朴的海瑞，百姓眼里的穷书生，治县有一套实用办法，握一把尺量天下，这把尺成了他日后的杀手铜。在淳安，他见过农民背负沉重的负担，一些更惨的民户甚至选择逃离故土。海瑞一眼便看到"不均之事"："富豪享三四百亩之产，而户无分厘之税，贫者户无一粒之收，虚出百十亩税差"，决定重新清丈土地，规定赋税负担。这一招还真管用，离乡的农户陆续返回，山间炊烟又起。海瑞在淳安还推行保甲法、明断疑难案件、兴办社学。

海瑞的尺子的另一功效是用来量官宦的。一次浙江总督胡宗宪的儿子经过淳安县，县内驿站按朝廷公布的规格接待。胡公子不满，当场命令家丁用绳子把驿站小吏绑起来，吊在树上，用皮鞭抽打。海瑞听到消息后，立即赶到驿站，将胡公子驱逐出境，并把胡公子沿路勒索的钱物统统没收，放入淳安县库中。胡宗宪是抗倭名将，事后倒也没有怪罪海瑞。

《明实录》载都御史鄢懋卿出巡两浙、两淮盐政，一路贪污勒索。鄢懋卿过境淳安，海瑞提前通过禀帖，宣言县衙狭小不能容纳众多的车马。鄢懋卿十分气愤，他听说过海瑞之名，遂不再过境淳安县，甚至连严州府的其他地方都一并绕开。

海瑞幼年丧父，靠着几亩薄田和母亲做的针线女红维持生计。他母亲谢氏在极困难的条件下把海瑞抚养成人，既当慈母，又当严父，曾向海瑞口授经书。在南平、淳安、兴国和苏州时，海瑞都把母亲接到任上一起生活。海瑞的刚毅和正直，有他母亲的影子。

海瑞当淳安县令，俸禄为 90 石米，但由于折色的原因，他每年只能拿到 54 石米的工资，折合白银大概 27 两，比之唐朝和宋朝县令白银上千两的年薪，明朝官员真是"贫穷"。

做了将近 5 年的淳安知县后，海瑞调任兴国县知县。海瑞到任后，按老规矩，依旧拿出那把尺：清丈土地。在任上撰写《兴国八议》，其中心是革除积弊，安定人民生活。大地主视海瑞若瘟神。

他一生宦海沉浮四十多年，一路怼这个世道，清丈土地让地主对他恨之入骨，清正廉洁让官僚对他退避三舍。浙江总督胡宗宪和都御史鄢懋卿都要过这个卡，甚至连当今皇上都懒得与之对视。

海瑞与整个官场是格格不入的，极为孤立。海瑞强劲的对手，是积重难返的官场传统，是盘根错节的文官集团。海瑞只有一个人，他的武器，是坚定的道德信条和靠不怕死挣来的名声，他目睹了众生疾苦，却没有在逆境将自我放逐，以济世为要，而让救民之举变得惊世骇俗。

风骨，属于背影，为官，需要面对。海瑞属于那种不得志不丧志者，他所到之处都会留下一些气场满满的铺陈。因为陷于政治泥潭，只能在扼喉中猛喘幽怨的气，踏出了中国所有士大夫政治失意的精神图谱。

海瑞充分重视法律的作用并且执法刚正不阿，他目睹过平民生活之苦，总是以济时为要，匡正仕风。但是作为一个在圣贤传统培养下的文官，他又始终重视伦理道德的指导作用，这是中国文人入世心路的起点。他注定要成为独行者。

海瑞进入官场，似乎在找一个释怀的文化空间，在体制内制造一个独特的更具价值的声音。将忧国忧民的壮怀伟抱与伤春伤别的绮思柔情交织在一起，以气质上的独创与政治上的杰出，将能量发挥到极致。

海瑞按照自己简单的善恶二元论思想去判别是非：是善的就支持，是恶的就反对，而不管对方属何派系，也不管他们与自己是有恩还是有仇。正如《四库全书总目提要》一书所言，海瑞是个"不自知其不可通"的死硬派。除此之外，他是个工作狂，受理案件竟达三四千之多，还不包括平日受理的人命、强盗和贪污案。他不知道大厦将圮只手难以支撑。

海瑞在巡抚任上，将最后的杀手锏，用在了对自己有恩的前任宰相徐阶身上，徐阶负责查办严嵩，但日后徐阶被海瑞查处，他的财产远远超过严嵩，仅土地就有二十四万亩，单华亭一地搜刮的地租，每年就有一万三千多石，折合白银九千八百余两，加上青浦、平湖、长兴等处地产，徐阶一家占有耕地四十万亩之多，海瑞令其退出三十万亩，并将其作恶多端的弟弟徐陟逮捕入狱。

海瑞的信条是尊重法律，按照规定的最高限度执行。居然给皇帝提建议，恢复老祖宗的办法，"枉法赃八十贯论绞"，"赃至六十两以上者，枭首示众，仍剥皮揎草"。用如此重刑来遏制贪污。结果闹得舆论哗然，遭到御史弹劾。

从此，对这位"道德主教"，神宗索性将他供起来，他的作为无法被接受为全体文官办事的准则。

海瑞的悲剧，在于他坚信道德的约束力。但嘉靖年间几乎无官不贪，整个国家机器几近瘫痪。

这是一个昏溺的大时代，在命运逼迫下谁也无法自如。凭高御风之地是民间，市井街巷往往能饱吸几口浩然之气。作为一名封建社会的大臣，海瑞不仅没有回天之力，相反在某种意义上自己的一些作为也正在加剧它的腐朽。

海瑞74岁时在寂寞中悒悒去世，负责朝廷督察的官员佥都御史王用汲到海瑞家吊丧时，见其宅中清贫之极，"葛麻帐子，竹子家具，有寒士所不堪者，凑钱为之办丧事"。

朝廷的主政者，都对这位卓尔不群的清官敬而远之。在"士"这个阶层，经不起众星捧月，更经不住高山仰止，当这种强烈的"立德立言立功"的补天愿望不能得到满足时，便会仰天长啸，椎心泣血。

第三章

衢江之道，幽境里的江南遗韵

大山群水产生自己的气候。深林生活在浙西的阳光里，诗文不朽，那些课本上的名篇，在浙西的群山之间总有出处。

这是山与水的气场。

——地脉记

小引——江山胜处，溢出的文化自信

严州古城墙前，是三江口，向东，富春江恭候，追随地心引力，在寻找到达海洋的最简单的路径。向南，兰江、衢江迎着江山而往，沿岸的乡村风光从平坦到林木茂密，快速转变。衢江的平静与遗忘，与海宁段的焦虑与绝望，承载着所有的时代与世代更替。

每一条江河背后都耸立着自己的山峰和滋养的城市，大到衢江、婺江、剡溪、甬江，小至奉化江、新昌江、浦阳江、龙泉溪、江山港、常山港，以及自成一派、独流入海的椒江和瓯江，城市有着自己的文脉赓续。

衢江，本就是一条河流的名字。对于这里的人来说，大海不过是前路，山水才终究是归程。沿途的地名多是从唐诗宋词中寻章摘句而来，恍惚间，衢江似乎获得了源自山水的文化自信，更代表了一种追求文明的浙江尺度，这种尺度，并不居住在人类时间里，而是居住在地质时间里。

那些遗落在大山里的梦

南孔庙，学与养的再塑

衢江边，耸立一座 1800 年的历史重镇，地处浙、闽、赣、皖四省交界，以江为名，汉为新安，唐始称衢州。这座川陆所会、四省通衢的山中之城之所以闻名于世，缘于一次突如其来的世事巨变——北宋灭亡，南宋新建。

皇帝带着孔门嫡裔南逃，落脚衢州，史称孔庙南迁。

山东曲阜孔庙与北京故宫和承德避暑山庄并称为全国三大古建筑群，是世界文化遗产之一。

衢州，这座不像江南的城市，倒像是遗落在浙江的中原。孔庙在衢州成为南宋留下来的一大壮举，是衢州将文化做成理想、做成荒旱时代一湾清流、做成从容独白后的一种风采。

先圣南移，新朝匾额下的旧颜

赵构这个人物，很难说清他属于武将还是文士，他曾单枪匹马出使金国，凛然之气如同铁血将军；他又曾一路奔逃也不忘扛着文化大旗，属浩然文士；他凭一己之力撑起南宋新朝，怀帝王之才。后人津津乐道的宋韵之说，与南孔这强大文化铺垫不无关联。

的确，孔庙南移是一起影响历史的文化大事件，转眼，草原的马蹄声打搅了书院里的孔老先生，孔门的后人突然发现旧梦过去了，现实已到了颠沛的年份。文化信仰提醒他们，必须打好行装，随时准备远行。

金人脚下的曲阜圣人，是汉文化的圣地，在混沌倥偬的世道中，被迫南请，被另奉。于是，孔子第四十八代嫡长孙、圣公孔端友负着孔子及其夫人的楷木像，率近支族人随驾离开山东曲阜。

1128 年，宋高宗赵构为了躲避金兵，在扬州祭天，孔端友奉诏赶赴扬州陪同祭祀。此后，金兵南下，淮扬危急，赵构率群臣再逃。1129 年正月，南宋定都杭州，孔氏被"赐家衢州"，后敕建孔氏家庙。赵构将衢州州学校舍赐予孔氏暂作家庙，为宗庙，赐田五顷，以奉祭。孔端友一支从此定居衢州。

这座文化丰碑异地再立，但为何不选杭州而取衢州，没人可以参透赵构的想法，倒是民间有说，衢州的风水宜藏文化。

史书给这座国家历史文化名城这样的定位："居浙右之上游，控鄱阳之肘腋，制闽越之喉吭，通宣歙之声势。"所谓的"四省通衢，五路总头"，合了《尔雅》"四达谓之衢"之说。清人顾祖禹在《读史方舆纪要》中说："争两浙而不争衢州，是以浙与敌也；守两浙而不守衢州，是以命与敌也。"

兵家必争之地成就了四省边际中心城市，"铁衢州"的地位并非张口就来。

孔氏南宗迁到浙江衢州后的一百多年内，未建家庙。常摆仙鹤之姿、常念优雅之事的宋高宗这样答复上疏，赶走金人即能复国，重回北方。

直到1253年，宋理宗用现实的态度，准衢州知州孙子秀之请，拨款三十万缗，建孔氏家庙于衢州东北隅的菱湖之滨。这座孔庙比曲阜孔庙晚了一千七百多年建成。

在衢州孔氏家庙思鲁阁正殿前神龛内安放的孔子及亓官夫人楷木像，是孔府最珍贵的祖传瑰宝，历代都视之为国宝。

一百五十多年后，忽必烈统一中国，他抱定以儒学思想的巩固统治才是根本的想法，而孔圣人的正宗脉络去了衢州。于是下令孔庙从衢州回迁曲阜，诏书到了衢州，这时执掌第53代的孔洙接诏后，与族人商量，决定进京向元世祖陈情：衢州已有5代坟墓，若遵皇上诏令北迁，则实不忍离弃先祖的坟墓；若不北迁，有违皇上圣意。孔洙请奏将自己的衍圣公爵位让给在曲阜的非嫡长身份的族弟孔治世袭。忽必烈称赞孔洙"宁违荣而不违道，真圣人之后也"。

江南人的学问根植于一种养人养性养心的地气。孔洙的作派，吸衢州山水精气，集孔圣人"智者仁者"一体，乃哲人高智。

藏于山水之中的衢州，颇有些神仙味，有世称围棋仙地、道家福地的烂柯山，三衢石林，更有龙游石窟之谜。城中府山的山上曾有只石乌龟，民间称

"九龟之地"。

浙江省有两座府山，一座在绍兴，一座在衢州。南北朝起，这座山便成为衢州这座城市的根脉。孔庙南迁衢州后，第一处家庙就设在府山上的府学。府山是城内唯一的山，是衢州的城市核心。府山不高，但因为孔氏南宗的抵达而成为衢州的精神高地。

重梳文脉，再塑思想大厦

衢州有中原人的秉性，能去幽兰空谷捡拾芳馨，亦能于枯竭人生中打捞时光。衢州市民都以住在古城墙内为荣，那些读书人甚至要为衢州为浙江甚至为整个南宋寻找对应，条件是有的，衢州已成当时儒学的活动中心，朱熹的闽学、两陆的心学和以吕祖谦为首的浙东学派，也都在衢州留下活动痕迹。

孔子家庙从府山上搬下来以后，经历了菱湖家庙、城南家庙、新桥街家庙几个阶段。新桥街的孔氏家庙建于 1521 年，坐北朝南，北临菱湖，南接府山。菱湖烟波浩渺，亭台阁榭错落，桥堤曲径相连，田田荷叶覆湖。宋时菱湖周围住的都是寓衢的达官名贤，可以说是标准的"高档别墅区"。

孔氏南迁之后，给衢州带来了浓厚的文化气息。《衢县志》中排第一位的望族是孔姓。孔氏南迁，这样一个大宗族被赐居衢州，文化意义就非同一般了。有宋一朝，浙江出状元 29 位，其中衢州 5 位。衢州彪悍的民风在浩荡儒风的熏陶下，日趋淳厚、颇具古风，儒学中也有民本意志，江南文明呈现另一番表情。金庸称衢州人为"温雅豪迈"，左手江南，右手中原，在整个浙江都拥有独一份的城市气质。

一些有中原情怀的文人认为衢州是"失落江南的中原"。

亘古大礼，更添浙地风雅

古代筑城，乾坤摆布，唯城门不好使唤，方向稍有偏颇，居住者便难以释怀，这和风水、地气、河流、山势、文脉有关，或关乎朝代更替和百姓命运，听来玄乎。来衢州旅游的人，大多是为古城墙而来。衢州城墙始建于东汉年间

（25—220），唐代以后逐渐修成了砖石结构的城墙。

衢州当属一个时代的符号，南孔庙，小庭院通大略，逍遥于学养天地之间，一炷心香，点亮古人智慧的烛光。衢州，分星定野的话，它就在婺女星下。婺女治水有方，智勇双全，衢州是她守护的地方。且看徐霞客崇祯丙子（1636年）十月十四日登舟游衢江，过安仁，泊杨村留下的记录：

> 江清月皎，水天一空，觉此时万虑俱净，一身与村树人烟俱熔，彻成水晶一块，直是肤里无间，渣滓不留，满前皆飞跃也。

次日又"过樟树潭，至鸡鸣山，轻帆溯流"。至衢州，两岸"橘绿枫丹，橘奴千树"。

解读古城衢州，最好走进城墙。衢州与中国所有古城一样，也有自己的古城墙和古城门。有九里三十步的古城墙，是在浙江省的地市中保存完好的几处。古城门以雄伟的风姿屹立在浙西大地上，勾勒出街巷的走向与格局。

著书立说，传道解惑，在孔氏南宗在这片土地上散发着"礼"字当先的文化。衢州的礼，是宗族之礼，更是自然之礼。衢州的礼，从大南门开启，称为礼贤门，出城墙，是礼贤街，城门之名源于宋时，此门往西南可通当时名为"礼贤县"的江山。古城门古城墙下的小巷是衢州内核，古旧斑斓，朴实厚重。

1932年，杭江铁路开通，衢州城向外拓展，火车站打开了新城门，城墙和天王塔作为地理和心理上的局限也悄然改变着。

衢州传承的不仅是尊儒之道，更是礼乐文化中的精髓。衢州市政府两次在东西两轴线上改造老街，孔府与家庙西轴线共用一个大门与外界相连，恢复明清时期孔氏南宗家庙原貌。家庙中的参天银杏，翠竹锦鲤，无不营造着天人和谐的氛围。

南孔家庙，古朴而不失气度，暗木色的牌匾上"孔氏先宗"四个字在数百年风霜的打磨下显得愈发沉稳大气。信步而入，孔府大堂的匾额上面，一块"泗淛（浙）同源"的牌匾格外醒目，"泗"即泗水，体现孔氏后人宗派一体的思想。大成殿高悬着康熙皇帝题写的"万世师表"和雍正皇帝书写的"生民未有"匾额。南孔庙最有价值的镇庙之宝先圣遗像碑,相传是唐代著名画家吴道子的名作。

孔氏给衢州带来的底蕴绵长久远,与内河航运时代的商贸文化和城墙成就的军事戍守文化融为一体,形成四省边际独特的多元文化。这是南孔小格局引出的大智慧。

南宋以来,衢州就是孔氏大宗生息繁衍之地,史称"东南阙里"。民间这样说三处孔庙:曲阜有庙没人,台北有人没庙,唯有衢州人庙俱在。每每祭孔,衢州是不可或缺的一方。孔氏嫡裔在衢州举办的祭孔仪式,经历了南宋、元、明、清朝,数百年从未间断。

秋深了,竹子翠中带苍,竹叶随风而落,一声声往心里填惆怅,兰花倒是幽幽地看着世界的偶尔闲适,只是把清香留给了自己。

诸葛村,风与水的致意

一江一湖一群山,即新安江、千岛湖与浙西群山,是浙西地理形势大格局。

一定要上升至某个高度,可以看清浙西群山中一个被八座小山合抱的古村落,这个玄妙的村落叫诸葛八卦村,位于兰溪西,村外八山的分布很像写在大地上的一张八卦图,图中每个时辰都有鲜活的生命力。

中国第一奇村

一直被誉为"智慧的化身"的诸葛亮发明了一种"八阵图",运用得当的话连十万雄兵都能抵抗,甚至连诸葛亮的老对手司马懿看了都大为称赞。

这个传说,于1993年被著名古建筑学家罗哲文印证为真实的存在,他实地考察兰溪诸葛村后,发现这个村从高处俯瞰的话,是围绕一个中心的九宫八卦形布局。在中国古建筑史上尚属孤例,其重大文物价值不言而喻。

于是,中国第一奇村,现身世界。

1996年,诸葛村的地位更上一层楼:中国国务院公布,诸葛村列为全国重点文物保护单位,世界开始睁大眼睛探究这个世上罕见的古村。

神奇的建筑布局引起了世人关注，诸葛八卦村地形是中间低平，四周渐高。从高处往下看，像一口大锅的锅底，每次下雨时，雨水都会汇集到锅底的一口名叫钟池的池塘，这是八卦村的基点。

八阵图中心的钟池，一半水塘一半陆地，两面各设一口水井，像是九宫八卦图中的太极阴阳鱼图，钟池周围构筑的八条弄堂向四周辐射，使村中的所有民居自然归入坎、艮、震、巽、离、坤、兑、乾向四面延伸成内八卦，分别连接村外高高的八座小山，为外八卦，构成天然的八卦阵形。

八卦村布局，是奇巧罕见的神秘，空中轮廓优美，八条小巷似通却闭，似连却断，犹如一张蜘蛛网，又宛如一座迷宫。专家学者称其为"江南传统古村落、古民居典范"。

村内房屋分布在八条小巷，虽然历经几百年岁月，人丁兴旺，屋子越盖越多，但是九宫八卦的总体布局一直不变。这说明村落符合周围自然环境与屋宇井巷配成双重八卦，反映出诸葛大狮的非凡艺术与精心构思。

置身村中纵横交错的古巷，大有曲折玄妙之感，纵横交错的弄堂，就好像一个迷宫。外人进入小巷弄堂，往往好进难出，甚至迷失方向。有意思的是，数百年来村中居住的诸葛氏后裔并没有特别意识到小村布局的奇妙之处，身在八阵图，不知八卦形。

我在此地更感悟到杜甫的"功盖三分国，名成八阵图。江流石不转，遗恨失吞吴"的内涵。

南宋末年，诸葛亮二十七世孙诸葛大狮善"堪天道，舆地理"，是位出色的堪舆学家。迁居此地后，在四处踏堪的过程中来到高隆（今兰溪市诸葛镇），发现这里极符形势宗的理想模式，便在高隆处安家落户。因原址局面狭窄，他以重金从王姓手中购得土地，用阴阳堪舆学知识，按九宫八卦构思，利用村外高高的八座土岗，设计了整个八卦村。

从此诸葛亮后裔便聚族于斯、瓜瓞延绵。到明代后半叶，此地已形成一个建筑独特、人口众多、规模庞大的村落，直到今天村内保存完好的明清古建筑有 200 多栋。

十八厅堂

十八厅堂,是这个古村落的另一招牌,村内明清两代房屋多达 200 多栋,其中大小厅堂 18 所,庙宇 4 所,花园别墅 2 座。

诸葛村逐渐被世人遗忘,就像遗落在草丛的珍珠,期待着发现者。直到 20 世纪 90 年代,村貌奇特的诸葛村又被世人再次发掘,村落布局结构清楚,宗祠结构独特,村内陆形跌宕起伏,古建筑群布局合理,连绵起伏。

白粉墙上苏式青灰磨砖的雕花门楼,与披檐木门相映成趣。不少人家拥有花园、假山石,花红草绿,曲径回廊。古建筑、木雕、书法绘画融为一体,各家各户,面面相对,背背相依,这还不是主要的,真正代表一个村落的文化自信的,是那些型制各异的厅堂。

诸葛八卦村曾经共有 18 所在明清时期建造的祠堂,木雕、砖雕、石雕应有尽有,个个都是用当时精湛的工艺建造的雕梁画栋。诸葛村有 18 所厅堂、18 口井和 18 条主巷,阴阳相克,祥瑞气升。大公堂、丞相祠等大厅堂依旧散发着生活和艺术的气息。俯视全村,房屋、街巷的分布走向恰好与历史上诸葛亮的八卦阵暗合。

那些宋元时期建造的古老的建筑,连同 200 多栋明清时期的古建筑,散布在村子的小巷弄堂之间。七百多年来的朝代更替、社会动乱、战火纷飞,不知多少中国名楼古刹、园林台阁,或焚于战火,或毁于天灾,但这座大村庄却像个世外桃源,远离战火,避过天灾,躲过人祸。

显要的建筑要算丞相祠堂与大公堂了,大公堂就在它的坎宫部位,易经上说"东南为阳、西北为阴",再加上"天圆地方"之说,空地和钟池正呈阴阳太极图形。陆地靠北和钟池靠南各有一口水井,正是太极中的鱼眼。

大公堂已有 600 年的历史,是江南唯一的武侯纪念堂。那是诸葛氏族的总祠,占地近 1400 平方米。祠堂建筑规格高,型式别致。中庭 4 根大金柱,用 4 根直径约 50 厘米的松、柏、桐、椿制成,谐音"松柏同春"。廊沿则用 44 根青石方柱,气氛更显庄严肃穆。庑廊供奉着诸葛氏族 14 位先贤塑像。中庭向后,筑有钟楼、鼓楼,享堂上则供奉着诸葛孔明坐像,羽扇纶巾,一副圣贤形象。

除了数百座住宅外，有十几座祠堂，有文教建筑、乡村园林等，更有传统的商业和手工业街区，是一座难得的发育良好、又保存完好的村落。

二百余座明清古建筑，散布于镇中的小巷弄堂间，原汁原味，古风犹存。

只要登上镇外的土岗向下俯视，仔细辨别，整个村落的九宫八卦之形就会完整地展现在眼前，其布局之奇妙独特，令人赞叹不已。

活着的文物

诸葛八卦村是迄今发现的诸葛亮后裔的最大聚居地，被称为中国一绝，整个村子就是一个巨大的活文物，堪称中国古村落、古民居和古建筑完整保留的典范。

一千七百多年前诸葛亮的后裔们聚族于斯、瓜瓞延绵。到明代后半叶，已形成一个建筑独特、人口众多、规模庞大的村落。

据考，诸葛家族秉承先祖诸葛亮的教导，"不为良相，便为良医"，他们精心经营中医药业，所制良药，畅销大江南北。

诸葛村七座厅堂有旗杆，大经堂就是其中之一。诸葛族人大多从事中医药业，兰溪有句民谚："徽州人识宝，诸葛人识草。"大经堂承载了家族在中医药业方面成就的集中展示。

天一堂从明代起，在大江南北开设了三百多家药店，如今诸葛村4代以上的中药世家就有14家。据光绪《兰溪县志》载，一向发达的兰溪中药业，有三分之二是诸葛族人经营的。

村民中，识草用药蔚然成风，医药高手名士众多，广开药行遍布全国各地，天一堂、大经堂便是其中之二。此外，还有清代乾隆御题的"文成药行"等。

山乡妩媚、青峰挺拔的山水派，藏于浙西山水河谷中二百多座格局完整的明清古建筑，皆是背靠青山、方塘如镜、山环水绕，富集了徽派、赣派元素。

诸葛村从血缘村落向地缘转化，中药业兴起，是农业文明中的新因素；这里可耕、可樵、可居，造就了人文意义上的田园山水之乐；地形与住宅应变，防水、防火、防盗、抗寒暑，在自然环抱中进行文化创造；手工业街、商业街的兴起,排门式、石库门式、水阁楼,以及市招和幌子,也使它成为在浙西深山绽放的一朵带有哲学意蕴的农耕奇葩。

廿八都,隘与埠的边城

很久以前,在浙江与福建两省之间唯一的通道是仙霞古道。

装载着来自江浙的布匹、日用百货的船只,溯钱塘江而上,入兰江、衢江到江山的清湖码头靠岸,然后转陆路,由挑夫挑往闽赣。从闽赣来的土特产也要到清湖装船才能运往各地。

由清湖码头进山百里,会经过一个因商旅而起的小镇,叫廿八都,这过往货物中转的第一站,作为当年三省边境最繁华的商埠,小镇有很多保存完整的明清古建筑。鼎盛时期,商行店铺、饭馆客栈布满了整条大街,日行肩夫,夜歇客商,富足热闹了数百年。2007年,廿八都被列为中国历史文化名镇。

一道一镇一码头。仙霞古道,廿八都镇,清湖码头。

一岭一关一奇峰。仙霞岭,仙霞关,江郎山丹霞奇峰。

古道

仙霞古道由唐末至清代逐渐成为要道。古道的入闽端口叫浮盖山,徐霞客称之为"怪石拿云,飞霞削翠"。

唐朝以前,这里是深藏在山坳里与世隔绝的无名村落,公元878年,黄巢率军东征西战,由浙东直取福建,结果被浙闽边界的仙霞岭阻挡,于是他在崇山峻岭中劈山开道700里,开辟了一条仙霞古道,成为"操七闽之关键,巩两浙之樊篱"。后此地开始屯兵和移民,北宋时在浙江南部设都,这个小镇排行二十八,当地人称廿八都。

仙霞古道,雄关、胜景,关岭两旁修竹古木,山风习习,泉水淙淙。曾吸引了不少文人墨客来此观山览胜,自宋以来有陆游、朱熹、刘基、徐渭、徐霞客、查慎行、周亮工等,近代文学家郁达夫、摄影家郎静山都慕名来游。

仙霞岭路北起浙江江山,南至福建浦城一百余公里,曲折狭窄,两侧山高谷深，接岫连峰，其间有仙霞六岭等险隘，六岭中以仙霞岭最为险峻。

人们一直用"东南锁钥，八闽咽喉"来形容廿八都的战略险要，这不仅因为这里地处浙闽赣三省的交界处，更因为她有安民、枫岭、六石、仙霞四道关口。东北和西南各两关，皆以条石砌在两山夹峙的危岩陡壁之隘口中。《东舆纪要》记载："仙霞天险，仅容一马。至关，岭益陡峻。拾级而升，驾阁凌虚。登临奇旷，蹊径回曲，步步皆险。函关剑阁，仿佛可拟，诚天设之雄关也。"古道建在山沟中，两边是高高的山脉。

仙霞关有四道关门，是中国保存最完整的唐末黄巢起义遗址。廿八都是凭借仙霞古道繁荣起来的。黄巢之后，明朝有叶宗留的农民起义，闽、浙种靛和烧窑农民的起义，清有以杨管应为首的饥民起义，光绪年间有刘家福领导的九牧起义，太平天国名将石达开、侍王李世贤的部队也纷纷至此。

七百里千年古道蛇行竹海中，石磴青苔斑碧，被人们走得光溜溜的。往昔，它曾是东南咽喉、入闽锁钥，由中原征福建，这是必经之地，历来兵家必争。

古镇

明朝末年，郑成功的父亲由这条古道退兵福建，后来清政府为防范明军的反攻，在各地招募了 1500 名士兵驻扎在廿八都南面的枫岭关口。军队的驻扎带动了商业的发展，浙闽赣三省边界的地理位置和历史上的频繁战争、屯兵、移民，使廿八都演变成一个移民城镇。镇上有 141 个姓氏，9 种方言，成为"方言王国"和名副其实的"百姓古镇"，这在江南古镇中是独一无二的。

廿八都在仙霞岭高山深谷之中，长条形布局的城镇，异常安静，承载岁月的沧桑，带着历史的厚重，在三省的交界处生息九百多年了，北有仙霞岭，南有枫岭关，是中国最具特色的古镇和移民边城。

青山绿水间，保存完整的古建筑风貌，是边区的重要集镇，有"枫溪锁钥"之称。专家称誉此为"文化飞地"，学者称其为"一个遗落在大山里的梦"。

建筑依古道两侧而建，镇北为浔里街，南为枫溪街。枫溪水自北向南穿镇而过,民居依山傍水,缘溪而建。整个古镇由此呈走廊型不规则的团块结构,在清同治年间处于鼎盛期,光饭铺酒店就有五十多家,南北杂货批发商有四十多家。

镇子不大,居民三四千,游客不多,午后显得尤为安静。古镇的建筑群,规模宏大、风格独特。尽显 19 世纪集镇自然经济的繁荣景象。

从南往北穿行,到枫溪旁的古景桥,桥北的牌坊上,写着"念八铺"三个大字,这里北宋至清曾是三省水路重要的商埠,镇上商铺林立,故以"铺"突出其繁华。

时至今日,古镇上老字号已经不多了,生意寥寥。南头有一家叫"念八铺客栈"的民宿,从其三楼木格子的窗户,可俯瞰古镇,再远眺,就是仙霞岭了。

枫溪边,看到茉莉静静地开着,五瓣白色的小花,散着淡香。

这个古镇和那些江南水乡的古镇有着截然不同的风格,浓郁的民俗风情,古朴的廿八都镇在现代文明的包围中显得别致而异样。

廿八都作为过往货物中转的第一站,迅速成为三省边境最繁华的商埠。鼎盛时期,商行店铺、饭馆客栈布满了整条鹅卵石铺就的大街,每天南来北往,熙熙攘攘,热闹了数百年之久。

历史上形成的移民现象,使古镇的民居民俗独具个性。廿八都遵循着自己的文化逻辑;在古朴而恢弘的旧宅里,在沉重而悠远的石板小路上,廿八都将古老的文化风情传承,一代一代地演绎着那个"文化边城"的故事。

古镇的壁画极具特色,所有梁、枋、檩以及藻井均彩绘人物、花卉、山水、鸟兽。住宅最具特色的是门楼的处理,内向式的空间布局,使得外部都是高大的墙面,在村落景观中住宅的个体消失了。如同一座民间艺术宝库,不无喧哗地在此度过了数百个春秋。

古关隘

仙霞关险要,地处闽、浙、赣三省要冲,与高山相连,南北有狭路沟通,与剑门关、函谷关、雁门关并称为中国四大古关口。

仙霞岭上，存有四道关门。第一关是用条石建成的仙霞关，关门雄伟，设有双重大门，门为拱卷顶。两边高山，黄巢石像及沙孟海题刻《菊花诗》碑等，关口向上攀登，山腰处修竹蔽日，可闻阵阵悦耳的松涛声，有凭吊黄巢的"冲天苑"。苑内百尺石墙杂植以蔓藤野花。苑东天雨庵，清代诗人查慎行题诗：虎啸猿啼万壑哀，北风吹雨过山来。

第二道关有甘泉、霞岭亭、率性斋遗址。古道有石块铺砌的一千多级台阶，曲折盘绕古道相连接，关前古道特别陡峻。登上仙霞之巅，下有清泉一泓，终年不干涸，味甘甜清凉。

第三关有古碉堡遗址，古道即盘绕向下。第四关外有福口亭，当地称十八亭，再经龙溪至小干岭鞍部，即为第五关，已坍。

朱买臣曾说过：南越王居保泉山，一人守险，千人不能上。隘路周围百里为崇山峻岭，皆为高山深谷，地形险要，易守难攻。凡三百六十级，历二十四曲，长二十里。明成化年间，仙霞关设巡司戍守。明末，唐王朱聿键在福州称帝，拟据仙霞之险阻击清兵，后因明将郑芝龙撤除了仙霞守军，清军遂从浙越关入闽，攻灭南明隆武政权。

南宋绍兴年间（1131—1162），史浩曾募人沿径道修筑石块路面。明清年间始建关，隘路日显重要，戍守者遂依势于仙霞岭方圆近百里的安民、二渡、木城、黄坞、六石等处陆续筑关设卡，与仙霞合称六关。每处有关门两道，均为条石构建，成拱券顶。

如今，仙霞关早就没有了往日的威严肃杀，但是关隘仍在，古迹犹存，古道更是千百年未曾变过，静静地诉说着昔年的传奇。

仙霞关作为屯兵防守之地的见证，至今仍屹立在曾经的浙闽古道上，曾经馆肆林立的古道，如今只有青山上的茂林修竹与流水作伴。

不远的江郎山，是浙江首个世界自然遗产，明代著名旅行家徐霞客曾三次到访，深窄陡直峡谷，如刀削斧劈。堪称"全国丹霞第一奇峰"的三爿石，是江郎山的门面，给人以无与伦比的雄伟气势。

古码头

衢州，一直是浙闽赣皖四省边际交通枢纽和物资集散地，是一座具有1800多年历史的江南文化名城，有"神奇山水，名城衢州"之称。

江山市西南郊的清湖古镇，是一个有着3600年悠久历史的文明古镇，旧时为浙西南水陆交通中心，也是浙闽赣三省边境商业要会，还是海上丝绸之路的重要节点。曾经有各类码头17个，六场三缸，八坊九行，十匠百店。旧时的清湖街市十分繁华，商贾云集，游人如织，商品丰富，交易完善，商业发达并且成熟，四面八方的商人都乐于在此交易。

历史上，门亭北面的"九清浮桥"，是从江山县城入清湖镇的必经之处。走过门亭，进入古镇，是一条条纵横四方的石板路和弯曲狭长的小巷，分列两旁的是古朴店铺和特色作坊。

宗祠、庙宇、作坊、店铺、仓库，形态各异的古民居与现代屋舍夹杂。走近盐仓旧址，食盐由绍兴经水路运至清湖，再销往闽北、赣东和浙南等地。

田埂边上的六边形百家井，直径约两米，六边用约50厘米高的石板做护栏。

踏在青石板路上，穿过一条条窄小逼仄的巷道，置身于一幢幢带着年代感和历史感的古建筑里，你会被它镌刻的时光带到一个不曾涉足的空间，仿佛历史就在身边上演，已经褪去的光环重新上色，已经脱落的院墙焕然一新。古镇中还弥漫着原汁原味的烟火气，很多家里都是烧柴火做饭的，鸡鸣狗吠，炊烟袅袅。

如今的清湖古镇，清冷沉寂代替了曾经的喧嚣繁华，街巷宁静。古镇就像巷口老者脸上深深的皱纹，藏着无数的秘密。

唐诗里的浙江尺幅

衢江、婺江、兰江，代表了一种追求美学和谐的浙江尺幅。

从唐诗宋词里寻章摘句，在唐诗路上串起散珠落玉，编织锦绣文章，恍惚间，攥住了源自山水的文化自信。

骆宾王之铮

童诗压群芳

史家这样说道这个叫骆宾王（约 638—684）的义乌诗人：一位天外来客，带着他的千秋绝艺，作飘然之状，在世间创神仙会，云行鹤驾。

骆宾王先是凭借写诗少年成名，一首《咏鹅》，力压《春晓》，成为学龄前儿童第一首启蒙诗，奠定了骆宾王在蒙学界的地位。

文化人的理性使命，连同身前的孤傲和身后的空名，横溢的才华和郁愤不得志，都在那一杆毛笔上汩汩流淌，传世的檄文，慷慨的遗恨，须经一杆秃笔，运作起历史的震颤。

骆宾王的诗歌探索的确花了功夫，他 19 岁进京参加"高考"，或许功力集中于诗，忽略了临场应试的功夫，竟然落榜了。初唐时的科举试卷并不遮盖考生姓名，占分值最高的作文题又没有标准答案，所以，考场有营私舞弊、打人情分的可能。有钱有地位的考生家里早早就开始上下活动走关系送礼，落榜后的骆宾王一怒之下，发表一文，矛头直指大唐科举弊端。

发泄过后，骆宾王反倒内心空空，意志消沉，与社会上的闲杂人员混在一起，四处游荡。《旧唐书》记载，称其"落魄无行，好与博徒游"。曾经的神童，经历了人生第一次堕落。

江南神童骆宾王随父亲自义乌搬迁到山东，转眼成为齐鲁才子。落第后，他一直捧着他的"谁肯逐金丸"名言，自负地晃荡。

公元 664 年，唐高宗李治到泰山封禅，当地官员知道骆宾王文笔好，为了讨好皇帝，请他写个报告，歌颂皇帝的丰功和盛唐的繁华，并陪同皇帝一同上山。

27 岁的骆宾王似乎明事理，写就一篇文采飞扬的《为齐州父老请陪封禅表》呈到了高宗皇帝手上。这篇文章，写得出神入化，皇帝看罢，龙颜大悦，说果然是人才，当即降旨，封骆宾王为奉礼郎，从九品进京赴任。

骆宾王就此步入仕途,从军西域,宦游蜀中,一路升迁到御史台正六品的御侍史。

在这期间,骆宾王春风得意,创作了一批佳作名篇。尤其是那首为京城写下的长歌《帝京篇》,缀锦贯珠,格高指远,若在天上物外,传遍京畿,成一代绝唱。骆宾王再次成为大唐文坛的焦点。

骆宾王由长安主簿入朝为侍御史,正是武则天当政时,他多次上书讽刺,屡屡"上疏言事"获罪入狱。

赶上新皇登基更改年号,皇帝一高兴,大赦天下。骆宾王入狱仅一年就出来了,朝廷让他出任临海县丞,世称骆临海。

按理说骆宾王应该感谢皇恩浩荡,可他不这样想。自己原本是一个年轻有为的青年才俊,先是遭遇科举不公,以至怀才不遇,后来遭奸人陷害,身陷囹圄。如今自己一把年纪了,满腹经纶,却委身做个小小的县丞,愤愤不平中写下了《于易水送人》:此地别燕丹,壮士发冲冠。昔时人已没,今日水犹寒。

文章亦豪杰

在初唐四杰中,骆宾王诗作最多,他尤擅七言歌行,《帝京篇》为初唐罕有的长篇,以为绝唱。他所写《畴昔篇》《艳情代郭氏赠卢照邻》等都具划时代意义。

骆宾王三十来岁从军至西域,长期守卫边疆。后入蜀,做了姚州道大总管李义军的幕僚,平定蛮族叛乱的文檄多出于其手。

骆宾王的诗文以嵚崎磊落的气息,驱使富艳瑰丽的词藻,抒情叙事,间见杂出,形式非常灵活。这种诗体,是从六朝小赋变化而来的,对仗和韵律,言词整齐而流利,音节婉转而和谐,易于上口成诵。后来的张若虚、王维、高适、元稹、白居易、韦庄等人的长篇歌行,都沿着此文风而行。

公元684年,武则天废中宗李显,立李旦为傀儡皇帝,自己以皇太后身份临朝,掌舵大唐。9月,徐敬业在扬州竖起勤王救国,匡复李唐的大旗,起兵造反。

骆宾王连夜赶赴扬州，随徐敬业起兵反周。掌管文书的骆宾王说，我们反武不反唐，起兵只为匡复李氏江山。于是，文学史上有了那篇震古烁今的《为徐敬业讨武曌檄》。此文笔力强健，气势恢弘，被后世称作"古今第一雄文"，与王勃的《滕王阁序》一起，并称为骈文双璧。

骆宾王凭借品性的刚烈，言辞犀利，痛快淋漓，历数武则天的诸多罪状，气吞山河。言辞无所不用其极。

据说，武则天读到"一抔之土未干，六尺之孤何托"时，忍不住拍案叫绝，颇能激发唐朝旧臣对故君的怀念。武则天长叹："这样的人才为什么没有被我所用？这是宰相的过失啊！"足见他在政治和文学上的才能，连目空一世的武则天，也为之折服。

徐敬业兵败，骆宾王下落不明。有人说他或亡命，或出家，无人知晓。

初唐四杰，诗文并称，寓有一种清新俊逸的气息。比起六朝后期堆花俪叶，追求形式之美的文风，明显不同。《讨武曌檄》便是代表这种时代新风。

骆宾王荡涤六朝文学颓波，一反齐梁骈文感情空洞、用典繁缛的弊病，革新初唐浮靡诗风，成为中国文学史上有影响的人物。骆宾王诗作最多，尤擅七言歌行，著作颇丰。王世贞认为，初唐四杰的诗，七言长篇须让卢照邻、骆宾王。骆宾王的五言遂为律家正宗。

千秋身后谜

檄文写得好，固然可以鼓舞士气，提振军威，但却于战事无补。短短几个月，叛军就被剿灭，徐敬业被杀，诛灭九族。骆宾王下落不明，生死未卜。《新唐书》中说："宾王亡命，不知所之。"

一说徐敬业兵败，骆宾王拟自长江口逃亡高丽，行至泰州，遇到大风，木船无法东行，将士哗变，众人跳水逃生，骆宾王即亡命于"邗自白水荡（今启东吕四一带）"。追兵将领怕承担对朝廷重犯追捕不力的罪名，便杀了与他相貌似的人交差。

关于骆宾王的结局，还有其他诸多说法，《资治通鉴》说他与徐敬业同时被杀，《朝野佥载》说他是投江而死，《新唐书》本传说他"亡命不知所之"。孟棨《本事诗》则说："敬业得为衡山僧，年九十余乃卒。宾王亦落发，遍游名山。至灵隐，以周岁卒。"《潜阳唐夏骆氏宗谱》说，骆宾王晚年来到於潜，死后，灵柩通过天目溪到桐庐，再经兰溪到金华，而后前往义乌。

千百年来，人们相信骆宾王兵败后隐姓埋名，流亡他乡，于是演绎出许多版本的传说。灵隐为僧说流传最广，唐人孟棨的《本事诗·征异》，说扬州兵败若干年后，诗人宋之问在被贬职江南的路上，夜游灵隐寺，脱口出诗："鹫岭郁昭峣，龙宫锁寂寥。"反复吟诵，苦无后联，有老僧续曰："楼观沧海日，门对浙江潮。"颇为精妙，堪称点睛之笔。宋之问愕然，欲拜访，老僧已不见踪影。寻问寺僧，方知续诗者竟是大名鼎鼎的骆宾王。

对于骆宾王的归宿，大多数人倾向于灵隐为僧一说，估计都是被这个借"诗"还魂的故事感染的。

另有一说，骆宾王跳水逃生，亡命于"邗自白水荡"，骆宾王遂得以隐名活了下来，死后葬于南通。骆宾王家乡义乌有其衣冠冢，直到明末才被发现。据朱国桢《涌幢小品·骆宾王冢记》载：明正德九年，南通有一个曹姓农民在城北黄泥口开荒掘地，发现一墓，题名唐骆宾王之墓，然后他将石碑带回。后来想想还是害怕，就将碑打碎，扔回原处。

古今的大师，都带着各自的路数。闻一多说，骆宾王天生一副侠骨，爱管闲事，好打抱不平，杀人报仇，造反，帮痴心女子打负心汉。

鲁迅说人说事，总有些独到，说到骆宾王的《讨武曌檄》，那"狐媚偏能惑主"这句，恐怕是很费点心机的了，但相传武后看到这里，不过微微一笑。声罪致讨的明文，那力量往往远不如交头接耳的密语，因为檄文在明，而密语在暗。我想假使当时骆宾王站在大众之前，只是攒眉摇头，连称"坏极坏极"，却不说出其所谓坏的实例，恐怕那效力会在文章之上的罢。

李太白之寻

终身崇道的李白一直没想好，躲进山中，还是留影水上，山和水他都喜欢，给出吉兆的是山，安顿自己的是水。山是诗人的风骨，深沉，巍峨，水是诗人的魂魄，灵动，磅礴。

李白有四次来浙江寻道释怀，因为听说唐天子瞄住浙江会稽郡的司马承祯和吴筠两大高人，其道行令他神往。

初寻浙江仙

李白每次来浙江总会得些福报。他一不顺心，就往浙江跑，这里有三朝帝师的道教宗师司马承祯，有名道吴筠、元丹丘，更有为官做人、侍帝喝酒都在极致的贺知章。

李白获得过两次著名的应召，也和浙江有关，都表现出了异常的兴奋。他与道士吴筠畅游嵊县山中，县令告诉他已被征召，他洋洋自得："仰天大笑出门去，我辈岂是蓬蒿人"，这是一次著名的得意忘形。

第二次是应永王之请，他说："但用东山谢安石，为君谈笑静胡沙"，又一次得意忘形，但差点掉了脑袋。

早在唐以前，天姥山就已经是中国文人向往的文化名山，李白年轻时就知道天姥山，他在四川时就把目的地定在浙江天姥山。"此行不为鲈鱼脍，自爱名山入剡中"。

公元725年，也就是开元十三年，25岁的李白出巴渝、穿三峡，漫游江陵时，遇见准备前往南岳衡山八十高龄的司马承祯。李白专程拜访，呈上自己诗文。司马承祯说他"有仙风道骨，可与神游八极之表"。得到名闻天下道教宗师赞誉，十分兴奋的李白即创作了《大鹏遇希有鸟赋》，以"大鹏"自比，以"稀有鸟"比司马承祯，李白表示要跟随司马承祯神游八极，"五岳寻仙不辞远，一生好入名山游"。

司马承祯作为陶弘景四传弟子，隐居天台山玉霄峰三十余年，司马承祯一生中曾四次应召进京，皇帝待他以国师的待遇，他每次住了不久就回天台。

李白第一次来浙江是开元十四年（726）的秋天。带着对天台剡中风光的无限渴望，更想到司马承祯的隐居地看看。李白从扬州乘舟沿京杭运河南下,渡过钱塘江到会稽,"舟从广陵去,水入会稽长。"又沿曹娥江溯流而上,入剡中。

初游浙江,李白直奔天姥、天台两座名山。沿着谢公道,入新昌,过斑竹村"司马悔桥",最终登上了天姥山。相传,唐玄宗连发诏书请司马承祯出山从政,他走到斑竹村的这座石拱桥时,见到这里林木清新,顿生悔意:何必出山自寻烦恼,于是,司马承祯转身回到深山中。

李白后来再走天台山,体悟司马承祯修行的道场,那不是地理的高度,而是一种文化的高度。司马承祯应玄宗征召入京,与李白"擦肩而过",未在天台相遇。登华顶作《天台晓望》:"天台邻四明,华顶高百越。"回剡中,作《早望海霞边》诗:"四明三千里,朝起赤城霞。"是"东涉溟海"的寻仙之作。

724年,唐玄宗第四次召见司马承祯,深感天台山路途遥远,让他在济源的王屋山建阳台观,并让胞妹玉真公主跟随司马承祯学道。王屋山成为唐代上清天台派在北方的最大道场。司马承祯每次赴京后返回,都会在王屋山小住。

744年3月,李白被"赐金还山",赶出皇宫。郁闷的李白约了杜甫、高适登游王屋山阳台观,司马承祯已仙逝十年。李白遂挥毫写下《上阳台帖》:"山高水长,物象千万,非有老笔,清壮可穷。"这幅唯一存世的李白真迹,由张伯驹献给毛主席。1958年,毛主席又将《上阳台帖》转交给北京故宫博物院收藏。

再酿浙江诗

会稽山麓,有一条奔流到海不复回的浙东运河,曾经是唐朝最繁忙的内陆水上通道。还有一个名叫"鉴湖"的三百多平方公里的淡水湖,贺知章《回乡偶书》中的名句"惟有门前镜湖水,春风不改旧时波"里的镜湖指的就是这个湖。李白登上天台山的华顶峰向北一望,湖与东海云水一片。

天宝元年(742),道士吴筠、孔巢父隐居新昌,吴筠是司马承祯的好友,李白第二次入浙,在剡中与吴筠论剑、谈诗、说道、纵论天下。

　　吴筠是一个有来头的人物，他写下道家的许多著作。李隆基早就听说吴筠的名号，把吴筠请到长安来。吴筠在绍兴一带，正以道会友，他的朋友里面就有李白。不久，在会稽郡的剡溪山中漫游的李白，终于接到唐玄宗的诏书，一向深感"万乘苦不早"的李白热血涌心，起程北上，奔往长安。

　　李白受到唐玄宗的接待，还"问以国政"，李白在一年多受宠遇的日子里，演出了宝床赐食、龙巾拭吐、力士脱靴、贵妃磨砚、酒眠闹市、蛮书狂笔等后来被广为传诵的奇闻逸事。

　　唐玄宗对李白的需要，决非出将入相的政治才能，而是粉饰太平的帮闲本领。不到三年，得到"非廊庙器"，被"赐金还山"。实际上是被皇帝驱逐出朝了。

　　李白的心路在唐代诗人中是个特例，他一头扎进皇宫，巴结皇帝讨好贵妃，写了许多摧眉折腰事权贵的无聊诗歌。李白常常表现出粪土王侯的清高气概，但又十分留恋宫廷侍从的生活，对自己忠心报君之心不被理解感到委曲不平，他是含泪离开长安的。

　　李白带着疲惫从终南山回到安陆家中，只待了两年，又按捺不住入仕的激情，出山去了。他再次寻道访仙，让当权者知道他。袭一身青倚冠帔，每到一处，依旧与当地的太守、长史、司马、县令等官场人物上书赠诗、应酬宴请。他的从弟这样评价李白：心肝五脏皆锦绣耶！不然何开口成文，捭翰霞散尔？

　　浙江对于李白，是他梦幻般的向往。公元744年，44岁的李白经开封、济南后南下江浙。他高声唱道："龙楼凤阙不肯住，飞腾直欲天台去。"他想起前些年在江陵时遇到的高道司马承祯和道教中人他的好友元丹丘。灯下驰书和元丹丘相约会稽相会，然后同往嵊州剡中，再访天台。

　　这是第二次来天台了。五年前登天台山，走的是晋时大诗人谢灵运开通的水路。该路从嵊州出发，乘坐竹筏，溯流而上，经鉴湖、过耶溪剡溪、灵溪，直达石梁。这二百多里长的水路，诸峰高耸挺拔，衬着重重山影，满山浓黛消溶在清流里。弃舟登岸后，他又登上浙东第一高峰——天台华顶山，眺望东海，诗情从李白的心口飞出："天台邻四明，华顶高百越。"

他一直想起天台山的山水，天台的"绿萝月"，天台的琪树、迷花，还有自己在华顶山用茅草修筑的读书堂，以及仙人骑乘的翔鸾、白鹿……甚至做梦都在那里遨游。于是，便有了作为他代表作之一的《梦游天姥吟留别》这首诗。"海客谈瀛洲，烟涛微茫信难求；越人语天姥，云霞明灭或可睹……"。

终归浙江梦

唐代的文章高手大多是顶了官帽的，多半有一种风范，不洒泪悲叹，不呼天号地。他们把目光放得很远，将人生的道路铺展得很广，尽力地要把自己的风采输送进历史的魂魄。但步履的急促、脸色的焦虑总是掩藏不住，假如具体到某个人，这个人应该是李白。

李白是唐代诗人中干谒时间较长的，他碰了壁就去山林，就求仙，就醉酒，就寻访名山大川，跑累了，再去找当官的，不是想求个高官厚禄，只是希望大家识才。晋人孙绰的那篇金声玉振的《登天台山》他读过，晋干宝《搜神记》中关于刘阮遇仙的故事他也知道。天台山作为浙东名山，在绍兴与临海之间，诗人走过的地方深深浅浅都留下诗。

李白来浙江，并非为寻访一座仙山的，是来真正表达对无垠天空的臣服，对高山、深林、河流的臣服。他四次过天姥山游历。那座山，就是在《梦游天姥吟留别》中想象奇幻多彩、纵情歌咏的山，"天姥连天向天横，势拔五岳掩赤城，天台四万八千丈，对此欲倒东南倾"。

剡中，是山水诗鼻祖谢灵运吟咏的地方。王羲之归隐剡东炼丹、采药，并在王罕岭一带创建金庭道院。北有会稽山，南有天台山。

李白26岁到了剡中，后来梦游天姥吟留别那时已经46岁，他是在长安宫奉汉陵一年多的时间，在非常失意的情况下写的。梦游可以提供无限想象的空间。《梦游天姥吟留别》成为李白思想的一个分水岭，这首诗写完后，他渴望再次来到天姥山，却再也没有能够回到天姥山。

李白身前至逝后几十年的时间里，少有人提及或模仿他的诗，仅贺知章、高适与杜甫等少数人为之倾倒。直到韩愈和白居易统治诗坛的时代，人们才将李白与杜甫并称为盛唐的典范诗人。李白的才气是前卫的。

公元762年，李白仙逝。天姥山，是李白的精神寄托。

唐诗是中国文学史上的一颗璀璨明珠，代表了中国古典诗歌的高峰，唐诗的永恒性和超越时间性，在浙江被一一激活。

孟浩然之问

唐人游浙江，留下最棒的诗是李白的《梦游天姥吟留别》和孟浩然的《宿建德江》。一个写山，登唐诗东路之巅；一个写水，成唐诗西路之远，是诗人留给浙江的亘古大礼。

在建德江上读到孟浩然的"野旷天低树，江清月近人"时，愁而不伤了。"低、近"二字，不见雕琢，语少意远。此句在当代著名文学评论家谢有顺评注《唐诗三百首》中所言"是唐诗被后人反复吟咏的魅力所在"。

孟浩然一生困顿，投诗问路，直到夜宿建德江，这才彻悟。这才定下自己人生的基调：不趋承逢迎，以隐士终身。

仕途失意的孟浩然怀着一种"山水寻吴越，风尘厌洛京"的心情，登上了停泊在今萧山义桥渔浦口的一叶扁舟向越中驶去。

孟浩然游浙江，一直在问，一直在寻找着人生答案。

何处是越中？

孟浩然有几位铁杆好友，李白、王维、王昌龄、崔国辅。

李白比孟浩然小12岁。李白初出四川时，孟浩然已名扬天下，是诗坛前辈，李白在同时代诗人中最崇敬孟浩然，赠友诗惟送孟浩然最多，"吾爱孟夫子，风流天下闻"。孟浩然是李白理想中的标杆人物。

开元十四年（726年）秋，孟浩然漫游江南过扬州，李白恰好也在扬州，两人一见如故，同游溧阳。临别时李白写下"与君拂衣去，万里同翱翔"。孟浩然由洛阳第二次入长安，两人在长安相聚，李白写"红颜弃轩冕，白首卧松云"。

孟浩然40岁上京赶考，不中，却结交了王维，成为终身好友。王维为孟浩然画像，这幅画像于郓州亭子里，题曰："浩然亭"，成为当地名胜。

孟浩然第一次应举就碰了壁，失意在夏秋之交，正是出游好时节，于是想到江南，自洛阳沿汴水，邗沟南下，自镇江对岸渡长江，到达杭州，渡钱塘江前，诗人题诗"今日观溟涨"，遇潮涨。潮退，舟路通，诗人便迫不及待登舟过江，然后去越中探幽访胜。江舟上，《渡浙江问舟中人》问世。

孟浩然诗以五言擅长，风格浑融冲淡，这回施之七绝，飘逸造境却似通常语言。潮退了，江面宽阔，渡船不大，舟中人来自四方。翘望天边，彼岸隐隐约约见一带青山，"何处青山是越中?"语意亲切，最易打通诗与读者的间隔。

越中山川多名胜，山水之美。诗人信手拈来陆机"引领望天末"成句。口语味浓，可谓外淡内丰，如出自己。苏轼不禁要说"寄至味于淡泊"。

唐代的诗人一搭上浙江，便有好事生发，孟浩然随意一问，"越中"便入了李白、杜甫们的诗眼，在山阴的好友崔国辅邀孟浩然来浙江走走，孟浩然此时恰好从江夏乘船下扬州，那便不如再去江南，游一游越剡。他顺汉水到了江夏，再乘船下扬州。在途经江夏时，李白到黄鹤楼为孟浩然送行，江边，看着船渐行渐远，李白在惆怅间写下千古绝唱《黄鹤楼送孟浩然之广陵》。李白、孟浩然连同这名楼与名诗，一起掉入时空。

孟浩然下扬州，没有见到崔国辅，有些失落，回忆起数年前与李白同游维扬的情景，写了《宿桐庐江寄广陵旧游》，寄怀李白，希望能与李白再次相聚。

崔国辅也以五言绝句著名，与李白、王维、孟浩然并列为"正宗"。他在唐人的五言绝句中独标一格。崔国辅带着孟浩然在绍兴、嵊州一带畅游。

崔国辅对杜甫有知遇之恩。751 年，杜甫考前献《三大礼赋》以求进身，唐玄宗诏试文章，崔国辅与于休烈为面试官，对杜甫深加赞赏。杜甫后来作《奉留赠集贤院崔于二学士》诗谢恩："谬称三赋在，难述二公恩。"

崔国辅从集贤院贬任竟陵司马三年，又与陆羽这位茶痴酬唱往还，临别赠送陆羽驴、牛及文槐书函。陆羽结识了崔国辅，萌发写经书之念，终在湖州写出《茶经》。

李、杜、王维都敬仰孟浩然。显然，除了人品，他们多少都受到这位开风气之先的前辈诗人的启发和影响。

孟浩然的诗已摆脱了初唐应制，诗风清淡自然，给开元诗坛带来了新鲜气息。孟浩然曾受邀在太学赋诗，以"微云淡河汉，疏雨滴梧桐"句震惊四座。李白称颂他"高山安可仰，徒此揖清芬"，杜甫赞他"清诗句句尽堪传"。杜甫的《岳阳楼》诗当是受孟浩然《洞庭湖》影响，他的一些绝句也颇类浩然。

孟浩然有"俱怀鸿鹄志，昔有鹡鸰心"的鹏程志向。李白也怀"济苍生""安社稷"的宏伟抱负。李白与孟浩然惺惺相惜，亦师亦友，成了一生挚友。

何时到永嘉？

一封答谢书《宿永嘉江，寄山阴崔少府国辅》亦可传世，孟浩然做到了。

浙江永嘉是中国山水诗的摇篮，是古人向往的"诗和远方"。开元十九年（731年）冬天，孟浩然在绍兴与崔国辅告别后，乘船赴永嘉，探望分别已十三年、时任乐城县尉的挚友张子容。孟浩然在江上月斜中醒来，不禁"借问同舟客，何时到永嘉"，迷迷糊糊中又得一好诗。

冬天的温州，旷野也挺美，群山照样披绿，是谢灵运眼中的"水秀，岩奇，瀑多"。张子容是孟浩然的同乡挚友。两人青少年时同隐鹿门山。"我家南渡头，惯习野人舟。"从涧南园到鹿门山，有近二十里的水程；从鹿门山到襄阳城，有三十里的水程。孟浩然在这如画的山水间，领略着盛唐时代的田园牧歌般的乐趣。

永嘉的秀山丽水没让大诗人失望，终于，孟浩然在海潮江月中抵达温州。张子容早就在江滨上浦馆码头迎候他了。睽违十三年，两位同乡挚友终于重逢。

历史上的乐城即今温州乐清市，当时是个僻远小县。据明隆庆《乐城县志》记载，乐城县的县城全城周长仅一里，可见其面积之小。

除夕了，孟浩然在张子容宅第共度，宴席丰盛，张子容拿出柏叶名酒招待，还叫来歌女伴唱。孟浩然在温州住了一段时间，张子容带着孟浩然同游孤屿，几度泛舟饮酒吟诗，"众山遥对酒，孤屿共题诗"。

永嘉的山水是幸运的,曾被山水诗鼻祖谢灵运用脚步丈量过,孟浩然的到来,更是让禀赋独特的秀丽山水声名远播,永嘉乐城是孟浩然漫游吴越最后一站,春天他告别挚友离开温州。张子容送他到江边下船解缆,依依惜别。

孟浩然一生三出长安,三入浙江,在漫游中审视世界观照内心,一路走来不停地问,他有太多的忐忑不安。

开元二十三年(735 年)的春天,孟浩然在越州山阴写《宿永嘉江寄山阴崔少府国辅》《江上寄山阴崔少府国辅》。归欤理舟楫,江海正无波,漫游山水,会友作诗,是一次心灵之旅,文化之旅。

孟浩然是唐代第一个创作山水诗的诗人,与田园诗人王维合称为"王孟"。

向夕问舟子?

孟浩然之问,其实藏有答唐玄宗疑问之意。

王维与孟浩然是好友,传说王维曾私邀孟浩然入内署,适逢唐玄宗至,孟浩然惊避床下。王维不敢隐瞒,据实奏闻,玄宗命出见。浩然自诵其诗,至"不才明主弃"之句。

孟浩然的牢骚,引来皇上的不高兴。唐玄宗一个反问,"卿不求仕,而朕未尝弃卿,奈何诬我!"断了他的仕途。也有一说,孟浩然 29 岁游洞庭湖,登岳阳楼,凭"气蒸云梦泽,波撼岳阳城"句,成为张说的幕僚,玄宗在张说处见到孟浩然,问他何不吟"气蒸云梦泽,波撼岳阳城"。此句一直羡煞唐玄宗。

中国的文化,相当一部分是失意文人创造的。屈原、司马迁、王昌龄、杜甫、苏东坡,哪一个不是失意文人?岑参忍不住也要发泄:"圣朝无阙事,自觉谏书稀。"讥讽这个社会到了臻真至善无可批评的地步。

为一个完整的文化人格,孟浩然写下《问舟子》:向夕问舟子,前程复几多。一个渡口前,虽然问的是前面的路程,但更深处是在问自己:我的前途在何方。

诗人借宏丽的文笔表现壮伟的江山,到处漂泊,一次次江上之问,《宿桐庐江》《宿建德江》《宿永嘉江》，"挂席东南望，青山水国遥"。山水诗被提至新境界，孟诗"精力浑健，俯视一切"。

孟浩然渡浙江问越中青山，宿桐庐忆寄广陵旧游，扔不下心中块垒。舟过七里滩，见过严子陵，说："为多山水乐，频作泛舟行。"但傍晚到了建德，《宿建德江》，这才有"野旷天低树，江清月近人"。终究是"月照一孤舟"却迎来了人生的顿悟，一举鹤冲天终究不如人淡如菊。

秋江暮色，船停烟雾迷蒙的江边，以舟泊暮宿，平静的江水及明月伴着船上的诗人，诗中只一个愁字，写尽野旷江清。一颗愁心化入空旷。沈德潜说："写景，而客愁自见。"

隐居是那时代普遍的倾向，孟浩然面对即将来临的荒凉，不变色，也不伤感，不愿觑破这世态炎凉。

盛唐的壮丽，同时代大诗人们的秀媚，都已腻味了，反倒勾起一种幻灭感，眼下需要一点清凉，一个大诗人的才华只付在这里似乎可惜。李白隐居在安陆的自兆山，得知孟浩然已回襄阳时，写了《春日归山寄孟浩然》寄给孟浩然。"愧非流水韵，叩入伯牙弦。"诗中以古代的伯牙和钟子期作比。

公元 730 年，孟浩然再漫游吴越，借以排遣仕途失意的郁闷。第二年，小他 12 岁的好友王维状元及第。他和曹三御史泛舟太湖，曹三御史拟荐浩然，孟浩然作诗婉言谢绝："问我今何适？天台访石桥。"他觉悟了。

735 年，韩朝宗为襄州刺史，欣赏孟浩然"一味妙悟"，邀请他参加饮宴，并向朝廷推荐他，孟浩然认为也不会有戏。

五年后，公元 740 年，王昌龄遭贬途经襄阳，访孟浩然，背上长了毒疮的孟浩然，与之纵情宴饮，却因毒疮发作逝世。

继陶渊明、谢灵运之后，孟浩然是唐代第一个倾大力写作山水诗的诗人。孟浩然死后不到十年，诗集便编定，并送上"秘府"保存。

孟浩然诗歌的语言，"语淡而味终不薄"。《宿桐庐江》《宿建德江》都写了浙江的水景。闻一多说，淡到看不见诗了，才是真正孟浩然的诗。

杜工部之忆

一本《唐诗三百首》，入选七十多位诗人、三百多篇名作，门面是李白，入选 29 首，而压阵的王者，却是杜甫，有 39 首诗入选，作为诗圣，他是和李白并驾齐驱的人物，居然在整个三百首里独占鳌头。或评底本不同，具体数量有出入，总之，杜甫其人其作，对后世的文学，产生了深远的影响。

杜甫 30 岁前尚无诗名，此时的他仍在诗歌广场边转悠，做看客。

公元 730 年，洛阳大水，洛水泛滥，就连坚固无比的永济桥都给冲垮了，水患逼着待在姑妈家的杜甫出了趟远门，目的很纯粹，走亲访友。

杜甫由洛阳东行，开始了他人生中第一次漫游：吴越之行。那年他 20 岁。

选择江南游，应该是他父亲的意思，杜甫的祖父叫杜审言，在江南为官二十多年，人脉广泛。时任兖州县令的父亲杜闲叮嘱杜甫，到了南方去看看两个人，一个是杜甫的叔父、德清县尉杜登。另一个是杜甫的姑丈、常熟县尉贺挚。

沿运河抵扬州，从瓜州渡口过长江到京口。经历数日的舟车劳顿之后到达江宁，也就是今天的南京。这是杜甫南行的第一站。

在南京畅游瓦官寺，过苏州祭阖闾墓，边写诗边交朋友。来到了吴地，姑苏台，吴王墓，长洲苑，是历史之河里闪烁着神秘之光的地方。

从司马迁"二十而南游江、淮，上会稽，探禹穴，窥九嶷，浮阅沅湘"起，江南便在中国古代文人心目中具有"文化图腾"的意味。

《史记》载，公元前 210 年，秦始皇出游的大致路线是，"十一月，行至云梦，望祀虞舜于九嶷山。浮江下，观籍柯，渡海渚。过丹阳，至钱唐。临浙江，上会稽，祭大禹"。事实上，杜甫也是过钱塘江后来到越地的。

江南地，王谢风，草木丰，山水秀。杜甫轻舟飞波，一路南下，从江宁到苏州，过德清莫干山，渡钱塘江在萧山登古驿台，在绍兴泛舟镜湖，顺着剡溪，登临了那座在中国古代诗坛上云遮雾绕的天姥山。这座被诗人李白热情赞美的大山，也让杜甫沉迷。吴越之行为他后来的创作注入了一股清丽之风。

出去玩需要本钱，杜甫当然有本钱。杜甫的祖上，最有名的是西晋时期的杜预。据说，唐太宗李世民的第十个儿子的第二个儿子叫李琮，李琮有一个女儿，后来成了杜甫的外婆。李世民有个弟弟叫李元名，李元名的外孙就是杜甫的外公。虽然关系有点远，但杜甫的舅舅和表兄都因之当了官。王室血缘给了杜甫一些特权，杜甫自己说"生常免租税，名不隶征伐"。就是说从出生那一天起，他不用考虑纳税与兵役，年轻的杜甫或许不用担忧人生走向。

在吴地，杜甫的叔父杜登、姑丈贺扬，恰好都在任上，吃喝玩乐都没问题，兜里空了，有人接济。时值开元盛世，江南富庶，如后来杜甫在《忆昔》中说，家家户户有吃不完的粮食，到处都是美艳丝帛，杜甫一时间似乎来到了天堂。

至越地，迎接他的是一池鉴湖的潋滟水色与遍地肤色白皙的越女，这里是美女西施的故乡，清澈的若耶溪，溪水两旁，一群女子头戴草帽，身着白衣，体态窈窕，她们蹲在溪边，双手拿着薄如蝉翼透若无物的纱，在水面上上下摆动。杜甫与浣纱女的不期而遇，拨动了他内心深处的那根诗弦。

杜甫游会稽，访禹穴，泛舟剡溪，他在钱塘江南岸的这片土地上尽情地挥霍着自己的青春岁月。李白说：镜湖水如月，耶溪女似雪。杜甫说：越女天下白，镜湖五月凉。大诗人的目光，偶尔略过越女雪肌，冒出闪光点。因为命运注定他后来尽管会一刻不停地在路上，但再没有像江南之行这么恣意快乐过。

过镜湖，浙东运河、曹娥江，入剡溪，经沃洲山、天姥山直抵天台山石梁飞瀑。这条古老的水路全程约一百九十公里，《唐才子传》里的 278 位才子中有 170 多位走过，成了钱塘江南岸的一道文化景观。

杜甫到江南，一来就是四年，结识了不少诗友。如此自由轻快的行走，是诗意的。杜甫的行走，既带有文化考察的性质，也是一次随心所欲的放浪形骸。这位沉郁顿挫的大诗人在他流离困蹇的一生里不会因为错过风景秀美的江南而遗憾，更给他孤苦的晚年留下了一段美好的回忆，山水风光在内心深处留下了温暖。

四年的漫游时光，如同一场梦，总有被尘世的黎明叫醒的时候。一封家信的到来让他不得不停下漫游的脚步。在信中，家人写道，皇帝将要驾临东都洛阳举行科举考试，作为乡贡的他必须参加。杜甫顺着大运河，取道水路，一路北上，回到了家乡洛阳，结束了他轻狂而自由的吴越漫游。

开元二十三年(735 年)的春天,进士科考试在崇业坊福唐观举行,考官是做过山阴县令、曾经的少年状元孙逖。也许,风尘仆仆赶到东都洛阳的杜甫,心思还沉浸于吴越的美景交游当中。贾至、李颀等人中举,而杜甫此次落第。

落榜的杜甫收拾行装,再次出游。他第二次漫游是去邯郸和兖州。邯郸县令崔历是他的舅父,去兖州是为了拜见他的父亲杜闲。他幼时失母,父亲杜闲远在山东为官,他的童年就在洛阳的姑妈家度过。

春天歌咏于丛台之上,冬天狩猎于青丘之旁,杜甫盘马弯弓,追逐鸟兽,结交志同道合的朋友,依旧是一个玩字,如此这般又荡了五年左右。

杜甫 30 岁回到洛阳,结了婚,在家待了三年多。碰巧李白到洛阳,大 11 岁的李白见到了这位落第青年才俊,说:"你这样下去不是办法,不如跟我东游如何?"于是,杜甫陪李白开始了人生中第三次漫游。两人到山东,结识了卸任的北海太守李邕,以及族孙、齐州太守李之芳。李白跟他们攀了个远亲。

闻一多将李白和杜甫的见面比作孔子见老子,是"太阳和月亮碰了头"。

杜甫这个人物,按《旧唐书》的说法:年轻时性子褊狭浮躁,没什么气度,好高骛远。一提及杜甫的诗,却是沉郁顿挫,满肚子才华。

杜甫怀着"致君尧舜上,再使风俗淳"的火热的政治抱负,从洛阳来到长安,杜甫是:"骑驴十三载,旅食京华春。"杜甫的千里壮游,表面上看不过是走走亲戚,其实是为了能够实现自己的雄心壮志,不得不出发的一场旅游。

人生的当下有两面,一面转瞬即逝,一面永恒不变。沉稳的杜甫看到永恒的一面。这位后来备受流离之苦的诗人在自己的创作中对清丽之风孜孜追求。他在流寓成都论及创作时,就提到了"清词丽句必为邻"。清丽,是杜甫内心明澈的一面镜子,而这镜子上映射出的水色里有着吴越空蒙的倒影。

杜甫的吴越漫游没有留下诗作,但不影响晚年杜甫成为诗坛领袖,但在当时理解的人不多,他自叹"百年歌自苦,不见有知音"。

尽管杜甫在公元 750 年之前的诗作只留下不足 50 首,只在那首追忆逝水年华的《壮游》做过一次粗线条式的回忆,但我们依然能隐约感受到这次出行的力量。

从他在梓州登楼望远时发牢骚时说的"厌蜀交游冷，思吴胜事繁"可以看出，吴越之行是他一生中最为愉悦的一次游历。

于是在 35 年后，杜甫靠追忆写下《壮游》：

> 枕戈忆勾践，渡浙想秦皇。蒸鱼闻匕首，除道哂要章。
>
> 越女天下白，鉴湖五月凉。剡溪蕴秀异，欲罢不能忘。

《壮游》记录了他难忘的江浙游。过南京、苏州落脚越州。这片土地上重要的历史文化遗迹以及秀美蕴藉的山水风物，刻进了杜甫的内心，以至几十年后，杜甫依然沉浸其中，此时的杜甫将人生带回早年游历过的江南，晚年追忆江左风流，带出壮游江南之"胜"。

安史之乱，杜甫先陷于贼，后脱险，凭借"麻鞋见天子"，拜左拾遗，因饥馑及兵乱而弃官，漂泊西南，在江南富庶与蜀湘苦楚的反差中炼狱。

杜甫初至蜀中，在友人资助下营建草堂，卜居浣花溪畔，林塘甚幽，远离尘杂。杜甫写下《卜居》"东行万里堪乘兴，须向山阴上小舟"忽宕开一笔，念想万里之外的山阴，对浙江之情衷挥之不去。

无论在成都草堂、梓州城楼，还是在三峡之中、洞庭之上，窘迫困顿的杜甫，都时时想望江南。"为问淮南米贵贱，老夫乘兴欲东游"，时刻期冀东下江南。

杜甫困居三峡时，每出一句，都是一次次整装待发，东下江南始终在诗人脑海中盘纡。杜甫晚年流寓巴、蜀、荆、湘所作诗篇中，有不少言及江南，对文化江南的眷念，又包含生存之希冀。得知其弟丰往江左，杜甫尤为挂念，"闻汝依山寺，杭州定越州"，"明年下春水，东尽白云求"。

杜甫在四川积累起来的家产，全都拱手送人，携家带子，以舟为家，四处漂泊。"诗罢闻吴咏，扁舟意不忘"。杜甫最终病殁于洞庭湖一叶扁舟之上，使其与司马迁、王谢子弟、李白、孟浩然等一起，成为江南文化的参与者和丰富者。

比起白居易的忆江南，杜甫心中的江南，刻在骨子里。

白居易之别

公元 825 年，杭州刺史白居易调任苏州刺史。

离杭之前，回访老友，有个好友须当面告别，此人是徐凝，家住桐庐县西北分水镇柏山村，一个山清水秀、民风淳朴的乡村。

在白居易眼里，假如在唐诗广场上设一擂台，世人皆可登台试试拳脚，那么，白居易首选的选手当是桐庐诗人徐凝。我们不妨先欣赏这擂台赛。

首擂是对阵我们非常熟悉的"诗仙"李白。

李白是唐朝著名的"驴友"，寻山问水间，留下不少名篇。唐开元十三年（725 年），尚未遭遇仕途打击的李白意气风发，云游天下。在出游金陵途中，他第一次来到庐山，见到闻名遐迩的庐山瀑布，瞬间被其磅礴的气势所感染，遂写下名篇《望庐山瀑布》："飞流直下三千尺，疑是银河落九天。"瀑布一泻而下的壮丽气势，对大自然鬼斧神工的赞叹，都在这短短数十字中。

这首诗享誉极高，世人都折服于诗人瑰丽出奇的想象力。雄武浪漫，朦胧壮丽，可谓字字珠玑，完美诠释了何为"高度夸张"的文学，千年来为庐山瀑布招揽了无数游客。

李白诗后，人慑其望，都不敢在庐山这地方题诗了，可徐凝游庐山时，也来了首《庐山瀑布》："今古长如白练飞，一条界破青山色。"将庐山瀑布冲出千仞山壁，长泉奔落的那种壮阔，附上另一种气贯长虹的大气韵和冲击力，壮美尤盛，让人眼前着实一亮。

据《古今诗话》记载，白居易做杭州太守时，举荐江东举子张祜、徐凝等人赴京会试，张祜自负诗名，争当"解首"，徐凝不服，席间聊诗。徐凝问张祜有何佳句？张祜出题《甘露寺》的"日月光先到，山河势景来"和题《金山寺》"树色中流见，钟声两岸闻"。徐凝说：你这些诗好是好，但不如我的"今古长如白练飞，一条界破青山色"，满座皆倾。白居易当场赞叹说："赛不得！赛不得！"可见徐凝这首诗是公认的上乘之作。

徐凝的"白练飞""界破青山色"是难得的佳语，尤一"破"字，把语言用活了。"一道界破青山色"，很有禅味，是空寂，是静止。徐凝把声势浩大的动态的瀑布，写出了禅味，在悟性上胜一筹。

对垒李白这样的大诗人，不输即赢。但后来苏轼插了一杠，他游览庐山，读到徐凝的诗，在庐山开元寺写下："飞流溅沫知多少，不与徐凝洗恶诗。"杀伤力极强，贬徐凝诗是溅沫不洗的"恶诗"。一向豁达平缓的苏轼"恶评"，令徐凝诗名一落千丈。

明人杨基在他的《眉庵集》里说，"李白雄豪妙绝诗，同与徐凝传不朽。"清代诗人蒋仕铨在《开元瀑布》中说："太白已往老坡死，我辈且乏徐凝才。"

在唐朝元和年间，徐凝颇有诗名，诗风朴实，不乏精品，与张祜、杜牧同时。

第二擂挑战人称张公子的张祜。

张祜与徐凝才气相当，诗名不分上下。徐凝先出题《汉宫曲》：掌中舞罢箫声绝，三十六宫秋夜长。写出宫女的凄凉冷落。

张祜出一首《何满子》：故国三千里，深宫二十年。一声何满子，双泪落君前，把宫人远离故乡，幽闭深宫的不幸写出来！此诗一出，宫人尽唱何满子。

杜牧点赞张祜："可怜故国三千里，虚唱歌词满六宫。"

张祜的诗，让人明白，文贵真情，语贵精炼。不过后来徐凝的牡丹诗又胜过张祜，两人算作平手。

做杭州刺史的白居易为徐凝站台，曾于杭州开元寺观牡丹，见徐凝题牡丹诗一首，大为赞赏，邀与同饮，尽醉而归。他后与颇负诗名的张祜较量诗艺，祜自愧不如，白居易判凝优胜题牡丹诗，为白居易所赏，元稹亦为奖掖，诗名遂振于元和间（806—820）。

第三擂，徐凝怼上杜牧。

熟悉桐庐诗人徐凝的不太多，但其《忆扬州》中的名句："天下三分明月夜，二分无赖是扬州"，几乎无人不晓，它甚至成了今天扬州的"形象代言词"，杜牧有"二十四桥明月夜"，张祜有"月明桥上看神仙"，但比起徐凝的《忆扬州》，知名度差远了。

别说，这诗还真别具一格。诗为传神，有时似乎违反常理，却能深入事理骨髓。"三分""无赖"的奇幻设想，徐凝这首诗中的"三分之二"不但是诗意的,而且是新奇的,致使后世之人对扬州无限向往,"二分明月"成为扬州的代称。苏轼说"春色三分,二分尘土,一分流水"也不逊色。至于"月色无赖"。抬头而见月,但此月偏偏又是当时扬州照人离别之月,更加助愁添恨。

诗人在深夜抬头望月,原本欲解脱这一段愁思,却想不到月光又来缠人,所以说"明月无赖"。"无赖"二字,即是诗人惊赏这种扬州明月的新奇形象,但作为描写扬州夜月的传神警句来欣赏,这时的"无赖"二字又成为爱极的昵称了。

历史塑造了徐凝这个人物,浙人气质,极具个性,也极度可爱。

徐凝游处州也就是今天的丽水时,去了缙云鼎湖,写下:"有时风卷鼎湖浪,散作晴天雨点来。"被奉为绝唱,后来以至于竟无人敢再题诗。总算坐稳了擂主的位子。

徐凝初游长安,因不愿炫耀才华,没有拜谒诸显贵,一直没有出名。即使投在韩愈门下,也没有太多作为。南归前,写了一首辞别诗送韩愈:"一生所遇惟元白,天下无人重布衣。"抨击了当时只重名望,不重真才实学的现象。

在唐朝那个诗人辈出的朝代,徐凝好像生错了时代。在同龄人中,他的诗不错,书法也棒,《宣和书谱》说他"笔意自具儒家风范,非规规于书者。"宋代宫廷所收藏了他的《黄鹤楼》《荆巫梦思》两诗的墨宝。但徐凝总遭碾压。

徐凝与老乡施肩吾到京城游学,一般无名小卒到京城,要先傍一傍当时的显贵人物,甚至要炒作炒作。大才子陈子昂,就是通过当众砸高价琴而出名的。

徐凝没有太高的诗名,但与白居易、元稹十分相得,为人相当低调。《全唐文》说徐凝"操履不见于史"。翻阅各种典籍,也只知道他是浙江睦州分水柏山村人,而其他诸如出生日期、死亡日期、表字……都无从知晓,连野史也没有详细记载。他能为后人所知,还是借了白居易的光。

回到他的牡丹诗事件,那次,徐凝在杭州开元寺赏牡丹,灵感忽然来自艳丽可人的满园牡丹,作诗:"唯有数苞红萼在,含芳只待舍人来。"

他并不认识白居易,诗中"含芳只待舍人来"估计也只是虚指,此乃诗眼。

凑巧，当时白居易恰好到了开元寺赏牡丹，看到这首诗，激赏。就找到徐凝，约他一起喝酒。席间二人相见恨晚，徐凝这枝含芳的"红萼"，等到了能够欣赏他的人——白居易。

白居易和他把酒论诗、载笑载言，兴尽归家时，萦绕满身的花香，似乎永远也不会消散，徐凝并不知道，也许，能够得到白居易的赏识，已经用光了他一生的运气。

白居易之外，当时欣赏徐凝的寥寥无几，连他的学生也讽刺他，徐凝觉得方干的诗骨骼清奇，于是教他写诗，结果这个方干学到一半，觉得老师不如自己，说徐凝的诗就像村里傻老头写的。

徐凝回了老家，终老乡里。但他的一生说不上太糟糕：收了一个徒弟方干，遇到和他小有矛盾的张祜，受到白居易的赏识，也有韩愈的倚重。

白居易来访别徐凝，是下了决心的。他属于享受型官员，出门马车画舫必备，去富阳访徐凝，倒是走了不少路。写下《凭李睦州访徐凝山人》：郡守轻诗客，乡人薄钓翁。解怜徐处士，唯有李郎中。

合村乡地处淳安、临安、桐庐三县交界处的崇山峻岭之中，千峰竞秀、溪涧百道、躬耕陇亩、村舍俨然。白居易是个"吃货"，他在徐凝家品尝了徐凝亲手钓来并亲自烧制的他拿手的鱼。

白居易还去了分水施家村进士施肩吾家。这里有小涧溪，挺拔的松枝上挂月落日，也真是清闲高贵之处。白居易写有《题施山人野居》：水巷风尘少，松斋日月长。高闲真是贵，何处觅侯王。

白居易去时在春天，尝新了施肩吾家的春茶，徐凝、施肩吾陪白居易游县北合村生仙里，溯源后溪而上，但见山上树木葱茏，山舍错落，好一幅分阳山居图。

合村田野翠绿，一棵古槐耸立道旁，有一个老者路过，众人问了才知道已经到了古邑旧址昭德地。这个老人见几位来者文质彬彬，识知非一般人士，遂邀至家中休息。徐凝介绍白公居易说他曾在杭州任过刺史。贵客临门，老人不吝招待，遂唤来两个儿子，一个去拔青笋、一个去捕溪鱼，嘱妻宰鸡一只烧炖,这三鲜:合村青笋干、生仙里鸡煲、风炉石斑鱼,乃是合村美食"生仙里三宝"。该村民姓何,自称是三国时汉中宪大夫何瑛的后裔。何瑛殁后葬豪山脚下,墓地仍在。

餐后白公掏银酬谢,老人不肯收钱,无奈乡人淳朴真诚,四人深深作谢告别。

白大人的离任之访,成为一个经典的告辞。

孟东野之骨

大运河从杭州入之江,唐诗之路变得灿烂起来。一个瘦削的诗人在莫干山下闪亮登场。这人叫孟郊,一首《游子吟》,在一千多年后的今天,被联合国教科文组织选为向世界各国推荐的学生优秀读物。

孟郊说,自己诗骨独耸,超过韩愈。底气十足。

诗骨耸东野

富态雍华的大唐帝国到了中期,患了"安史之乱"这一场大病,盛午的太阳开始西斜。两位瘦骨嶙峋的诗人站出来点破了盛唐虚幻的美景,这两人一个叫杜甫,另一位便是孟郊,一见杜诗,仿佛见到盛唐荒芜的一角,一接触孟郊的诗,更见大唐的颓唐之容。

孟郊41岁走出老家德清,直奔长安应试。此时的北方,两河一带,仍是战乱频生。公元783年,孟郊被困河南,李希烈的叛军控制着两河地区,曾在孟郊的家乡做刺史的颜真卿代表朝廷劝降。第二年颜真卿被害于蔡州。孟郊目睹了这个光辉时代的那一层阴暗、血腥的色调。

坚守长安是要些勇气的,那阵子,韩愈、柳宗元、李观等人纷纷落第,这是英雄末路的时代。

唐德宗贞元八年(792年)的应举,主考官是后来成为中唐名相的陆贽和知名的古文学家梁肃,但陆贽和梁肃读到孟郊的作品,眼睛没有亮起来,孟郊的试卷寒气攻心,两位主考一笔勾去了他的一腔渴求。

在这次逾千人的应试队伍里，孟郊结识了韩愈，文学史上两颗巨星碰撞在中唐的时空。此次韩愈登第孟郊却名落孙山。三次落第，孟郊的心情很差，满腔抱负无处施展。

贞元十二年(796年)的那个冬日，凛凛寒风透过窗棂，掠过京城的考场，孟郊这次学了吴兴老乡钱起在考场上写出"曲终人散尽，江上数峰青"的佳句绝品，藏起寒锋，走歌功颂德一路。那日试题《日五色赋》《春台晴望》，孟郊诗中出现了"少年三十士，嘉会良在兹"的佳句作诗眼，他的试卷被相中。2月金榜题名，人生的高峰顿现，长安城里的大街小巷尽是些看热闹的大姑娘小媳妇，孟郊骑在马上欣赏这人间美景。"春风得意马蹄疾，一日看尽长安花"，孟郊这首诗之所以流传，是因为他触摸到了所有登第和落第之士内心深处的柔软之处。

46岁的孟郊，参加了令时人艳羡的曲江宴，题名于雁塔，倍享荣宠。

琼林宴上刚排上座次，却又匆匆离开。科举规矩，考生中榜后并不授官，中榜的考生需要先在秘书省、集贤院做校书郎，任满才下基层做县尉。

诗涛涌退之

孟郊的作品在唐诗长河中的地位应该不低，生前有"孟诗韩笔"的称誉。孟郊也说："诗骨耸东野，诗涛涌退之。"这话还算客气，留下一半荣誉给韩愈。

孟郊登第，只是有了做官的资格，然何时、何地为官，为何官，一切由吏部定夺。一年两年过去，仍不见动静，孟郊仿佛孤傲的天鹅，在茫茫的山野难以找到栖身之所，不断地尝试突破，而实际还在笼子里，越来越自我封闭着，囚禁着。

孟郊性格孤傲，在他眼里，看得上的没几个。因为孟诗独到，皇上还是同意让孟才子到溧阳做县尉。孟郊却不领这份情，愤激地说："恶诗皆得官，好诗空抱山。"韩愈了解孟郊，不时开导这位长自己17岁的江南才子。韩愈写下一篇传世之作《送孟东野序》，给了他一个警句"物不得其平则鸣"，韩愈的这篇文章直入孟郊的软处，最终，孟郊还是带着情绪上任去了。

中唐以后,能做太平官的地方已经不多了。除了长安周边,江南还算太平,溧阳属常州府,鱼米之地,他上任第一件事是把在武康的老母亲接来,到五十才有报恩老母的机会,为母亲写下千古传诵的《游子吟》:

　　谁言寸草心,报得三春晖。

诗中自然亲切的语言,千百年来,连同这样密密缝来的针线,凝结着天下母亲对远方子女的真挚的爱,至今犹万口传诵。

溧阳这样的山清水秀之地给了诗人一个去处,衙门里待不住,常外出游览,他常常是日落方归,美其名曰"察民情",可拿出的调查研究材料,尽是些诗作。

孟郊不务正业,让县令犯难了,你的工作请人帮忙干,工资从你的俸薪里分出一半。这于孟郊而言,工资减半养家糊口成了问题。孟郊写信给常州刺史,说是请求救济,实是发泄。孟郊熬了三年,这县尉不当也罢,便拂袖而去。

士者仕也,中国古代士人三不朽的抱负压抑着人生,抱着经邦济世的玄思空想,在自设的泥潭里永不自拔。

诗随过海船

孟郊走出长安,先后去了朔方、汨罗江,凭吊那位相似命运的屈子。他没有李白的名士派头与浪漫主义的气质,无法成为不与群鸡争食的凤凰,留下的是对诗的忘情。孟郊的诗走了苦吟一路,一生为之付出。

安史之乱,是唐政治恶疾的扩散点,也是唐诗的拐弯处,民生的疾苦逼迫诗人改变传统手法,这一迹象首先在杜甫身上映显出来,语不惊人死不休。

文学史上写实的时代就这样到来了。孟郊觉得杜甫只是提出了问题,于是打出"下笔证兴亡,陈词备风骨"的主张,扛起复古主义大旗,这种险怪瘦硬的诗风,虽导源于杜甫,实大成于孟郊。

浩浩荡荡唐代诗人里,孟郊谋篇布局别开蹊径,用词造句力弃平庸。史家评价十卷《孟东野诗集》,"其中多镂心刻意之作"。

孟郊的山水诗极有见解，清淡学王维、孟浩然的雄森一路，悲悯学杜甫的入蜀之作。不过，孟郊不肯丝毫与人雷同，即便学前人的句法章法，也都是自具面目。

孟郊辞去县尉后，生活没了经济来源，孤傲的性格让人不敢亲近。他也不像韩愈，为人写墓铭与祭文便可获得钱财。孟郊自己熬得过，韩愈、李观、张籍他们却看不过，屡屡求朋友帮忙，给他个一官半职。

孟郊的诗魂在那个浮华时代与一位权贵的心碰撞了起来，这位权贵便是朝中名相郑余庆，后因抨击腐败被罢。郑大人觉得当代诗人中唯孟郊诗直入自己心底。

806年，韩愈将孟郊推荐给了郑余庆，孟郊旋即启程去洛阳，此时的孟郊已贫困到"借车载家具，家具少于车"的地步。郑大人特别关照孟郊，将他安置在洛水北岸的洛阳立德坊，门牌显赫："水陆转运判官孟郊宅"。但宅第内空无一物，孩子们营养不良，那首"寒地百姓吟"就是在"豪宅"里写出的。

810年春，韩愈任洛阳令，孟郊有较多机会与韩愈交游论诗。一件意想不到的天灾又降临到孟郊头上，一场疫病，短短数日连连夺去了他的三个儿子。他一气写了九首《杏殇》哀悼。韩愈写了长诗宽慰孟郊。

813年，孟郊自知生命将至尽头，写了《秋怀》十五首，"老人朝夕异，生死每日中"。那种幽寒老苦与日俱增，常常担心自己下了床，走到门口便不能走回。

这一年，郑余庆任山南西道节度使，便奏请孟郊为节度参谋，试大理评事。孟郊谢之："国老出为将，红旗入青山。"孟郊携家赴任，而在途中暴病猝死。

孟郊死时"家徒壁立，得亲友助，始得归葬洛阳"。这里所指的亲友，无非韩愈、李观、张籍那帮诗友，郑余庆买棺营葬，还供养了孟郊妻子的晚年。

孟郊死后，贾岛在《哭孟郊》中说："冢近登山道，诗随过海船。"他死后诗篇已由日本遣唐使带到海外。

诗令东坡恨

孟郊死后,关于他的评价问题有了分歧,孟郊开了山水诗险怪瘦硬的艺术风格。后人为了讨好韩愈,扬韩抑孟之风顿起。欧阳修说他心态悲凉,诗也悲凉。宋人眼里,孟郊纯粹是一个悲凉落寞之人,孟郊被宋人定格在"苦吟"里。

面对孟郊,苏东坡很矛盾,"我憎孟郊诗,复作孟郊诗"。

倒是明朝文人看出了孟郊诗的高处。明人钟惺说孟诗:"有孤峰峻壑之气,高则寒,深则寒,勿作贫寒一例看。"他关于寒江、寒天、寒地、寒境的诗作,设想之新奇,表达之透辟。孟郊诗里那股孤峰之气,用一个"寒"字解释,是到位的。孟郊的文字"上天下天水,出地入地舟","上仄碎日月,下掣狂澺涟"。"幽怪窟穴语,飞闻胯响流",常人难以出手。孟郊的"一片古关路,万里今人行"。照例可以演绎成"今月曾经照古人"那种意境。

韩诗的诡奇艰险之处,应该是受孟的横空硬语的影响。苏东坡关于"郊寒岛瘦"的评价,倒是不错的。可常人理解这"寒"字,直往贫寒上靠,这颗寒星一直远离人群,悲苦的人生伴随到他死后一千多年,是为文学史上的悲剧。

苦难给了孟郊深刻,那些瘦硬奇警,入木三分的诗句,都经过苦思锤炼。他创导一种苦吟诗风:"天地入胸臆,吁嗟生风雷。文章得其微,物象由我裁。"

韩愈看出孟郊诗的过人之处,深感自己技不如人:"有愿化为云,东野化为龙。"孟郊那绝妙独到之处,如《游终南山》诗:"南山塞天地,日月石上生。"一个"塞"一个"石"字,常人无法想到。他的写景诗《洛桥晚望》,"天津桥下冰初结,洛阳陌上人行绝"透森冷幽静之气,突险峻峭拔之笔,将人导入更高的意境。韩愈向友人推荐孟郊时说他的诗"横空盘硬语,妥帖力排奡"。这种感觉苏东坡也有,称他的诗是"诗从肺腑出,出辄愁肺腑"。

孟郊在唐诗高峰之后,把诗从"羚羊挂角,无迹可求"的境地解救出来。

三江六水共此时

张志和，水上的隐者

三江口阔大的江面以及江面上的雨和舟，是人间晚情，闯过天下，踏过码头的过往文人，路过这江水，自觉得人生壮丽得惊人。

读一读唐朝远逝的背景，依旧是那么鲜活亮丽：仙乐缥缈的云中骊宫，月落乌啼的城外枫桥，金龟换酒的长安酒肆，箫声呜咽的大漠军营，桃花流水的西塞山下，枫叶荻花的浔阳江畔，尽见性情中的唐人。

逝去的水中映照不出年少的影子，依旧能吟青涩的诗。

清雍正《浙江通志》卷十二载："吴兴南门二十余里，下菰青山之间一带远山为西塞山。山明水秀，真是绝境。其谓之西塞者。"这里有诗僧皎然所居的苍郁繁茂耸峙的妙峰山，山的北麓与西塞山、桃花坞相连续，张志和《渔父词》中的西塞山的白鹭到处飞的意境仍依稀可见，东南山岗上至今留有皎然塔、陆羽墓和颜真卿策划而建的三癸亭遗址。皎然诗中"俯砌披水容，逼天扫峰翠"的峥嵘气派依然如故。到了明代，西塞渔晚作为吴兴八景之一迎来八方游人。

张志和（732—774）很有意境，仕官家境，从小受过系统的素质教育，作有一手相当不错的诗和画，16岁就明经及第，是唐人登科的最小年龄。唐玄宗与之对话，他一显风华与才干，玄宗遂决定将其留在翰林养着。后其外擢杭州，候补杭州刺史，第一招就拿下了地头蛇恶霸李保。

张志和入仕后恰逢安史之乱这样的世事巨变，随太子李亨转战灵武一带，显露出从政辅明的才干，擢除朔方招讨使。他与舅舅李泌献计于肃宗，征调回纥兵，谋"三地禁四将计"，败安禄山于河上，故得到肃宗朝的看重，再入翰林，封金紫光禄大夫，享正三品待遇。

唐肃宗李亨（711—762，756—762年在位）急于收复京师，答应了回纥苛刻的条件，同意回纥人收复长安后可以劫城，张志和力谏肃宗收回成命，惹怒皇上,被贬为南浦县尉。

回纥兵攻占长安,如张志和所谏,长安城再次遭洗劫,作为百姓,又品尝了一次安史之乱的浩劫与杀戮。张志和对朝廷彻底凉了心。

这一年,父亲张游朝卒,张志和回家"亲丧"。唐肃宗赠奴、婢各一个,赐白银2400两,以荣葬之资,意欲让张志和守孝三年期满后再回朝廷效力。张志和失望于当今王朝,因袭父亲道学渊源,于是醉心于道家,做起隐士。

张志和的哥哥在会稽山为他构筑茅斋居住,门前以流水隔阻,十年无桥,他闭竹门十年不出,成就了一个隐逸诗人。

为逃避唐肃宗的寻访,他带了渔童、樵青漂流水上。大历九年(774年)的秋天,张志和为英雄颜真卿在湖州的魅力所诱惑,来到湖州,躲到了山峦葱茏、雾溪澄碧、白鹭栖涉的湖州西塞山一带。

史书说张志和先祖在长兴,偕婢隐居于太湖流域的东西苕溪与霅溪一带,扁舟垂纶,浮三江,泛五湖,渔樵为乐。隐林泉、隐朝市都不是张志和所要追寻的。

颜真卿没有怠慢这位特殊人物,专门买了一条精致的小船送他。张志和接受了这条小船,觉得是隐逸的好去处,于是答谢颜真卿道:接受了您的渔船,愿以此为家,泛舟江湖之上,往来于湖州的山水之间,乃我这等小民人生之本也。

在湖州的一次聚会上,陆羽问张志和,近日与谁人经常往来,张志和的回答令在坐人惊骇:"太虚为室,明月为炫,同四海诸公共处,未尝少别。"

张志和坐小船在西太湖岸边远远地望了望顾渚山,也许觉得自己对茶的领悟尚欠火候,对顾渚山这座茶的圣山存有畏惊,于是坐着小船到了能看到陆羽、皎然的妙峰山的西塞山垂钓去了。颜真卿对这位江南隐士这样评价:立性孤峻,率诚淡然,视轩裳如草芥,屏嗜饮若泥沙。

张志和不想采药草于云雾之中,也不愿提乐琴棋于案几之前,更不好寻朋友于村落之间,一切是那样的无所谓。他每天驾着新舟徜徉于景色清幽的苕霅两溪、西塞山一带。没有上岸,怕俗尘脏了他干净的鞋,即便在湖州上岸与颜真卿、陆羽、皎然等名流一聚，吟诗作画，亦让人抬着，歌舞乐活过后，依然我行我素，登船在太湖一带的水域转悠，久久不见行踪。

张志和的哥哥张松龄，在浦江做县尉，担心弟弟放浪江湖不归，给他写了一信：

> 乐在风波钓是闲，草堂松径已胜攀。太湖水、洞庭山，狂风浪起且须还。

张志和回信道：

> 西塞山前白鹭飞，桃花流水鳜鱼肥。青箬笠，绿蓑衣，斜风细雨不须归。

一次太平常不过的往返通信，诞生了一篇传世佳作。

以真情实感写出的《渔歌子》，成为千古绝唱，和者如林。

颜真卿做湖州刺史时，与门客共赴茶宴时依《渔父》词角，与陆羽、徐士衡、李成矩共唱和二十五首，争相夸口。山以诗传，西塞山也因而成为湖州胜景。

张志和放弃了隐居十年的会稽山，直奔吴兴山水，把自己的心身安置在西塞山。他自号烟波钓徒，追求"菰饭薄羹"之生活，陶醉在"上祀被褉"风流的自我形象之中。

张志和独钓寒江，"每垂钓不设饵，志不在鱼也"，很有些姜子牙和严子陵味道，也足以道出西塞山的内涵与精神。这首诗后来被日本的遣唐使节带回，呈给嵯峨天皇（786—842，809—823 年在位），天皇爱极，附了一首：

> 寒江春晓片云晴，两岸花飞月更明。鲈鱼脍，莼菜羹，餐罢酣歌带月行。

张志和把苕溪发桃花水时，渔翁雨中捕鱼的情景写得淋漓尽致。嵯峨把寒江春晓的意境描绘得生动逼真，湖州名肴，脍鲈鱼、莼菜汤，令这位日本天皇心馋。

　　有意思的是,后来的日本平安朝的天皇也写了五首拟作,皇女更作词奉和。日本政府干脆把张籍的《枫桥夜泊》、张志和的《渔父》列入教科书。山以诗传,西塞山也因而成为湖州胜景。

　　张志和留下作品不多,《渔歌子》却流播久远,词传日本,日本天皇面对"青山、白鹭、桃花、鳜鱼、箬笠、蓑衣",也萌发隐逸之幽思。其实一部隐居的历史,也就是人性回归的历史,和谐的自然永远是知性者的梦想。

　　774年冬,张志和与颜真卿东游平望驿莺脰湖,酒醉溺水而逝,年42岁。道藏本《续仙传》的说法有点玄:"志和酒酣,为水戏,铺席于水上独坐,饮酌笑咏。其席来去迟速,如刺舟声。复有云鹤随覆其上。真卿与宾佐观之,莫不惊叹。良久,乃挥手而别,上升而去。"

　　秀丽的西笤溪南岸,西塞山走到今天依然是张志和诗的原味,白鹭起飞之处,桃花飘香,流水清远,山峦葱茏,雾溪澄碧,鱼翔浅底,既为白鹭栖涉的滩头,又是张志和泊宅的佳境。

　　人在本质上都是匆匆过客,性情的陶冶使张志和对人生领悟的透彻远远超过他同时代的许多名人,不为世俗所羁,带一种永恒的孤独感浪迹江湖。

李清照,孤冷的词人

　　公元1127年,金灭北宋,开启中国历史上第二次大规模的南渡,历时百年。

　　南渡的人头攒动中,一张贵妇脸在拥挤的人流里特别显眼,她是北宋女词人李清照。此时的李清照已50岁了,但她的词作不输于北宋的二晏、欧阳修、苏轼、秦观、黄庭坚诸大词家之作。

国愁,寻觅一种隐蔽与遗忘

　　在金华古子城,在八咏楼的重檐歇山下,有个影子一直在。

　　1134年十月初,淮河传来金兵进犯的警报,朝廷放散百官,让各自投亲靠友。李清照(1084—1155)从杭州自钱塘江、富春江逆舟而上,途中过严子陵钓台，凭江瞻眺，落霞孤鹜，秋水共长。写下《夜发严滩》："往来有愧先生德，露敬仰自愧之情。"

深秋的一个午后，天有些凉了。素衣白裙、发髻低绾的李清照，在金华渡口上岸，陈家人早已在岸边等候。石板路上，李清照带一种大家风范，过五百滩、铁岭头、水门巷、保宁门，走进街坊林立的古子城，走进庭院深深的陈氏宅第。倚窗眺望，义乌江、武义江和金华江三江在眼前汇合，一片江南风光。

在多事的秋风中，李清照选择去金华，是因为她丈夫赵明诚的妹婿李擢在金华任婺州太守，故安排她居住在酒坊巷陈氏宅第。只有几百米长的酒坊巷，中间铺着青石板，两边大都住着殷实人家。旁边就有八咏楼、万佛塔等名胜。李清照姐夫蔡京，妹夫秦桧，还有个远亲叫王安石，故非一般逃难的人。当时很多社会贤达、文化名人都住在酒坊巷。

在此之前，她经历了在浙数年的颠沛流离。

三年前，李清照追随帝踪流徙浙东一带。到台州，太守已逃跑。在嵊州登岸，又丢弃衣被走黄岩，雇舟入海，跟上皇家的船队，走海道到温州，又返回绍兴。

李清照在绍兴，书画被盗。第三年，李清照到达杭州，图书文物散失殆尽。九月，金人扶持伪齐政权，故乡没了。

金华扼闽赣，控括苍，屏杭州，近括婺州八县，是兵家必争之地，故有"铜城"之称。八咏楼暗红的栏杆，一双纤细的手抚着，楼上站着一个彷徨困顿、心系北方家乡的潦倒文人，李清照无心赏景，这里不是她的故乡。

驻足在双溪北岸的陈氏府第门前，芳华已逝的李清照凝眸顾盼，心境一如平静的婺江水。她喜欢这里的阡陌纵横，喜欢这里的巷道街坊，她说"乍释舟楫而见轩窗"。汴京城的繁华早已离去，临安城的艳丽已然消弭，倒是金华这座古老小城，给了她难得的宁静：或站在酒坊巷口，欣赏着街景；或与乡绅学究拥炉煮茶，纵论古今；或整博具，作命辞，教图谱，玩游戏。"意颇适然"。

酒坊巷前的八咏楼，原名玄畅楼，因南朝齐诗人沈约任金华太守时，曾登楼赋诗八篇咏之，楼以诗名，时号绝唱。后更名为八咏楼，有"两浙第一楼"之称。

八咏楼坐落在婺江北岸，远处为崇山峻岭，近处由武义江、义乌江及婺江三江汇集，纵然孤苦彷徨，此时的李清照仍是悲秋伤别。

一日，李清照登楼临风，在八咏楼上凭栏远眺三江之浩渺，站在高处眺望北方的故乡，一股江山社稷之愁在心底油然而生，写下《题八咏楼》这首七绝诗：

千古风流八咏楼，江山留与后人愁。

水通南国三千里，气压江城十四州。

南渡之后的李清照借了晚唐高僧贯休献贺钱镠中的"满堂花醉三千客，一剑霜寒十四州"的磅礴气势，短短的几句，道尽了诗人的孤独与无奈，伤感之外藏着气势，藏着家国情怀。

诗人面对壮美河山，悲宋室之不振，慨江山之难守。寥寥数笔，写出苍茫无尽又浩渺豪迈的诗句，"江山留与后人愁"更成千古绝唱。朱熹感叹："如此等语，岂女子所能！"清人樊增祥赞评曰：陆游、元好问赶不上，杨万里、范成大"以下勿论"。

在婺州的时光，门楣已漫漶不清，家国情怀仍是她生命的底色，将文章法度融为自己的血气，在举世惶惶中放笔纵情。依旧元气磅礴，喘息中努力感受生命。《题八咏楼》历时千年，成为今日婺城的经典广告词。

八咏楼从它拔地而起的那一天开始，就轻笼着一层愁云。沈约八咏玄畅楼的意境是荒寒的，表达了不得其意而退守山林的悲凉心境。李清照此诗的愁，是江山社稷之愁："子孙南渡今几年，飘零遂与流人伍。"

李清照的诗是文学个人与信仰的深度对话，为文之妙"非止雄于一代才媛，直洗南渡后诸儒腐气，上返魏晋"。文字一旦有了贵气，就会借此完成对心态的关注。做人脱俗不容易，文字往贵里做，精神力量才不致衰竭。

家愁，女子惟格调难养

李清照生活在北宋末期朝局混乱、党争激烈的时代，她的父亲和丈夫分别站在了两个不同的阵营，痛苦的人生似乎是注定的。

李清照18岁时与21岁的太学生赵明诚在汴京成婚。李家和赵家同在朝廷任职。李清照之父作礼部员外郎，赵明诚之父作吏部侍郎，均为朝廷高级官吏。

北宋时期，名门女子大多饱读诗书，李清照的父亲李格非是大文豪苏轼的学生，满腹才华。现存于曲阜孔林思堂之东斋的方石有李格非的碣刻。母亲精通琴棋书画，李清照从小浸染出了一身的才气，她在少女时代即负文学盛名：

> 蹴罢秋千，起来慵整纤纤手。露浓花瘦，薄汗轻衣透。
>
> 见客入来，袜刬金钗溜。和羞走，倚门回首，却把青梅嗅。

一副天真烂漫的名门少女形象。

赵明诚和李清照，两人独对金石书画痴爱如狂。幽室孤灯，对赏书画。他们的愿望很小，过着你侬我侬的生活。

但这样的幸福却难容于世，两人成婚的当年，新旧党争把李家卷了进去。李清照出嫁后的第二年，李格非被列入元祐党籍而被罢官并赶出京城，发配边疆。

两年后，赵明诚的父亲在党争中连连失势，这次轮到赵明诚被赶出京城。25岁的李清照干脆跟着被流放的丈夫一道上路，两人去青州开始屏居乡里的生活。

青州古城是古齐国的中心地区，是古老的文物之邦，两人在当地收集到一大批石刻资料。李清照说：每获一书，即共同勘校，整集签题。得书、画、彝、鼎，亦摩玩舒卷，指摘疵病，夜尽一烛为率。故能纸札精致，字画完整，冠诸收书家。

1127年，也是南宋建炎元年。北方局势越来越紧张，青州兵变。李清照押运了 15 车书籍器物,把这些无价之宝运送到了江宁府,并与丈夫再次团聚。

1129 年,赵明诚任江宁知府。因没有应对王亦叛乱的措施,利用绳子从城墙上逃跑了。此事引起皇帝震怒下令罢免其官职。生性刚强的李清照知道丈夫的做法后感到失望和羞愧。

三月,他们一起往江西逃,"具舟上芜湖,入姑孰,将卜居赣水上"。舟过乌江楚霸王失败自杀的地方。李清照随手写出《夏日绝句》,吟出她的绝世名句:

> 生当作人杰,死亦为鬼雄。至今思项羽,不肯过江东。

赵明诚站在她的身后,听到这首诗非常地自责、寡欢。五月,至安徽贵池,赵明诚接到朝廷急召,知湖州。赵明诚撇下李清照,舍舟上岸。之后就发病而死。

李清照于惘然中独自南逃,人生也因此急转直下,一重重苦难从她身上碾压而过。在此期间,她还经历了一场短暂而失败的婚姻,也身陷囹圄,后经翰林学士綦崇礼等亲友的大力营救,关押 9 日之后获释。李清照从大牢里出来后,开始整理赵明诚的《金石录》,最后完成了《金石录后续》。

从文化名媛到颠沛流离,李清照后期的词作多抒写在遭到国破、家亡、夫死以及政治上的打击等灾难之后,以己之悲反映时代的、民族的大不幸。

李清照有诗笔词秀的艺术成就,且亦妙解音律,以"寻常语度入音律",虽明白如话,却非常优美清丽,把闺情词推向新的艺术高峰。

北宋灭亡后,李清照生活的意志并未消沉,把眼光投到国事上。李清照笔势纵横地评议兴废,借嘲讽唐明皇,告诫统治者"夏商有鉴当深戒,简策汗青今具在"。诗中有"欲将血泪寄山河,去洒东山一抔土"之句,充满了怀念故国的情怀。

词愁,力求每个字都鲜活

回到 1135 年的春天。潦倒凄苦的女词人起了游春的心思。

金华东南城郊双溪，三江六岸，这曾是李白诗中的双溪：径出梅花桥，双溪纳归潮。落帆金华岸，赤松若可招。

双溪，东阳江北下与南来的武义江在此汇聚，合流后成婺江，两江汇合处有一片三角洲，叫燕尾洲，古之叫"双溪"。岸上草木青翠，江中波光粼粼，阳光洒落在江边的一草一木上，这是新年阳光下的双溪即景。

面对春景，李清照想要去双溪荡舟，她不止一次将荡舟情景写进词中，《一剪梅》中有："轻解罗裳，独上兰舟。"《如梦令》中也有："兴尽晚回舟，误入藕花深处。"然而，喜悦之情只是一闪而过，眼前瞬间叠现出中原沦陷、孤苦飘零的惨景，自己成了一个受难者。她站到了八咏桥上，写下：

只恐双溪舴艋舟，载不动许多愁。

轻舟铺垫愁重，铺足之后是猛烈的跌宕。《武陵春》显得如此沉重，生死劫难，溢满纸上。词作充满凄凉、低沉之音。"故乡何处是，忘了除非醉"，怀恋失陷了的北方家乡，是故国之思后的凄凉憔悴。

对过往文风的背叛，力求不踩着人家的脚印走，也不踩自己的脚印走。"物是人非事事休"的愁绪，"寻寻觅觅，冷冷清清，凄凄惨惨戚戚"的愁境，"今年海角天涯，萧萧两鬓生华"愁悲，都不相同。

李清照遵守着词的规律，又有对既有秩序的突破，为自己构筑一种独特风格。

宋词的难，在句式的创造力，光学问光性情文字活不下去，李清照不停打量文学岁月两端，借写愁做一个世外注脚，一个"愁"字成为绕不过的文化苦难。她是一个"笑得动人，哭得动情，喊得动魄惊心"且有大胸襟的女子。

李清照有资格怨今人浅薄，她将文字往极致里做，让每个句式显另一番表情。

年少时的一首《如梦令》，半生阳光半生冷："知否，知否，应是绿肥红瘦"，惊艳群芳，妙不可言，一代才女从历史深处款款而来。

金华时期的李清照，精神境界由小我转向大我，留下的作品文体俱全，且大多是名篇。那脱尽寒酸与轻佻的文化理想，靠新念想熏染旧造化，在岁月的拐角独自解构，把气节精神碎片缝合到了大的文明气场中，留下历史的丰饶，把女性的真性情、大悲恸、高胸襟发挥到了极致。

李清照自搭了一个文学殿堂，挥洒的不只是学识，还有一个文弱女子的逼人才气。《题八咏楼》的愁，是矫拔豪健，《武陵春》的愁，是凄咽悲凉。文化贵族虽难成世道的脊梁，遣怀的诗性文字一路激发远去，用来哀悼失去了故乡的世界。

李清照在金华停留的时间只有三年，她也是中国历史上唯一一位名字被用作外太空环形山的女性，将"双溪舴艋舟"这个经典文学意象，留给了金华。她在杭州柳浪闻莺居住了 23 年，在清波门外的西湖边留下了一串又一串脚印，却未能给杭州留下一句诗词。李清照似乎对金华特别眷顾，这足以让这里的山川增色生辉，令杭州人羡慕不已。

落帆与舴艋舟都已是诗里的风景，一道彩虹九曲回环，飘荡在江面。桥曰八咏，是一座城市对一座诗楼和登临诗人的铭刻。走在桥上，以双溪入词，是浮躁时代的安静、丑陋时代的唯美。

婺江水已作世道仅剩的仪式，叫作"双溪"的燕尾洲的气场在接近艺术，八咏楼饱含的气息在充塞一个个伟大的旧梦。

汤显祖，狂傲的传奇

乌溪江的尽头便是山峦重叠的遂昌县，这样的地方，在低薪的明代，对官员没太大的吸引力，但才气满满的汤显祖来了。

做了两年知县的汤显祖（1550—1616），收到来自当时天下富豪江苏吴县知县袁宏道的信，27 岁的新科进士袁宏道上任不到半年，品尝了想象中知县的诗酒风流。袁告诉朋友汤显祖"做县令无什么难的，弟以一简持之，颇觉就绪"。

狂士，一个人的不合作运动

明代的浙江，不时走来一些不走常规的人，这不，江西临川人汤显祖以他过人的才气，走进浙西深山，做了遂昌县令，这一年他 50 岁，是今天激流勇退的年龄。

汤家有钱有名望，在江西临川是著名乡绅。汤显祖曾祖汤瑄，是藏书家；祖父汤懋昭，被时人誉为"词坛名将"；父亲汤尚贤，为明嘉靖年间（1522—1566）著名学者，曾捐万石粮食周济灾民，又出千两白银修桥补路。

汤显祖少时活在书的世界里，以自己的早慧，年纪轻轻就已涉猎五经、诸史，精通乐府、五七言诗。20 岁以第八名中举，八股文章做得相当出色，连主考官们都为之赞叹。27 岁，出版了《红泉逸草》和《雍藻》两部诗集。不过开局良好不代表过程与结局都好，出名太早未必好事。

据说，1577 年殿试，汤显祖被视作进士第一甲的热门人选。赶巧，张居正家的二公子张嗣修也在那年参加科考，张居正派人拉拢汤显祖和沈懋学这两个当时的文学奇才，沈懋学答应合作，汤显祖拒不同流，当届金榜一出，汤显祖落榜。

三年后再试，张居正另一个儿子张懋修也要参加考试，此时都察院左副都御史王篆，上门传达张居正的好意，只要他愿意做个陪衬，许诺他必能高中，汤显祖说，不愿像少女失身一样玷污自己。

坊间笑传，紫禁城有两个皇帝，一个穿黄袍，坐上龙椅上；一个穿绯袍，处在朝堂中。百官拜着第一个，心里却怕第二个。人们渴望巴结如日中天的首辅张居正，但汤显祖不愿意。那一年，张懋修状元及第，汤显祖则再次落第而归。此事后来被钱谦益写进他的《列朝诗集小传》。

人们说，只要张居正在一日，他就一日出不了头。汤显祖的两场会试名落孙山后回家耕读，准备第三次科举考试时，张居正去世了。

张居正一死，不识抬举的汤显祖名气大增，于是高中，继任首辅张四维、申时行先后以翰林职位许诺汤显祖，拉他入幕，可汤显祖说："予方木强，故无柔曼之骨"，意为我这强健之身，没有媚骨。

于是汤显祖得了个南京太常寺博士这七品小官职位，分管祭祀的乐器等杂事，他经常闭门读书，夜半之时还是书声琅琅。

后来袁宏道给汤显祖写信，大为汤显祖不畏权贵的节操点赞。

两年后，吏部高官司汝霖曾来信，让他去京城做吏部主事。这是个肥缺，掌握官员的升黜，汤显祖依旧那德性，写信以各种理由回绝。

汤显祖在南京一住七年，淡泊名利。万历年间（1573—1619），南京最有名的是文坛盟主王世贞，汤显祖还是王世贞弟弟王世懋的直系下属，但他就是不合时宜，反对王世贞主导的复古文学，还约了友人把李梦阳、李攀龙、王世贞的诗文拿来解剖，划出他们诗文中模拟、剽窃汉文唐诗的字句，把这位文坛大佬也给得罪了。

这尚不算大事。万历年间，皇帝以欺瞒之罪，下令将一位言官停俸一年，结果汤显祖上疏，称皇上该追讨把持朝政的辅臣之罪。《论辅臣科臣疏》是汤显祖政治生涯中最勇敢的时刻，却险遭牢狱之灾。后来汤显祖被贬至广东雷州徐闻县做编制外的官员。

放逐，许自己一座终生的避难所

对于汤显祖，放逐是最合适的命运。对于士大夫，也是一种荣耀，很多人遭朝廷贬逐一次，声望便为之提高一节。汤显祖弹劾申时行导致被贬，这是他政治上的受挫，但在时人看来，也是令人尊敬之事。

汤显祖得罪了张居正，得罪了王世贞，得罪了张四维，得罪了申时行，还得罪了万历皇帝，整个大明朝的人都看他不顺眼，被贬广东雷州半岛最南角十分荒凉的徐闻县，这里和海南岛遥遥相望。昔日的临川才子，转眼间成了"弃子"。

被贬途中，汤显祖路过肇庆，见到了带着欧洲文艺复兴运动成果的传教士利玛窦，他穿着僧袍用天文学、数学的知识与当地官员交流，并将"四书"翻译成拉丁文。他还带给中国人各种新奇货色：自鸣钟、西琴、地球仪、天球仪、罗盘、日晷等。

万历十九年（1591 年），申时行下台后，为了给舆论一个交代，万历皇帝宽宥了一些弹劾过申时行的官员，其中有汤显祖。第二年，汤显祖出任遂昌县令。那是汤显祖获得的难得的地方治理机会。

仙霞岭附近遂昌山清水秀，比起"蟒蛇吐信，猛虎啸威，蚊大如斗，虫恶如狼"的徐闻，遂昌不见红雾四障、猩猩狒狒、短狐暴鳄、啼烟啸雨。但遂昌是浙江的一个山区大县，海拔千米以上的山峰有 700 多座。山里常有老虎出没。

遂昌原来并不安宁，汤显祖操练兵勇，设计捕杀十几名盗魁，又进山剿虎，还勒令当地豪强依法纳租税。遂昌县一时间民乐百事兴。

汤显祖在遂昌推行"仁政惠民"政策，每年开春，都备好酒，执牛鞭下乡劝农。他努力减轻徭役，还把监狱的犯人放回家过年，到期后犯人都乖乖地回来了，汤显祖闲来无事时就游山玩水，一县的政务被他打理得井井有条。

官场，毕竟不是他这种单纯的人能生存的地方。万历皇帝亲自派出的矿监，专门负责收各处矿税，四处扰民，搜刮民脂民膏当真到了敲骨吸髓的程度。无奈之下，汤显祖向吏部递交了辞呈，从此与官场告别，弃官回乡。

这样一个洁身自好的人，这辈子都没在政治上得意，他的文学作品也是后来才慢慢被重视。

情圣，拥一群女粉丝的偶像

有福之人到老仍是花团锦簇，汤显祖是明代最为持久的明星。临川在北宋人才辈出，曾巩、晏殊、晏几道、王安石、陆象山、罗汝芳等，都是显赫人物。

临川天才汤显祖回家新买了块地，造了几间草堂，起名为"玉茗堂"，汤显祖自得其乐，在这里，他完成了传诵千古的"临川四梦"。

钱谦益的老师许重熙在公元 1615 年去过临川，见过汤显祖的玉茗堂，说此地像农家小院，鸡窝猪圈举目可见。杨恐寿的《词余丛话》也说："鸡栖豚栅之旁俱置笔砚。"可见汤显祖院子里也是破砖烂瓦一大堆。

汤显祖 60 岁时曾向友人感慨：全年一家可收租谷不满六百石，要养连同他兄弟们的家眷、佣人在内三四十口人。故"弃官一年，便有速贫之叹"。临川人为喝粥度日的他感到忧虑，他却指着满床的书自嘲："有此不贫矣！"

汤显祖自夸一生四梦，得意处唯在牡丹。钱塘女子顾姒所说"闺阁中多有解人"，有人说他是明代拥有女粉丝最多的文人：

17岁的娄江女子俞二娘，用蝇头细字，密密批注，幽怨之情，浸透书页，后郁郁而终，临终时的心愿就是托人将所注之本交给汤显祖。

扬州少女金凤钿，痴迷《牡丹亭》成癖。写信给汤显祖"愿为才子妇"。汤显祖拿到书信时，金凤钿已郁郁而终，遗嘱用《牡丹亭》一书陪葬。

杭州女艺人商小玲，演出《牡丹亭》时，竟当场倒地身亡。

金陵女子冯小青，看牡丹亭作诗：人间亦有痴于我，岂独伤心是小青。

汤显祖年轻时，也是眉目朗秀的帅哥。据说，内江有个女子，以为汤貌比潘安，非汤显祖不嫁，听说汤在西湖度假赶去见面。结果，她发现对方竟是个"挂杖而行"的糟老头，瞬间崩溃，一怒之下竟投水而死。

《临川四梦》，一个辽阔的精神领域，一片丰富的灵性存在。侠之梦，为《紫钗记》；鬼之梦，为《牡丹亭》；仙之梦，为《邯郸记》；佛之梦，为《南柯记》。前两梦入世；后两梦出世。

16世纪末，当莎士比亚的戏剧连场上演，引得贵族们叫好，汤显祖独对帝国苍凉的黄昏，坐看断井颓垣，寄托文辞，在梦中发出守夜人的叹息。

汤显祖与莎翁，是同时代之人，又在同一年死去，都采取了戏剧这一写作方式，从戏剧的思想性说，汤显祖有着深远的追求。莎翁之剧，以常识写出普适价值，而汤显祖则从入世写到出世，建构了一个宏伟的传奇式的思想体系。

汤显祖生前寂寥，死后却成为戏曲史上的传奇，作为心学传人，他没有开创学派，却在天南地北拥有了一片又一片广阔的戏台，拥有了一代又一代观众和读者，成为中国的"情圣"。剧作家田汉感慨道："杜丽如何朱丽叶，情深真已到梅根。何当丽句锁池馆，不让莎翁在故村。"

临川河畔，月明星稀，原上寂寥，思想家的传奇式写作，在那片纷纷扰扰的红尘之中。

李笠翁，"风流"的文人

说起李渔（1611—1680），男人喜欢，女人欣赏。李渔生活得很艺术，这也是他高出许多风流才子的地方。

人生偶尔的慢行，可以看清来去路，李渔于悄然中控诉当下社会的艺术水准。

李渔在一座叫做伊山头的祖坟边，建一别墅，就叫伊园。伊园是李渔展示园艺的最初杰作，园内筑有廊、轩、桥、亭诸景，自誉可与杭州西湖相比，"只少楼台载歌舞，风光原不甚相殊"。学唐代诗人王维，在伊山别业隐居终生。他的才气，做官不行，玩、生活绰绰有余。

李渔被称为中华五千年第一风流文人，能为小说，尤精谱曲，世称李十郎。在京组织以姬妾为主要演员的家庭剧团，北抵燕秦，南行浙闽，在达官贵府演出自编自导的戏曲。

通俗文学在江南一直很有市场，李渔先人一步，在杭州的寓所题名"武林小筑"，尝试他作为中国历史上第一位"卖赋糊口"专业作家的创作生涯。数年之后，作品不断问世，连续写出了《怜香伴》《风筝误》等六部传奇及《无声戏》《十二楼》两部白话短篇小说集。作品一问世，便畅销于市。杭州、苏州、南京的一些书商私刻翻印牟利，数日之内，千里之外也能见到笠翁新作。"湖上笠翁"成了家喻户晓的文坛新人。有人则干脆挂上"湖上笠翁"之名蒙骗读者。

李渔一直向往被吴敬梓誉为"菜佣酒保都带六朝烟水气"的六朝古都南京。52岁那年，携家小僮仆52人，实现举家托付金陵的大迁徙，定居在周处读书台后的一个风景秀丽的小山丘上的一处旧园，修葺一新后命名为"芥子园"。取"芥子虽小，能纳须弥"之意。小园庭经他精巧设计，别有情趣，有栖云谷、月榭、歌台、浮白轩诸景，并都题有楹联。如书室联："雨观瀑布晴观月；朝听鸣琴夜听歌。"月榭联："有月即登台，无论春秋冬夏；是风皆入座，不分南北西东。"今天那套权威画谱《芥子园画谱》借名此园，足见分量。

李渔居金陵只过了两年，李自成的马队踏进京城，接着迎来多尔衮的马群，大明马车散了架，南明小政权仅靠马士英（约1591—1646）喂食，来日无多了。

他结交了很多文友,曾经为时任江宁织造、《红楼梦》作者曹雪芹的曾祖曹玺撰赠过对联,与曹雪芹的祖父曹寅成为忘年交;与《聊斋志异》作者蒲松龄一见如故,相见恨晚,互赠诗词(当时蒲31岁,李61岁);在苏州百花巷、金陵芥子园内,经常可以看到李渔与他的文友、戏友一起观剧切磋技艺。清初的吴伟业、钱谦益、龚鼎孳等"江左三大家",王士祺、施闰章、宋荔裳、周亮工、严灏亭、尤侗、杜濬、余怀等"海内八大家"以及"燕台七子""西泠十子"中的多数都与他有过交往。

人们憧憬那苏州园林水上楼台看戏观剧的雅致,丫环莲步轻移的风韵,那莲藕边上的听茶与赏曲,那脱俗的各自打点以后,人们发现园林是下一个时代的去处,风掠过,茶香化解了欲望的气息,陌生土地补了路人分情的亏损。

李渔称自己的作品是"新耳目之书",一意求新,不依傍他人,也不重复自己。他努力发现"前人未见之事","摹写未尽之情,描画不全之态",情节奇特,布局巧妙。后人说他的《无声戏》《十二楼》是清代白话小说的三言两拍。

李渔56岁应朋友之邀,由北京前往陕西、甘肃游历,先后在临汾、兰州得到颇具艺术天赋的乔、王二姬。随着独具艺韵的二姬的到来,李渔建起了自己的家班,而且乔、王二姬的舞态歌容超群脱俗,创造性地表演剧本内容,常常是"朝脱稿,暮登场"。李渔自任家班的教习和导演,上演自己创作和改编的剧本。略加指点,家班创办不多久,他带领家班四出游历、演剧,"全国九州,历其六七",不辞辛劳,赴全国各地巡回演出。便红遍了大半个中国。

李渔每到一处,都以戏会友,备受戏曲名流们的欢迎。金陵芥子园、苏州百花巷的李渔寓所,都曾是当时戏曲名流交流艺术的场所。

李渔风流,有一妻数妾,还买来的几个婢姬,却重情,乔、王二姬经李渔调教很快脱颖而出,她们不仅聪敏颖悟,演技卓绝,扮生演旦,珠联璧合,令李渔叹为旷代奇观。李家班声誉鹊起,蜚声海内。

二姬长年奔波,劳累成疾,仅七年便先后早逝。李渔悲痛,生活上是失了这位年过六旬的老人形影不离的伴侣,艺术上是失了最能领悟李渔文心并可以与之促膝交流、切磋的红颜知己。对李渔的戏曲活动事业无疑是致命的打击，家班从此一蹶不振，渐次瓦解。

李渔当属传奇作家，独树一帜于词坛，自称是"曲中之老奴、歌中之點婢"。李渔的作品因为雅俗共赏，通俗易懂，故遍行于坊间，不少作品还被翻译后流入日本及欧洲国家。

他说："传奇原为消愁设，费尽枝头歌一阕；何事将钱买哭声，反会变喜成悲咽。唯我填词不卖愁，一夫不笑是吾忧；举世尽成弥勒佛，度人秃笔始堪投。"李渔是中国戏剧史上第一个、也是惟一专门从事喜剧创作的作家，被后人推为"世界喜剧大师"。

李渔交友有道，当时有个潘一成，和他一样也是"府庠生"，明亡以后，也不再应试。此人恣情游览，到处题咏而不署名，李渔神交已久。一次，李渔在南昌东湖酒肆中，认出他的题句，经过访问，知他是湖南东安人。1668 年，李渔游桂林，特地绕道去东安访潘一成。遍寻不着，一日偶泊林树下，见一蓬门草屋，门上有副对联，李渔笑道："此有尘外之致，定是他的住处了。"进门相见，果然是他，两人意气相投，言谈融洽，留叙二日方才依依道别。

李渔常做这样的念想，往黑暗里逃生，方可昂首再上路，做人的气度不致琐碎。与他交往的、有文字记载的 800 余人中，上至位高权重的宰相、尚书、大学士，下至三教九流、手工艺人，遍及十七个省，二百余州县，可以说，他是中国古代文化人中交友最多、结交面最广的文人。

游览山水胜地。"生平痼疾，注在烟霞竹石间"，他把大自然称为"古今第一才人"。他说："才情者，人心之山水；山水者，天地之才情。"还说："不受行路之苦，不知居家之乐。"他携带家班远途跋涉，走遍了燕、秦、闽、楚、豫、广、陕等省区，"三分天下几遍其二"，"名山大川，十经六七"，"四海历其三，三江五河则俱未尝遗一"，中华大地的奇山秀水到处都留下了他的足迹。

在模糊的世道，优雅成重要处事方式，李渔"过一地即览一地之人情，经一方则睹一方之胜概。且食所未食，尝所未尝"。隔纸望不见青灯，苍茫只显在瞬间，晨钟把人生拉长了。

李渔清醒，拿严子陵作镜：过严陵，钓台咫尺难登。为舟师，计程遥发，不容先辈留行。仰高山,形容自愧。俯流水,面目堪憎。同执纶竿,共披蓑笠,君名何重我何轻！不自量,将身高比,才识敬先生。相去远,君辞厚禄,我钓虚名。

儿子要回原籍应试,李渔67岁那年迁回杭州,在当地官员的资助下,李渔买下了吴山东北麓张侍卫的旧宅,此园缘山而筑,坐卧之间都可饱赏湖山美景。"繁冗驱人,旧业尽抛尘市里;湖山招我,全家移入画图中。"准备安享晚年了。

好景不长,李渔劳累病倒。这位一生创新、对离世毫无防备的老人,于1680年,正月十三的晨雪中匆匆辞世。李渔死后,被安葬在杭州方家峪九曜山上,钱塘县令梁允植为他题碣:"湖上笠翁之墓"。

李渔是高产作家兼出版商,他那独到的经营理念,把芥子园书铺经营得红红火火。后来芥子园屡换主人,但一直保持李渔优良的经营作风,芥子园书铺成为清代著名的具有二百多年历史的百年老店。

上乘艺术的教化是教人弃恶从善,入得其中,修心养性中点亮智慧烛光,会脱俗,增教养。《闲情偶寄》分词曲、演习、声容、居室、器玩、饮馔、种植、颐养八部,还有饮食、营造、园艺内容,堪称生活艺术大全、休闲百科全书,是李渔一生艺术、生活经验的结晶,是中国第一部倡导休闲文化的专著。李渔在给礼部尚书龚芝麓的信中说:"庙堂智虑,百无一能;泉石经纶,则绰有余裕。"

借《闲情偶寄》找回原先的敬神情操,自成戏剧理论体系,它比法国著名作家狄德罗的戏剧理论体系早出一百年,是中国戏剧美学史上的里程碑;关于导演的论述,比苏联戏剧家斯坦尼斯拉夫斯基早出两个世纪,是世界上最早的导演学。

掉入艺术的人用行为厮磨心态,躲避暗自神伤。《闲情偶寄》的后六部谈娱乐养生之道和美化生活,全景式地提供了17世纪中国人日常生活和世俗风情的图像:从亭台楼阁、池沼门窗的布局、界壁的分隔,到花草虫鱼、鼎铛玉石的摆设;从妇女的妆阁、修容、首饰、脂粉点染,到穷人与富人的颐养之方,等等。还希望通过草木虫鱼、摄生养性,旁引曲譬,达到有助于规正风俗、警惕人心的目的。

近墨、入纸，给无数的千秋机缘，如听人漫说前尘影事，浑忘今夕是何年。李渔说，稻米煮饭的香气，真让人欢喜；木槿早上开花，晚上就凋谢了，生命如此短暂，也真够凄凉的了；相传一女子怀恋心中人，泪水洒落一地，长出了"断肠花"秋海棠，一生钟爱的人，可以当药。

学风韵，学风流，隐约道出命里玄机，精神上好过得多。李渔种的石榴花开遍了三亩芥子园，这个风流的文人，为买水仙花典当了家中首饰。他说，蔬菜中长得最为奇特的，是陕西的"头发菜"，山珍海味也不如它。据此，西北生态植被"发菜"在明末清初就已是盘中佳肴。

李渔，在洗脱俗尘时顺便完成洗礼。

第四章

富春之明，
静悟中淬炼江水过往

富春江的每一重波浪，都藏一段盛世风流。

——春江记

小引——天下佳山水，古今推富春

中国文化史上，有几件开了风气之先的大事，都与富春江相关：

严光几番推掉了皇帝的盛邀，躲在富春江边垂钓，创造出了独特的出世文化。

东晋谢灵运写浙东的山，南朝吴均写浙西的水，开创了中国山水诗风。

书则《兰亭》，画为《富春》，王羲之、黄公望，一字一画，是从之江上漂向大海的两座江上青峰。

假如再找一位智者，当数郁达夫，模仿法国卢梭，勇当中国的人文主义先驱。

富春，一个始建于秦朝的古县名称，也是一条江。富春江全程长110公里，富春段52公里，两岸群山连绵，江中分布了桐洲岛、王洲岛、中沙岛、新沙岛、月亮岛、东洲岛、五丰岛等十多个大小岛屿、沙洲，岛上有不少沃土良田。

"天下佳山水，古今推富春"。富春江从建德开始，流经桐庐、富阳，全程长一百多公里，两岸群山连绵，山色青翠秀丽，江中分布了十多个岛屿、沙洲。岛上有沃土良田。这大概是整个江南风景最好的一段水域。两岸山色青翠秀丽，江水清碧见底，江中沙洲点点。

事实上，直到今天，关于黄公望笔下山水的确切对应地，学界并未达成一致意见。但这并不重要。对于山水画大师来说，这条江处处入画，随使截取一段，都能够绘出一幅《山居图》：

桐江烟雨、富春舟中、钓台问隐、渔舟唱晚、春江月夜、七里严滩、全景水舍，均来自富春江诗词中。

天山共一色

一条船与彼岸的对白

之江的气场，一直刺激着人们的拥有欲，潮流与江岸的地缘风貌一经碰撞，令水气沉寂与失语。

富春江两处经典场景，极度地风靡世人。

七里濑上

浙江的秀山与清水，是唐人的无限向往。唐人眼里的江南藏在浙江，津渡、舟楫、山水、草木、樵夫、村姑，皆可入诗。

一条春江，与大海相通，两岸青山，与蓝天相连。是李白、杜甫等人魂牵梦绕的地方。

唐代的诗人顺心或者不顺心的大多会来江南，会乘船走水路从江淮之地达扬州经运河南下，到杭州则有两条路线可供游览。其中一条渡钱塘江入绍兴镜湖，由浙东运河、曹娥江至剡溪，经新昌天姥山，最后抵天台山。这是贯穿于浙江东部的一条古道，被用唐诗韵律串起，称"浙东唐诗之路"。另一条沿富春江溯新安江而上，是著名的唐诗西路。

船过富阳至桐庐一百多里的富春江，有一段叫七里泷，古时称七里濑，此段之水集秀美与壮美为一体，天下独绝。有两位浙江人开启了山水诗风之先的文化事件。

一起在东晋，山水诗的开山鼻祖谢灵运（385—433）感觉山水是可以对话的，此乃伟大的发现。谢灵运船过七里泷，登岸，坐在江边看两岸秋色，整理沿途心绪，一路写下《富春渚》《七里濑》《初往新安至桐庐口》等诗作。对桐庐境内的山水风光有出色的描写。来看他的名诗《七里濑》：孤客伤逝湍，徒旅苦奔峭。石浅水潺湲，日落山照曜。

谢灵运的山水诗开局后，唐人便接踵而至。七里濑在桐庐严陵山迤西，两岸高山耸立，水流疾驶如箭，旧时有谚云："有风行七里，无风七十里。"这个濑字，意为砂石上流过的急水。两山夹峙，是富春江上最典型的一段风光。

另一起在南朝，写浙西的水，由安吉人吴均（469—520）的一篇散文作为开篇，领着后世的文化人进入一种境界，在这里，山水可以寄情，可以释怀，可以消解胸中块垒，自然，也可以躲避，躲灾祸，避崇高。

这个吴均，活跃在南朝的萧梁时代，他是吴兴郡下的安吉长兴交界的小溪口人。西苕溪过小溪口，远山近水，河面有江南少见的开阔，吴均眼里，家乡的山水有"风烟俱净，天山共色"的自然写意，也有"从流飘荡，任意东西"的从容淡定。

吴兴乃吴越古邑，东南望郡。王羲之、王献之父子也都做过这里的父母官。

大师级的柳恽，两次做过吴兴太守，他召来吴均做他的主簿，也就是文书一类的事务官，两人常聊诗对赋。他的名篇《江南曲》，"汀州采白蘋，日落江南春"，是晚年在吴兴所作。

吴均诗文自成一家，因其常描写山水景物，开创一代诗风，称为"吴均体"，邻县武康文学大家沈约见其文，颇为赞赏。

魏晋南北朝时，政坛动荡，社会混乱。一批忧国忧民者无力改造现世，也无法逃避现实，知识分子常有因说错话或写错文而掉脑袋之险，他们攥一管秃笔无处寄情亦无从解闷，只能私下找好友说说话，但不便直白，只许含蓄，不碰时政，只聊性养。

吴均冲出骈文的桎梏，只要一动笔作诗，就想往文章上靠，诗文融合，往极致走。这不,想给好友写封信,便要把家门口的地气美放进去,但文思澎湃的感觉要用在某种无与伦比的场景上。

机会来了,一千五百年前的某个春日,上级安排他去出差,吴均乘舟过富春江,途经著名七里泷峡谷。两岸岩石陡立,层峦叠嶂,山水相映。

目及两岸,似笔墨未干时的黛色,一峰一伏,一树一态,苍莽而自然,从舟中仰视夹岸群山,无数山峰直插云天。于是,他将这段让人悠然神往的山水写信告诉好友朱元思。

自富阳至桐庐的一百许里水路,途中亲略其间的山水之美,令他激赏,如刀刻般印在他脑子里。

这是一封书信,信中尽说这奇异的山,层峦迭峰种种奇特的雄姿,写出让观赏者荡涤心胸的奇趣。山猿和树木,泉水泠泠,写观山之奇;山蝉高唱,山猿长啼,写听山之趣。

《与朱元思书》是一篇写景散文,借清新的自然之意,发涌动的山水之情,传达出爱慕美好自然,避世退隐的高洁之趣。这是吴均文字之妙。

> 风烟俱净,天山共色。从流飘荡,任意东西。自富阳至桐庐一百许里,奇山异水,天下独绝。
>
> 水皆缥碧,千丈见底。游鱼细石,直视无碍。急湍甚箭,猛浪若奔。
>
> 夹岸高山,皆生寒树,负势竞上,互相轩邈,争高直指,千百成峰。
>
> 蝉则千转不穷,猿则百叫无绝。

风和烟都消散了,天和山变成相同的颜色。从富阳到桐庐,一百里左右,奇异的山,灵动的水,是天下独一无二的。

两岸高山夹江,都生长着耐寒的树;山石之上泉水飞溅,清悦泠泠的响声;鸟鸣嘤嘤,蝉音长长,猿猴声声;树枝遮蔽,在白天也昏暗。看到这些雄奇的高峰,追逐功名利禄的心也就平静下来。

六朝骈文句式整齐、音韵和谐的表达效果,节奏感极强。观"自富阳至桐庐"百来里的山光水色之后,作者由衷赞叹:沿江奇山异水,天下无与伦比。

文章没被骈文的形式束缚，没有堆砌典故，也避用冷字僻字。写景状物，力求准确传神，在当时以绮丽浮靡为主流的骈文中显得卓尔不群。

这一带水光山色，并不仅仅因为吴均所说"水皆缥碧，游鱼细石，夹岸高山，皆生寒树"才成为唐朝诗人涉足最多的地方。沿江类似这样的山太多了，人们至今记不住它们的名字，到此一游的人，是冲着一个隐士来的，此人叫严光（前37—43），字子陵。他拒绝了皇帝的挽留，躲进这山水之间，说是来钓鱼的，其实是来"躲雨"的，躲避世间的浊水，顺便享天地大美，品春江花月。

旧时的人们乘船过七里泷，可远远见到半山腰上的严子陵钓台，须拾级而上，王阳明坐船经过，因赶路要紧，没有上岸登台，在船上成诗，给这位名播今古的余姚老乡。

富春山麓的严子陵钓台，高阁连亘、飞檐翘角，严先生祠、石坊、碑园、钓鱼岛、富春江小三峡等与既清浅又奔壮的七里泷之水构成天下一绝。

山的盛衰沉浮原本与人类无关，严光一到，山水有了灵性，严子陵钓台，是大多古代文人向往的精神家园，严子陵成了唐朝诗人追慕的偶像。诗人纷至沓来，写下大量怀古诗，在这上百首诗句中，李白《古风》"昭昭严子陵，垂钓沧波间"，白居易"江南客见生乡思，道似严陵七里滩"，罗隐"严陵亦高见，归卧是良图"等，都如方干所说"赢得桐江万古名"。

中国文化中，"渔父"始终扮演着某类智者的角色。历史上，成功以"渔父"之名而名垂千古的，一是在渭水垂钓的姜太公，另一位便是持竿于富春江畔的严子陵了。清代文学家严懋功认为能称得上是天下著名钓台的，有吕尚钓台、庄周钓台、韩信钓台、王徐善钓台、孙权钓台等10余处，这些钓台大多湮没在时光里。在严懋功眼里，吕尚、韩信、任昉三钓台为名台，然均不及桐庐富春山严子陵钓台。

姜太公辅佐周天子，钓起了苍生社稷。而蛰居桐庐的严子陵，钓起精神世界。

钓台分为东西两处，东台为严垂钓处，如李白所说"钓台碧云中，邈于苍山对"。人在此远眺，青山拥春江，俨如画卷。陆游用"一竿风月，一蓑烟雨"

写出其精神。西台亦称谢翱台,南宋遗民谢翱在此面北哭祭文天祥,唱《楚辞》为文招魂,并撰《西台恸哭记》以述其事。

东西碑林长廊,荟萃历朝诗文,云集书家挥毫立碑,蔚然而成大观;有李白、白居易、范仲淹、陆游等古代文豪石像错落存于山麓密林之间。

历史一路走来,无偿为严子陵钓台"做广告"的大有人在,毛泽东一句观鱼胜过富春江,劝柳亚子留京工作,无意间为严子陵钓台做了广告。严子陵是文人心中的精神偶像,钓台则是他们的精神家园。李白、王维、孟浩然、崔颢、刘长卿、孟郊、张继、韩愈、张籍、白居易、张祜、杜牧、陆龟蒙、韦庄、皎然、苏轼、李清照、朱熹等的诗意的凭吊。严子陵的"意不在钓",让世人读懂这一座深邃莫测的大山和一泓滔滔无涯的江水。

建德江上

浙江的地名不时成了唐人的诗眼,之江上第一个三江口在建德江上,是一处宏大的聚气点,是看点,是诗眼。但从"一城一山水"的宏阔布局里,孟浩然借诗《宿建德江》,捧红了唐代最棒的地名。

日暮时分,一条小船靠近了烟雾迷茫的小洲,船上懒洋洋地站起一位旅人,远处的群山,天与水的尽头,在他的眼里都是树,那种水墨画上淡淡痕迹的远树,眼前这建德江,月亮上来了,水中的影子却是如此清澈高冷,原本以为可以奔长安作为一番,却希望落空。今晚投宿建德,这广袤的天地和山水,倒是让人暂时宁静无忧,这位旅人也就是唐朝诗人孟浩然,于是作《宿建德江》。诗韵和江水浑然天成。

杜甫特赏孟浩然诗中"江清月近人"之清,说"清诗句句尽堪传"。

建德江上,借诗名传世。江水平阔、奇峰对峙,绝多险滩,从南北朝至清朝有一千多名诗人、文学家来过此地,并留下两千多首诗文。

更早到此一游的来客叫谢灵运,名播天下的谢氏后人。

公元 422 年的一个秋天,谢灵运被任命为永嘉郡太守。

中国官宦史上,从谢灵运开始,赴任路上是最为开心的事,就是踏船慢行,赏景阅目。到了唐代,不把贬谪外放看成穷途末路,沿途景致,可以沐心养性。

谢灵运去永嘉做太守,从富春江上溯新安,一路看一路写,钓台上溯 25 公里许,是建德梅城,江山开旷,云日照媚。下到桐庐的芦茨埠,是百里富春江最优美灵秀的江段。

谢灵运的小船逆流慢行,满山的枫,急流的江,陡峭的岸,荒山野外,落叶纷纷,秋日里的离鸟,叫声就开始凄凉起来了。傍晚边,船过江流平缓地段,清流中石头都看得清晰,太阳落下去的柔光,照得满山生辉。可以悟出人与自然和谐相处的微妙道理,谢灵运这一作,给南北朝这骈文时代注入新的文思,叫山水诗,于是富春江成为中国山水诗的发祥地,谢灵运因此被封山水诗的鼻祖。

江养了诗,诗固化了水。谢灵运说,"石浅水潺湲,日落山照曜。"沈约说,"千仞写乔树,万文见游鳞。"历代诗歌构成了梅城的血肉筋骨。

新安江、兰江、富春江在建德交汇。水分为两路,兰江而上,赴衢江、金华江、江山港,新安江而下,是富春、钱塘两江。

建德,是浙东、浙西唐诗路上的诗眼,洋洋洒洒铺进中国历史的人文深处。这条唐诗之路,几乎覆盖了浙江山水。

建德江上,有一处旧石器时代的古人类遗址,它把浙江人类活动的历史追溯到 10 万年前,进入这个遗址,有牌坊楹联,是王漱居的字:

溯十万年空谷足音石牙犹启浙江史
观八百里严陵画卷橡笔应书建德人

在之江边人类过去的 10 万年中,它并未发生巨大改变。在它一路行来的大部分江段,都保持着一种隐蔽与隔绝。沿着江边行走,可以说是人迹罕至,它代表着这里的山水奇异超俗。那负势竞上的寒树,那争高直指的气势,是作者眼里一种独立自由的个性,是一种勇往直前的气势。与禽鸟共舞,与山水同乐,沉浸其中,世间俗务,利禄功名,刹那间便会伴着美的体验灰飞烟灭。

浙西,这自然纯粹的山水之间,不仅"多文学之士"。史说这里诞生了文学史上独一的诗歌流派"睦州诗派",谱写了一首首传世之作。严州这一方热土,孕育出独特的文化基因,诞生了严州诗学、史学、理学、刻本学、牌坊学、方言学等地域文化遗产,成就了清代的"新安画派"。成为地域文化百花园中的奇葩。

文化的魔力,能把偌大一个世界的生僻角落,打造成精神故乡,文化人褪色的青衫所飘之处,都可以演绎出令人惊骇的铺陈,这经年飘不出几缕烟迹的茫茫山群里,一个精神探险者为空寂无人的山峦创造过另一种宗教。

唐风吹奏出了伟大的唐韵,仅仅一个浙西,唐诗中便出现以人文风情为主题的田园诗、唱和诗、赠别诗、风俗诗等。尽是不可多得的诗人和不可多得的诗句。

建德江面,水波不兴,倒像是晴日下的巨湖。湖之两岸,青山数朵,绿树翠竹丛中,偶见白墙青瓦人家。可在杜牧《陆州四韵》中,体会到恬静的诗意。

一个县与唐诗的对话

不把写诗当作生活,是唐人的潇洒。好友别过,今人只给一句再见,古人却作诗一首,当作留言、信札,随心所欲,只是在下笔之前闭眼定神,诗句是否妙不可言,能否传世,不重要,重要的是,我的留言是否有味道,显个性。

扼江之城

雨天,三江口的江面天水浑噩,黑云压城。唐代睦州刺史许浑的两句诗"山雨欲来风满楼""满天风雨下西楼"之感扑面而来,许浑的诗似乎是在此地此刻急就的。

之江用各条支流扭成一种气场,刺激着到此一游的人们的拥带欲,官方潮流与水域滋养的地缘政治一经碰撞,令官气沉寂、失语。

阔大的江面用蓝色穷尽世间万象,属于大自然的温柔乡,真正赋予它生命的,是这种来自上游卵石一路过滤的清澈饱满持久的山泉,它太适合渲染天空和江面的品质，水的深度，制造或近或远的空间距离。

江左，俨然一古城，建于三国东吴的建德县治，叫梅城。隋朝属睦州府，辖建德、寿昌、淳安、遂安、桐庐、分水六县。唐武则天时的州治所在地。后来出了个搅局的方腊，和睦之州改为严管之州，古城墙名换作严州。

北宋时的严州八大城门布局告成：顺着山水之势，东为望云门，紫气东来；南为定川门、安流门，依水而筑；西为安泰门、和平门，保境安民；北为嘉祝门；东北为百顺门；西南为善利门，吉祥如意。州府衙门所在地为子城，周围三里，正对作为军门的南门。

严州，有史上罕见的"龙兴之州，潜藩之地"之称，是昔日的天下名州。它在宋代特别显眼，宋太宗、高宗、度宗三个皇帝在登基之前，都领过睦州或严州的刺史、防御使或节度使，而高士名臣在严州为官的，更是不胜枚举。宋代严州人、状元方逢辰有云："严州不以田、赋、户口得名，独以云山苍苍，江水泱泱的子陵之风在也。"因此，严州也被称为"清虚之地"。

严州是杭州西北方向的重要军事屏障，自古有"严州不保，临安必危"之说。明初，朱元璋在经营长江以南、开辟大明江山的时候，第一步就是占领严州，兵出皖南。以严州为中心，经闽、浙、赣，为扫平诸侯和建立大明王朝奠定了基础。

朱元璋的部将李文忠攻占建德，改筑严州城，设五门。李文忠度山川形势，在城西设大小西门，临江设大小南门。这里保存有园内罕见的街巷肌理，是一座具有650多年历史的"一府双城"格局的州府古城。

中国的历史墙垣有的成为废墟，有的随风黯然。曾经贵为城阙三辅的严州，两千年韶华湮灭在三江口的水气中。城门上旌旗飞扬，城墙一面新，一面旧，述说着城的颠沛，但一个民族的精神墙垣依旧坚固，依旧壮美。

站在老城墙上，可以把梅城看仔细。三面环山，一面临水，城内有东西二湖，城外有南北双塔。城内街头有100多座牌坊，是之江上游一大牌坊奇迹。

七层八角的南峰塔下有明嘉靖都御史胡宗宪所撰的碑文。从南峰塔望远，乌龙山逶迤连绵而远接天际，塔下有硕大梅苑，有白梅、红梅、青梅、花梅、蜡梅等五十几个品种,将南峰层层点染。后人修建严州古城时,以梅花为雉堞,州府衙建有"赋梅堂",不知是否和宋璟《梅花赋》有关。

唐人写尽了建德江,后来的大师,要么如"万里遐征"徐霞客到严州一游,要么如唐伯虎游建德江,用"壮观也,双塔凌云"为严州古塔做赞美。要么如刘伯温用"桐江无用一丝风"做唱绝。

从谢灵运、沈约开始,多少文人墨客在严州留下了不朽的诗篇。这些华丽的辞章,不仅数量宏富,而且能经得起千年传唱,余音袅袅,不绝于耳。

桐江之庐

出于桐君山的缘故,富春江桐庐段又叫桐江。

唐诗之路中写出之江大格局的有两个人。一个便是少年状元孙逖,《夜宿浙江》中的一句"富春渚上潮未还,天姥岑边月初落",唐诗东路跃然纸上。

另一个是韦庄,他在一个"春水碧于天"的季节溯江西行,写下传诵千年的名句"钱塘江尽到桐庐,水碧山青画不如",给了之江一种文化遗存,织起一条绚烂的唐诗西路。

富春江横贯桐庐全境,唐朝时的桐庐远离京城,属僻远小县。但山间旮旯深藏着神奇的人和事,成为桐庐的品牌。晚唐名家辈出的诗坛上,这里出现了一群风光的"诗庐",有开发澎湖列岛第一人施肩吾,天下第一稿酬皇甫湜,怪才徐凝,狂野丑才方干,"一门三进士,祖孙皆诗人"的章八元、章孝标、章碣,钱镠的军师罗隐,以及流寓桐庐的刘长卿、喻凫、贯休,李频、翁洮等。

唐诗中的桐庐究竟是个什么样子呢?一言以蔽之,水碧山青画不如。白居易宿桐庐馆同崔存度醉后作诗,杜牧有诗"水槛桐庐馆,归舟系石根",都告诉我们唐朝时桐庐馆驿颇具规模。施肩吾"醉来引客上红楼,面前一道桐溪流"诗中更见桐庐当时茶叶市场的盛况,桐庐东门江边一带在唐时就是一处繁华地了。

浙江借青山秀水,借"庐群"诗人,迎朋送友,尽地主之谊,用诗歌表达友谊之情、思乡之心。为寻找之江的过往,我在桐庐的芦茨找了家民宿住下。

山水环抱，景色清幽的芦茨在严子陵钓台的东对岸，唐时叫鸬鹚湾，常年白云徐徐，故又叫白云源。

芦茨在唐代就是个大村落，是唐代诗人方干少年时读书的地方，王维、孟浩然、李白、崔颢、刘长卿、严维、孟郊、张继、韩愈、张籍、白居易、张祜、杜牧、陆龟蒙、韦庄等怀揣亲近自然的渴望，踏歌而来，诗人或顺流而下，或逆江而上，或单骑仗剑壮游，或任职贬官宦游，踏着放达的人生脚步，来到桐庐。李白的《古风》《酬崔待御》、白居易的《宿桐庐馆同崔存度醉后作》《凭李睦州访徐凝山人》都是描写桐庐诗中的名作。

晚唐桐庐诗人的诗风，追求主流中有新变。桐庐有着得天独厚的师承基础：

以严维、刘长卿为代表的继承传统的京城山水派，如章八元、章孝标等；

以元稹和白居易为代表的世俗浅近派，如施肩吾、徐凝等；

以韩愈、贾岛、姚合等人为代表的求奇派，终形成苦吟派，如喻凫等。

还有章碣求新的变体诗，如双韵诗："偶逢岛寺停帆看，深羡渔翁下钓眠。"首创偶句、平仄声各自为韵。章碣一句，刘项原来不读书。惊到陆游，于是陆游要说，"桐庐处处是新诗"。

他们会集浙东，悠游往返，鲍防为官浙东时，与严维、吕渭等 30 多人联唱，结为《大历浙东联唱集》。

越州人严维，曾隐居桐庐，是章八元的老师，章八元身处"浙东联唱"之中，徐凝师从严维，徐凝见到方干，"器之，授以格律"。

严维、皎然、贯休隐桐庐，刘长卿、杜牧、许浑客睦州，白居易、姚合寓杭州，戴叔伦、独孤及、权德舆等一大批诗人或游宦，或出使，或侨居，会集于富春江畔，形成了长安、洛阳以外另一个诗坛中心。

高仲武在《中兴间气集》里说了这样一件趣事：在一次文艺沙龙上，李冶为活跃气氛，狡黠地援引陶渊明"山气日夕佳"之句，奚落有疝气病的刘长卿，性情中人刘长卿居然顺手引陶渊明的诗"众鸟欣有托"之句反击，引得举座大笑。兰溪诗僧贯休，也作《桐江闲居作十二首》叙说隐居桐庐时的悠然自得。

长兴诗僧皎然,居桐庐后作"桐江秋信早,忆在故山时"思念故乡的茶山。

春水之惑

诺奖得主、法国作家勒克莱齐奥这样说唐诗:在中国唐朝,抒情达到了最高的境界。唐诗是艺术上完美的榜样,是一种现代性的诞生。

唐诗里有一名作《春江花月夜》,该诗见哲理,见时空,寓短暂于永恒之中,作者张若虚以一诗流芳,闻一多说其是诗中之诗,顶峰上的顶峰。

唐诗在浙江分东西路。一条从古城绍兴出发,经曹娥江,入浙江东剡溪,过新昌沃江、天姥,最后到天台山石梁飞瀑,约二百公里。称唐诗东路,以李白《梦游天姥吟留别》、孟浩然《舟中晓望》最为著名。

另一条或称唐诗西路,由钱塘江一路西溯经富春江上新安江,这条浙江的母亲河。这是一条钟灵毓秀的"诗路",沿途千岩竞秀,茂林修竹,清溪浅滩,竹筏木舟,古寺道观,村野牧歌……

山的伟岸,石的气势,水的灵韵,林的秀色,山水洞天与诗画意境构了独绝于世的之江哲学:

山为水铸情,她以白云源、九里洲、十里排门山、大奇山、天子岗、七里滩、桐君山等古迹为主,水因山溢美,南朝吴均将这一段山光水色描绘为"风烟俱净,天山共色"的澄碧自然。

生在会稽的谢灵运,是中国文学史上山水诗派的开者。谢灵运的山水诗从一开始就不是纯粹的写景诗作,而是夹杂着人文情怀。有"石浅水潺湲,日落山照曜"的景物描写,有"目睹严子濑,想属任公钓"的怀古抒情,有"感节良已深,怀古亦云思"的议论,又有"江山共开旷,云日相照媚"的描写。

富春江如沈约描绘的"皎镜无冬春"与任昉的"群峰此峻极,参差百重嶂"。入唐,王维、崔颢、白居易等近百位诗人,用诗句点亮了这条唐诗西路。

奇怪的是,秀美的山水和绚丽的诗章,没有为这群桐庐诗人铺出锦绣前程,桐庐诗人群中,喻坦之、章碣、皇甫松、方干等屡举进士不第,一生羁旅各地;施肩吾、罗万象等虽进士及第,但最终选择归隐;章八元、章孝标、徐凝、皇甫湜、罗甫等及第后虽也曾入仕，但官终不显；何希尧等索性远离考场，隐居不仕。

张继是"终年帝城里，不识五侯门"的清高之士，与章八元同朝为官，君子相交，面对钓台很有感触，拜过严子陵，深悟"古来芳饵下，谁是不吞钩"。

本来，吴融是带着哀愁来的，但到了桐庐后，他觉得"花里有秦人"，连写两首《富春》同题诗，盛赞"天下有水亦有山，富春山水非人寰"。

唐代四大才女之一的刘采春，歌声彻云，容貌婀娜，声色俱佳的女高音刘采春的芳名进入人们视野。一首小曲"那年离别日，只道住桐庐。桐庐人不见，今得广州书"。可知桐庐是交通枢纽，在唐朝知名度颇高。清朝学者李锁眼里的桐庐，几乎已与广州相提并论。

元稹一到绍兴，就住进张若虚的老宅子，游山玩水。元稹见到刘采春这妩媚的歌女，便乐不思蜀了。元稹利用手中的特权，让刘采春入府献艺、献身。刘采春思念丈夫，唱起了那著名的《望夫歌》，听来凄婉动人。元稹为此气恼：更有恼人肠断处，选词能唱望夫歌。据说刘采春不堪屈辱，以死抗争，结束了这段孽缘。

王维、白居易、许浑等这些才情横溢的诗家坐着轻舟，抚剡溪之清流，望天台之雄奇，叹镜湖之瑰丽，真乃美景与豪气并举，诗情同江水共舞。更有李白载酒扬帆，击节高歌，登钓台祠堂，发出"永赖坐此石，长垂严陵钓"的感慨。

以唐朝诗人和其题钱塘江流域唐诗为主题的一条诗路，至今耀眼。

江上之峰

中国的江水，惟之江不易把脉，上中下游各种姿态，干支溪流各自表达。

唐代的浙江诗人中，有个叫钱起的，在大历年间（766—779）诗名可以排第一。他那句"曲终人不见，江上数峰青"得了神助，而钱起的经验里，有富春江印记。

寻找之江的魔力，任何一段都不合适，新安江存有深厚而古老的力量，富春江有唯大自然独尊的推力与动力，钱塘江水的碰撞声是蓬勃成长的生命所发出的轻吼。

富春江水的色泽，青白一片，有几处地段江面开阔，水波不兴，江面如镜，有几处地段狭窄，江岸陡峻，故有急湍猛浪，桀骜不驯。

达·芬奇有关于水的七百多条结论，其中有六十多条与运动中的水有关。这些样貌千年前早早地流经吴均的笔，他理解水流于冲刷的威力，他见到的江中漩涡与今天大概不同，一个个漩涡是水的小宇宙。富春江的回转是这无止境的循环中的一部分。

顺着钱起的路数，可在富春江找一个地方，当一回江上青峰岛主、做一刻现代隐士。伴随着山间清新的空气，在富阳龙门湾的山道上，有一个浙江省首个乡村慢生活体验区，车行其中，身后跟着一条大江和两侧的青山。

龙门湾有个小岛，是当年《富春山居图》中的实景之地，一处远离雾霾、放慢身心的隐居地。江心处，一座山水环抱的秘境小岛，遗世而独立，适合垂钓，当地人称之为钓鱼岛。

这座四面环水的孤岛，青峰浮在水中央，像是天堂在人间的倒影，在注视水的那一刻，发现了爱伦·坡的诗与小说所表明的：当我们凝视着自己在水中的倒影时，我们是在一种双重的意义上凝视着自己。

登上这个江心屿，岛上布着惊喜与荒芜竞生的大树与灌木，各自簇拥。岛上只有一家民宿，水舍将富春江和远处的寂静青山引入室内，成为天然的房间布景。远处群山，如涌向天边的流体，是虚无对存在的驱使。

沿着石阶上小山顶，青苔点缀石阶，人生的滋味已然不同。这里居然有吴均笔下的"寒树"，来这里，你会觉得嘈杂与喧嚣都已远去。走一走蒙蒙中长长的条石路，顿觉看遍了世情，夜晚，月光如细流，江面如墨，周遭安静，只有蝉鸣，让灵魂中的杂念迅速地消退。

早晨很蓝，鸟声隔着窗口送进来，仿佛另一个梦突然出现，江面上升雾气渐渐淡去，舒展开一轴天工雕琢的画卷，栖居此地，遍地都是诗意。

窗口之外，是冷水静山，江畔小舟。远方的山脊上，阳光明媚，屋后密密的大树，屋前横斜的树杈，那是吴均境界里的奇山异水。富春江的水被人们用来与"时间和意识"相比较，水有千变万化的外表，千姿百态的韵味，美丽而难以捉摸。

抚栏近眺，人们倾向于采取同一种姿势——身体稍微向前倾，手臂放在栏杆上，朝水面看去，水令人深思，发现江流是善变的。水就像是在血管中流着的血液，在"人体中的血管"与"大地上的河流"这种对比的协调之中，人类与流水之间也产生了一种奇怪的响应。

在没有陆路的酒店，过一番现代隐士的生活，山风的吟唱，有触感，如丝绸在飘。江边隐世小岛的生命与风景好像天然地和谐。

民宿是漫漫人生路中一处放慢身心的圣地，在这里，可慢品茗、慢阅读、慢垂钓、慢创作、慢运动、慢疗心，是一处远离雾霾、放慢身心的休闲隐居胜地。

离江心屿不远，是乌石关、乌龙峡、子胥峡、葫芦峡，这一关三峡，是富春江国家森林公园的主体。沿垄柏溪行 500 米，七里泷南岸垄柏湾内的葫芦飞瀑和葫芦石窟，瀑布泻入葫芦口，再从底部冲出，腾起层层白雾。当柯勒律治在湖区看到一道瀑布飞流直下，他写下诗句："永远变化的内容，永恒不变的形式。"

富春江"山青、水清、史悠、境幽"，更兼具许多有浓郁地方特色的村落和集镇点染，是千年来商贾雅士的宿泊之地。徽派院落，依山就势铺开，与背后四季常青的山林相映成趣。《富春山居图》的秘密就藏在这，黄公望晚年在这里隐居 7 年，创作了描绘富春江两岸秀丽景色的不朽之作。

水是地球上最古老的事物之一，在漫长的 35 亿年岁月里，未有任何改变。地球上第一滴水，那是不可思议的开端。水，是这个世界的更新者与保护者，抚慰了人类的心灵：碰触起来清凉，看起来并不安静，听起来却令人悦耳。

之江的下一个转弯，总有一些什么东西等待着被探索，它们感应灵敏，听到了回荡在大地胸腔的吼声，钱塘江到了。当江水奔流向海之际，它好像充满了新的生命与能量，从这一意义上来说它是一个伟大的联合者。

若说有过去的灵魂浸透了江畔土地的话，在汇入当下并且流向未来的过程中，也在一定程度上汇聚了过去。一路行来的大部分河段，都保持着一种隐蔽与隔绝,回避着田野间的角逐和骚扰,它代表着某种从世界的逃离。

岁月如轻轻扁舟,一旦驶离无忧无虑的天堂,便载不动那超重的愁……

潇洒之郡

1969年7月的一天,钱塘江坍沙,海塘踏沙一二里走到江心,退潮东流,上游漂来各种家具农具,有盆、箱、床甚至有连着的屋梁,随江水滚滚东去。人们好奇、纳闷。几天后,报纸上的一个词流传开来,叫"泰山压顶不弯腰"。人们才知道是上游桐庐那里有个南堡大队,暴雨冲垮了南堡一个水库,整个村被洪水冲走,南堡人遭遇"泰山压顶"式的洪水灾害,这才有了人类与灾祸的抗争。

沿富春江岸西行,两岸山势平缓,江面开阔,偶有船过,一派从容气魄,这片生机之水,它默许了人类的造访。令人想起谢灵运的名句"石浅水潺潺,日落山照曜"。江上美景不可辜负。古琴名曲《渔樵问答》中,有曲解:"古今兴废有若反掌,青山绿水则固无恙。"千载得失是非,尽付之渔樵一话而已。甚是应景。

桐庐一派美景,乌蒙山色青翠,江水潺潺,迎来被贬桐庐郡的范仲淹,范仲淹借"潇洒"这个词,对上了遭贬,反弹出了不同凡俗。范仲淹看桐庐,不仅是欣赏其美景了,还带出气质上的感应。范仲淹一生"忧乐天下",或许是在这里,他的内心得到了另一种滋养。

范仲淹死后三百年,黄公望完成长卷《富春山居图》。

清康熙年间(1662—1722),有位叫王清修的杭州诗人在他的《泊富春山下》诗中说:今日已无黄子久,谁人能画富春山?

这首诗拨动了一个人的心弦,引出一幅现代山居图。

1916年春天,桐庐紫霄观小学组织学生去梅城春游,游船经过七里泷的严子陵钓台,带队老师让同学回去画一幅钓台图。船中一个叫叶浅予的少年,悄悄立下创作一幅富春江山水图的志愿。

60年后,已成大画家的叶浅予开始构思长卷《富春山居新图》。1977年初春，叶浅予从杭州南星桥搭乘钱航客轮江而上。从六和塔画起，速写本画满了钱江两岸的农田、民居。画到富阳的山，再从中埠、清江口、东梓关，画到桐庐的窄溪、梅蓉等。

清代诗人刘嗣绾有诗云："一折青山一扇屏，一湾碧水一条琴。无声诗与有声画，须在桐庐江上寻。"叶浅予的船行走水光山色间，探寻画卷素材。历时五年，三易其稿，完成了《富春山居新图》。以春、夏、秋、冬为序，借树、山、雨、雪分隔画面，细绘了富春山水美景，重现了江山新姿。

从江上看两岸，犹如画卷徐展，天然一幅长卷。桐君山上叶浅予的"富春画苑"，是一幢依山临水、开窗即景、青砖白墙的江南民宅，是叶浅予晚年创作的地方。《富春山居新图》画中富春山水与四季胜景尽收眼底，长桥卧波，高坝截流，千峰竞秀。这幅长卷与张大千的《长江万里图》和陆俨少的《三峡图》并称为 20 世纪中国美术史上三巨制。

桐庐，江流宽阔，两岸峰峦叠嶂，更有大奇山、白云源、桐君山、天子岗等酿成的风水，桐庐人的气场不会小。

桐庐城展馆，盘旋而上的阶梯旁有大尺幅的文化墙，展示桐庐的古往今来，其中有一条信息特别显眼，说的是 1969 年 7 月 5 日的那次洪灾，带走了整个村庄。雷雨中，奔跑的脚步和追赶的脚步混杂成咆哮，巨轮似的碾压过山梁和沟壑，到处涂写着恐慌，失控的水漫过了树冠。

大地膨胀，水位上涨，道路被冲断。一个小村落承载着阴沉而厚重的气压，洪水泛滥，人群形成奔逃的阵容，陆岸越挤越窄，道路越缩越短……我们守候在自以为可以阻止的灾情中，渐渐失去根基。最后只剩下半间屋架子，一棵苦楝树。

一场暴雨撕碎了那个年代所有的设想，委曲求全和舍生取义是两个截然相反的去向，水流选择涧谷与山崖，鸟落屋顶与树冠。

今天的南堡，留下了记住灾难的纪念碑。一场洪荒或许是一次洗礼，在回旋的河面打捞堆积的残渣时发现了罹难者，掩埋了不幸。人们退回到内心寻求安宁，渡过一场疾速的巨流水。

桐庐的潇洒，是铭记灾难，是不隐藏真相，不抹去苦难，不淡化挣扎，是放在供桌上做祭奠。

一个村与古水的对视

富阳龙门，给世人上了一堂关乎家国的课。

家园祭家门

孙策收复江南过程中重要的一环就是平定会稽。会稽死敌"三周"借钱塘江之险固守，孙策请出他的叔父孙静帮忙，孙静带乡勇出富春江下钱塘，帮侄儿拿下会稽后又回到了他的富阳。

孙权执掌江东大权后，孙静就地升任为昭义中郎将，但孙静留念自己生活安息的故地，不乐意出外作官，请求留任家乡镇守，任凭外面的世界怎么乱，孙静就只是护着故乡终老。

于是，富阳龙门的孙氏神话，横空出世。

富春江南岸，有一个面积只有两平方公里的古镇，叫龙门镇，镇上保留规模宏大且相当完整的明清古建筑群，祠堂、厅堂、民宅、古塔石桥、牌楼一应俱全。龙门镇现居人口七千多人，十之有九姓孙。他们很为自己的姓氏自豪，因为他们都说自己是三国吴王孙权的后代。

龙门古镇四面皆山，西隅大山头盘踞，东南龙门山崛起，剡溪与龙门溪交汇于镇北。东汉严子陵畅游龙门山时赞叹"此处山清水秀，胜似吕梁龙门"。吕梁龙门，即黄河龙门，传说鲤鱼只要能跃而过之，便可化龙升天。

龙门镇，有一口直径近三米的超级巨锅，是孙权后裔聚居生息的孙家锅。

古镇的中心，有一明制厅堂，这是明代正统年间工部郎中孙坤之子为其父所建。这个孙坤一生最大的事业，便是为郑和下西洋督造了 80 条宝船，眼看着亲手督造的一艘艘巨舰首尾相衔，扬帆而去。这位具备大量航行知识的龙门子孙，在各个环节做得有条不紊，相当出色。

龙门山及主峰杏梅尖雄伟峻拔。沿龙门溪而上，山岩森列，两侧奇峰异石凸出，谷中溪水萦绕，渐有忽轻忽重的水声入耳。龙门山瀑布，落差百米，可与雁荡山大龙湫比美。郁达夫在《龙门山题壁》中赞曰：天外银河一道斜，四山飞瀑尽鸣蛙。龙门溪穿村而过，潺流廿里进富春江。

古镇长弄小巷，道路错综，最盛时有厅堂上百座，而每座厅堂左右都有两条独立的弄堂，因此全镇有大小巷弄数百条之多。据说，这数百条密如蛛网的巷弄乃是孙氏族人仿孙权用兵，依照兵法中所谓"迷魂阵"而精心规划的。

这种格局令人联想到百余公里外的兰溪诸葛八卦村。龙门镇的四周也有群山围护，尤其南北两山，如狮象把门。"自外观之，若无所入；自内观之，若无所出"，这分明是一处可以藏匿整个家族的绝佳所在。

古巷里清风如水，街上卵石温婉，深长的弄巷，幽静的庭院，构成了龙门的基本单元。千余年来随着孙氏家族的繁衍昌炽，龙门古镇成为古代宗族聚居形态的典型，孙氏家谱记载，从三国时孙权到民国中，孙氏已繁衍到65世。千百年来，一代又一代的建筑，形成以"厅堂为中心的厅屋组合院落"。厅堂建筑呈"井"字形，封闭式的院落筑以高墙。镇内屋舍房廊相连，如果想在雨天时串门，跑遍全村都不湿鞋。

今天这里仍留有两座祠堂、三十多座厅堂、三座砖砌牌楼和一座古塔与寺庙。长三里、宽三米的街市历来繁华，尤其是明嘉靖至清康乾盛世间，龙门孙氏"半列儒林，咸饶富有"，数百幢明清古建筑密匝匝地树立于古镇，这就是孙氏家族留给世人的"财富密码"。

龙门溪穿村而过，村民傍溪而筑，滨溪而居，古色民居沿溪堤次第排列，高低参差。伴着古樟、青山，符号般的匾额，百年雕刻无言中展露着它的倔强，山镇的特有韵味让人流连。

除了孙权，三国中曹、刘的后裔也寄居在这里。场口上村，有一支明末清初从安徽迁来的曹氏，乃曹操后裔。蜀亡之后，刘备族人为避祸，辗转逃难，其中一支定居在距龙门三十来公里叫曙星的古村。近来，富阳又在境内找到了陆逊与赵云的后人。有学者认为，三国的魅力，大半在水，而水的精华在于长江，广为人知的战役，也大都发生在长江之上。然而，这一出大戏后，不少主角的后人却隐遁于远离长江的另一条河流富春江。"早潮归去晚潮来，一天两到子陵台。"

伟业祭伟岸

三国时代，纵然有雄姿英发、羽扇纶巾的英雄，有乱石穿空、惊涛拍岸的浩荡，但总的来说，气氛仍是压抑的，充满了刀光剑影。"樯橹灰飞烟灭"，对于英雄豪杰，是功业，对于百姓，或许是灾难。

董卓乱权，无人匹敌，皆畏，浙江富春龙门的孙坚，率先杀出。陈寿在《三国志》评价孙权有勾践之奇，英人之杰。裴松之赞为"忠烈"。但后来孙坚与刘表在湖北襄阳有过一次恶仗，素以骁勇闻名的孙坚中了刘表部将黄祖之箭身亡。

在汉末群雄之中，孙坚、孙策父子胆略超群，如晨星光照东南。

公元196年，孙策平定各县，占据江东之地，但钱塘江以北地区，是会稽郡的周氏三兄弟。孙策的选择是先拿下浙东会稽郡。

《资治通鉴》说，会稽本土势力周氏三兄弟在遭遇不利时经常会选择回到会稽，周家大族在乡里门生故吏很多。孙策占据钱塘县，控制江东。两个势力夹钱塘江而对峙。

钱塘江对岸的渡口是固陵，也就是后来屡入唐诗的西陵渡。春秋越国时，范蠡筑城于浙江之滨，可以固守，谓之固陵。

孙策派人回富阳请叔父孙静帮忙，孙静带着部曲家兵沿钱塘江而下，选择钱塘县为进攻据点。孙静从侧翼查渎抄会稽太守王朗的后方。查渎即查浦，在西陵上游，对岸便是钱塘江畔六和塔。

《三国志·孙静传》中提到了一个情节，就是孙策秘密准备瓦缸数百口，谓之瓮筏，以瓮筏渡江，隐瞒了对岸的会稽军队。孙策军队过查渎，抄捷径，进袭处于固陵与会稽郡城之间的高迁屯。断了王朗的退路，会稽军乱了阵脚。孙策大胜。

孙策是汉末乱世中的一员猛将，孙策死后，不到20岁的孙权成了江东之主。

江南有"鱼盐舟楫之利，丝绸布帛之饶"，被誉为"海内剧邑"，是豪门大族聚居之地，江河湖海赐给东吴发达的造船业，《风土记》说东吴能造出上下五层，可容将士三千、望之若山的巨船，有侦察船、冲锋舟，也有运输船、登陆船。孙权乘坐的"飞云、盖海"之船，皆雕镂彩画，宽敞豪华。

据说富春江畔，就有三国时期东吴水师造船的地方。战船种类齐全，尤其是船尾舵与双桅的发明和控船技术，领先西方国家将近一千年。

孙权登上政治舞台的五十多年间，懂得"国依于百姓，民依于耕作"，推行屯田，设农官、广农田，兴修水利，宽赋息调。发展手工业，沟通长江上下游货运，缩短了长江流域与黄河流域的差距。

东吴的优势是水军，裴松之注引的《江表传》说周瑜的船队"朝发夕到，士风劲勇，所向无敌"。当时将海军用得娴熟的，是公元 3 世纪的东吴水师。

中国人最早的触及海洋，是浙江人挑的头，早早完成了中国历史上的大笔勾勒，因为吴越人的壮举，让世界航海史大放异彩。

中国历史第一次有海战记录，是公元前 485 年，吴国在黄海海面与齐国大战。

东吴人的航海实践，对于大海，对于天文地理、水文气象，对于风帆和行驶的认识和技艺已走向成熟，利用风在帆面的推进分力以反射、邪张、相聚、缓急的原理进行调节，使船按预设方向前进。

公元 230 年春，孙权派遣大将卫温、诸葛直率甲士万余人，从临海的章安港出发，远征今天的台湾和日本。这一航海行动，是在台湾行使国家权力的最早证明。

孙权深谙航海的意义，他的坚船利剑征服海外的时候，给了我们重估东吴的价值。让历史惊叹的是，卫温的航行，比起大名鼎鼎的哥伦布要早一千两百多年。

孙权凭借水师实力，组织过多次大规模海上行动，派张弥、周贺征辽东，遣吕岱攻南方，吕岱的舰队，"奋击南海七郡百蛮"，横扫南海，使东吴"永无南顾之忧"。

东吴派著名的航海家朱应、康泰率船队赴南海各国,带去了大陆的丝织品、铁器、瓷器交换珠玑、玛瑙等。开辟出"巨海化夷"的江东航海盛世。

孙权的海上霸业相当宏伟,北起辽东高丽,南及东南亚和南海群岛,偏安一角的东吴,独造了一片海洋风光。

古代增减随宜的四帆航船,使孙权实施近海作战与远洋航行成为可能。天体定向以指导航船前进的知识得到运用,根据《晋书·天文志》记载,甘德、石申、巫咸三家所著天文学象星图,绘制而成的圆形盖天式星图,内取280官,1463星,说明当时对星图、星辰的观察认识已达到相当高的水平。

14世纪的阿拉伯大旅行家伊本·白图泰在游记中写道:"当时所有印度、中国之间的交通,皆操于中国人之手。"中国人的海上势力,宋元时代已经远及印度洋。明朝,朱棣接盘,突发海上贸易新的想法,于是有了郑和出洋的创意。

因为拥有了辽阔的海洋,中华民族的恩泽同样长存于浪迹海途的华夏子孙。

龙门古镇,是三国留给今天浙江的活的文物,他们把历史意识融到了寻常的生活中。富春东去,这条江便能感受到海洋潮汐带来的音讯。

英雄好出处

一影孤蓑,寒江独钓客

刘秀做了皇帝,邀老同学严光出来做官,后者去京城转了一圈,决定开溜。躲到富春江边,悠悠垂钓。稳稳地坐上了他中国隐士的宝座,千年不换朝。

用撤退做掩护

历史上的会稽郡,常出一些著名的读书人,余姚人严光原姓庄,因避汉明帝讳改姓严。他属于那种早慧者，少年时曾到京师太学学习。太学生中，来自南阳的豪强地主弟子刘秀和侯霸等人，与严光结为挚友，常在一起谈读书，论仕途。

公元 8 年，王莽称帝，打破了原有的封建统治格局，天下说乱就乱。王莽广招天下才士，尤对京师太学的读书人发出诚邀，侯霸出来做官了，刘秀却参加了绿林起义军。

严子陵也屡屡接到王莽的邀聘，他索性隐名换姓，在南归途中在山东沂河边，尝试起隐逸生活来，摆脱了王莽的纠缠。

山中才数月，世上已千年。公元 25 年，严子陵昔日的同学刘秀击败王莽，当上了皇帝，在洛阳建立起东汉王朝。刘秀思贤若渴，征召严子陵入朝效力。

余姚地方官呈报朝廷，严子陵离家经年，不见踪影。刘秀知道这位老同学躲起来了，下令在全国范围寻找。几年后，刘秀得知严子陵隐居在齐国某个地方钓鱼，便派人带了聘礼去请，并亲自致书。

刘秀是动了脑筋的，大举倡导名节，表彰那些不仕王莽的士人，这是给天下士人的一封公开信。严子陵实在无法推诿，这才来到洛阳。

严子陵发现刘秀的班底与自己想象的相去甚远，侯霸居然当上了刘秀的丞相，原来此人在王莽失势时，及时转舵。刘秀要这位老同学做谏议大夫，但严光拒绝，皇帝居然也悉听尊便。严光在京城转悠了个把月，回到了他的深山远水，在富春山下安顿下来，钓他的鱼去了。

让我们再坐回刘秀的宴席，怎么看都像一个政治游戏。刘秀请严子陵到宫中叙旧，晚上两人同榻而卧，严子陵在睡梦中把脚搁到他的肚皮上，此事被丞相侯霸知道了，他便在第二天叫太史官上奏，说是昨夜客星犯帝座。与老同学睡个觉，引出个天文事件，严子陵便不肯再在洛阳待下去了。

这故事很精彩，刘秀亲和的形象跃然眼前，严光认认真真地当了一回陪练。

光武帝刘秀的出场，让严子陵得分不少，后人说得很轻松：光武尚贤，想和这位老学友聊聊。严子陵不肯入朝享受立公之贵，有意无意间让刘秀的身价更重于九鼎,刘秀求贤的故事使他在东汉初年得了个屈膝求士的好名声。

严子陵则端坐富春江,富阳诗人罗隐看出个中妙处:"世祖升遐夫子死,原陵不及钓台高。"

严子陵推辞,不谢恩,刘秀便很潇洒地放他去富春江上找了个垂钓的地方山居。《后汉书》视严子陵为寒江孤舟上的披蓑钓翁,悠闲而风神,历史似乎明白,严子陵绝不是来此垂钓的。

严子陵设计这样一种"逍遥一世之上,睥睨天地之间"的人生,这样走一趟"不受当时之责,永保姓名之期"的人世,换来一己之高洁。

坐青山拥春江

严子陵很会选址,富春江,这条浙江水系的翡翠玉带,尤以桐庐境段最为秀丽,两岸山势多了一番雄峭的姿态。岸北半山腰之磐石高达百米,便是著名的严子陵钓台,严子陵在此远眺,青山拥江,俨如画卷。

中国的隐士不少为沽名钓誉者,像严子陵那样死心塌地归隐山林的没有几个。三皇五帝夏商周时期所谓的隐士都为传说中的人物,说深居箕山的许由、巢父开了隐入山林风气之先,那有一定可能加入了后人的想象。汉初的商洛山四皓,确有其人,刘秀给严子陵的信中所提到的不受汉高祖所召的绮里就是四皓之一。不肯走终南捷径的司马承祯,归太白山而染烟霞痼疾的田游岩,明朝那位躲在九旦山,以梅花屋为宅的王冕,加上那些钓客,如处渭河而设钓的太公望、悬丝饵的任昉、筑台玉渊潭旁的王郁,这些隐士之中,或许只有严子陵的钓竿久悬于人们心头。

严子陵是有做高官的条件的,天下之事就是这么在合乎情理又不合常理中发展。古代士人常常使用入隐的"怪招",古人讲究"摆谱",先在山水深处隐居下来,挂出一块高士的招牌,曲线救己。诸葛亮蛰伏在距邓州不远的隆中乡间,引来刘备三请其出山。南北朝时陶弘景的隐是相当成功的,辞官归隐。后来梁武帝即位,征他入朝,他再次摆谱,拒绝出山,暗地里却研究朝政,以致国家每有吉凶征讨大事,都要找他咨询,每月常有数信往来,他倒成了

"山中宰相"。

面对风波险恶的世路和浑浊的官场，严光想要找一处心理上的避风港，这不难做到。西汉初年屠戮功臣的血影刀光，彰彰犹在眼目。假如没法安顿人生，那就不安顿。

严子陵坐钓，做了中国历史第一钓翁。在他之前，有位钓者创下的最高纪录，便是庄子的鄄城钓台，但庄子的记载旨是在推销一个意不在钓的理念。

历史数说严子陵渔钓避宦背后沽名钓誉的高招。人们自然要跑到磻溪追问直钩垂钓的姜太公；追问海上钓鳌客李白，只不过李白钓得极明白，以虹霓为丝，明月为钩，明喻志建不世之功。

古时一千多位文人来过此地，留下了两千多篇诗文。如苏轼"一蓑烟雨寄平生"的诗句已成绝唱，千古流传。

以无字著经典

严光一生好像没留下什么值得称道的作品，无言的山水他找过了，远逝的古人他面对了，无从对话的地方他对话了，宏大的奇迹是人生以无字书传世。

严子陵没有经历过什么脱胎换骨之类的大事件，也没有诸如一切灾难之后的猛醒，人家终身为之徘徊、矛盾、犹豫的拷问，他一开始就找到了答案。

严子陵以前对秦朝"商山四皓"的事迹应该有所耳闻，他们不满秦政暴虐，隐于商洛山"凿穴而居，采药自业"，青山绿水本如茵，梅竹交映兽成群。

严子陵长日孤守，一竿烟雨，半榻琴书，与山居禅修所去不远。他不想假设一个慷慨陈词的目标，也不想给历史留下一个壮美的身影，所谓的伟大也是人为的。一代名人混迹于樵夫渔民间没什么不好，想洗去人生的喧闹没什么错。

晋代隐士皇甫谧认为富贵是消耗精神的根源，食人之禄就要分人之忧，与其为富贵而害己，不如守贫贱以全身，因此他也屡屡拒绝皇帝的传召。魏晋是自觉的时代，嵇康有一首《井丹赞》，赞美后汉隐士井丹。有五位王子高薪请他做宾客,井丹去了宫中,吃喝如常,临走时把那些人数落了一通。东晋名士陆机感慨"但恨功名薄,竹帛无所宣"。足见隐士对社会的滤浊激醒作用。

也许这些属于今人套用的一种公式,解答严光的从容。也许尖利山风曾让严光无数次的退让,也许湍急的江水卷走过他深隐的勇敢,也许陡峭崖壁曾令他绝处生悲,但历史只重结果,神秘的天光终射向这颗沉默的心。

钓台通往山顶的路宁静而纯洁,拾石阶而上之间穿越修竹与树木,通幽的曲径与严子陵这个名字非常相配,不时有小亭恭候。其中一座小亭亭柱上的楹联颇引人注目:幽奇山水引高步,千古篇章冠后人。列传古碑言未尽,一滩风竹自萧骚。

毫无疑问,这些文字已融化为自然景物,这些指向山顶的磨平了的石径,记载了无数的虔诚的攀登的脚步。这石径路上,自然也刻下了谢灵运、孟浩然、杜牧、王安石、司马光、苏东坡、陆游、李清照、柳永、唐寅、郑板桥的脚印。

严子陵之隐作为一种精神流放,他为后来的文人营造了一处圣地,但后人在这里借助这圣光,玩起了另一种钓术。

持一竿钓天下

当一种生活在被善意美化过程中显出真相时,严子陵当初的抉择,将会更为令人敬佩。

富春江七里泷段,水如染,山如削,峰紧流窄,鸢飞鱼跃。古诗云:"三吴行尽千山水,犹道桐庐更清美。"

春临:春来江水绿如蓝;夏至:两岸绿树凝滴翠;秋到:"一江流碧玉、两岸点红霜",都有一番醉人的魅力。即便冬临时分也是诸山皓然,"一篙残腊雨,千古富春江"。

伴君如伴虎,鸟尽弓藏,兔死狗烹,这道理自古被屡屡验证。但中国的士人往往极愿意往这套子里钻,很少有人一开始就觉悟,事情的发展还真让严光"逮个正着"。严子陵死后四年,就发生了伏波将军马援蒙冤遭诛事件,马援立志战死疆场,最后却被诬陷治罪。侯霸只因举荐了一个为光武帝不喜欢的人，险遭杀身之祸。侯霸的继任者韩歆，因直言进谏，触怒刘秀，被赐自尽。

严先生祠后面的山上，立着百方诗碑，人们为严子陵远遁的精神所折服，他们往往人生接近尾声才有陶渊明误入尘网的觉悟，为时已晚。

水面宽长，一直延展到画外很远的地方。江水浩渺，寂寞而清冷。岸边，芦荻萧疏，简练得如先秦典籍里的文字。天寥廓，水辽阔。雁声已断，烦嚣只在尘寰。安谧中，一舟一翁一钓竿，主宰了空间，固定了时间。小船似片叶，轻盈地停在平静的江水上。蓑笠翁端坐船头，钓一种波澜不兴物我两忘的境界，一种蕴藉和谐的文化。这钓者，就不只是一渔翁，而是一哲人。

借风月化烟雨

古之封建制度，聘隐士入朝，装潢门面，点缀太平，则好；隐士选择拒绝入朝，隐于民间，以示本朝大度宽宏，更好。横竖都是赚钱的买卖。

李白诗中描绘了"钓台碧云中，邈于苍山对"。袁宏道说："纵有百尺钩，岂能到潭底？"唐朝张继说："古来芳饵下，谁是不吞钩。"这座钓台，更多时候像是一种行为艺术的展示工具。

刘秀与严光的心理状态有很大不同，一个出身豪强地主，一个来自书香人家，刘秀极想接受严光那种南方人的气质，这"万事无心一钓竿"最终是捏在皇上手里，最终的赢家还是刘秀，有严光这样的隐者，可以证明"君恩"，可以粉饰太平。

刘秀亦能做文章，他看严光真心归隐，亲手写了一个字字精悍的诏书，这诏书称得上佳作一篇，得到了很高的评价："两汉诏令，当以此为第一。"因为严光的投身山水，因为刘秀的顺其自然，让这位光武帝得分不少。

刘秀文章的意义为中国的隐士文化命了题，他去访求那些隐者，太原隐士周党被征召，面见光武帝时，拒绝行跪拜之礼。有人即提议以"大不敬"治罪，光武帝却赐他帛匹四十。这是刘秀的高明。

严子陵不是第一个披蓑人，西汉的贤明君王早已把隐士请出岩穴，作为盛世的标志。世间因为有了严光，宦途从此在隐与仕两极摇摆起来。宦途知止,顿悟就不难,严子陵之光芒折映出了历代不少同命人的心态。

严光僻处江隅,一定有其得仙之法,往崖顶一站,一览众山小,也一览了身后事。耕稼渔钓的原始生活,是要以信仰作支撑的,精神层面的撕裂与煎熬,是难以抵挡的。

今人眼里,那种留得青山在的隐,好像少了些感情阻隔。明末隐于浙南的黄宗羲,湖南的王夫之,江西的八大山人,心怀一种亡国之痛在人生心路上撤退,他们没有一味地"呼天号地",以道德抉择代替理性判断,由狂热趋向漠视,由绝望转入虚无。中国的隐逸文化到此趋于成熟。

公元41年,刘秀曾再次召见严子陵,严子陵也再一次地拒绝了,并索性回到陈山隐居起来,老死在这里,享年八十。南宋嘉定年间,陈山严子陵墓旁也建起了高风阁,后来还办了个高节书院,今均已湮没,只剩下一块墓碑。

借陆游"一竿风月,一蓑烟雨"句写钓台精神,更藏格局。

一卷残轴,剩山无用师

三面环山,一面临江,状如淘米的竹编筲箕的富阳白鹤村庙山坞,是黄公望(1269—1354)晚年隐居地,山居富春,近仙入道。任选一处,皆可入画。

引诗:半山悬雾,遮住一方隐客。青瓦粗衣,一炬繁华相隔。

自带能量,纸上藏故国

之江边的文化人,骨子里深藏一种唤醒意识,这种潜在的涌动,时不时催生笔端。这会儿,轮到一个画家登场,这位背负道士大背景的画家叫黄公望。今天的弄画人常带些道骨仙风的腔调,大概是得了黄公望的真传。

黄公望的人生开始于北宋末,当时宋王朝数以百万计的北人南迁,宋室南渡,南方百业繁荣。

亡国,逃难,脸面还是要的,雅称衣冠南渡。南宋朝廷把都城迁到杭州。南宋150年之久的偏安之局,将西湖炼成了销金窟,开封被彻底忘了个干净,即便泛起偶尔的记忆,也是"直把杭州作汴州"。

1286年，忽必烈采纳耶律楚材"守成者必用儒臣"的建议，派翰林学士程钜夫下江南访贤。隔了五年，程钜夫第二次来江南，赵孟頫出山。令赵孟頫难堪的是，他的朋友一个个选择了拒入元政府的瓮：好友钱选甘心"隐于绘事以终其身"拒仕；理学家吴澄与程钜夫同门，进京后旋即还江南；江西诏谕使谢枋得至大都绝食而死；江南才子庞朴任翰林编修，但修成宋、辽、金"三史"后，称病引退，归居南浔。那一年，22岁的黄公望还入不了朝廷法眼。

忽必烈建立元朝时，黄公望才2岁，而黄公望死后14年，元朝即灭亡。他经历了整个元朝，元朝统治下的汉人被称作"南人"，地位是最低下的。文人的一种原始的不合作运动，在元朝之初的政治舞台上，表现得极度的从容。

黄公望遵循着中国古代文人的脚步，四十多岁了才做了一个小书吏，没当多久便因上司张闾案受牵连入狱，蹲了三年大牢，50岁出狱。他从此断绝了做官的念头。

黄公望出狱后隐居常熟虞山，以卖卜为生，并经常与张三丰、冷谦等道友交往。他学画，出游，隐居，皈依，结识了一群江湖异人和幽居山林的隐士。

黄公望60岁加入王重阳创立的全真教，王重阳识心见性，为了悟道，在终南山下修了一个"活死人墓"，面壁两年之久。

道士会风水，全真派道人大多在江南活动，黄公望没有选取一个较固定的地方归隐，明正德《姑苏志》说他晚年爱上杭州富阳的筲箕泉，"结庵其上，将为终老计，已而归富春，年八十六而终。"在《富春山居图》上黄公望题"至止七年，仆归富春山居，无用师偕往"。他游走于三吴之间，在很多地方居住过，但这些地方终究不是他心中的故国山水，他最倾心的，还是晚年的终隐地富春山。

黄公望的初隐之地，是藏着圣贤之气的常熟虞山，但虞山装不下他心中的大格局。后来到了富春山，富阳的细节，出人意料。城中读峰峦，临江的风水无与伦比，所有的山麓随意入城，聚天地精华，调教出气质山水下的学养城市。

富春江过城，是沿途山、水、城、园联袂亲吻大地的一次次动情，在富阳，人与自然间的相互报恩如同泉涌。黄公望来到富阳庙山坞筲箕泉,便不想再走,周遭山石草木都散发着如当代富阳诗人蒋立波所说"筲箕里漏出的米粒的清香"。

富春江一带风光如画,人们都知道江边住着一个奇怪而神秘的老道士,他已年过古稀,却神采奕奕,平日以替人卜卦算命为生,据说他道行很深,画符念咒,有召神役鬼之能。老道士时常独自沿着富春江岸观赏风景,有时在江边的荒林乱石间过夜,据说是在望星辰,听山风,甚至遇刮风下雨也不躲避,如痴如狂。

月色明亮的夜晚,黄公望常常带着酒在桥头畅饮,或者划着小船,沿江漫游,把酒罐子系上绳子放在水里,高兴时就拉上来喝几口,民间有他是神仙下凡的说法。

79岁的黄公望流连富春江畔,他应该在自建一种精神秩序。此时离南宋灭亡不远,结局很惨,崖山海面浮尸十万,是南宋最后的一丝尊严,这悲壮场面成为宋人永远的痛。

归隐,能看出一个人为何隐,是一个人才情与才气的聚合。读黄公望,假如看不到他背着画囊进山的背影,会落下很多。

黄公望的居住地,花径翠竹,都是诗意流淌。在元朝这个艺术被压抑的时代,只有此地,才是黄公望的知音。

自家山水,秃笔涂千秋

黄公望功夫了得,这个老头山居春江,行走在他的画中,富春山来到了他的纸上。他是中国美术史上少有的携带纸笔到山野写生模记的画家。80岁动笔,画了4年完成了这幅巨作,作为一个求道者他应该是在生命的暮年读懂了富春江,读懂了中国山水。

黄公望是识货者,手握一杆笔,在山水间转悠。他似乎知道哪一处山岱有惊奇,哪一路溪泉有精气,哪一片松竹有惊喜。胸藏一个大千世界,天地之气聚集于笔端,浸于纸上,他的画,不只是山水语言,还有一种以画明志的气息。

黄公望《秋山招隐图》题跋，描写自己归隐富春山中的生活状态："此富春山之别径也，予向构一堂于其间，每当春秋时焚香煮茗，游焉息焉，当晨岚夕照，月户雨窗，或登眺，或凭栏，不知身世在尘寰矣。额曰小洞天图。"

黄公望25岁结识大画家赵孟𫖯，并留下"当年亲见公挥洒，松雪斋中小学生"的诗句。33岁作《设色山水》，35岁作《深山曲邬卷》，36岁作《游骑图》。50岁，黄公望再入65岁的赵孟𫖯门下学画，整整学了三年，成为其关门弟子，赵孟𫖯发出"吾道不孤"的慨叹。

宋代的画家大多栖身画院，抱着入世的态度，画风往往缜密充实，绘画的材料多以丝质的熟绢为主。宋亡之后，宫廷画院便不复存在了。入元，前朝留下来的文人大多归隐林泉，绘画成了他们诗酒唱和的一种形式，在生命的私语、生态的纯净、精神的舒展中创作出独立的自我。

想象一下黄道士眼中的世道，黄公望无帮无派，是个彻底个人化的艺术家，这位会风水、以卖卜为生的黄道士进山时快80岁了，他想要寻找一种谢幕的形式。

于黄公望而言，面前的富春江每天都是序章，舟楫轻划，偶尔一阵江风吹来，一刻便能吹散一生的烦恼事。黄公望穿着宽大的袍子，风从山边来，风从江面来，风从天上来，风吹进他的衣裳，一袭青衫等着午后的一壶清酒。

画家胸藏天下意志，黄公望老而弥坚，其毕生画作之冠便是高33厘米、长636.9厘米的《富春山居图》，尺幅远大于《清明上河图》，被誉为画界《兰亭序》。黄公望的山水画格局极大，将浩渺江河、层峦群山、飞鸟村庄藏于雄浑的意境，超绝之物、鬼神惜之，黄公望与王羲之在之江隔空寒暄。

黄公望的山水画是向大自然学来的，他每天坐看云霞的变化，细究江水的波纹；行走在丛林乱石中，他走到江的汇合处，观察急流巨浪，即使下大雨他也不躲避。只想吃透不一样的春江。

富春江一带初秋时分，山峰起伏，几十座山峰，一峰一种形状；几百棵树，一树一个姿态，变化无穷。为触摸到藏于山坳里的秋的厚度，每次外出，黄公望的皮袋中总放着画笔。他的皴擦长披大抹，灵动地表现了江南山峦质地松软、烟雾迷蒙的特点，是对宋人笔墨技法的一大突破。

黄道士深接地气，隐于南宋的江山，环境没变，心境也没变，没有辛弃疾"城中桃李愁风雨"的忧伤降调，大时代逆境乃至不如意，这是历史的真相，具体到每个人，当放宽心，常态待之。

黄公望旧居清气飘然，坐在木梯上，近读村落，遥读青山，想当年，这闭塞的地方，除了树木、落叶、鸟鸣，野花，没什么扰心的声音，这正是画家静悟的地方，一不留神就成了人间仙界。

自求多福，孤品映两岸

黄公望在《富春山居图》题跋上面写道"至正七年，仆归富春山居，无用师偕往，暇日于南楼援笔写成此卷，兴之所至，不觉亹亹"，画面展示了富春江一带林密蜿蜒、翠微杳霭的优美风光，整幅画卷把赵孟頫在《鹊华秋色图》中创造的方法又推向一个高峰。

这幅画，是答应送给师弟郑樗作为纪念的，所以，每画一片段，师弟便虔诚收纳，随身携带。老道士兴起，有了灵感就拿出来画上几笔，终于完成了这幅尽揽富春江两岸岚光云影胜景的巨作。

日薄西山的黄公望自带能量，视富春为自家的山水，每一处笔墨都显得厚重而悠长，落下的第一笔，就有了一种力透纸背的苍凉。

黄公望胸怀这样的格局：远浦、近丘、荒村、疏林，穿插矶头峰峦。画作完成以后的一年，黄公望画完平生最后一幅《洞庭奇峰图》，骑鹤升仙。

画作再一次出现在世间已经是明朝，这画作出现在了江南才子沈周的收藏当中，沈周请人题字时该画被人偷去高价卖了，该画又迎来消失的150年。

明代万历年间，江苏宜兴的收藏家吴之矩花高价从董其昌手中购得。吴之矩再传给酷爱收藏的三儿子吴洪裕，吴洪裕"痴迷"此画，专门筑造了一座临水的"富春轩"珍藏。吴洪裕重病在弥留之际焚画殉葬。画烧了一半，其侄子吴静庵救下了这幅画，可惜已被烧成两截。

吴静庵把前半截有山的称为《剩山图》，后半截称为《无用师卷》。好一幅山水长卷神品从此分为两部残片。

古董商吴其贞获得的《剩山图》，1669 年转为广陵王廷宾所有。同治、光绪年间又藏于陈氏。三丈有余的《无用师卷》，则在收藏家中流传。

1745 年的一个冬日，《富春山居图》被征入宫。乾隆见后认为是黄公望真迹，在长卷的留白处赋诗题词，画面被"毁容"。其实这是被后人称为"子明卷"的明末文人临摹卷。第二年冬，"无用师卷"入宫，右上角有"吴之矩"半印，这幅真品却被乾隆认作赝品，在乾清宫里静候两百多年，从而逃脱了毁容的厄运。

两百多年后，抗日烽火骤起，《无用师卷》随故宫重要文物辗转迁移。文物在上海停留期间，鉴赏家沈尹默、吴湖帆和徐邦达通过谨慎考证，确定《无用师卷》为真迹。1948 年底，《无用师卷》和大批故宫文物一起，携往台湾，藏台北故宫博物院，从此与《剩山图》身首分离，隔海峡相望。

1938 年，《剩山图》出现在上海汲古阁主人曹友卿手中，因为吃不准真伪，他请文物鉴定家吴湖帆一辨，吴湖帆慧眼识金，以家藏宝物商彝重器换得，又重新装裱收藏。后来，沙孟海邀钱镜塘、谢稚柳共同斡旋，吴湖帆同意转让。《剩山图》终归藏于浙江博物馆，成为"镇馆之宝"。

黄公望用萧索孤绝的山水画，表达一个时代的逝去，他的纸本扛鼎画作，把笔墨推进时间深处里生命的荒凉。

富阳黄公望村美术馆通过乡村元素，完成某种过渡，过渡那江岸岩石疏林，那隔着六百多年时空，过渡到了《富春山居图》中。散文家马叙发现，在《无用师卷》里，有一木桥，伸向空茫处，而在沈周长卷里此处被改造成了石桥，架向岸边加入行人。沈周是不忍黄公望的苍凉、悲怆，加了这笔墨。黄公望广阔的人生、萧瑟之感被沈周用切近的可靠削弱了。

黄公望没有任何要成为里程碑的企图，却成了真正的里程碑。一幅画，一个人，所携带的气象庞大，不管与那个时代那个现实离得多远，内心一定是寂寞的。黄公望的墨，枯敛、悲凉、苍茫，诗意更为深远。

元代之后,《富春山居图》之后,富春江成为黄公望一个人的江。舒缓的江流,黄公望的小舟漂浮于这条大江之上。黄公望的白鹤村庙山坞,水雾遮盖了远景,终究同属一脉江南,若是回到元代的富春江,黄公望的"小洞天"与荒野山林,并无太大不同。

一尊骑士,独立向风月

有人说浙江富阳有两个块金字招牌,一块富春江,一块郁达夫。

借文胆,忏悔自己的坏

郁达夫17岁随兄长赴日本留学深造,精通多国语言,满腹诗书。四年大学,疯狂读了一千多本西洋小说,自诩"在高等学校的神经病时代,说不定也因为读俄国小说过多,致受了一点坏影响",其作品,多以描写病态人物见长,在新文学中独树一帜。

1921年,中国现代文学史上第一部白话小说集《沉沦》问世,郁达夫一锤定百年,他首创的自传体小说,尝试自我暴露和东方式忏悔。其划时代意义在于,戳到了千百年来藏在深处的士大夫的虚伪,给了那些假道学暴风雨式的闪击。

《沉沦》是射向文化界一束异样的光。作为现代浪漫主义文学的奠基人,郁达夫瞬时成为那个时代的文坛巨匠,有人把他和鲁迅、郭沫若并举。

郁达夫曾入学于日本名古屋大学和东京大学。法国、俄罗斯、德国、日本文化都影响了他。带着易卜生的问题剧,刻画时代的颓废精神,《沉沦》写的就是无视社会道德观念,被情欲折磨的青年的心灵。现在的名古屋大学丰田讲堂旁有郁达夫文学碑,上面刻着"沉沦"二字。

郁达夫这样的作家,一个活在两种时代中间的文人,他一只脚也许落在旧社会各色场所的门里,另一只脚却迈向了新时代的革命洪流。

郁达夫的小说,隐善扬恶,很多事情我们都做过不说,他却说出来了,明明他有很多更高尚的事情可以说,但他不说。郁达夫写小说时赤裸直白,不加掩饰。

郁达夫如同他笔下许多的人物一样，与现实势不两立，宁愿穷困自我，也不愿与黑暗势力同流合污。他是一块顽石，一生都闪耀着赤诚的颜色。他是一位达士，多愁善感又顶天立地，只要谈到民族问题就苦闷，只要聊到跟性有关的问题就苦闷。郁达夫那时候描写的，今天成千上万的人都在重复着。

作为经过五四新文化运动洗礼的小说家，郁达夫的散文创作不逊于朱自清、冰心。徐志摩现代诗写得好，郁达夫则古体诗写得好。

钱谷融曾评价，郁达夫是中国现代文学史上一位很有特色的作家，受人瞩目，他那自传式作品，给人以兴趣。他坎坷不平的一生及不幸结局，更经常引起人们的嗟叹与悼惜。

鲁迅懂郁达夫，认为《春风沉醉的晚上》对五四的反省非常清醒。人们批评郁达夫过于放浪，其实郁达夫内心恪守道德，属于另类的清教徒。他故意张狂，这有点像阮籍。

鲁迅懂郁达夫，推崇他的小说，帮他在晚清小说里找对应，先是"溢爱"，是夸大了爱，如《花月痕》《品花宝鉴》；然后是"近真"，接近于真实如《海上花列传》；再是"溢欲"，就是夸大了欲望，如《九尾龟》。

与文豪，袒露自己的慧

1923 年，郁达夫受聘北京大学讲师，讲授统计学。这年冬天，郁达夫去砖塔胡同拜访鲁迅，这是两位现代文学大家的第一次见面。

那时，鲁迅在教育部里当金事，也在北京大学里教小说史略。郁达夫印象中，当时鲁迅脸色很青，胡子已经有了，衣服穿得很单薄，身体矮小。鲁迅的绍兴口音听起来比较柔和，笑声清脆，笑时眼角的几条小皱纹，却很可爱。那时，鲁迅和郁达夫在一家小羊肉铺里喝过白干。到了上海之后，所喝的大抵是黄酒。

郁达夫任教北大、武昌师范大学、广州中山大学文学院，再到上海主持创造社的出版工作。

在上海，郁达夫和妻子王映霞是鲁迅家中的常客。郁达夫与鲁迅的关系，用他自己的话说，"一则因系同乡，二则因所处的时代，所看的书，和所与交游的友人，都是同一类属的缘故，始终没有和他发生过冲突"。

20世纪二三十年代的上海文化界，用文字批评甚至攻击鲁迅的人，不仅有文坛宿将，还有文学新人。郁达夫曾劝告鲁迅"有许多攻击他的人，都想利用他来成名"。鲁迅对郁达夫说，"我的反攻，却有两种意思。第一，是正可以因此而成全了他们；第二，是也因为了他们，而真理愈得阐发。他们的成名，是烟火似地一时的现象，但真理却是永久的"。

鲁迅和郁达夫同在上海生活，当郁达夫遭人误解时，鲁迅总会为其说几句公道话。对鲁迅来说，郁达夫是他朋友中最为知心的一位，也是最为了解自己的一位。

1933年4月，郁达夫举家从上海移居杭州，以实现他的"儿时曾作杭州梦"。鲁迅舍不得郁达夫离开上海，曾以世道艰难为说辞作诗劝阻："何以举家游旷远。"

郁达夫搬到杭州后，每次去上海，总要抽出时间去和鲁迅谈谈。而上海的各大杂志、报馆，要想约鲁迅稿子的时候，也总是会在郁达夫到上海去会鲁迅时搭便车。当鲁迅对编辑们发脾气的时候，郁达夫往往要充当调停劝和的角色。

郁达夫在民国的名声很大。1930年3月，左联在上海成立，鲁迅被选为常务委员。郁达夫说："当时在上海负责做秘密工作的几位同志，大抵都是在我静安寺路的寓居里进出的人；左翼作家联盟和鲁迅的结合，实际上是我做的媒介。"

鲁迅与郁达夫惺惺相惜。上海一·二八事变后，郁达夫念及鲁迅身陷战区，当探寻鲁迅不遇时，竟焦急得在报上登寻人启事，患难友情可见一斑。

1936年10月，鲁迅离世。郁达夫在福州，第二天早晨，他登上轮船前往上海，参加鲁迅葬礼。写下《怀鲁迅》一文，发出"没有伟大人物出现的民族，是世界上最可怜的生物之群；有了伟大的人物，而不知拥护、爱戴、崇仰的国家,是没有希望的奴隶之邦"的经典之论。

郁达夫说鲁迅是伟大的,在文品和人品上都可算是"中国作家中的第一人",对他崇敬之至。鲁迅去世后,郁达夫写了一大批悼念的文章。

郁达夫有高品质的小说和散文作品,有他自己突出的风格乃至流派,也是现代文人中古诗写得不错的一个。散文是他的高峰,其中尤以游记最为出彩。郁达夫率直的性格很容易结交朋友。

郁达夫的旧体诗比散文成就高。他在文字里觉醒得太早,从而感受到了高处不胜寒的寂寥,他对时代变迁太过敏感,所以时常内心充满苦闷和彷徨。

用文魄,供上自己的魂

郁达夫出生在浙江富阳一个知识分子家庭,父亲早故,从小就对世界多了一份清醒和敏感,骨子里有"不安分"的基因。

文学才子郁达夫,在作品中经常自我剖析,作品充满悲观主义色彩。以各种看似荒诞的行迹,将世间的惆怅和无奈、对自我的探索化为文字挥毫在纸上,以此来反抗生活的束缚。沈从文说:"郁达夫的名字,成为一切年轻人最熟悉的名字。人人皆可以从他作品中,发现自己的模样。"

沈从文20岁北漂,郁达夫去看他,见沈从文用被子裹着腿在桌旁写作,解下自己的围巾,围在这个窘迫青年的脖子上,又请他去吃饭,将找剩下的钱全都给了沈从文。多年之后,沈从文谈起这段往事,依然止不住感慨。

郁达夫爱喝酒,喜欢在酒精里寻找那种飘忽迷醉之美,经常醉得一塌糊涂,弘一法师对他说:"你与佛无缘,还是做你喜欢的事吧!"

1937年,郁达夫家乡富阳被日军占领,母亲不肯屈服绝食自尽,郁达夫悲痛不已,他把手中的笔化作枪,他到台儿庄劳军,撰写了多篇脍炙人口的战地通讯。一生写了无数的号召抗日的社评,是有名的"文人战士"。

郁达夫一心抗日,接着去了新加坡,转战印度尼西亚抗日,发动华侨和当地民众,持续声讨侵略者暴行。

郁达夫在印尼,化名"赵廉",以经营酒厂等行动为掩护,凭借出色的日语,利用职务之便救助了大量流亡难友、爱国侨胞和当地居民。

陈嘉庚对夏衍说,郁达夫不仅掩护了我,还掩救了许多被日本人逮捕的华侨。包括掩护胡愈之撤离,后来胡愈之说,作为诗人与理想主义者的郁达夫,是五四巨匠之一,他的一生是一篇富丽悲壮的史诗。

闻一多曾说,郁达夫用生命捍卫了他深爱的这片土地。

在抗战即将胜利的时候,那天出去之后他便再也没有回来,他在苏门答腊丛林里被日军杀害,尸骨无存,牺牲时年仅49岁,但不知情的人误以为他是汉奸,谩骂多年。1951年,中央人民政府追认他为革命烈士。

他是天资卓越的文坛巨匠,他是浪漫多情的青年才俊,他是才华横溢的爱国诗人,更是乱世颠簸里的一个正人君子。

第五章

钱塘之境，
宋韵里的山重水复

一座城，隐现了一个王朝的江山。杭州风流，从未
消失。

——钱塘记

小引——江海气场，杭州的基因

中国是河流文明之国，河流经过，文化之浪为历史长河留下璀璨结晶。

钱塘江是中国一条独特的河流，流域涉及浙西、浙中和浙北。金华江、浦阳江、曹娥江、分水江、马溪江、江山港、练江、横江等水系，都是钱塘江的支流。

假如借城市引领时代，江南在一千余年间，四大城市依水发力，力保大地千年繁盛：

六朝南京的长江时代；隋时扬州的运河时代；南宋杭州的钱江时代；明代苏州的太湖时代。运河的脉动、西湖的灵动，钱江的激荡、大海的浩荡，江河湖海的多元气韵在杭州合成，打造出中国知名度最高的城市湖泊景观。

杭州作为一流城市，应感谢两个时代。一是五代归宗。让文化之手的点石成金，展示了罕见的平和精神。二是南宋繁荣。

杭州这座城市，凭借山水、园林、丝绸成为"诗意栖居"的理想模板。中国的城市，惟杭州人永远和着自己的音律。

杭州人爱称自己为遗民，坊间倘若邂逅几柄旧折扇，当是遥远的绝响，风月无边。满城新潮与满街旧货，杭州这才如苏轼所言："浓妆淡抹总相宜"。

钱塘巨流

古枢纽，唐诗外的早发渔浦

因为水上交通的旷达，南宋的这座京城才具世界性。

杭州的江面，三大古津渡的气象大得惊人。浦阳江流入钱塘江出口处，叫渔浦渡，相传因虞舜渔猎得名。西兴渡由钱塘江入浙东运河，在宁波出海。柳浦是钱江北岸著名的渡头、港口，对岸渔浦和西陵是唐诗驿站，与李白、杜甫他们一起传世。

渔浦渡

渔浦不远处的萧山湘湖村，有"2001年全国十大考古新发现"的跨湖桥遗址。其中出土了8000年前的独木舟及相关器物，证明了浙江文明史的新源流谱系，打破了长江下游的史前文化格局。

钱塘江上，古中国的渡口，大多属于唐诗。渔浦烟波浩荡，以特有的魅力使历代诗人为之写下许多优美的诗篇。

渔浦古埠，大约在钱塘江、浦阳江和富春江三江交汇之处，钱江五桥横跨江面。千年前的渔浦沙洲帆影，振鹭于飞，烟舟竞渡。

三江并流，端的是壮观若斯，浩浩江水，一清一净一纯，分别来自不同地域，经历不同气候与人间，在此成为一体。那时的水单纯致远，水势推着江船不必扬帆亦能远航。江堤之外，是大片的冷水田。每一处江边码头，安顿着一方天地。

渔浦作为濒江傍湖的渡口船埠，是商贾旅人往返两浙的中转要津，是沟通钱塘江和富春江的一个舟楫不绝的活水码头。唐时，杭州城南的柳浦与钱江南岸的西陵、渔浦形成一个水运三角的枢纽，是重要渡口。然后再是建寨、设巡检司、置镇。这里是诗人至浙东游赏的必经之地。

从渔浦出发，要起早，谢灵运说："宵济渔浦潭，旦及富春郭"；丘迟说："渔浦雾未开，赤亭风已飐"；孟浩然说："定山既早发，渔浦亦宵济"。从渔浦上船，既可沿富春江，又可行山阴道，渡剡溪，向天台山。这一路，山似青罗带，水似眼波媚，数百里江山，风光无限，从南北朝的谢灵运、江淹、沈约，到唐代的孟浩然、李白、杜甫、白居易，宋代的苏轼、陆游，都与渔浦结缘。

自从南朝诗人谢灵运夜渡渔浦，泛舟向越中后，南下诗人的视野从此再也无法绕开了。于是浙东唐诗路铺进了中国文化史，诗人成为那个时空里的精灵。

李白在钱塘江乘秋涛之舟，抵浦阳江时，已沙滩明月。故留"涛落浙江秋，沙明浦阳月"的诗句。

孟浩然自洛阳东游吴越，从杭州过江，一早出渔浦，立马有诗："卧闻渔浦口，桡声暗相拨。"他一路向东，过镜湖，入剡溪，直达天台山的石梁飞瀑，"高高翠微里，遥见石梁横"。

自然，也有的诗人和商旅之人从钱塘江进入浦阳江，到达诸暨，再下金华往东转向温闽。钱起在重阳过渔浦，题诗道："渔浦浪花摇素壁，西陵树色入秋窗。"在浙东唐诗之路的青山绿水间行吟，路有多长，诗就有多长。从南朝到清朝，有二百四十多首古诗描述过渔浦这个地方。

从宋朝开始，渔浦这个古商埠，是从钱塘江上溯富春江水路上唯一的停靠码头，商贾旅客多在渔浦留舍，形成市镇，这处商业繁荣的活水码头，也是官府税收盐务的一个重镇。

渔浦还是钱塘江诗路的交汇口，诗人踏歌而来，一半是因为这里的风光，还有一半，或许是冲着江鲜来的。渔浦有沙洲，有湿地，舟过处，惊起水鸟无数。一叶扁舟，一把渔网，捞上来的，都是鲜活的美味，江鳗、步鱼、刀鱼、鲥鱼、昂刺鱼、江鲈、江虾、江蟹……

南宋建都杭州，渔浦是京畿近地，水陆航运更加繁忙。每天有船只载客载货在今天的六和塔下穿梭往来。一年四季，渔浦自有不同的风流，江流、落日、湿地、野舟、旷野、烟云。"钱塘看潮涌，渔浦观落日"，枕水听潮，醉观落日，皆是人生快事。

明以后由于三江之水交汇,加上潮水、洪水冲击,渔浦镇被冲垮而沉陷于浦阳江中。现今,义桥镇开始修复渔浦老街,希望再现浙东唐诗之路的山水人文。

西陵渡

西陵古渡就是今天的西兴老街。翻开有"西陵"字眼的唐诗,目及之处,都是潮声与巨浪。"西陵遇风处,自古是通津。"唐代皇甫冉在《西陵寄灵一上人》一诗中,点出了西陵作为关隘的重要性。

一千多年前,旅人渡江后,会在此处待上半天,而后登船,话别,踏上前往浙东寻访山水的行程。"忆上西陵古驿楼",这是杜甫的一句诗。

进入浙东的唐朝诗人,从西陵渡口登船往浙东,经绍兴,自镜湖向南经曹娥江,入浙东名溪,经新昌的沃江、天姥,最后至天台山石梁飞瀑。

不过,往昔的浅滩已成老街,往东的运河已经淤塞,千百年前,这里是观潮胜地。白居易夜宿当时的西陵樟亭时,曾写下这么一句诗:"月明何处见,潮水白茫茫。"传说依旧,涛声已无。一位西兴的老学者认为,唐朝诗人南来自西陵古渡登船沿浙东运河而行,比较顺畅。而渔浦,从富春江西回的人,从此处下船更为合理。

在今天的西陵官驿与樟亭驿,在地面上的痕迹是十根石柱与一座新亭。虽已不是唐朝的建筑,但依旧凝聚着古渡的想象与生发,即使潮水已退到远处。

越王勾践派范蠡在钱塘江南岸筑城,以防备北面吴国的侵袭,他将这里视作坚固的堡垒,名其为"固陵"。固陵向东可至句章(今宁波),向南则可至姑蔑(今龙游),固陵港成为当时的东方大港。然而固陵虽险,却挡不住吴国的军队,夫差率军一路过浙江、入会稽,把越王勾践围困在会稽山上。

后来的剧情反转,勾践灭吴,钱塘江两岸归于一统,固陵也渐渐沉寂下来。

晋代贺循主持开掘了从西兴到曹娥江的浙东运河,这是浙江境内最重要的客货运输、漕运和水驿的"黄金水道"。

到了南北朝时期，南朝统治者，因其地在浙东之西，将"固陵"改名为"西陵"。西陵名字也比固陵要文雅得多，一听就是渡口，而不再是军事要塞了。今天竖着"世界遗产"的巨大标志的西兴古镇，见证了一个个王朝的兴衰之路。

唐末，钱塘江两岸烽烟四起，浙东观察使刘汉宏军变，兵出诸暨、会稽、萧山等地，钱镠在西陵兵自新沙渡渔浦，三败刘汉宏。钱镠占得西陵这个重要的军港，又联合浦阳镇将蒋环南攻婺州，浦阳江至渔浦正是当时的交通要道。

钱镠一生，征伐不断。他统一两浙、兼并闽吴，建吴越国。晚年钱镠巡行到西陵渡，顿觉西陵之名不祥：陵者，墓也，所谓"西陵"岂不就是西边的陵墓吗？故将此地改名为西兴。

皇甫冉有诗"西陵遇风处，自古是通津"。数百年间，西陵迎来送往，与北岸的柳浦一起，见证了钱塘江上的旅人与渡客、帝王与战争。

作为三江的大码头，西兴渡是浙东入境首站，是由钱塘入越的咽喉要津，沟通南北，连接两浙，在唐代成为官渡，凡京外各省发宁、绍、台三府属公文，需由武林驿递至西兴驿接收。因此，这里朝廷官吏、商贾文士往来不绝。

如今六朝牛埭，唐代石塘、古河道上的石砌河坎、河埠、堤岸、码头等遗迹依旧存在。古渡船埠头处，船闸石条、柱上闸门板槽仍旧清晰可辨。历代诗人在此留下了诸多不朽诗篇，西兴渡涌潮、江风、驿站、关楼、茶亭、塔林尽入诗句。

柳浦渡

秦汉时，杭州是僻陋的山区小县，隋朝才于凤凰山东柳浦西一带依山而筑。

2500 年前，城山下的渡口就是越国重要津渡，时称浙江渡，是越国从会稽向北至吴国都城姑苏的干道咽喉。

钱塘江历史上留下众多古津渡，这些津渡在战时是通津要塞，在平时则是交通枢纽，沟通南北东西。杭州"咽喉吴越，势雄江海"，与外界往来，客流、物流全靠舟楫。杭州城南的柳浦与钱江南岸的渔浦、西陵形成水运三角枢纽。

柳浦沿城市边缘行走，江边望远，远山变得空旷，而天色显得明净。

吴国建造的城市在查浦的东面，是越入浦阳江和钱塘江的咽喉，而鸡鸣墟正拥有这样的地理条件。因两江江水交汇，多旋涡，船不能过，只能绕鸡鸣墟出入。

吴军在鸡鸣墟以东的江面大败越国水师，占领了鸡鸣墟，断了勾践残部向浦阳江南退之路，越军东撤城山，困守固陵。勾践不得已向吴国请降。

《越绝书》载：句践"入臣于吴"的待诏地就在鸡鸣墟。鸡鸣之时，勾践在此听候传唤，前往苏州吴都奉接吴王诏书。于是才有了后来卧薪尝胆的故事。

南朝时柳浦渡口颇繁忙，官府设埭司，负责往来商旅征税。"吴兴无秋，会稽丰登，商旅往来，倍多常岁。"其时往来商旅，当多由会稽运输粮食往吴兴郡贩卖。西陵渡口的税收，官府制定的标准是每日 3500 钱。

唐朝时，诗人从这里出发，开始了"壮游吴越"的人生之旅。他们往来唱和，在柳浦的日落和霞光中登船，大笔一挥，写就浙东唐诗之路的开篇之作。

李白站在钱塘江北岸，送别友人，写诗曰："东海横秦望，西陵绕越台。"李白笔下的秦望（山），据说就是今天的将台山，李白熟悉西陵，他的"越王勾践破吴归"磅礴之句，也有西陵的气韵。

隋唐时，柳浦、西陵是杭州城南著名的渡口。杭州真正成为海港，是在五代十国时期的吴越国。浙东的粮食、棉花、丝绸、盐酒和山货在西兴过塘，转运到中原各地。钱镠的孙子、吴越王钱俶归顺中原，两浙贡赋每年由海路三千里运至山东北部的青州。

罗隐《杭州罗城记》说"东眄巨浸，辖闽粤之舟橹；北倚郭邑，通商旅之宝货"。当时杭州城下已颇有来自闽、粤的舟橹汇集，亦可直航青州。

宋人陶岳《五代史补》说，福建僧人契盈陪侍钱俶游钱塘江边的碧波亭，钱俶见江上"潮水初满，舟楫辐辏"心情颇好，说吴国去京师三千余里，全凭这一水之利。契盈出诗："三千里外一条水，十二时中两度潮。"被当时人称作佳对。

钱王祠，不设防的宅第巨构

坐落于杭州著名风景区的柳浪闻莺钱王祠内，有一对联：

> 力能分土，提乡兵杀宏诛昌，一十四州，鸡犬桑麻，撑住东南半壁；志在顺天，求真主迎周归宋，九十八年，象犀筐篚，混同吴越一家。

这是历史对于钱镠（852—932）的一个注脚。

小国大愿

十世纪初，有过一个近六十年的乱局，叫五代十国，中原地区一派苦乱。

仅一个江南，就有扬州的南吴、金陵的南唐和杭州的吴越国三国存在，这个乱局中，吴越国一直保持一种智者状态，钱镠经历了唐朝的覆灭，亲历了群盗如毛、百姓遭殃的乱局，中原小朝廷苟延残喘的 53 年里，换了 13 个皇帝，8 个小皇帝被弑，最小的只有三四岁。

公元 907 年，钱镠坐定杭州后，发现"水居江海、陆介两浙"的杭州城有文章可做，调二十万民工十三都军士筑城，将杭州城区扩大一倍。有个风水先生对他说，如果只是在前人旧城池基础上扩建，国运不过百年，但若把西湖填平一半，国运至少能延长千年。钱镠笑答："哪有一千年天下还不出真主的，又何必劳困百姓呢？"但钱镠还是建了雷峰塔和宝石塔两座塔一南一北定风波。钱镠的"民本"思想，在乱世中为残破的中华大地涵育一份江南元气。

钱镠年轻时亦是豪横者，《宋史》说他体貌隆盛。幸有身边的谋者提醒，才有不称帝的大视野。他临终告诫子孙，如遇明君可放弃割据，附和统一时势。此后的四代吴越国一直向中原的朝廷称臣纳贡，换取了近八十年偏安一隅。无疑，在钱镠眼中，西湖太小，支撑不起一个庞大的王朝。

钱镠在治水方面也留下了不少功绩，在钱塘江沿岸筑长达百里的护海石塘，阻海潮泛滥，缓解了杭嘉湖平原民众每年饱受的洪灾之苦。

政治人物的思考点在千秋之事。吴越钱家的策略更接近"民本"，钱镠一心抓经济，他的皇后与妃子都在家乡带头植桑养蚕种茶。钱镠祖孙三代、五位国君,以其卓越的治理能力,使吴越国富甲江南。发达的商贸业,铸造了城市商业主义基调,杭州"邑屋华丽,盖十万余家",成为"骈樯二十里,开肆三万室"的开放型城市。

南唐灭亡后,钱俶将三千里锦绣山川和十万带甲将士,献纳给中央政权,实现一个强盛的割据王国与中央政权的和平统一。钱俶保江南归朝,不致血刃,深受朝廷嘉勉。欧阳修赞钱俶:不烦干戈,今其知尊中国,民幸富完安乐。

直到明末,吴越人思钱氏六百年仍如初。"和平"二字,让江南成为一方乐土。

北宋南景

宋太宗赵光义使用军事力量削弱割据势力,钱俶将吴越国十三州一军八十六县五十五万户十一万兵卒全献给宋朝,进一步巩固了宋朝的统治。

赵光义对抵达汴京的近三千名钱氏族人,让他们自行择官择业,钱俶的8个儿子、兄弟、姻亲被任命为高官。上千人被授予官职,不少人后来做了节度使、观察使、将军、尚书直至宰相。

钱俶的族人中,不少人具有商业头脑,不奔仕途走商道。北宋京城选在开封,适合搞商业,这南北要冲之地,物产丰富,又十分平民化,充满着浓厚的生活气息。

开封不具备汉唐国都那样宏阔的气派和规整的布局,它比较随意,允许沿街设市,店铺不避官衙,所有的通衢小巷都可以作市场。连庄严肃穆的御街也热闹喧杂。

汴梁城内遍布酒楼、戏场,满城的酣歌醉舞,据说很前卫的"星级"大酒店达七十多家,工商店铺也有六千多家,繁华程度在著名的《东京梦华录》《清明上河图》中可窥得一二。《清明上河图》是一幅从乡村到城镇的全景,将开封这座繁华的商贸之都刻画得淋漓尽致。

唐代时杭州名声远不及金陵和苏州。北宋初,长安、洛阳、扬州等大都市全都残破不堪,金陵更遭浩劫,北宋统一半个世纪后,金陵仍未恢复元气。杭州受惠于和平，号为东南第一州，繁荣一时。

柳永在《望海潮》中说杭州"市列珠玑，户盈罗绮"，"羌管弄晴，菱歌泛夜"。

假如土地通人性，它也需要滋润，近水，则然；江南大地性柔，好水，带着水的智慧，杭州成为最具贵族气的城市，如陈之藩所说：如同走出一片尘嚣，来到澄明的蓝湖之畔。

钱氏使杭州锦绣河山毫发无损，钱氏统治江南近八十年，修农田，抚水土，兴手工业、商贸业、文化业，推进城市化，是中国封建政治的一个奇迹。

南宋东京

阴阳五行以水为先，一万年前，西湖与钱塘江是相通的，都连着大海。一湖水，滋补着城市。马可波罗笔下的杭州城，"坐拥中国的东南形胜，大运河和钱塘江从桂树林中缓缓流过，兼收并蓄的云彩覆盖这南宋国都的前世今生""望江，是一种胜利者的姿态，潮水从东海来，风也从东海来，还有贴着沙日行万里的江潮"。

南宋经营了 150 年，经济文化实现了高度的繁荣，是一个历史奇迹。

宫廷里一流的设计师在杭州大展拳脚，筑九里皇城，开十里天街，政府扩城到钱塘江边，宫城四面各有一门，南门有三重门，每重"皆金钉朱户，画栋雕甍，覆以铜瓦，镌镂龙凤飞骧之状"。十三座旱城门，五座水城门。

江浙繁荣下的杭州，在 12 世纪人口达到 125 万。十万人家的杭州，有中国古代最亲民的宫殿，皇宫沿湖建了聚景、真珠、南屏、集芳、延祥、玉壶等开放式御花园，将西湖装扮得繁华之极，游人所至，傻傻地张望成片的楼房，"一色楼台三十里，不知何处觅孤山"。

南宋建宫于凤凰山麓，一承"南宫北城"的古制，杭州的城市布局经历了从坊市制向坊巷制的过渡，坊巷与官府、酒楼、茶馆、商铺、寺观相杂处，坊巷布局从封闭转为开放。

杭州的娱乐业聚集于一个个的街区，像纽约的百老汇大街或五十二街。这种街区称"瓦"。《西湖老人繁胜录》称，城内有五处，城外二十处，北瓦有勾栏十三座,勾栏大的可容千人,服务业有四百四十行,饮食业中,日供的菜式达上千种之多。杭州杂剧颇为红火,加之百戏伎艺过堂,杭州夜生活无休时。

街市店铺不避官衙,通衢小巷的民间精舍豪宅,与皇宫的华贵构成呼应。

元朝来中国的传教士奥代理谷、马黎诺里、伊宾巴都塔等人所见的杭州繁荣景象:四方百货不趾而集,大街买卖昼夜不绝,夜交三四鼓游人始稀,五鼓钟鸣卖早市者即已开店。市区辽阔,绕西湖都是巷市,连灵隐天竺路也有瓦子,自然主义与商业主义在此结合得非常迷人。城市繁华到了古代城市的最高境界。

杭州的包容,在于钱塘涛声和西湖烟水都是它生命的一部分,将浩渺作为自己风尘跋涉的注脚,可以容忍如六朝与南宋那样的不动声色或大肆铺排。

群雄墓,抚慰后的曲终人在

有一种说法,西湖旁坟墓太多,阴气太盛,森森然似有鬼气。其实名人墓葬尽得风水之宜,西湖默默地收敛了血光与壮悲,谁也没见过西湖黯然神伤的日子,即便在安顿岳飞、于谦、张苍水、秋瑾的日子里,她也是像一位慈祥的长者,在抚慰受冤屈的孩子,让他们在这好好疗伤。

明末清初,张苍水死后,黄宗羲操办了张苍水的后事,这位明代大儒在清政府的地盘上,安顿了最后一位抗清者,这在当年的杭城是一件大事。

1907年的一个春日的杭州西湖,两位美女泛舟湖上,两人在谈论一个与气韵优雅的身份不相符的话题,死后相约"埋骨西泠"。这两人一位是桐乡才女徐自华,另一位叫秋瑾,是来自绍兴的革命家。诗人气质的同盟会成员徐自华,生当作人杰,闲暇时喜吟咏,柳亚子说她的词可与李清照媲美。

湖上淳明的天空下,生死之间没有精神障碍,苦难的阴影只在心灵小憩片刻便消逝了。别后,秋瑾去她的绍兴大通学堂密谋举义。5月中,秋瑾着男装来桐乡崇福找徐自华为策划浙江起义筹军饷,徐自华倾箧中饰物约值黄金30两相助。秋瑾脱双翠钏赠徐自华,以为纪念。临行嘱托,如遭不幸请"埋骨西泠"。一个月后秋瑾在绍兴遇难,遗体停厝文种山。徐自华与妹妹徐蕴华冒雪渡江去绍兴，与秋瑾大哥秋誉章连夜进山找到秋瑾之棺，将秋瑾灵柩迁葬于西泠桥畔。

徐自华与秋瑾有个共眠西湖的约定，自己也早早地在西湖孤山北麓购置了一块墓地。1920年，在广州，孙中山希望营葬苏曼殊于西湖孤山，徐自华让出自己的孤山宝地安葬苏曼殊，自己却在鸡笼山安顿下来。

祭祀，是人伦文化的一部分，活着的人以祭祀的方式延续着精神的血脉。黄叶白云寒雨间的"青山荒冢"，打造了这"思考"的湖。西泠桥头苏小小墓，孤山林和靖墓、菊香墓、徐寄尘墓、夏超墓、冯小青墓等。都是在用民间的方式感悟西湖，遥祭逝者。

江南的英雄，如于谦、张苍水、秋瑾，抑或如章太炎、鲁迅、徐锡麟，身躯都不甚魁梧，声音都不甚洪亮，但他们瘦削的肩头，却能扛起一座"大山"。西湖边还有徐锡麟、王金发、秋瑾墓，陶成章、杨哲商、沈由智墓；辛亥革命烈士墓，北伐、淞沪抗日将士纪念碑；陈模墓、林祠、林启墓。长眠在鸡笼山的还有惠兴、林寒碧及辛亥英烈夫妇裘绍和尹维峻。个个都有一段荡气回肠的故事。

藏于西湖四周的山水中、树丛间、道路旁，活跃在这片乐土上的，有名士东坡，才子柳永，将军岳飞，法师弘一，连坟墓也带灵气。绿林豪杰走近这烟波浩渺的湖面也变得彬彬有礼。志士精忠的悔恨与遗憾，每一处美的闪现，都会让人为之动容、为之落泪。

西湖的魅力，在于活在墓里的人物。一座塔，是因为白娘子；一座寺，是因为济公。每一个墓葬，都有一个动人的传说。

清河坊街上，老中医坐堂，中药味幽香，眉清目秀的保和堂的伙计许仙，身裹长衫，手执雨伞，向西湖的春景走去。走进了中国四大民间传说之一的《白蛇传》，遇见了白娘子，开始了一段凄美的爱情故事。

雷峰塔下永恒的幽怨，凄婉却美丽，雷峰塔撑起一方诗化的时空。雷峰塔倒在1924年9月25日下午1时40分，国学大师俞曲园在西湖孤山有俞楼，他的孙子俞平伯与夫人许宝驯寓居于此，俞夫人正凭栏远眺，亲见塔倒，她记下："前数天塔上宿鸟惊飞，待轰然一声后，见黑烟升起，于是杭州人群拥塔下捡砖觅宝。"

西湖女子往往命运多舛,即便凭空造出一个修行千年的白娘子,满腔痴情,也只落得个永镇雷峰塔的结局。不过,仔细品味,与西湖有关的悲剧却都烙印鲜明。

墓,总让人难以亲近,在繁华之地寻找一角荒芜,与遗迹对话,只有像凤凰山簏才具备可能。

风景说到底是一种精神的暗示,西湖淘尽了帝王与小人的沉渣泥迹,却把文人隐士的吟咏丹青和志士精忠的碧血衷肠永载其上,显于一方山水而千古流芳。

人间重西湖的首要原因。或许是因为西湖的美,美在刚柔相济,不似其他江南名湖园林那般一味婉约。西湖的景点名称,在清丽的表象下暗藏着一股豪气,美在温婉之外,美在另有一种激烈。

杭州被灵气呵护着,自然也拒绝那种盘马弯弓的大会战前的窒息的氛围,故旌旗盔甲在西湖边是黯然失色的。

吴山上,晨雾中的隍城之角

某日,被鲁迅推为中国最好的讽刺小说家吴敬梓登上苍老的吴山,左望钱塘江,右看西湖,遥见隔水的山,"载华岳而不重,振江海而不泄"。近见呢?络绎的城流,36家花酒店,72家管丝楼,天下真山真水的景致。

几百年后,杭州上城区邀请浙江作家踏访,我踏着吴敬梓的跫音登吴山,恰逢夏雨,雨也上山,斜着飘着没个定势,像是来自南宋,渗入衣衫,贯通今古。

上城有天街

杭州人在倒影中享受未来生活,他们的前世也许做过南宋京都的百姓,凤凰山苍老的古树不会窸窸窣窣地诉说谁也听不懂的兴亡与哀怨。

吴敬梓所见,多半是今天的上城区。杭州古城,有许多宅院老墙门和四通八达的小弄堂。一条幽巷，半堵颓垣，几块山石，一柄纸扇，都可以让人嗅出当年市井的繁华和喧闹。那砖雕门楼，诉说着不同寻常之处。

《武林旧志》说："天街夜市，游人如织，摩肩接踵。"当时的贵族经常逛游夜市，深居闺阁的千金小姐也经不住热闹的夜市诱惑，争相上街购物。

这座城市，在一个更为广阔的文化背景下，完成了文化财富的历史编年。杭人起居行止的天地，因为山水的缘故，曲径通幽、以小观大，是杭州人的专有。

隔墙的书声从穴缝中伸过头来，抚摸着古旧的建筑，这样的地方，人和时间共同凝固在建筑上。在城内所有荒冷的后院种上花，稍经呵护，来年便满园春色。

沿天街一路撒去的老店新座、美食园艺、茶酒咖吧，错落有致，又充斥熙熙攘攘的店门尊严。官样文章没了踪影，这里是闲适中续香火的地方，民间智慧集聚的地方才内外生香。

阶前藏法门

城市的内涵属于隐私，外表炫耀不出气质，形象上玩优雅，反倒浅薄。

中国的帝王家族中，宋代的君主赵氏一族极懂品位，他们的艺术气度令杭州成为最具贵族气的城市。

杭州，三面云山一面城，古城打发了旧时月色，大自然的绿色像水墨那么沉郁，自然主义下的精神关怀，诗意地居住杭州，闻到了来自大地的体香。

杭州这个城市非常写意，推窗便见山水，身居高楼闻蛙鸣，所有的心灵都有美丽的着落，所有到此的人都可以心平气和地说话，被城市治愈。

杭州古城，有许多宅院老墙门和四通八达的小弄堂、寺庙，太多的往事，藏于西湖四周的山水中、树丛间、道路旁，不时将流失的童年找回。

中国私家园林建设在南宋处于黄金时期，有钱又有闲的知识分子对自己的居所进行了如诗如画的设计，造园之风盛极一时。杭州在漫长的人造环境中，看到自然界的神妙和造园者的风骨。

水长流、风常轻，杭州的四季活色生香，这座千年古城的灵性在于，文化不排斥功利性、冒险精神和交易气息，在旺盛资本的簇拥中，不经意间冒出一批饱受旧学熏陶的儒商，这个古老城市复原了当年最美丽华贵之城的辉煌。

杭州成为中国社会转型期的一个城市标本。

命运无兆头

杭州一直在做水的文章。白居易为杭州留下了一湖清水，一道芳堤，六井清泉，两百首诗。白居易用一句"唯留一湖水，与汝救荒年"来总结公布自己的政绩。

一座城市的厚重感在于由水滋养的历史文化，水是城市的命脉。城市动一次水土，城市就再生一次。西湖西进，是有史以来最大一次山水改造运动，靠文心财胆做支撑，引钱塘江水置换西湖水体，是打造一个顶级商业城市的昂贵代价。

诗意地居住在杭州，幸福指数极高。封建土壤上载郁金香，传统庭院里玩后现代。杭州没有京都那种拘谨与高贵，没有南宋初期高华雅逸的贵族气和巍峨壮丽的丰碑味，民间那种恬适淡雅气倒是挺浓，不经意间消磨在寻常生态之中。

杭州人于南宋，有一种特殊的情感，杭州受惠于南宋。不像南京人与六朝，南京人对于那些短命的小朝廷有一种难以言说的心结。如郑板桥所咏："一国亡来一国亡，六朝兴废太匆忙。"

宋朝之亡，不仅仅是一个王朝的覆灭，更是一次超越了一般性改朝换代的历史性巨大变故。

杭州这个城市坐拥山水，非常写意。国际城市规划大师彼得·豪尔爵士说，"中国城市中，杭州是唯一在城里就可以欣赏风景的城市"。"水光潋滟晴方好，山色空蒙雨亦奇"，江南好，最忆是杭州。

风月无边

西湖岸，城山重映的人间天堂

宋镜里的婉约之水

假如用简约的语言叙述西湖，大体是这样的：两千多年前，西湖渐离钱塘江海湾，杭城还只是湖东边的一块沙洲，西边则是连绵的青山。又过 1000 年，东边已是灯火十万家，湖上横卧了苏白二堤。这前后西湖被人工疏浚 25 次。500 年前又加了一条名曰杨公的新堤，500 年后西湖西进。湖泊一直行走在精巧与美艳的路上。

说西湖，可引艾青的一句小诗：“月宫里的明镜，不幸失约人间。”难得有风景能轻易达到这般朴素，这般清纯的境界。月宫里的不幸，成全了人间的大幸。

西湖的历史，有不容忽视的情节。唐时杭州远不及绍兴。白居易是踏着“一道残阳铺水中，半江瑟瑟半江红”来到杭州，西湖成了他一生念及的心病，那“未能抛的杭州去，一半勾留是此湖”的悔憾拨动着他一生，他自诩在杭三年颇不轻松，他为白堤这条生命长堤留下了“最爱湖东行不足，绿杨荫里白沙堤”这样的妙句。

白居易站在凤凰山顶望江。这个几千年来被吴侬软语浸润着的城市，是凭借怎样的风情而成为江南翘楚的？

钱镠先后两次扩城治湖，使杭城扩大一倍。苏东坡治理西湖的本意还在水利，他仿效白居易，向朝廷打报告要修浚西湖，于是除葑草，筑“苏堤”，建六桥，植桃柳。有民谣唱道：“西湖景致六吊桥，一株杨柳一株桃。”湖中深潭立了三座小石塔，作为控制水域的标志。在时光流转之中，为西湖留下了“欲把西湖比西子，淡妆浓抹总相宜”这般声振海内的名句。

1127 年，北宋“衣冠南渡”，高宗携北地气场和京城皇家的气息，一路南迁,落户杭州,与江南风情中的水墨气韵,构成杭州独特的风习。

南宋的功勋在于将水利做成风景,又将风景做成文化。

元初恶僧杨琏真伽和元末对垒朱元璋的张士诚破了西湖的相,西湖落了个伤痕累累。明初的官府索性将水面划拨给富豪,西湖于是支离破碎。杭州知府杨孟瑛开挖湖中被霸占的三千多亩田地,加高苏堤,恢复了"湖上春来水拍天,桃花浪暖柳荫浓"的唐宋旧观,再添胜景。

柳永的西湖是繁华:东南形胜,三吴都会,钱塘自古繁华。烟柳画桥,风帘翠幕,参差十万人家。

袁宏道的西湖是风雅:山色如娥,花光如颊,温风如酒,波纹如绫。

张岱的西湖是甜梦:吾辈纵舟,酣睡于十里荷花之中,香气怡人,清梦甚惬。

眼睛疲劳,望一眼窗前,雨后的弄堂里走来丁香一样的姑娘,楚楚动人,一声"白兰花——要哦!"声调细长细长,俏丽的身韵惹人三日思量。

宋街外的京都格调

仅仅一个清河坊,便描绘了杭州商业的百业百态。布市,米市,珠子市,酒肆,茶坊,瓦舍,勾栏,青楼。这里一直是商业的中心,老店名店旗幡招展,胡庆余堂,方回春堂,朱养心膏药店,万隆火腿庄,孔凤春香粉店,宓大昌烟店,张允升百货商店,翁隆盛茶号,买卖兴隆,人声鼎沸。

杭州人对西湖的投入永远是朝圣式的,西湖也就一直以她的盛世风华、仪态万千做回报,她的大度在于永远濡养任何一个时代。杭州人对身边的伟大毫无心安理得之感,西湖的光环永远不会消解在生活的寻常缝隙里。

杭州人眼里,中国美丽的文化乡愁就在西湖的水气中,这里的人们是真正懂得享受生活。杭州人不愿囿于皇家气息,世俗有什么不好,自足安闲很是难得,杭州人不愿追求那形而上的风华,厌恶那种暴发式的挥霍。

一条幽巷,半堵颓垣,几块山石,一柄纸扇,都可以让人嗅出当年市井的繁华和喧闹。六角井圈,青苔含露,一堵白墙,一扇黑漆门,完成了文化财富的完美转身。

墨绿色的老藤爬满那些旧宅的古墙，清河坊的人文古迹如点点朱红的玛瑙散落在历史街区，那些青油油的紫藤、爬山虎悄然无声地布满了庭院的墙，浓绿将苍老掩盖，如时间的帷幕，构成西湖眼神里动人的一瞬。

宋城内的大地体香

钱镠建宫于凤凰山麓，一承"南宫北城"的古制，形成以盐桥河为走向的城市中轴线，杭州的城市布局经历了从坊市制向坊巷制的过渡，坊巷与官府、酒楼、茶馆、商铺、寺观相杂处，坊巷布局从封闭转为开放。

南宋定都后，筑九里皇城，开十里天街，宫城外围，天街两侧，皇亲国戚和权贵内侍纷纷修建宫室私宅。马可·波罗听闻柳永一句"参差十万人家"，在杭州转晕了头，他眼里的南宋京城，"人烟生聚，民物阜蕃，市井坊陌，铺席骈盛"。皇宫周围十里，环以高峻之城垣，垣内花园可谓极世的华丽快乐。宏大的皇宫大殿之外尚有华美大厅一千间，大殿可容一万人会餐。

作为京城，杭州十三座旱城门，五座水城门，内循环式的里坊之隔，墙垣之限，让城市颇具玲珑气。

从前的西湖，三面云山一面城，高巍的城门和森严的墙垣，夜间深锁，四岸浮动，倒影于湖中。俞平伯说每每天黑，城门关闭，城外便成荒野世界。

一百多年前，这一带的房子多为依山所建，湖边并没有明显的路。1913年，拆除了旗下营和清泰、涌金、钱塘城门和城墙，改建道路。随后又拆除了凤山、武林、望江、艮山、候潮五门。去了这森然的城墙，这座江南水城披着旧时月色，走出深闺，闻到了来自大地的体香。

三年后，时任浙江都督杨善德买进第一辆汽车，随即下令大规模修筑道路，共建成道路 13 条，路面宽 6.40 米，总长 5707 米，使杭州古城中心区域的传统格局得以改变。1920 年，当时的地方政府作出决议修筑杭州环湖马路，在西湖周围和中心地带修建了圣塘路、白公路、岳坟路、灵隐路。

比起上海，杭州马路晚修了 70 年。

之前，与湖边房屋纠缠交错的，是一条两三米宽的泥路，上面草草铺就着仅约 30 厘米宽的石板，人们出城游西湖，只能骑马或是坐轿。有北方人在附近养马出租，供人沿湖骑乘。至于本地人开设的轿行，也多达 20 余家，顾客多为上山的有钱人。

据杭州历史建筑研究专家仲向平叙述，"有些房子直接临水，北山路原先弯弯绕绕，有几段要从人家房子北面走，并非笔直沿湖沟通，因此必须拆掉一部分房子，道路才能贯通拉直。"

随着汽车时代的到来，那些古桥梁都被改建，失去了原有风貌。苏堤六桥、西泠桥和白堤桥改石阶踏步为斜坡桥面。这事对杭州来说也许是一种疼痛，毕竟破了那原先格局，也标志了马车时代的结束。

1922 年，湖滨至灵隐的旅游公交线开通，各路达官显贵开始涌向北山路，购房置业，像王庄、穗庐、春润庐等，都建设于这一时期。

古城不停地翻新，常会留下一些断垣残壁，沧桑岁月全写在这破壁上，时光凝固在每块砖、每条缝、每棵衰草上，这断垣虽不是什么古典气派，但在谁也不想抱守残缺的今天，可以让心态在虚妄中沉寂下来，进入真实的境地。

宋韵中的城市烟火

杭州的历史长衫一直未曾脱下，宋韵的格调在杭州是固定的脚本，风雅而魅惑的色泽显坦然，散淡而潇洒的气度显胸怀。故杭州人将读书视作隐私，炫耀博学，反倒浅了，人间烟火气味才是皇城的一帘幽梦。

烟火这个词，本是衣食住行、柴米油盐等琐碎日常。虽说琐碎，却是生活中温情的一面。城市魅力不只明面上的马路与高楼，也在烟火气息。

在中国杭帮菜博物馆里，陈列着一幅仿古绢画《美食天堂盛景图——南宋京城餐饮大观图》，是南宋画专家傅伯星的作品。画中栩栩如生地描绘了近千个各色各样的人物，展现了南宋杭州城中茶坊食铺、官私酒楼、素斋船宴的美食盛况，甚至还原了运河边小摊商贩、街头小吃"河市同行"的情景，再现了钱塘自古繁华、荟萃天下美食的历史盛况。

北宋的晁补之形容杭州为"杭之为州，负海带山，盖东南美味之所聚焉。水羞陆品，不待贾而足"。南宋周密的《武林旧事》记录了当时清河郡王张俊奉宴高宗赵构所用近150道美食，菜谱，鳝鱼炒鲎、鹅肫掌汤齑、鲜虾蹄子脍、南炒鳝……不一而足。宋代杭州煎、炒、烹、炸看似繁复的美食，无非"烟火"二字。

杭州的片儿川，咸鲜入味，唇齿留香，讲究的是鲜、爽、脆、嫩。面里无非面、菜、笋、肉四样食材，但却缺一不可。一年四季，冬笋、春笋、鞭笋、毛笋，轮番上场；肉片最好是猪肉中的嫩里脊。重要的是，肉、笋，都必须是薄薄的片儿。在杭州的街头巷尾，这一口鲜处处可寻。吃酥鱼、葱包烩去大马弄，品手打的鱼丸去建国路，买卤鸭和牛杂去采荷农贸市场。早饭也是五花八门，有游埠豆浆、宝美点心、贯桥烧卖等。要吃美食，在烟火气里仔细品尝。

吴山夜市在南宋笔记中屡屡被提及。1164年秋，杨万里来到临安，寓居在朋友徐元达家中，徐家就在御街旁。那一晚，杨万里失眠了，写下一首诗：

"楼迥眠曾著，秋寒夜更加。市声先晓动，窗月傍人斜。役役名和利，憧憧马又车。如何泉石耳，禁得许谊哗？"

《西湖老人繁胜录》也记载了当时的景象：狼头帽、细柳箱、罗木桶杖、时文书集、猪胰胡饼、行灯、香圆、鱼鲜、蜂糖饼……好一派繁华夜景。

今天，老牌的吴山夜市，闹猛的武林夜市，古韵的河坊街夜市和美食如云的胜利河夜市，夜市各有千秋，但无一不是人头攒动的烟火之地。

吴山夜市、武林夜市，人们除了可以看到缝制旗袍、杭绣等民间手艺之外，还能品尝到闽南的大肠包小肠、长沙的臭豆腐、东北的烤冷面等各色小吃。夜市的灯火中，历史的味道，地域的风味，时代的潮流，都在此处碰撞融合。

河坊街曾经是南宋古都的"皇城根儿"，胡庆余堂，孔凤春的香粉店、万隆火腿店、张小泉的剪刀、王星记的扇子，这里商铺云集，当然梨膏糖、龙须糖、芝麻糖等零食也都在这烟火气中，这不仅聚集了鼎沸的人气，也是一座城市的底气。溯其根本，烟火气来源于深厚的历史文化底蕴，有烟火气的城市，才是"人民城市"。

公元 13 世纪以后,人们若要探索新的美味佳肴,一定是杭州,最美的城市表情,是百姓的笑逐颜开,最暖的城市记忆,是市井的寻常百味。

盛世的界定,是在江山胜处。沿杭州城市的边缘行走,在西溪湿地怀揣对乡村的阅读欲望,很不起眼的水巷拐角,一路遇过桃源般原生态场景,簇拥的蔷薇潺潺流出姜白石的小令,让人猝不及防。水乡袅袅的炊烟,能闻到自家的饭香,弯弯河道上的小船获水面的一片叮咛,属于乡愁文学的一笔写意。文学赋予了江南以空间意志。

北山街,碎影中的人文镜像

不知有多少人曾从这条路上走过,一条有故事的北山路,是杭州的风水佳地。

长约三公里的北山街历史文化街区,被称为"没有围墙的博物馆"。北山路上一堵堵老墙,一座座山门,一扇扇漏窗,一级级石阶,都在无声地叙述尘封的历史。那些发生在此、隐匿于此的名人轶事,早已成为街谈巷议无人不晓的旧掌故。当你驻足在此地,凝神屏气,读到的是"一色楼台三十里,不知何处觅孤山"。

今日看去,别墅静静地立在树荫里,沿着围墙往前,是一个个小花园,半高的砖墙上,爬满了蔷薇花的叶蔓,低低地向墙外的行人道上垂着。

北山街上的葛岭可以找到西湖最动人的姿韵。这一带寺庙也曾十分繁荣,著名的如崇寿院、大佛寺、招贤寺、智果寺、玛瑙寺等,如一首可以感动生命的诗篇,由一个叫时间的长者不断地朗诵着,听到它的人能获得宁静。祠庙,是一个灵魂的驿站,孤魂在这里可以得到短暂的休息。

北山街的百年风云就是一部地产史,无论朝代怎样更迭,北山街即便有荒芜也是短暂的。西湖周遭各色庄宅,都不是杭州人的别业。御园、王府、园林不知其数,民间豪富之家的贵宅、宦居、幽园、雅室也有百余处之多。

上海滩是"无宁不成市",杭州北山路则"无浔不成街"。

1903 年 9 月，南浔富商刘锦藻，在北山街上购地置业，修建起了坚匏别墅。占地 17 亩，所有建筑均依山势而建，在自家园中种花自娱者，出世情绪在园中写得清清楚楚。

读书人来到这里，发觉所有的门窗都向青山开着，随意找一处落溪涧林间，都可以有在天堂的感觉。刘锦藻在坚匏别墅里完成传世的四百卷《十通》，详述了晚清一百多年间典章制度的演变。儿子刘承干也买下宝石山东麓的一栋现成楼房，改造成为留余草堂藏书楼。它比后来赫赫有名的南浔嘉业堂早了十年。

坚匏别墅，至今还依稀保存着当年的门楼轮廓。5 年后，清末巨富刘墉的三公子刘梯青为了与东邻新新旅馆怄气，便在该块地上建了一座近千平方米、古罗马科斯林风格的三层洋楼。这也是北山路上的第一座西式大高楼。

1930 年春，主政浙江的国民党元老张静江，极为出色地展示其办实业的才华，策划了一次出色的活动，他模仿美国费城博览会，举办西湖博览会。张静江发行奖券三百万元，筹得博览会经费，在沿湖各游览点，招标承建大批简易木屋，再出租设摊，同时征用私人别墅、寺庙庵堂，作陈列馆的馆址。如工业馆就设在抱青别墅、王庄、菩提精舍一带，特种陈列所则位于宝石山麓的坚匏别墅、大佛寺和留余草堂等处。还建了礼堂、舞厅、博览厅等，奠定了北山路今天的格局。

首届西湖博览会是近代中国会展业的顶峰，获得了空前的成功，137 天时间里，参观人数达到两千余万。规模之大，超过美国费城，轰动全国，是中国近代民族工业与文化振兴的一次盛会。杭州实实在在地繁荣了一阵子，也标志着浙江经济开始走向广阔的世界舞台。

三年后，带火北山街的张静江，与夫人朱逸民花 8200 元大洋，买下葛岭山腰上一块四亩半的土地，从山下大门到山腰别墅，修建了二三百级宽大的台阶，建起两栋砖石结构欧式风格的两层小楼，取名"静逸别墅"。该别墅所用的木材、灯具等，均系欧美进口，就连水泥用的也是法国产的罐装水泥，一罐只有几公斤，价格极其昂贵。

　　张静江的园林是在动荡岁月中自造一个桃花源，是为"疗养名利野心逼出来的创伤"。他的别墅走了文化与风雅一路，古樟密植，绿荫深深，石径弯曲，青砖照壁，处处洋溢着浓重的文化气息。如此精巧的建筑精品，经百余年的风霜雨雪，竟能如此完整地保存下来，不得不说是个奇迹。

　　30年代，北山路便吸引了一波又一波军政要员、社会名流、文人墨客的目光，成为达官显贵趋之若鹜的建筑集中区。陈布雷、杨虎城等国府大员，在西湖边修筑别院。那些年，政府达官，上海滩的大亨，纷纷跑到西子湖畔来度假。也有林风眠、吴大羽、蔡威廉等艺专的教授作文化讲座。

　　杭州最美的秋天是满觉陇的桂花、北山路的梧桐。直到桂香浮城、层林尽染。农业文明的缘由，杭州园林从季节入手，也可以把它们分出个春夏秋冬，园林构成了作为文化的季节转换。北山路园林漫无理则，靠情理梳理出动人的细节，春见容，夏见气，秋见情，冬见骨，四季之景各不同。园不在大，以小见大。园林里一丝垂柳，是乡野中的一座柳林；园林里的片石断溪，乃大自然中的山水境界。

　　杭州的有闲阶层是很懂得适时行乐的，但多半是在人生过道里偶尔调节出一点点情趣，而非生命的透支。怀旧的情结在让文化异乡变得不再遥远的同时，也让文化漂泊者寂寞无比。

　　在杭州人眼里，杭州是世界上最好的城市，一辈子能守着西湖，天堂其实是在人间的一种充满大自然情怀的飞舞。天下西湖三十有六，留在人们记忆中的依旧是白居易、苏东坡的诗。所谓"造化钟神秀"，大抵如此。

　　历史上的士人路过杭州，所发的不是古之幽情，所感的不是怀旧之情，诗人写杭州，总离不开咏景的路子，这景色只配赏心，只配悦目。

　　北山路对面，是千年等一回的断桥，再往前是创建于1904年、被誉为"天下第一名社"的西泠印社，虽然占地只有三十亩，它却是全世界印学的最高殿堂。黄宾虹、李叔同、马一浮、丰子恺、潘天寿、傅抱石、沙孟海、沈尹默、启功、程十发……社员造诣之深、名望之高，为古今空前。印学，就是常说的金石篆刻，一种以刀作笔、最能体现书法力量的艺术门类。一座以温婉著称的湖，用世上最硬朗的书法艺术刻就其文化质地。

杭州只重性情，不讲机巧，重风姿，不重壮采，看重这风月情怀下的生命质感。

英雄气长

岳飞，冠落"满江红"

我行走于杭州凤凰山下，一不小心踩响了南宋的甓瓦，捡起一看，居然没有那种委顿羸弱朝代的压抑感，而是一种难以名状的情怀。

南宋的亡国之痛和从天上坠入人间的失落感，隐映在夕阳背面和山影深处的南宋宫殿。透过颓败的石柱和萋萋荒草，要探究一个王朝陨落的轨迹和悠远的残梦，寻访这个荒谬可悲时代的萧瑟的秋景和凄清的雁鸣，大概是徒劳的。

一个王朝的大门在开启时，总以雷霆万钧的轰鸣声来显耀自己的十二万分自信。杭州清丽的西湖边于 12 世纪中傲然崛起的巍巍城阙，如同湖泊里停放的一艘艨艟巨轮，寻找出海的航道。

家丑引国耻

宋朝的募兵制是当时世界上先进的军事制度。虽然碰到的是北方少数民族强盛的时代，但在与辽、金和蒙古对战的时候，宋朝还是有赢的可能的。

但南宋王朝一开局就不具大家气象，汉唐的气魄早已成了绝响，凭借自己可怜的经济实力，用金钱买和平，以金帛换取苟且的偷安，替金人铺设自毁之路。

北宋灭亡，和家丑相关。岳飞事件，与打仗无关。1126 年，金军逼近开封，44 岁的宋徽宗宣布退位，26 岁的赵桓继位，史称钦宗。徽宗及其宠臣逃窜东南。当时，金军已经越过中山府（今河北定县），预计十日即将兵临开封城下。当了十年太子的钦宗逼迫徽宗彻底交出权力。徽宗一直不喜欢这个儿子，父子长期明争暗斗，此时徽、钦矛盾大有剑拔弩张之势。

钦宗发现这位太上皇带上他的恶势力有在东南另立朝廷之嫌，于是他逼徽宗回开封，徽宗回京，即遭软禁。时人将父子反目视为靖康之世的"大病"。

金军在靖康元年(1126年)十一月再度兵临开封城下，被圈禁的徽宗一无所知。直到金军攻破开封外城四壁，徽宗所畏惧之事发生。虽有李纲组织开封血战，宋钦宗还是在暗中投降议和，自我屈尊为侄儿大宋皇帝。

这一次，金人逼钦宗交黄金一千万锭、白银两千万锭、绢帛数千万匹，钦宗无奈只好到娼楼妓馆去搜刮，一次就搜刮黄金三十八万锭、白银六百万锭。还亲至金营奉表请降，谢罪，忍气吞声地看人家眼色。人家开出的丧权辱国条款，照单全收，献两河土地，连金人"又索少女一千五百人"的条件也无耻地予以满足。

后来北宋灭亡，整个开封宋皇室被金人掳去冰天雪地的东北，扔进一个叫五国城的地方，作"井底之蛙"。领兵在外的河北兵马大元帅赵构漏网，于是，在商丘组建流亡政府南逃。

赵构在商丘建南宋，让主战派李纲任宰相，私下又致书金国称臣，排挤主战派，慑于金兵近在眼前，小朝廷迁至扬州。好日子只过了两年，金兵攻陷商丘，长驱南侵。

逃出商丘，逃出扬州，逃出杭州，过钱塘江在宁绍地区乱窜，甚至躲到海岛避难。

这节骨眼上，有一位重要角色出场了。1130年的年底，做了几年俘虏的秦桧忽然回来，在越州见到赵构。据他本人说自己是"杀监已者奔舟来归"，一个文弱书生，带着老婆和仆人从金国跑出，对这个漏洞百出的奇迹，高宗皇帝却深信不疑。

秦桧25岁那年便通过殿试，中了状元，人生无限风光，成为那一年的热门话题，热度甚至超过出征凯旋的将军。当年的秦桧是个口碑不错的主战派人士。开封被围，金人扶持了张邦昌伪政权。他冒死赴金营，反对割地称臣，反对张邦昌的称帝，力保赵氏。其官职也于混乱中节节上升。徽钦二帝及两千余赵宋子弟被金人掠去北方，这位宋朝的状元才子坚决随往。

秦桧在金国那些年，结交了金太祖的心腹挞懒，两人都主张在宋辽金西夏四国鼎立的时期，宋和金应以和为贵，便成了主和派人物。有人说他被金人收买了，有人说他被发展为间谍。

秦桧南归据说是金国放出的和平信号，赵构封秦桧为太师。秦桧抓经济很有想法，发行货币刺激经济。以投降路线换得四海升平，将北宋京城舟楫壅塞的河道、鳞次栉比的店铺，繁荣鼎盛的境况，转眼间搬到了杭州。南宋疆域不到唐的二分之一，铸造的铜钱是唐的十倍以上，货币经济加之一个京城迁入，推进了城市化进程。

皇运赌江山

金人再度南侵已是十年后的事了。又一个人物登上历史舞台，此人就是岳飞，一个纯粹的军人。岳飞再度迎战，岳家军大破金兵铁拐马。消息传来，大臣群情激昂，高呼：收复失地，迎还二帝。赵构却如同坐在了火山口，他担忧的是，岳飞是武将，武将不怕死，胜了是英雄，死了还是英雄，但自己不能输，输了，江山社稷没了，输不起。胜了呢，二帝回，自己的皇位没了，也胜不起。

岳家军接二连三的胜仗，令高宗心惊胆颤，万般不愿。父皇回来，可以尊其为太上皇，可哥哥却是要坐回皇帝宝座，你岳飞名为收复河山、实为迎回二帝，是要赶我下台。

南宋王朝的实力不算弱，曾与大宋交手的辽、金、西夏这帮强悍的对手在东起淮洲、西至大散关的千里战线与南宋展开决斗，三个对手都是北方荒原上的天之骄子。一批能喊能打的武将韩世忠、岳飞、张俊、吴玠、吴璘率徒步的宋军与那些草原骁马角逐，宋营精致的布阵对峙北人的狂飙席卷，宋军的无畏令对手生畏。看看岳家军血战小商河，五百壮士全部捐躯，杀敌三千余，先锋杨再兴阵亡后，身上拔下箭矢竟有两斗之多。

岳飞真是个血性汉子，郾城大战，岳飞率轻骑，大破金兵一万五千拐子马上的侍卫亲兵，大胜后又进军朱仙镇大败十万金兵，一气收复了颍昌、蔡州、陈州、郑州等，离金军大本营开封仅四五十里，当时金兵正准备撤出开封。

前方岳家军杀红了眼，金人却抓住赵构的心理，放风暗示你不杀岳飞，我就放回二帝。赵构没了退路，硬着头皮下诏，要岳飞折返，岳飞收到这等的皇命，想着将其扔一边去，抗命再战。皇帝急了，改发金牌，一发无效，再二发，三发，连发十二道金牌，岳飞仰天长啸，捶胸顿足。在朱仙镇将自己推到绝壁。

釜底抽薪之事，自毁长城之举，只能让秦桧去干。秦桧下令撤回岳飞的友邻部队，使得岳家军孤军无援。岳飞班师返朝，所到之处百姓跪地千里，岳家军泪洒征途。

四方谏言书纷纷落到皇帝手中，指责秦桧私通金人，要求罢其官，高宗在众怒难犯之下，立诏天下：令秦桧终身不得为官，贬为庶人。

头颅抵偏安

南宋武人以悲壮的震慑让人肃然起敬，那个救了赵构的磁州知府宗泽，上奏二十余次，苦谏高宗杀回开封，被冷落免议，宗泽在抗金路上活活气死。两度任宰相的赵鼎生浩气凛然抗金饮功，也是自写墓铭绝食而死。

赵构在绍兴议和后大赦天下，对文武大臣大加爵赏，可诏书下了三次，岳飞都予拒绝，不接受一品官衔的爵赏和三千五百户食邑的封赐。

军人除了打仗还须懂政治。岳飞有拥兵自重和直捣黄龙两大致命伤摆着，永远是凶多吉少，你岳家军连金兵也不放在眼里，不能保证你岳飞不会有朝一日黄袍加身。

剧情需要一个小人登场，虽是小人，身份却是将军，叫张俊，他是岳飞的同僚。

张俊编造了岳飞在淮西战役中违抗圣旨的弥天大谎，诬陷岳飞得力部将张宪领兵襄阳谋反，张宪和岳飞的儿子岳云立马被押解到杭州大理寺狱中。

一切法律依据和手续齐全，证据确凿，岳云、张宪对阴谋叛逆的事实供认不讳，英雄蒙难、千古同冤的风波亭奇案顺利存档，这世道就是这样的"公正"。

杭州庆春街小车桥畔一处叫作风波亭的建筑物随同岳飞的英名被流传，不到 40 岁的岳飞从这里走入地狱。风波亭原址大概在今天的望湖宾馆边，岳飞的故居原在菩提寺路斜对面，家人陋居于这数间平屋内，与岳飞的关押处近在咫尺。

这一切，总策划是受赵构"永不叙用"处分的秦桧。宋人《朝野遗记》中披露：公元 1141 年腊月二十九日，杭州凤凰山麓的丞相府内，秦桧独居一室，手捧赵构"特赐死"的密诏，秦桧派人送往大理寺狱中。监察御史万俟卨等人再次提审岳飞，逼他在事先炮制好的供状上画押。岳飞写下了"天日昭昭，天日昭昭"八个大字后被毒死，张宪和岳云被斩首，岳家军各部将领或入罪或被收买。

赵构还真会算大账，杀一个岳飞，换得江南大地的苟且，在皇帝那里，杀敌人难，杀自己人则比较方便。

杭城是个令人沉思的地方。杭州众安桥旁，曾有忠显庙，庙内有岳飞和部将杨再兴等 14 人塑像。岳家军的将领被害后大多安息杭城。张宪墓在岳坟西王泉路口，牛皋葬于栖霞岭上紫云洞前，马前张保息于长寿路上，马后王横睡于法院路，李宝眠于花港公园后。

任何一种死法的背后，都有缘由。岳飞身死之日，宋高宗一夜未眠。如果没有宋高宗授意，就算一百个秦桧也无法撼动岳飞背上"尽忠报国"四字。

七年后，宋高宗辞去皇位，把皇上桂冠扔给他的养子赵眘，自己悠然做太上皇去了。他选中秦桧的丞相府第，将其改作德寿宫，宫内金碧辉煌之气派宛如金銮殿，后苑园林建筑超过大内宫殿。

以后的人都学会了聪明，悲剧意识也渐渐淡化。辛弃疾不怕金人，就怕宋天子，对金人决不投降，对皇上可以妥协，不做冤鬼。

张苍水，暂别"好山色"

杭州平海路东端与中山中路的交接处，如今是一个商铺林立的繁华街区。在明代，这里是浙江省按察使官署所在地，官署前面的空地上，设有两块牌坊,一为"明刑"一为"弼教",弼教坊的名称由此而来。张苍水的刑场就设在这里。

那天是农历九月初七,整个杭州城都飘着甜甜的桂香。张苍水深深地嗅了一口气,拂了拂衣上的灰尘,缓缓盘膝坐下,回过头来,面向西湖笑了笑,说"好山色"。今天"好山色"由沙孟海写成一块遒劲的大匾,高悬于杭州张苍水祠的正厅。张苍水的祠堂连同墓冢,位于太子湾公园与章太炎纪念馆之间,紧邻西湖。

国难社稷轻

明朝建都南京,后来永乐皇帝迁都北京,目的是为"天子守国门"。

明朝是不向任何势力屈服的王朝。不和亲,不赔款,不割地,不纳贡,天子守国门,君王死社稷。明末内忧外患,明朝依然兵分两路对付清和李自成,对关外的国土始终没有放弃"全辽可复"的愿望。明朝的皇帝,软骨头的很少。正统帝被俘却决不求饶,隆武帝被俘后绝食自杀,绍武帝兵败,自缢殉国。

崇祯在位十七年,果断、勤政、爱民、律己,清除魏忠贤及其党羽,是他皇帝生涯中最为出彩的事情,朝野看到了明王朝的希望。但他年轻、性急、多疑、好杀,从他称帝那天起,崇祯没有一天好受过。东北八旗兵的嘶吼声震得崇祯犯晕,迷迷糊糊中错杀了守门大将袁崇焕。西北闹农民起义,崇祯如坐针毡,天天想着"剿匪"事。十几年下来,李自成越被剿越狂,直到被"剿"向京城。

京城危急,有人劝他迁都,他不去,有人劝他走,逃到南京,他不逃,他登上煤山自缢而死,忠于大明江山社稷。

1644年4月23日傍晚,崇祯最信赖的重臣曹化淳打开彰仪门献城,崇祯得知后立马安排后事:让两个皇子化装出逃,亲手杀死两个女儿,令周皇后和嫔妃自杀。夜色中他与一批太监逃出东华门,至朝阳门,又奔安定门,在城内兜了一圈,都被挡了回来。崇祯皇帝这才醒悟,近臣最能做叛徒,京城最是不靠谱。

4月25日凌晨，李自成破城，崇祯皇帝让太监敲响紧急状态下召集百官勤王的大钟，可平时在朝堂上慷慨激昂的那些大臣，无一人出现，只有太监王承恩陪在旁边。崇祯与王承恩出紫禁城，登上了后面的万岁山，也就是今天的景山。三天后，以发覆面的崇祯遗体被抬到皇城根上的筒子河边，只有几个和尚草草备了香烛，为他超度，不断有昔日的大臣匆匆经过，他们都是准备去向李自成献媚的。

之前，督师李建泰劝崇祯离开京师，迁都南京。当年成祖朱棣把南京定为留都，同设了全套的中央机构以备非常，为的是应对紧急情况的一个留步。眼下，大半河山还姓朱，可崇祯不肯南下，偏要死守，结果身边只剩下太监为他尽忠。

不过，在大明末期还是有许多忠臣在喋血岁月中用血颈划上壮丽的句号：河南巡抚范景文全家投井；户部尚书倪元璐全家十三口上吊自杀；有明末岳少保之称的卢象升死于河北嵩桥；左都御史李邦华、副御史施邦曜自杀；太子太傅孙承宗全家七十口死于河北高阳县。史可法死扬州，刘宗周死杭州，还有官员全家自沉死于海上，更有官员独自到南京赴死，为的是留名保气节。

明末抗清运动比南宋抗元运动更加激烈，后来被追谥有据可考的多达八千六百多人。明末绝命诗在数量上是空前的，大都以民族气节为主题。

大明的武将消失了，傲骨嶙峋的江南文人笃悠悠地站出来挡住大清的马队。壮怀激烈，这不，起兵浙东的钱肃乐、张苍水，将一幅文士共赴国难的壮美景观延续了二十多年。

国破山河在

黄宗羲说明末是一个天崩地裂的时代，京城失却了作为精神支柱的价值，幸好，还有个南方在，南京弘光政权、绍兴监国鲁王政权、福建龙武政权、广东绍武政权、广西永历政权。

1645年，鄞县举人张苍水，与钱肃乐拥戴鲁王政权在宁波起兵，破上虞，克新昌，拔浒山，威震四明山方圆八百里。次年，清军渡过钱塘江，鲁王兵败，张苍水随鲁王次石浦,加右佥都御史。两年后,定西侯张名振率部拥鲁王至舟山建行朝。清军兵分三路攻舟山,张苍水和张名振北上攻吴淞,力图围魏救赵,舟山却遭清兵的重围而失陷。张苍水、张名振只得率部泛海至厦门投郑成功。

郑成功见张名振祖背露出刺绣甚深的"赤心报国"四字,肃然起敬。

1652年,养精蓄锐的张苍水率军北进,在崇明岛大败清军。于1654年正月与张名振自吴淞溯江直上,进逼镇江,登金山遥祭明孝陵,烽火燃于江宁。本拟联合西南方面永历朝南明军夹攻南京,却因上游军队未到,复退回崇明岛。

接着郑成功自福建遣兵两万助战,张苍水与张名振再度入江,破瓜州、仪真(今仪征),泊燕子矶,正待围攻南京。郑军却攻江宁失利,撤出长江退回福建。张煌言孤军无援,退回台州临门。

1659年5月,张苍水与郑成功再度北伐,从崇明直破瓜州、镇江,围攻南京。张苍水另率一军溯长江,收复徽州、宁国、太平、池州等四府三州二十四县。一时江浙大地撼动,湘赣鲁豫等省志士纷纷响应。

长江之役,击中要害。清廷震惊,疾呼:"江南为皇上财赋之区,江南安,天下皆安;江南危,天下皆危。"江南民众为之振奋,复明狂潮聚涌。顺治帝惊闻郑成功入长江连下十余城,南京城破在即,惊惶失措,甚至准备"东还"了。

郑成功的大军逼至南京城下,围城十余日,城内清军恐慌,但这时,郑成功中了清军的缓兵之计。他听信清守将伪降的谎言,屯兵南京城外,南京十余日不攻,静候投降。清兵乘明军懈怠之际,突然倾城而出,袭击明军。郑军仓促接战,大败。郑成功撤出镇江、瓜州及驻守长江流域之军队,被逼回长江口,退回厦门。如此一来,张苍水军顿时陷入四面楚歌的境地,遭清军重围,全军覆没。他在当地乡民的帮助下,同僮仆杨冠玉辗转跋涉二千余里,回到浙东。

张苍水回浙东重新树起大旗,率部重新驻扎在台州临门岛,已是强弩之末。清廷抓了他的妻儿要挟,张不为所动。清廷又下令沿海居民一律内迁,严禁渔船、商船出海,割断义军粮食供应,张率军垦荒以自给。

1662 年 4 月，永历帝在昆明遇害，5 月，郑成功病故于台湾，鲁王病死在金门，东南沿海只剩张苍水孤军奋战，张苍水的最后一搏是在 1663 年，也就是清康熙二年，他集战舰百余艘攻福宁沿海失败，老天预告明军残余气数已尽。

1664 年 6 月，张苍水退回他的根据地舟山岛，他深知凭己孤军抗清，无力回天，只得挥泪解散部众，自己只身匿居浙东距南田岛六十里的悬岙岛。7 月 17 日夜，因叛徒出卖，张苍水在悬岙岛的住处被俘，清军搜出张苍水的印章、诗文稿以及与中原豪杰志士的来往密信两大箱。19 日，被押到宁波，他头戴方巾，身穿葛衣，神态自若。成千上万已改穿清服的乡亲父老赶来送他，见状无不伤心落泪。清浙江提督张杰设宴招待张苍水，并以高官厚禄再三诱降。张答道："张某父死不能葬，国亡不能救，死有余辜。今日之事，速死而已。"张杰无计可施，只得将他押送杭州。

国殇英雄祭

1663 年，浙江发生了对明朝的败亡充满惋惜和同情的南浔庄史案，了结庄史案的第二年，康熙得到来自浙江的特大喜讯，抓到了张苍水。

张苍水据浙东山地与海岛，三度闽关，四入长江，两遭覆没，坚持抗清十九载。其抗清事迹历尽艰辛，惊天地，泣鬼神。据说他被捕后从宁波解送往杭州的水路上，听见有人在船篷下为其低声吟唱《苏武牧羊曲》。渡钱塘江时，又有飞入船舱一个小纸团，里面写着："此行莫作黄冠想（出家当道士），敬听先生《正气歌》。"世人期盼再出一个文天祥，热血奔涌的张苍水写下这样一首诗："国破家亡欲何之？西子湖头有我师。日月双悬于氏墓，乾坤半壁岳家祠。……"

到了杭州，清浙江总督赵廷臣奉朝廷之命，许张苍水以兵部尚书之职，劝其归顺。张苍水以岳飞、文天祥与于谦为榜样，对清廷劝降嗤之以鼻。1664 年 9 月，张苍水被杀害于杭州弼教坊。刑前他昂首稳步，遥望凤凰山叹息道："大好河山，竟使沾染腥膻！"他的妻子和儿子已在三天前被杀。与他同死的还有幕僚罗纶、僮仆杨冠玉等。监斩官见杨冠玉长得眉清目秀，一副天真无邪,有心为他开脱。杨冠玉却道:"张公为国,死于忠;我愿为张公,死于义。要杀便杀,不必多言。"言罢跪在张苍水面前引颈受刑。时年仅15岁,见者无不落泪。

张苍水死后,尸抛荒野,身首异处,头颅被送往京城确认,后由明遗民纪昌五出重金购回首级殡敛。遵照他的遗愿,好友黄宗羲收其弃骨,将他葬于西湖边南屏山北麓荔枝峰下,与岳飞、于谦二墓为邻,相为辉映。

其实他的一首《忆西湖》早就给自己定了位:"梦里相逢西子湖,谁知梦醒却模糊。高坟武穆连忠肃,添得新祠一座无?"

片刻之后,随着刀光闪过,那个已被淘汰的朝代将在秋风中彻底消失,对其旷日持久的清剿也将就此终结。

之江上,举正义之旗,擂堂堂之鼓,表现出汉民族之重人格、重操守、重生命自由之精神。张苍水进军长江,围攻南京直上镇江、扬州、芜湖等,攻下四府三州二十四县,威震整个江南,以丹心碧血凝就千古不朽人格。

当人生纳入生死之轨道,残酷就不可避免。江南浸润的民族灵魂成为士人神圣的精神故乡。

到了雍正年间,仍有像全祖望这样的明臣的追随者,他把江南一带为抵抗清兵而殉难的烈士如史可法、张苍水、钱肃乐、王翊、华夏、魏耕、董志宁、朱永祐、夏子龙、周立懋等和著名学者如顾炎武、黄宗羲、黄宗炎、邵以贯、李邺嗣、姜宸英、方苞、傅山、姚际恒、刘献廷等,编入史籍。

秋瑾,终成"西泠客"

民国初,浙江绍兴的一位革命党人犯了事,那个叫作秋瑾姑娘的美女被砍了头。

轩亭殉

每个时代,总有些脚步急促的人,走到了时代的前面,于是被视作异端,于是不能容忍,于是要清剿之,这些步履匆匆者,都为男人,想不到那个绍兴女子在民国之前便超越了天下男人，可谓巾帼英雄。

绍兴民间，有人血馒头可以治愈哮喘病的说法。杀秋瑾的地方，有不少无知者争着蘸她的冒着热气的浓浓的鲜血，但也有些彷徨者，大多为年长的，说秋瑾是妖女，妖女的血是不可以沾的。于是有人将秋瑾滚落的头颅一脚蹬开，怕染上妖气。那是1907年7月15日凌晨上演在绍兴的一幕，一位美女革命家身首异处。

绍兴因为这个女英雄而令世人瞩目。

浙江乃刚山柔水，而这刚柔两面正巧妙地集中于女侠一身。女侠的纤足跨过东瀛后，便与鲁迅一起成为20世纪初留日学生中最有影响的人物。仅此我们就不能不对绍兴的风气刮目相看。除鲁迅、秋瑾外，这方土地还贡献了像蔡元培、陶成章、范文澜、周作人等一批有全国影响的人物，此方水土，人杰地灵。脚下的土地，乃是越王勾践卧薪尝胆之地，出现秋瑾这样的奇女子乃地气使然。

绍兴南门塔山麓和畅堂路北的老房子，是秋瑾故居，三进院子里，卧室兼工作室的东侧房间内印花蓝布帐低垂，笔筒旁正铺开纸笔，这恬静的气氛会使你以为主人刚刚离去。

秋瑾的纪念碑就立在她被砍去头颅的地方，离她的和畅堂故居很近，立在绍兴喧闹的街中央，突兀而坚硬。暮色中，行人穿梭熙攘，秋瑾站在对面的人行道上，被路灯的余光昏黄地映着，孤独、冷傲、坚毅、端庄。她着清末衣装，依然透着俊美。她站立得高高，她的目光滑过人群，滑过暮色中的一切，面对历史和现实的风雨，她只说：秋风秋雨愁煞人。

1905年，秋瑾回国，吴樾暗杀清佞臣不成却爆炸身亡，接着陈天华蹈海，念中国前途之危险，秋瑾茫然。1906年，秋瑾留日时"十人会"的领导刘道一在湘赣边境的萍、浏、醴起义失败。担任安徽警察学生堂会办的徐锡麟赶到绍兴大通学堂与秋瑾约定，一个在安徽起事，一个在浙江响应。1907年，徐锡麟趁安徽的各级官员集中警察学堂参加毕业典礼，开枪打死安徽巡抚恩铭，徐锡麟被捕，心脏被炒争食，秋瑾愕然。秋瑾暴露，她为寻找某种壮烈的死法思忖着。

百年前,反帝反封建的口号尚在胎腹,她就仗剑而起,肩负天下兴亡,冲破封建牢笼,东渡日本,寻求革命,宣传妇女解放,组织光复军,准备浙皖起义。这在一个有着两千多年封建帝制的古老中国,属狂飙者。

在那沉睡的年代,秋瑾办报讲学兼以武道,于秘密会堂慷慨陈词,硬要让中国这昏昏的睡狮醒来。秋瑾的整个思想被光复梦占了去,这是将头颅作宝押了上去的,这押头颅的事业,必须靠生命才能完成。

清兵到达的当天,王金发到,劝其转移,留得青山在,"瑾不从",证明秋瑾决心已定。清军到大通学堂门前,学生劝她从后门乘船走,"瑾不应",决意捐躯的她一袭白衫,坐在楼上,"等着那些慌张的人",她一脸的平静,视死如归。此后的事,众所周知。

据说秋瑾逝世后的许多年,提到女革命党,都使许多人心惊。作为新女性的秋瑾,因为一脉鲜血,以开一代风气而赢得人们的敬重。

山阴啸

秋瑾出生于绍兴一个官宦之家,秋瑾随父亲秋寿南去了湖南湘潭,从父命嫁给湖南首富之子王子芳,婚后生下一子一女,过起了相夫教子的官太太生活。天性豪爽不拘的秋瑾与养尊处优的膏粱子弟自是志向乖违。秋瑾无以排遣心中的抑郁,只能借酒浇愁,以诗泄愤。

1899 年,秋瑾随夫来到了北京。王子芳花了近万两银子捐了个户部主事的京官。清政府在中法战争、甲午战争中相继惨败,《马关条约》《辛丑条约》像一根绞索,套在她脖子上,秋瑾从官太太的迷梦之中惊醒。谭嗣同等六人被杀在菜市口,有人把谭嗣同就义时从容不迫的样子描述给秋瑾听,她边听边抹眼泪。她愤慨,潜藏在内心深处的那一份侠烈性情,喷涌而出。

伤心家国恨不再流连在心中,她把刀从靴筒里抽出来一把插在讲台上:死生一事付鸿毛。她准备借此跳出封建家庭的樊篱。中秋夜,秋瑾独自面对一桌家宴,其夫王子芳又跑出去喝花酒了。秋瑾着了男装,也去戏园观剧去了，回家后与喝得醉醺醺的丈夫发生争吵。当然少不了拳头、谩骂，忍无可忍的秋瑾离家去了好友吴芝瑛纱帽胡同的新宅，她在这里写下了最好的词《满江红》:英雄末路当堪折。

秋瑾抛家别子，女扮男装，乘日本的信雄丸轮船，东渡日本东京，去寻求民族振兴的方法。秋瑾进入青山实践女校，与刘道一等组织"十人会"，不久参加冯自由的"洪门天地会"。秋瑾为人慷慨，了无脂粉气息，黄兴、陈天华、陈其美、陶成章、张静江等都成为她的好友，随即成为同盟会的一员，开始了人生当中坚韧不拔的反抗，可谓是"最有豪气的女人"。

应清朝的要求，日本政府颁布了一条限制留学生革命活动的"取缔规则"，引起轩然大波，秋瑾的表现最为激烈。

当时的诸多精英一定也是反应不一，日本报纸嘲笑中国人"放纵卑劣，团结薄弱"。湖南籍留学生陈天华烈性，写下了绝命书，在大森海岸投海自杀，以性命反驳日本人的蔑视。陈天华死了，活着的还在争论:是学成救国，还是归国革命，更多的是察言观色，在逢迎和辩白之间狡猾观察。身为女性言行却最为"极端"的秋瑾那时简直一脸"恐怖"，她居然拔刀击案，怒喝满座:"谁敢投降满虏，欺压汉人，吃我一刀!"在场者中间就有小个子的鲁迅。

没有资料显示鲁迅与同乡秋瑾徐锡麟在取道上的分歧。至少秋瑾她觉得这位离群索居的同乡太少血性。或许鲁迅对这位男装女子不太习惯，或许鲁迅认为此类做派草率，于是独立于这一片革命的喧嚣。

秋瑾常到武术会练剑，学习炸药制造技术，为日后起义做准备。邹容惨死狱中后，陈天华蹈海自杀，秋瑾和易本义、禹之谟等一批留学生扶着陈天华的灵柩回国。在长沙岳麓山公葬的那天，秋瑾热泪盈眶。她彻底与屈从作别，与耻辱作别，与风花雪月作别，与醉生梦死作别，与浑浑噩噩、苟且偷生作别，她将化为一道璀璨夺目的星光，在漆黑的夜空，飞掠而过。不管风云如何变幻，总有人会仰望星空，追寻她的轨迹和绮丽的光芒。

秋瑾回到上海，加入了蔡元培、章太炎的光复会，创办《中国女报》宣传女权，在虹口租界赁屋与陈伯平制造炸弹，炸弹不慎爆炸，租界将她视为危险分子。

她回到绍兴，主持大通学堂校务，成为浙江革命活动的全权负责人。大通学堂表面上是开展新式教育，实际上是光复会的训练基地。

这个世界里，总有几个人是天生的实践者，不在行动前搞得动地惊天，只在关键时站出来，一个弱女子完成了一项伟业，"受万重之压制而不知痛，受凌虐折辱而不知羞"。

孤山魂

秋瑾对自己的结局好像也有预感。她的就义，距离她在西湖许愿只有短短四个月。当年秋瑾却是真真切切地爱上了这片湖山。一个晚春的黄昏，瞻仰完岳坟出来，她在湖堤上许了一个愿，希望自己也能在此长眠："如果我死后真能埋骨于此，那可是福分太大了。"

西湖诸英豪岳飞、于谦、张苍水、秋瑾，俱是壮志未酬含恨而终。

《小奢靡馆脞录》中有一段关于秋瑾的记载：秋瑾临刑前，向县官提了关于她个人的一个要求：我是个女人，死后不要扒我的衣服；不得枭首示众。给我一口棺木，我不愿暴尸街头。狱吏在打扫她的牢房时，看到了她留在墙上的绝命词。

1907 年 7 月 15 日的凌晨，男人世界的刑场，有了女人的一摊血。曾目睹那残忍场面的人说，一个女人躺在血地里，人很小，目无光，脸苍白。家人们要待围观的走完了才收尸，于是有恶毒的人踹上几脚，所有的无知洒在这位智者已停止思考的躯体上。这一年，她还不满 33 岁，这一年，绍兴遇上了天灾。

1907 年正月李钟岳任山阴县令，是一个典型的知识分子型官员。秋瑾从上海回绍兴，在大通学堂筹备革命。事情泄露，浙江巡抚和绍兴知府命山阴县令李钟岳查抄大通学堂，7 月 6 日抓捕秋瑾。李钟岳反复陈述"该校并无越轨行动"。他故意拖延时间，让秋瑾出逃。

秋瑾被抓后不到十天，便要处死，秋瑾被杀前，李钟岳力争不杀秋瑾，当此案无法挽回时，他对秋瑾说："事已至此，余位卑言轻，愧无力成全。然死汝非我意。"说完老泪纵横，两旁的吏役都惊愕异常。以执法者身份竟对被刑者如此深切同情，足可见秋瑾的人格力量实在是惊天地，泣鬼神。

秋瑾行刑后仅三日，李钟岳即因"庇护女犯罪"被革职，寄住杭州。在杭州寓所里，乘家人不备，悬梁自缢，年仅 53 岁。距秋瑾遇难只有百余日。后来秋瑾被昭雪，李钟岳也被请进了鉴湖女侠祠中。

轩亭殉，西泠葬。秋瑾罹难之后，为了达成她的愿望，她的生前好友，徐寄生、吴芝瑛冒着危险把她的忠骨由她的故乡绍兴到夫家湖南再转到杭州，整整进行了十次传奇般的迁葬，费了千辛万苦才终于让她在孤山脚下安息，遗骨终埋在了她向往的地方。如今，秋瑾的汉白玉雕像屹立在西泠桥畔，一手按剑，一手叉腰，为西湖又增添了几分秋风秋雨的飒爽。那里，不远处有民族英雄史可法。这种悲剧之美，应该也是西湖的魅力来源。

西湖上空落起了绵绵细雨，如雾如烟，润湿了半个江南。豪气之外，围绕着西湖的故事，大半令人扼腕叹息。秋瑾的就义，距离她在西湖许愿只有短短四个月。女伴回忆，那天西湖边上的女侠，虽然像往常一样神色刚毅，但话语中流露出深深的忧郁。相比嬉笑或是漠然，一张忧郁而沧桑的脸绝对更具有吸引力，这种悲剧之美，应该也是西湖的魅力来源。

女侠，作为思想的盗火者，临终前有一个关乎女性尊严的强烈要求：你们可以剥夺我的生命，但是不能侮辱我的肉体！柔美的她给了世界一大美。出和畅堂回走，正是鲁迅故居方向，想到小说《药》，长着荒草的坟上有人在插花，这一经典的情节已经昭示了灵魂的永恒。

以一种殉难的方式结束生命，尤见悲壮。今天，人们依旧记住她。

文章韵短

姜夔，江湖"音乐人"

1204 年 3 月，杭州发生一场罕见的火灾，向西烧到吴山三茅观，向南至御街,祸及尚书省、中书省、枢密院等,近三千民房被焚。民间称"天火烧"。

流离失所的难民中,有一位老者,叫姜夔(1154—1221),字白石。浙西派词人称他为宋词中的第一作家,奉为词中老杜。他在杭州的屋舍和屋中的藏书被尽数烧光,姜白石流落街头,却入历史之中。

南宋鬼才

姜夔在两宋,属于鬼才,他在艺术领域像是个全能家,诗词歌赋,散文书法样样精通。有论书法的《续书谱》传世。他的父亲姜噩,在汉阳知县任上病卒。

姜夔胸藏才气,也溢英雄气,22岁时,来到扬州,寻访二十四桥,去听杜牧的月夜箫声,姜夔站在扬州城外远眺,只看到遍野的芥草和麦子。"四顾萧条,寒水自碧,暮色渐起,戍角悲吟"。入城四顾,满目苍凉。一座战后的荒城,根本没有杜牧笔下的唐时盛况。昔日繁华的商业都城,变得空荡凄凉。看到此景,姜夔怆然中写下《扬州慢》,在一座城市的兴衰背后看到时代的更迭,这流传于世的名篇,成为姜夔的代表作:

过春风十里,尽荠麦青青。

……

二十四桥仍在,波心荡、冷月无声。

念桥边红药,年年知为谁生。

用精辟对比的辞藻度成此曲,像是一位垂暮之年的老人发出的感慨,谁知这阕词的作者是一个20岁出头的年轻人,这是南宋的哀歌,也是姜夔一生的写照。

姜夔出游途中特意拜访父亲的故友萧德藻,诗人萧德藻是与范成大、杨万里、陆游齐名的南宋著名诗人,对《扬州慢》赞赏不已,将女儿许配给他,那年姜夔28岁。

三年后,1187年暮春,湖州的湖面飘来一舫,萧德藻做乌程县令,姜夔与萧家同行，途经杭州，拜了著名诗人杨万里。萧自然少不了荐他的女婿姜夔。杨万里读后赞其"为文无所不工"，酷似唐代诗人陆龟蒙，与其结为忘年交。之后杨万里专门写信，把他推荐给做过副宰相、已告老苏州的著名诗人范成大。范成大后来说姜夔高雅脱俗，如魏晋人物。

得到杨、范两位诗坛大家的揄扬，以陆龟蒙自许的姜夔名声籍甚。

来到湖州，他顺着苕溪，在风景优美的弁山脚下选择一处离太湖不远的叫白石洞天的地方居住下来，这里交通便捷，登船即可去苏杭，名流士大夫都争相来白石洞天与之结交，被称为"白石道人"。姜夔答以诗云："南山仙人何所食，夜夜山中煮白石，世人唤作白石仙，一生费齿不费钱。"用以自解其清苦。

姜白石在柳永、周邦彦的婉约妙曼和苏东坡、辛弃疾的刚健雄奇之间，开创了一种新的风格，展示宋词晚期新姿。姜白石词幽韵冷香，令人挹之无尽。

姜夔词既不同于婉约派的绵丽软媚，也不同于豪放派的粗犷奔放，姜夔词的情感是孤云野飞、去留无迹的意趣，以致《暗香》《疏影》的主题千余年来尚无定论。

词至南宋，词家辈出，姜夔词风立意幽远，炼字琢句，倚声协律。姜夔娴通音律，每自创词牌，自作词曲，能吹弹伴和，旧的词调经他手笔，能破格出新，只有北宋的周邦彦能与他比肩。故他被认为是词家的正宗。

音乐天才

姜夔还是一位技艺高超的音乐家，对词调音乐的格律、曲式结构及音阶的使用都有新的突破，能娴熟运用七声音阶和半音，在南宋的瓦舍勾栏，随时都能听到歌女唱诵他的音乐和诗词。朱熹不仅喜欢他的文章，还佩服他深通礼乐，对他青眼相加。

姜夔精通律吕，留下一部有"旁谱"的《白石道人歌曲》，是流传至今的唯一一部带有曲谱的宋代歌集，被视作"音乐史上的稀世珍宝"，杨万里称其有"裁云缝雾之构思，敲金戛云之奇声"。

姜夔居湖州白石洞天十多年，词和谱都可以顺手拈来，《白石词》中名篇也多写于湖州。他为湖州下菰城做过一首七绝：

> 人家多在竹篱中，杨柳疏疏尚带风。
> 记得下菰城下路，白云依旧两三峰。

姜夔站于船头，随手捞起过眼景色，惬意中轻松化作笔下风韵，拂袖间传世。

湖州水面常有箫声飘扬，夜阑更深时，月下饮酒，水上吹洞箫，把灵魂吹成飘然于山川大地之间的绵绵音韵，甚至把自己的整个生命吹成一支啼血的洞箫。姜夔的洞箫声，清远而低回，舒缓而沉郁，弥漫在月色朦胧的湖州烟波江上。那洞箫声，像是在招魂，又像是在远别，更像是在若有若无的禅道间排泄幽怨，倾诉郁闷。这心音，异常缥缈，那拨动灵魂的力量，如绝世的雪崩，千年的海啸。这洞箫声，是文人独有的清远而孤寂的心音。

远方的青山绿水才是他真正的向往，他要用尽一生，携梅吹笛，在那里留下几行轻轻的足迹。他钟情太湖山水，死后不能殡殓，只求"蓑立寒江过一生"，在云鹤沧浪烟雨间寻求寄托。

居住湖州期间，姜夔广交诗友，往返羁滞于江淮湖杭之间，当时的著名词家如杨万里、范成大、辛弃疾等给他经济上不少的帮助。姜夔常寄居在他们家中。

姜夔36岁那年冬天，冒雪赴苏州石湖拜访66岁的范成大。作《雪中访石湖》诗。范成大作诗见答，陪姜夔在范家踏雪赏梅，又唤家中歌伎跟随。姜夔写成流传千古的《暗香》《疏影》两曲献给范成大。范成大令其婢、色艺双绝的歌伎小红"肄习之"。音节清婉美妙，范成大赞赏不已。姜夔便在范成大家中住了一个多月。

除夕了，范成大挽留，姜夔告诉老诗人：闲云野鹤，四处漂泊，这辈子是注定了的。临上船，范成大见小红默默垂泪，轻轻地说：跟他去吧，他的曲子，你一辈子也唱不完的。

小舟轻晃，姜夔带着小红在大雪之中乘舟从石湖返回湖州苕溪之家。面对茫茫太湖，蒙蒙山峦，姜夔拿出洞箫，幽幽吹起，小红随着悠扬的箫声，婉转低唱，小舟远去。过吴江垂虹桥，写下自己一贯风格的诗句："自作新词韵最娇，小红低唱我吹箫，曲终过尽松陵路，回首烟波十四桥。"

这是一个凄美的故事，一个漂泊的诗人和一个歌女的故事。他有着绝世才华，却落魄潦倒。她在范府，原本衣食无忧，却甘愿随他浪迹天涯。在《过垂虹》的意境中，能聆听到小红甜美悦耳的吟唱，也能聆听到一代词家姜夔悠扬的箫声。那箫声明晰异常，从八百年前的那叶小舟上，阵阵传来，在这荒芜的片石山房里回荡，绵绵不绝。《暗香》和《疏影》，借梅花托意，慨叹自己的身世飘零之恨和伤离念远之情。

姜夔一生坎坷，但作品得到名流赏识，这位江湖谒客出世有分寸、活得有尊严。

奇世帅才

姜夔情归多处，第一站就是脍炙人口的合肥爱情故事。

姜夔寄情湖州之舟，往来于苏州、杭州、合肥、金陵、南昌等地，如苏东坡诗：小舟从此逝，江海寄余生。

1175 年，姜夔客居合肥赤阑桥，遇附近擅于操琴弹琵琶、能歌善舞的柳氏姐妹，精于吟词作曲的姜夔和她们一经接触即碰出火花。姜夔在《淡黄柳》和《凄凉犯》中将她们喻作春柳和秋柳。他说："我家曾住赤阑桥，邻里相过不寂寥。君若到时秋已半，西风门巷柳萧萧。"并坦陈与柳氏姐妹成"家"定居。

那段爱情，缱绻情深，诗词之优美缠绵，堪称是我国古代文人爱情史的佳话。姜夔的情诗情词数量之多、品位之高、用情之深、流传之广，如夏承焘所说，"在唐宋情词中最为突出"。

民间传说，在湖州时，姜夔温柔体贴的夫人萧氏，得知姜夔的合肥之恋时，来到合肥，探访了这令丈夫魂不守舍的风尘姐妹。她被柳萧萧的美貌和才艺折服，夸奖道："果然是风格超凡，果然是技艺精湛，果然是才貌双全。"萧氏有意为姜纳柳萧萧为妾,谁知柳萧萧欲跳桥自尽。

合肥姐妹从此与姜夔断了音讯。姜夔伤魂落魄,34 岁那年秋天,在湖州苕溪渡口,如风絮般飘来一位京洛风流绝人,姜凝视着她,对方嫣然一笑,匆匆离去。姜灵感顿生:"京洛风流绝代人,因何风絮落溪津。笼鞋浅出鸦头袜,知是凌波缥缈身,红乍笑,缘长颦,与谁同度可怜春。鸳鸯独宿何曾惯,化作西楼一缕云。"萍水相逢,姜都要填词。

他的眼里永远是合肥柳氏姐妹的影子,和小红在一起只不过是对失恋之苦的慰聊。从此之后,小红再也没有出现在他的词中,他的真爱永驻在"暗香疏影赤阑桥"。

湖州十年,也是姜夔最潇洒的十年,他流连于各大名家之间,众多大家背书,人生尽是潇洒,一路走一路唱,宛如一个流浪歌手。偶遇粉丝,留下一段缠绵往事,可惜粉丝多为红尘女子,最终都难成姻缘。

后来萧德藻被侄子迎归池阳,姜夔在湖州失去依傍,移家杭州,依附世家公子张鉴及其族兄张镃,后不再迁徙,在杭州居住终老。

杭州十年,写了十四首《湖上寓居杂咏》诗,活在他的诗词里。他曾向朝廷献《大乐议》《琴瑟考古图》,希望获得提拔。两年之后,姜夔再次向朝廷献上《圣宋铙歌鼓吹十二章》,朝廷破格允许其到礼部参加进士考试,但他仍旧落选。

杭州大火烧了他的房子和家产图书,当年元旦曾骑在颈上前去观灯的小女儿不知去向。七年后,姜夔去世,史书说他"家无立锥",只有夫人萧氏和 17 岁的儿子还有侍妾阿鬈为他送葬。据当时前去哭灵的苏泂记载,"赖是小红渠已嫁,不然啼碎马塍花"。范成大赠予的小红早已嫁人。

音乐天才姜夔生活困顿,靠朋友接济走完一生,靠年轻的词友吴潜等人的捐资,才勉强葬于杭州钱塘门外的西马塍,是他晚年居住了十多年的地方。

龚自珍,无处"听惊雷"

按照欧洲的经验,冲破中世纪黑暗禁锢的是一代文艺复兴群英,影响了后来的产业革命与一系列科学发现。中国有无冲破大山般压迫的思想精英呢？也有，杭州人龚自珍(1792—1841)算一个。

杭州城东马坡巷 6 号小采园内，是一座清代风格的中式宅院，两层楼房，上下五开间，兼有耳房，雕梁画栋，古朴典雅。庭院内小桥流水、假山亭榭，在花木衬托下，富有古典园林的特色。这就是龚自珍纪念馆，为清代桐乡人汪维所建。

龚自珍父亲龚丽正主持杭州紫阳书院，书香门第的他，19 岁应顺天乡试，38 岁中进士，其间与魏源一起师事文学家刘逢禄，研读《公羊春秋》。他做过内阁中书、国史馆校对等，先后十几年，之后又参与《大清一统志》的修撰，阅读内阁档案和典籍，钩索旧闻，探讨历代得失，写出不少有深刻见解的文章。到 47 岁，诗集共有 27 卷。

龚自珍早早亮出他的政治见解，梁启超视龚自珍为晚清启蒙思潮的先驱。鸦片战争前，龚自珍以《明良论》等系列政论文震撼学林。这位二十来岁的杭州青年告诫当朝帝国如不"自改革"将重蹈明亡覆辙，这一声呐喊在嘉庆、道光朝野的回响振聋发聩。他指出，皇帝视臣下如犬马、奴才，大臣不知廉耻，只知朝夕长跪，只知以言词取媚君上。在这种腐败制度下，"官愈久则气愈偷，望愈崇则谄愈固，地愈近则媚益工"入骨三分的针砭。

清朝嘉庆道光年间(1796—1820，1821—1850)，28 岁的龚自珍看到国势急剧衰败，丢下琐碎务虚的考据学，写出了高瞻远瞩的《西域置行省议》及《东南罢番舶议》等文，思想犀利，倡言改革。但空有抱负，无奈中"纵使文章惊海内，纸上苍生而已"。

龚自珍有一个令人汗颜的论调：中国的封建土壤很难产生西方那样的人才集群。"万马齐喑究可哀"，这话石破天惊，勾勒了国门被西方大炮轰开后社会的沉闷。

龚自珍的书不经意间成就了中国思想史上颇有力度的精品之一，他的文字，如明人汪本钶评李贽："盖言语真切至到，文辞惊天动地，能令聋者聪，目瞽者明，梦者觉，醉者醒，病者起，死者活，躁者静，聒者结，肠冰者热，心炎者冷。"

龚自珍在这个颓败的时代里充当了一个绝望的突围者的角色，让沉闷的世道在他彪悍与骄横的思绪下顿时生动起来。

做京官二十年，龚自珍屡屡上书，指斥时弊，但都未被采纳，甚至遭同僚排挤和打击，辞官南归，百感交集的龚自珍写下了许多深情的忧国忧民之文，其中不乏诗和散文名篇，如《病梅馆记》《己亥杂诗》等，他试图用诗歌阐述这个时代的弊病，用诗歌矫正世道的运行方向。

有人将龚自珍比作意大利的但丁，智者一旦登上高处，往往寒气袭来。龚自珍的对手是几千年的儒学，撬动的是整个思想根基。思想史上的悲剧时常生发在小丑充斥的封建大舞台上，抹上了如血残阳般的悲剧亮色。

西方世界打破了中世纪后教会的严酷统治，连绵不绝的文艺复兴，带来了资本主义繁荣，摧枯拉朽式地"开疆拓土"，殖民世界。

中国的官场在另一条道路上演变与超越，历尽艰辛的还乡旅程为的是寻找早已失去的精神故乡，龚自珍无法预计下个时代土壤的繁殖能力，但他耸立了自己所处时代的一座高峰，使我们不得不相信巨人的存在。

龚自珍决不靠仕途张扬生命，他没有遇上礼乐崩毁、个体生命得以弘扬的魏晋时代，只求在世人为之醉心的秩序里，增添一种使人惊骇的力量。

龚自珍的诗词文章开一代风气之先，他直捅封建正统思想。康有为、黄遵宪、柳亚子、杨杏佛甚至鲁迅都受到龚自珍的影响，这些人的时运与龚自珍差不多，一个人的力量和古墓般森森然的封建大厦如何匹敌？

龚自珍原本想规划一种时代精神，却开了近代文学的新篇章。他不厌其烦地走完前面的铺垫，打破清中叶以来诗坛的模山范水的沉寂局面，他的诗饱含着现实内容，动人耳目，唤起不寻常的想象。写落花，是引起伤感的衰败的景物，却从衰败中看出新生。"天命虽秋肃，其人春气腴"，在没落时代里，他也看到新生的一面。

作为古文大家，龚自珍的散文语言活泼。有瑰丽，也有朴实；有古奥，也有平易；有生僻，也有通俗。沉着老练，又区别于唐宋和桐城派的古文，是上承先秦两汉古文的一个独特的发展。龚自珍思想的深刻性和艺术的独创性，使龚自珍的诗别开生面，开近体诗的新风貌。在当时欣赏龚诗的人不多，它的影响在后世大于晚清。龚自珍的词"绵丽沈扬，意欲合周、辛而一之，奇作也"。思想上有着剑态和箫心的矛盾，有志于作为，又思退隐，留恋山水。

　　1841年，50岁的龚自珍执教于江苏丹阳云阳书院，他写信给江苏巡抚梁章钜，准备辞职赴上海参加反抗外国侵略的战斗。但于9月26日，突患急病暴卒。

　　龚自珍一生追求"更法"，要求改革科举，多方罗致"通经致用"人才。史学上呼吁"尊史"，文学上提出"尊情"。他还是一名知名的藏书家，藏书极精，藏有宋、元抄本达二十余种，尤藏碑文、石刻、印章，文博藏品之富，藏帖二千多种，邀林则徐、魏源、何绍基等好友同赏，可惜后来毁于火。

　　历史的古影重重叠叠，压于心头，充满回声！这"超神"的文化设计，为人类保留了一片梦想净土。不尚偶像的时代，让思想做统领，能划上岁月的壮丽句号。龚自珍一直在角色里行走。

魏源，独绘"海国图"

　　1856年，深秋的一天，秋风萧瑟，草木凋零。杭州西湖南屏山的青石小道上，走着一位步履蹒跚的老和尚。湖西苍老的古树会窸窸窣窣地诉说谁也听不懂的兴亡与哀怨。老和尚在南屏晚钟的余音里，陪着克难的社会等"天亮"。

　　这位出家人在尘世时的吼声是在五年前发出的。1851年，一艘中国商船驶入日本长崎港，海关人员按常规查违禁品，翻出三柜巨著，书名为《海国图志》。这部闻所未闻、见所未见的奇书，如天照大神般的魔镜，映亮同样闭关锁国的日本岛国。朝野推为"宝鉴"，成为明治维新的启蒙教材。

　　而这位西湖边步履蹒跚的老和尚，就是《海国图志》的作者——魏源（1794—1857）。

　　1839年，最为清醒的两江总督陶澍死于任上，江浙顿失擎天栋梁。接着龚自珍被解职回乡，永不起用，中国官场容不下龚自珍这样的伟大人物。在南京，有两个人在整天思考世界潮流与中国的出局问题，这两人是江苏布政使林则徐和他的幕僚魏源。不久，林则徐南下禁烟。再不久，林则徐在虎门燃起大火,魏源纵有过人智力,不会料到虎门的熊熊烈焰引发一场危及天下的战火。

鸦片战争一开始,有三个人做了特殊的事,林则徐守广州,姚莹守台湾,魏源助裕谦守定海,三人做的同一件事,是审讯英军战俘,了解英吉利。魏源审安突德,姚莹审颠林,林则徐审得更多。

战争开局令英国人有些懵。英军攻不下广州。北上攻厦门,无果。再往北攻定海,得手。魏源提出弃定海,守有强大纵深的大陆海岸,却不被采纳。英军一路北上直逼天津,朝廷慌神,答应英人条件,允许通商、惩办林则徐。

1841 年六月的一个雨夜,在江苏镇江一个简陋的客栈里,47 岁的魏源与 56 岁的被发配伊犁的林则徐抵足相对,一盏昏灯,两尊伟影,倾诉着山河深情,魏源写诗形容时下心情:“万感苍茫日,相逢一语无。”

两人秉烛夜谈,林则徐满目憔悴,身心俱疲,深知自己对西洋了解太少,林则徐决心在广州主持翻译的《四海志》书稿及收集到的英文资料全交给魏源。遵从林则徐的嘱托,魏源动手编撰长达百卷的《海国图志》。“张眼看世界”,在当时已算得上激进的主张,只有林则徐、陶澍、龚自珍、汤鹏、贺长龄这些江浙官员能够响应。

贬了林则徐,南方军民再度抗英,广州关天培、浙江葛云飞、上海陈化成三位守军司令员阵亡,英军攻吴淞口入长江,至南京,直捣中国腹地,断了由京杭大运河的北上补给。接下来的事,不用多说。

从先秦迄于晚清,中国这个已失去活力的被马克思视为“小心保存在密封棺木中的木乃伊”的老大帝国,已身于火药桶上,天朝上国的威严即将扫地以尽。惊醒的士大夫如林则徐、魏源、龚自珍等意识到问题的严重性。

一年后,一部叫《海国图志》的五十卷本的恢弘巨著问世,作者在序言一个极醒目的位置,百感交集地注明成稿于“夷艘出江甫逾三月”,即《南京条约》签订之后,英国军舰撤离长江三个月后,足见作者想要洗雪国耻、御侮图强的心志。《海国图志》宏大的篇幅涉及世界历史、政治、经济、科学、文化、历法、风俗、宗教等众多门类,堪称一部集大成的百科全书。魏源要促使国人睁眼看世界。

但是，这样一部惊世骇俗的划时代著作被死水无澜的天朝束之高阁。极为讽刺的是，这部皇皇大著却莫名地去了日本，很快流播扶桑，日本明治时期的政治改革家佐久间象山、吉田松荫、桥本左内、横井小楠等人从中所获得的借鉴比中国政治家还要多。他们为怀才不遇的魏源抱屈含恨，为有眼无珠不识国之重宝的清帝感到悲哀。

魏源的"师夷长技以制夷"思想，启发了晚清的大臣，如曾国藩、左宗棠、张之洞。洋务派师夷之长技的结果，是甲午海战的惨败。

《海国图志》于日后的中国如黑夜中的明灯，让一批批有为之士踏上赴西方取经的征程，但少数知识分子的思考唤不醒大众的沉睡，更唤不醒民族复兴大业。郭嵩焘出任中国第一任驻英公使，发现日本的公派英伦的留学生多达二百余名，中国却寥寥无几。制度性的缺陷和制度性的腐败带来的是"闷杀"，终至于长技不长，学艺不精，师夷数十年的结果只能用四个字来形容，那就是"有辱师门"。

魏源是个读书人，当了半辈子幕僚，直到晚年才做了两任知州。与龚自珍被赞为"无双国士"。他"寡言笑，鲜嗜欲，虽严寒酷暑手不释卷，挚友晤谈，不过数刻，即伏案吟哦。舟中铅黄不去手"。魏源于学无所不窥，他博涉旁通，对盐政、漕运、水利、赋税等实务都具有极为精到的见解。

魏源一生著书二十余种，其中《海国图志》和《圣武记》影响深远，是那个时代强烈要求变革的先声，封疆大吏贺长龄、陶澍和林则徐政绩卓著，表示过由衷的钦佩，将其奉为上宾。魏源的药方够好，无奈清王朝已病入膏肓，无药可救。

魏源是一流的人才，在科举路上却多年蹭蹬，52岁才考取进士。魏源后来有过任江苏东台兴化知县、高邮知州的经历，但举国昏昏的人文氛围令其倍感苦闷，又闻龚自珍、林则徐这些知音相继故去，而自己关注的币制改革和黄河改道工程朝中无人理睬，忧世伤时之心，无人可懂。

魏源可谓上天无路，入地无门。让这位"不忧一家冷，所忧四海饥"的书生在曾经任职的兴化皈依佛门，一代思想启蒙大师，总算有个无奈的发泄之地。

1856 年，第二次鸦片战争之后，一批"中兴名臣"加入洋务运动，他们奉为圭臬的依然是魏源"师夷长技"思想，更加侧重于造船制器，视此为强国振邦的首要本钱。曾国藩、李鸿章一向以见解超卓著称，二人却依旧对清王朝的政教体制充满信心，这才让魏源趋于绝望。

两年前，有人保奏他做官，但魏源对这腐朽王朝不抱任何指望，他自称世乱多故，无心仕宦，决心遁入空门。

南屏山的一座古庙，住持僧为魏源收拾一间房舍。他整日危坐如山，在一片木鱼诵经声中静坐参禅。他深信，每天口诵七万次佛名，死后可达到极乐世界。

他认定自己出世向佛不是为一己之私，而与他从前尊崇的雅致之道一致，都是救人于苦难。魏源笃信佛教，为世人留下谜面。"远岸青山欲上船，江空月落舟茫然。"他这两句诗，可作谜底。

当人们活在恍惚中时，魏源在这里拯救了内心，用人生的大举措论证渺小，用真实捕捉虚构，用乏味构筑丰韵，这才跪上了梦想的拜垫。

僧人魏源终归宁静是在 1857 年农历二月的一天，他身体突感不适，对家人说，我死后不要嚎哭打搅。走进内室，凝神静坐，物我两忘。"扫地焚香坐，心与香俱灰"的魏源带着无尽的遗憾告别乱世，但思想不归寂寞。

魏源走后的第二年，兵部左侍郎王茂荫奏请重印《海国图志》，然而这次重印也只印千册便销声匿迹。到 1862 年，该书在大清绝版，彻底埋入时代的风尘。

晚清败亡，想必九泉之下魏源也会为自己的执念而痛苦得踢破棺板吧！单纯的"师夷长技"纵然能行，也是治标不治本。在魏源之后，还有许多人声嘶力竭地呼吁过"科技救国"，结果是受阻于封建体制的瓶颈而事与愿违。

《海国图志》令数千年故步自封的中国人饱饱地开了一回眼界，这种类似于醍醐灌顶的直输式的启蒙对于国人无疑具有振聋发聩荡心涤肺的作用。

世界因被穿透而宁静，南屏山穿过云雾，静谧虚幻。

第六章

滨海之巅，山阴道上夜行人

会稽山如一道脊梁，横亘在绍兴数千年。竖起浙地风骨。

——越中记

小引——浙东，遥远的历史绝响

1973年夏，余姚罗江农民在渡头村建排涝站，锄头所至，一批夹炭黑陶片、建筑木构件和人工栽培稻谷，暴露在现代文明的阳光下，又一处中华文渊被发现。

之前，考古界将两次大发现，即1934年钱山漾遗址和1936年良渚遗址的发掘，纳入两个误区，一是把杭州湾地区的代表性文化作为龙山文化遗存，二是认定江南地区的原始文化落后于中原地区。

河姆渡原始稻作的发现，令世界愕然。这个中国南方新石器时代遗址，距今约7000年。龙山文化则是河姆渡后三千年的事。

4万平方米的河姆渡遗址，叠压着7000年至5000年前的四个文化层，依次揭示：稻谷堆积层；陶器、骨器、石器、木器的生活层；绑柄骨耜的农耕文化层；有木桨，桨叶，雕刻的技艺层。地层在铺设中叠加，让人类看清来去缘由。

观察河姆渡遗址立体造景，可发现自然景观与裴李岗、磁山及半坡文化有相当大的差异。残垣薄暮中读七千年人间道场。看见长江流域同样存在着灿烂和古老的新石器文化。

河姆渡稻作遗存的惊世发现，是世界稻作史上最古老的人工栽培稻的记录。出土的7000件文物，构筑了远古时代的农业、建筑、制陶、纺织、艺术等东方文明的粗略框架，引领了南方文明的早春。

寻觅民族文化之源，从农业开始，由居住收尾。河姆渡杆栏建筑，是文明的初恋，河姆渡房屋中的榫卯结构，是我国古建筑技术的起源，独立于黄河文明。

宁绍平原的古地理环境有低山森林、河流港汊，草木茂盛、水源清冽、野果累累、鱼虾洄游，是古人类和动物生活的天堂。

河姆渡代表中国古代文明的另一条主线。这里一直就有自己的农耕文明，人们或编排水筏，从事渔猎，甚至能驾船出海。古人类居留于此，无忧无虑。

还原人类懵懂的童年时期的生活法则，宁绍人雄浑的内力不显山露水，农居的动作意味深长。大禹治水以前，这里繁花似锦。

在古吴、古越、古淮扬品味先人生活，可让岁月熏出耐心，让人从容地看破放下，品读岁月，读爱和遗忘。

仁者诗，永辉的三山

少年状元孙逖怀揣山阴县尉任命书，顺大运河南下杭州，渡江去绍兴赴任，作《夜宿浙江》，"富春渚上潮未还，天姥岑边月初落"。一诗写尽半个浙江。

钱塘江、浙东运河、剡溪、沃州、天姥，成为孙逖矛盾合力后的地域表象。时代步入了盛唐，这个青年的情怀一直存放于初唐的江南山水中，他牢牢记住了西陵古渡的明月与潮声。

这是一个星光灿烂的时代，中国文化史上熠熠生辉的名字，在这个时空里洒下了悠远的浩叹。城市的墙垣间，连青苔亦饱含文脉，乡野的官道上，群马扬蹄疾驰，负载着流韵千古的文字景观，驿站破壁上偶尔读到的却是当今大家的绝代才华，精美的文字读来都朗朗爽口。

会稽山，观念力量构筑的陡峭

中国的山水诗，时间上，起于东晋。地域上，起于浙江。

会稽山如一道脊梁，横亘在绍兴上千年，耸起浙地风骨。它把这里分隔成两大块，一半是山骨，一半是沃土。浦阳、曹娥两江，是绍兴的脊髓。山体，峭壁，长满了丛丛苔藓和绿树，既锋利又温柔。《史记》说："禹会诸侯江南，计功而崩，因葬焉，命曰会稽，会稽者，会计也。"大禹在这里和诸侯开大会计功，死后葬在这里，"会稽山"因此得名。

衣冠南渡，山阴和建康平分了魏晋的士子风流。元稹诗说绍兴天下无双，人南渡，绍兴二字，取自宋高宗的"绍祚中兴"的愿景。

书家王羲之、政治家谢安、诗人贺知章、哲人王阳明、学人黄宗羲、作家鲁迅、校长蔡元培，这些知识深湛的大家在绍兴屋檐下语出惊人，令整个精神世界着迷。他们的文字，尽显哲理之思。

木心说，绍兴是"有骨的江南"。走在绍兴街上，便会一步一步地肃然起敬。绍兴为北大贡献了4位校长，绍兴风骨改写江南格局，鲁迅将"刀笔"改匕首和投枪，鲁迅有个绍兴，"骨气"江南才有个出处。

在唐代这个诗歌的盛世，绍兴则是诗人的圣地，更有集绍兴七十二源之水的八百里鉴湖，绍兴从不被隐潜。自曹娥江过绍兴，经姚江与奉化江在宁波甬江入海，是全长239公里的浙东运河，水过之处，有浦阳江上山遗址和余姚江的河姆渡遗址，浙江精彩不时在水边上演。

绍兴有棱有角，不易妥协。水做的眉目，山成的骨血，各时代下挣扎的古老民居，显示着历史的气息。名人纪念馆，就在寻常的街道里，"船方尖履小，士比鲫鱼多"。水乡河道纵横，影响人们的生活。

会稽山上，站着诸多顶尖的大人物，国王级的大禹、勾践，贵族级的王羲之、谢安，大师级的更多，王阳明、黄宗羲等，相比之下，那个可爱的永嘉太守谢灵运，在会稽山的内涵里，显得小了，或许，他躲进了山的影子里。

顾恺之说会稽山"千岩竞秀，万壑争流，草木蒙笼其上，若云兴霞蔚"。南朝诗人王籍在此咏出"蝉噪林逾静，鸟鸣山更幽"千古名句。

谢灵运根据自己的审美意识，将新发现的山水美融合于已臻成熟的五言诗体，创立了中国最早的山水诗派。谢灵运的山水诗，是以会稽山水和永嘉山水为中心的，和后来唐代王维、孟浩然的山水诗派，有着不同的地域人文背景。

淝水之战的英雄、车骑将军谢玄的孙子谢灵运是南朝的贵族，此人行状多怪异，或者这是他面对暴发户式的军阀王朝所采取的一种精神反抗。

谢灵运在文学史上是个不可被遗忘的人物，开创前人未臻的诗歌领域，他凝视大自然的目光拓展了文学世界。

谢灵运酷爱登山，而且喜欢攀登幽静险峻的山峰，是古代攀岩运动的先行者。他登天姥山时还创制了一种特殊的木屐，前齿和后齿可以拆卸安装，以便于上山和下山，这就是著名的"谢公屐"。作为后来者的李白在《梦游天姥吟留别》中曾有这样的诗句描写此事："脚著谢公屐，身登青云梯。"

这个贵族对山水的喜爱，刻在骨子里。他甚至组织人马，从他的别墅始宁山庄开始，一路砍山伐树到临海，只为看看剡溪两岸的景色，个性张狂的谢灵运曾几度选择归隐，前往浙东曹娥江上游的新昌一带求田问舍，探奇觅胜。

谢灵运出身无比显贵，财产似乎用之不竭，只是因为他的性格实在与众不同，到处和人发生摩擦，还抓了政府派来的官员，弄得被会稽太守诬告，因此政府派兵抓了他。这件事发生在公元 433 年，即元嘉十年。

南北朝宋文帝时代，总体算得上是一段政治清明的时期，但这个曾经想拯救谢灵运的行事稳健的文帝，被皇太子刘劭所杀。最后谢灵运被流放到广州。接着，刘劭大规模清洗反对派。结果谢灵运在流放地以购买武器、招募私兵之罪被处死。

三百年后，谢灵运曾经走过的古道受到唐代诗人的强烈关注，李白、杜甫、王维、孟浩然、韦应物、柳宗元等追随着前辈的足迹，踏上了那条沧桑斑驳的驿道。

唐诗中，有 450 多位唐代诗人来过浙东。其中有"初唐四杰"里的卢照邻、骆宾王;"饮中八仙"里的贺知章、崔宗之;"中唐三俊"元稹、李绅、李德裕;"晚唐三罗"罗隐、罗邺、罗虬以及崔颢、王维、贾岛、杜牧,等等。

青山碧溪是山水诗之源,也是诗人的摇篮。而他们倾心追寻的,或许是魏晋遗风与更加久远的史前传说。

天台山,诗路与丝路的交会

不妨把天台山看作一座神奇的山,起因是有几波神奇之力集聚于此。

唐之前,有一位陈姓出家人受陈朝文帝之邀,在金陵弘法后,进入天台山北面山峰创立伽蓝,植松引泉,又在华顶峰昼夜禅观。这位便是天台宗的创立者智者大师。当他再赴金陵为陈后主讲法时,大师极强的气场、极深的法力,照耀了陈朝统治者的内心,陈后主对智者大师"于大内起礼三拜"。这与陈朝平静交出江南,免百姓与生灵涂炭不无关联。

入隋,智者大师被奉为东土释迦,为隋炀帝受菩萨戒。

到了唐代,皇家信奉道教,民间趋之若鹜,诗人向往天台山,是冲着一个人去的,这人叫司马承祯。他在天台山静修三十多年,创上清派,著《坐忘论》,成南岳宗师。宋之问说他练就童颜之术。武则天、唐睿宗、唐玄宗五次召请他至京师,乃名震朝野的一代宗师,唐睿宗自称"弟子"。司马承祯向唐玄宗灌输道家洞天理论与关照天、地、人、物的独特视角,将执政者导入开元盛世的大视野,唐玄宗眼里的这位宗师,近乎天人下凡,虔诚地称其为师父。

唐代著名诗人贺知章、王维、李白等都要与他结为仙宗十友。他谢绝三代帝王的挽留,坚赴天台山修道,卢藏用劝他隐居终南山,被他取笑为"终南捷径"。

天台山之名,在"佛宗道源,山水神秀",是唐代佛教天台宗的发源地、道教南宗的发祥地、全真派的祖庭,日、韩天台宗祖庭,名重海内。吸引诗人从京、洛舟车南下,间关万里,络绎而至。

智者与司马承祯两位大师在天台山修行,成佛成仙,智者大师成为陈朝和隋朝国师,司马承祯呢？连他的徒子徒孙们不少也做了帝师,天台山成了天上人间。难怪隐居天台山七十年的百岁和尚寒山子要说"雄雄镇世界,天台名独超"。

如此,唐代的大才子们,能成为这幕大戏中的群众演员,千里迢迢来捧个场就不错了。

唐代诗人来到江南,大多是坐船走水路。李白《别储邕之剡中》诗中说:"舟从广陵去,水入会稽长"从扬州经运河南下,从杭州过江到萧山西陵驿,这是浙东唐诗之路的起点。他们抵越州,走曹娥、剡溪、沃洲,以及会稽、四明、天姥、赤城、登上天台的石梁。这是一条清修、隐逸之路,也是唐诗之路的干线。

支线从萧山入浦阳江向诸暨、金华到达永嘉;另一条支线由越州向东,经浙东运河到达明州即宁波,西南通向金华、诸暨,覆盖唐代的越州、台州、婺州、明州、衢州、处州、温州七个州及其属县。唐诗将浙江咏了个彻底。

从初唐的宋之问开始,到后来的李白、杜甫,总数不下四百余人。他们的浙东题咏,在唐诗中占有相当的分量。

从西陵驿出发,就是今天杭州西兴大桥的地方,最后至天台山石梁飞瀑,全长约200公里。载入《全唐诗》的两千多位诗人中,有三百多位诗人游历过这条风景线,写下了一千余首佳作。赢得唐代诗人如此青睐的,是天台山这座佛家圣境、道教福地。这条路线,其地位,傅璇琮誉为"可与河西丝绸之路并列"。

这是一条排着长队的诗人之路,有"山阴道上,应接不暇"的感觉。"海客谈瀛洲"的李白,年轻时就将剡中引入他的远游旅程:"此行不为鲈鱼脍,自爱名山入剡中。"李白诗涉及西施和严光的诗各有十多首。他《越中览古》《越女词》等名篇,无疑为浙东山水风物增色。

李白在长安听说有个叫祝八的朋友要去越州,便作《送祝八之江东,赋得浣纱石》诗。当起推介越州山水人文的"义务导游",向他介绍西施故乡:西施越溪女,明艳光云海。未入吴王宫殿时,浣纱古石今犹在。桃李新开映古查,菖蒲犹短出平沙。昔时红粉照流水，今日青苔覆落花。君去西秦适东越，碧山青江几超忽。若到天涯思故人，浣纱石上窥明月。

陆上诗路与海上丝路的交会，在天台过临海，到达温州乐清的上浦馆，由此入海，踏上海上丝路，发日、韩等南洋诸国。天台山的辐射意义超越了时空，世界影响。天台山构上了文化地理的绝品。

天姥山，归帆中的过往岁月

绍兴括苍山至关岭界的群山中，有一座叫天姥山的备受古代文人敬仰的高峰。这是一条消失在历史烟云中的著名山水走廊，天姥山的失落是一个谜，为何走向孤寂也无人探究，不少到过天姥山的游人都意识不到这就是李白、杜甫梦中的圣山。

海拔 900 米的天姥山，不高不险，是一片连绵起伏、气势磅礴的群峰，被史书描述为"苍然天表，千姿万壮"。

道教时代，天姥山之来自"王母"。因为李白的一个梦，"天姥连天向天横"，一语藏三天的名句，天姥山得以势拔五岳。

最早到新昌游历的唐朝诗人是孟浩然。怀着一种"山水寻吴越，风尘厌洛京"的心情，登上了停泊在今萧山义桥渔浦口的一叶扁舟向越中驶去。"卧闻渔浦口，桡声暗相拨。日出气象分，始知江路阔"，他此行的目的是观潮、探幽、览胜。

李白初访新昌，崔颢两入浙东，王维寓家越中，王勃行路浙东，好像都没有为天姥山留诗的冲动。当年到此地游览的诗人，的确被景致勾了魂，诗人独孤及看到"万峰苍翠色，双溪清浅流"，孟浩然看到"白首垂钓翁，新妆浣纱女"，李白的"若耶溪傍采莲女，笑隔荷花共人语"，一派江南景致，而丘为的"一川草长绿，四时那得辨"绿了江南岸。

越州对于唐诗之路而言，地位如白居易《沃洲山禅院记》所说："东南山水，越为首，剡为面，沃洲、天姥为眉目。"越州的镜湖、剡溪、沃洲山、天姥山，只是诗人所经之地，他们的目的地是天台山。

今日剡溪尚在,三江犹存,虽不复昔日溪水如镜,两岸时有白鹭惊飞,但仍有记载中的古迹可寻。

很多年以后,李白做了一个寻仙的梦,梦到天姥山,如遇神助,回想当年路过天姥山的情景,于是,千古流传的名篇《梦游天姥吟留别》问世,为天姥山这个道家圣地创造了富于神话气氛的艺术境界。

几乎与孟浩然同时来浙江的,是杜甫。他把"吴越之游"列为自己年轻时的壮举。李白梦游诗令杜甫到了晚年才还了浙东诗账,其长诗《壮游》中有"剡溪蕴秀异,欲罢不能忘。归帆拂天姥,中岁贡旧乡"之句。

诗人热衷剡中,是追慕魏晋遗风。他们眼中的绍兴,唐代江南道浙东观察使驻节越州,一个行政中心。

唐诗之路铺进浙江,李白的嗓门最大,孟浩然写诗最多,文人都喜欢天姥山。山中的古树溪流、晨昏烟霞长相厮守。新昌人刘晨阮肇采药遇仙的故事,其观念上的源头可上溯至道教洞天福地的理念。新昌有道教三十六小洞天中的第十洞天"会籍山洞"和第二十七洞天"金庭山洞"。

才子许浑,考取进士后,擢监察御史。在残酷的政治斗争面前,他托病辞官,走了放逐山水这条路。他经天姥,来到天台山,又坐船到了灵溪。碧玉连环的群山中,忽有绝壁陡起,峰的腰际白云缭绕,猿猴踩着枯藤在那里啸吟,悬瀑奔流寒潭,许浑写下"应有曹溪路,千岩万壑中"。

诗家坐着轻舟,抚剡溪之清流,望天台之雄奇,叹镜湖之瑰丽,真乃美景与豪气并举,诗情同江水共舞,何等的潇洒浪漫。

安史之乱后,顾况与刘长卿等深感一介文人不能挽狂澜于既倒,只能找个如顾况所说的"生涯一片青山。古道无人独还"之地独善其身。

于是有浙东良价这样的智者在诸暨五泄辟出诗偈专章,开宗立派,成为曹洞宗祖师,浙东五泄成禅宗的宝地。贯休在五泄作"九年吃菜粥,此事人少知"的清苦修行。

应了许浑的诗句:"行尽深山又是山。"

惶然录，永恒的惦记

西施的人性之美

淌过之江，人的心灵往往会抹去尘埃，之江水因为有西施，纯得让人惊讶，水上沉郁与节制皆受益于两岸青山，孤帆一片抵达更宽阔的天地。

绍兴山水的清幽与天然明丽一向是古代诗文里不倦的话题，水色岚光，造物的毓秀与神奇以原始的方式表现出来，从不让人扫兴。我对绍兴，让李白的"耶溪女似雪"、杜甫的"越女天下白"带偏了，是 1975 年的一个秋日，我不到 20 岁，带着某种懵懂，去了鲁迅称为百草园的很小的荒芜的后院碰碰运气，那个拔何首乌弄坏的泥墙，是否如鲁迅偶遇悬挂在废墙上的美女蛇，这凉飕飕的欲念，至今还在。

过秋瑾纪念馆，走过她站着的那个广场，有一种悲的惊艳。绍兴风骨全在秋瑾的眼神里，这眼神抚慰了时代。

江南这地方，绿草多情，古树慈祥，山水温柔，气息撩人，出美女理所当然，用美人计达到灭敌国的目的，这一招在春秋时频频应验。

将一个宛若仙子的美女送给敌人，这个阴毒的主意，出自范蠡，范蠡在爱人与事业之间有无做过痛苦的抉择已无从考究，西施身后站着一群目标高远的男人，试图借女性赢天下。

这场游戏玩了十年，越王赢了，赢在卧薪尝胆，细辨之，勾践只是卧薪而已，尝胆的却是西施。据称，范蠡交给西施一项任务，以情意绵绵之法劝说夫差北上用兵，将夫差的注意力从越国身上引开。这个说法假如成立，西施便有女间谍之嫌，西施从此被看作祸国的"尤物"。唐代女诗人鱼玄机说得更玄：一双笑靥才回首，十万精兵尽倒戈。

于是，史家都要回避，《左传》《国语》《史记》均无她的记载，后汉的《吴越春秋》里也只有短短数语，《墨子》关于西施的文字虽只短短七字，因墨子时代离吴越之争不远，大概是可靠的："西施之沉，其美也。"译成现代语，西施被沉水处死,其原因是她的美丽。

历史似乎设计了这样一种可能,勾践使美人计,西施当间谍,夫差中计亡吴,书这么写,戏这么演,历史也就这么定型,让西施与夫差这个爱情悲剧永远地成悲剧。难怪孟子要说:"西子蒙不洁,则人皆掩鼻而过之。"

勾践用最棒的船只,组成船队,满载布匹、粮食、玉帛、加上西施,浩浩荡荡向吴王朝贡去了。

西施入吴宫,夫差的确为其美色倾倒。但西施到底有多美,只用了一个"沉鱼落雁,闭月羞花"这生动的文字。我们今天只知道西施天生丽质,姝妍冠世,就连她抚胸颦眉的病态,也有另一番秀色。《东周列国志》说:西施入选越都后,越中士民为了一睹其芳颜,须"先输金钱一文",这恐怕就是史传西施美可惊鸟的依据。入吴后,她得到了吴王的特别宠爱,君王专爱一个女人,这个女人一定名震天下。

夫差属于正人君子,父亲阖闾伐越被勾践所杀,夫差为报父仇,三年打败越国,尽了父孝。灭越后,越国遇灾荒,他拨粮救济,可谓仁。可见夫差的人情味还是很浓的,不需隔着时代叹息,遇上西施这样的美女,自然要堕入情网。

夫差持择虞山北麓,以石鳖城为游乐所,筑姑苏台,让她舒心,又在灵岩山围宫消夏。西施居住的太湖畔的砚山上的馆娃宫,宫之长廊回环曲折,雕栏画栋,以珍铺地,听来令人神往。

苏州园林大概就是从夫差开始的,西施得到如此溺爱,自然要付出自己所有的乖巧,尽情享受长夜春宵之乐。两人厮守的十余年里,夫差将所有嫔妃冷落一边。这个爱情经典被后来的唐玄宗重新演绎了一遍,大诗人白居易看出其中那部分可歌可泣的真情,写出举世名篇《长恨歌》,只可惜夫差和西施时代尚无白居易这等的大诗人,让后人无从品味这个时代的情爱经典。

西施一生面对两个人物,范蠡和夫差,范蠡去乡间访美,发现了溪涧浣纱的西施,带回越宫,学礼仪三年,两人相知相爱,只可惜范蠡最终将西施送入吴宫。

吴宫花草埋幽径,两人在苏州构筑温柔之乡,悲剧的伏笔从此埋下。

勾践的成功，顺应了清唐甄的话："自秦以来，凡为帝王者，皆贼也。"勾践入吴为奴，连吴王的屎也愿尝，勾践当了越王后，最早看清勾践嘴脸的是范蠡，他告诫文种离开越王。勾践灭吴成功，便赐文种自杀。

事实上，吴国的元气一直是旺盛的，吴王阖闾曾以白金求作金钩，这种青铜兵器，状如新月的弯头刀，双刃齐头，能刺能钩，被视为英俊威严的象征，"男儿何不带吴钩，收取关山五十州"。夫差的失败，在于他不该野心争霸，国力、民力消耗殆尽，为伐齐而将精兵统统调出吴国，结果勾践乘虚而入。

夫差这位中原盟主最后自杀在姑苏台。

吴越争战，历史欣赏到了个中的复仇术。夫差有立问于朝的故事，夫差为报父仇，每天派一名卫士立于宫廷，在夫差上朝时提醒父仇毋忘！勾践的卧薪尝胆更乎绝妙。

这两个故事都在激励复仇之志，却把人导入了心胸狭隘，目光短视，好走极端的歧途。于是冤冤相报：吴灭楚、越，越又灭吴，楚再灭了越，复仇哲学渗透于历史深处的藤藤蔓蔓。

其实，复仇乌云之下，吴越二王身上散出的人性光辉被掩盖了。吴军在会稽山抓到勾践，伍子胥力主杀之，夫差心软，带回去改造，最终改造出了这位复仇之星。勾践呢？抓到夫差后，仁慈之念占了上风，拟将夫差安置于甬东，大概是今天的舟山诸岛，给一百户人家做臣民，保留王号。夫妇各三百人以奉之，让人侍候终身，倒是夫差不从，人老了，没了复仇的底气，承认失败吧！认输也是一种勇气。

夫差死得坦然，太湖式终老，生命从巨大开始，了结于巨大，接近哲学的某些本质。

硝烟散去，云淡风轻，吴越人这才明白了一些事理，运作吴越恩怨的，恰恰不是吴越人。吴越生死角逐真正的戏份，是那几位来自征战国的军师，伍子胥，范蠡、文种，都是楚国人，却无当地人。文种、范蠡两位楚国人进入越国后，一场诡谲的政治风云在越国宫室弥漫，两人运用如簧之舌，一步一步将越王拖入腥风血雨的战场。三十余年间，吴越间有过八次战事，几乎每四年一次。吴越之地让外来的冒险者扎实地表演了一回。

吴亡后的第三年,范蠡悄然离开越国,回到太湖,经商去了,成为第一个发现太湖商机的先哲,这是公元前 470 年的事。

东汉赵晔的《吴越春秋》里有个大团圆的结局,说范蠡与西施,乘舟消失于太湖,这大概是古人的一个良好愿望。范蠡大概一直在反省,踏一叶扁舟消失在太湖水气中,过起隐居漂泊的生活。曹雪芹在事隔二千多年后仍不忘感慨:"一代倾国逐浪花。"西施的魂魄留给了太湖,美神告诫世人远离战争。

民间传说,西施化作一条鱼。范蠡后半生以养鱼为生,他著有一本《养鱼经》,论述鱼池建造、密养、轮捕,良种选留、产卵孵化。

范蠡爱养鲤鱼,鲤不相食,不吃同类小鱼,易于驯化,鲤抗病能力强,又是杂食性鱼类,对水生草类、浮游生物一概不拒,且易生。

来看范蠡的鱼池说,鱼池以六亩为宜,过小因埂多不经济,池中建洲、谷以营造与自然相宜的生态,使鱼如入江湖,悠然自得。池中分深浅水区,浅水处水温易高,利于鲤鱼产子孵化,深水区水温稳定,鲤鱼于严寒酷暑均有回旋余地。

两千多年来,太湖人养鱼依旧沿袭范蠡之法。

吴、越本是一家,两国的首领按余秋雨的说法"都是外来的冒险家"。于是开始了一场分不清是非的混乱,那么绍兴呢,依明末王思任所言:会稽乃报仇雪恨之乡。贾平凹由此引申为绍兴的民居里白墙黑瓦体现一种远古的复仇精神。

越只青山,吴只芳草,所谓的"美人计"黑锅让绍兴背上了,于是南宋和南明的灭亡都与绍兴牵扯上了。于是今天的苏州和绍兴都没有了苍凉遒劲、壮士低吟的气息,更无从感受那份霸气,那份王气。

西施离开以后,吴地便拒绝了战争,保持了绵长的富庶,地无不耕之土,水无不网之波,大概属于对美的捍卫。历史只在乎悲壮,所有的问题不涉及过程,只面对结果。指责女人和败者,也是中国的传统,中国的女人永远是风中之烛。好在苏州仅沉积的这么一点苦难,引一个英雄竟折腰,还算不得苍凉,曾经呼号的地方,历来是历史睡了而时间醒着,一个伤感的时代演完了她的辉煌,接着便是繁华远去,雄心衰颓。

吴越恩怨,苍茫无踪。西施姑娘却是在天为长虹,入水成皎月,留在大地的,已化作"浓妆淡抹总相宜"的一泓清波,这山水之宜倒是让杭州人永远地争到了。

王羲之的兰亭之悟

中国顶尖的书法,唐太宗认王羲之;唐玄宗认颜真卿;元朝诸帝认赵孟頫。可以说,王羲之的"书圣"之名名不虚传。

人类史上,中国知识分子是勇于建业的群体,人格上讲,归类于自卫和自慰。不能实现志向,躲进小楼成一统,在小天地自娱自耗,尽管稍有酸味,却宁静安详。

兰亭序,临时搭建的世界

王羲之凭借庾亮等人的举荐,官至会稽内史、右军将军,却被官场风暴径直吹到会稽。离开政治漩涡建康,让他既失落,又欣慰。官场的浑浊,依旧容不下一个清风白袖的文人书生。

几乎没人对公元353年这个年份存有感觉,但若说东晋永和九年,那就不一样了。这年的三月初三,会稽内史王羲之,招呼了谢安、孙绰、支遁等朋友及子弟42人,在山阴兰亭行"修禊"之礼,曲水流觞,饮酒赋诗。

绍兴人种兰花的传统可以追溯到春秋时代,据说春秋末年勾践种兰于兰渚山麓,后人建亭以志,故名兰亭。兰亭是地名而非亭名。那一刻,谢安、孙绰、谢万、庾蕴、孙统、许询、支遁一干人等,正忙着饮酒和赋诗,他们吟出的诗句,也大抵与眼前的景象相关。

江南三月多雨,但兰亭雅集那天却很晴朗,茂林修竹,惠风和畅,清流映带。在流觞曲水歌诗品酒之后,人们酒酣耳热之际,将一天吟诵的三十七首诗汇集成一册《兰亭集》,推荐主人王羲之为之作序。

　　王羲之的序心中早有腹稿，提起一支鼠须笔，在蚕茧纸上一气呵成，写下了被誉为天下第一行书的序言。

　　文章有备，字则随性，今天只能理解为神助。王羲之酒后的一篇草稿，随处的涂涂改改，潇洒自然，气韵生动。全文二十八行，行款紧凑、首尾呼应。每行的疏密大致相等，偶有略松略紧之处。

　　王羲之酒醒，看见这幅《兰亭序》，有几分惊艳，据说他后来反复重写这幅《兰亭序》，都达不到初版的水准。这份一蹴而就的手稿，后来成为被代代中国人记诵的名篇，而且为以后的中国书法提供了一个至高无上的坐标。

　　兰亭仅凭王羲之这一序尽得风流。

　　《兰亭序》不仅仅是书法艺术的瑰宝，在散文史上也是一座高峰，序文格调隽妙雅逸，绘景抒情，评史述志新颖。《序》将当时的天时地利人和效果发挥到极致，其中有二十多个"之"字，写法各不相同。

　　王羲之的《兰亭序》为历代书法家所敬仰，她的珍贵，是不作探险，抵达顶峰，是因为那个时代的文字自由发挥，这才成为神来之笔。世人常用曹植的《洛神赋》中："翩若惊鸿，婉若游龙，荣曜秋菊，华茂春松。仿佛兮若轻云之蔽月，飘飘兮若流风之回雪。"之句来赞美王羲之的书法之美。

　　王羲之影响了一代又一代的书苑。唐代的欧阳询、虞世南、褚遂良、颜真卿、柳公权，五代的杨凝式，宋代的苏轼、黄庭坚、米芾、蔡襄，元代的赵孟頫，明代的董其昌，都对王羲之心悦诚服，因而他享有"书圣"美誉。

　　今天，我们依然能够感受到永和九年春天的明媚。所以东晋时代的郊游、畅饮、酣歌、书写，都变得轻快起来。山阴道、乌桕、新秋、野花、塔、伽蓝诸多美事相伴，连呼吸吐纳都通畅许多。正因为此，文字变得儒雅，儒雅化为珍贵，珍贵走向永恒。

　　文字如甘露，润泽心田

　　假如把《兰亭序》当散文来读，你会发现跃出的文字密码，隐约的思维风范，游动的文化线条，尽是君子行为。

《兰亭序》，文采灿烂，字字珠玑，是一篇脍炙人口的美文，它打破成规，自辟蹊径，不落窠臼，隽妙雅逸，绘景抒情，令人耳目一新。文中的生死观、长短寿、悲喜事，用流水贯穿，化为图腾，留传至今。

东晋的江南，类似兰亭雅集那样的文人派对有很多，唯独王羲之做东的那一次流传千古了，因为他的旷世墨迹，人们忽视了他的文章。他开始思考生命的永恒问题，镜湖边，那是仙境般的存在，天地间的空灵与崇尚玄学的慧者一旦碰撞，突发妙不可言的灵感，《兰亭序》的生死观成为那个时代最优秀的表达之一。

文字精湛，天、地、人水乳交融，《古文观止》收录了六篇魏晋六朝的文章，《兰亭序》就列其中，更入了《晋书》，已成彪炳之事。因为它写出了这份绝美背后的凄凉，凄艳的美丽，命运的无常，这才是生命的本质，他把悲哀美化成了艺术。

沉痛的文字，真像一个醉酒忘情之人，因为对生命的追问到了深处，便是悲观。这种悲观，不是对社稷江山的忧患，而是一种与生俱来又无法摆脱的孤独。《兰亭序》寥寥 324 字，乐成了悲，美丽作成了凄凉。实际上，庄严繁华的背后，是永远的凄凉。

和朋友相约雅集的那一天，岁月被这缕阳光抹上一层淡金的光泽。唯有此时，人才能沉下来，呼应着自然，想些更玄远的事情，"仰观宇宙之大，俯察品类之盛，所以游目骋怀，足以极视听之娱，信可乐也"。从这文字里，我们看到王羲之表情松弛了下来。

中国人把对世界、对生命的全部认识都容纳到自己的文字中，容纳了宇宙的云雨变幻、人生的聚散离合。一场醉，实际上就是一次"临时性"死亡，或者说，是一次死亡的预演，而醉酒后的真正快乐，是见过死亡，体悟重生。

"繁华短促，自然永存；宫殿废墟，江山长在。"一幅字，以中国人的语法，破解了关于时间和死亡的哲学之谜。

永和九年，暮春之初，不再有奔走流离，人们像风中之花，即使飞到了天边，也终要一点一点地落定，随着这份沉落，人生和自然本来的色泽便会显露出来,花开花落、雁去雁来,都牵起一缕情欲。那份欲念,被生死、被冻饿遮掩得太久了,只有在这清澈的山林水泽,才又被重新照亮。

唐太宗痴迷于《兰亭序》,因为此序道出了人生的悲,触及了他最敏感的那根神经,就是存在与虚无的问题。王羲之时代的文人原生态,从《世说新语》的字里行间透出来,这是些关于短暂与永久的话题。

儒家学说建构的家国伦理把一代代的中国士人推进官场,宦海中沉浮的王羲之,内心始终缺了一角,此时,面对天地自然,面对更加深邃的时空,他对生命有了超越功利的思考,他触摸到了心灵中缺失的那一角。

王羲之在死亡这个限制面前,潇洒不起来,在东晋时代谈玄成风的氛围中,王羲之表现出"固知一死生为虚诞",之后便由江道回故居东山。魏晋名士的潇洒,是麻醉、逃避,甚至失态,未必是真的潇洒。

书法作为精神世道的点拨者,绝非缘于一种文化传奇,从一个庞大的、久远的布局去考虑,该是一处精神处境。

谢安的东山之局

谢安留在绍兴最为人熟知的,就是"东山再起"的故事,这也成就了今天的旅游胜地"上虞东山"。当然,谢安留给后人的价值还有他那智慧、沉稳、坚毅的精神品质。与勾践的"胆剑精神"一样,谢安的格调,也是绍兴精神的一部分。

鉴湖岸上东山起

大画家顾恺之从会稽还,人问山川之美,顾恺之说:"千岩竞秀,万壑争流,草木蒙笼其上,若云兴霞蔚。"这些话历来被奉为名言。

西晋沦亡,南渡的中原大族纷纷定居浙东,丞相谢安就以高卧于上虞东山驰名。孙绰、王羲之等也先后来到浙东,他们徜徉于这山水胜地,惊异地发现了这里川岳钟秀所特有的自然美,和当时人们企求超越的心灵相契合。

东山在绍兴上虞的上浦镇,南距上虞城区 13 公里,水陆皆通。谢安居于此山。唐宋诗人李白、贺知章、刘长卿、苏东坡、陆游等，都曾盘桓其间，留下了不少著名的诗篇。

东山有一巨石悬伸江中，江边有谢安钓鱼台及谢安墓。西晋南迁后谢氏家族郁郁不得志，年轻的谢安隐居到会稽的东山，41 岁那年，谢安离开会稽东山来南京做了官。他在今南京城东 30 里江宁的一个土山上，造了一座别墅，把此山也称东山，谢安从会稽再次出山，人们因此称谢安为谢东山。又在南京东山运筹帷幄，指挥淝水之战，所以后人便据此拟了一个成语叫"东山再起"。

晋人发现山水是有灵性的，"人于山水，如好美色，山水于人，如惊知己"。谢安隐居会稽山中，与高士们"出则渔弋山水，入则言咏属文"，他们寄情山水，尽情于自然美之中，追求纯净脱俗之美，鲁迅称之为"文学觉醒的时代"、最高艺术精神的时代，王俭说江左风流宰相，唯有谢安。这里的风流是晋人的专有，是"人格美"的一种表现，是脱俗的言行、超然的风度。

东跨湖桥南行至花街的 40 里水道山径，是史书中常见的山阴道，王羲之有"山阴道上行，如在镜中游"之句，其子王献之更说："从山阴道上行，山川自向映发，使人应接不暇，若秋冬之际，犹难为怀。"陆游则喜欢从三山坐船至娄宫埠头上岸，换乘骡子去兰亭。他有诗云："城南天镜三百里，缭以重重翡翠屏。最好长桥明月夜，寄船策蹇上兰亭。"

明代著名文学家袁宏道，在辞去吴县知县一职后，到绍兴走访陶望龄，写下《山阴道上》一诗："钱塘艳若花，山阴芊如草。六朝以上人，不闻西湖好。平生王献之，酷爱山阴道。"乘舟游山阴道，有一种仿佛进入画中的感觉，鲁迅在《好的故事》说曾坐小船经过山阴道，两岸的丛山和枯树、茅屋、塔、天、云、竹"都倒影在澄碧的小河中，随着每一打桨，各各夹带着闪烁的日光，并水里的萍藻游鱼，一同荡漾。诸影诸物，无不解散……"

中国文化的早熟在于一开始就懂得逃避与脱离的创造性意义，早期谢安已有"神织沈敏，风宇条畅"的美誉，沉着而不外露，将有所为和有所不为运用得最为到家，为当时政界名人王导、桓彝所器重。

中国的哲学时代,在魏晋有过一朵浪花,诸多高官个个都像哲学家,王导、庾亮、殷浩、桓温、谢安等皆为清谈高手,清谈的艺术在于,将最精粹的思想,用最精粹的语言、最精炼的词句表达出来,被认为是一种最精妙的智力活动,这只能在智力水平相当高的朋友间进行。民间亦如此,谁能出个独到的命题,并作精辟阐述,便可被人称道。魏晋风流的四大特色:深情、玄心、洞见、妙赏,运作起来,惊世骇俗,冯友兰说玄学是古代哲学的一种革命,读到魏晋,让人耳目一新。

谢安唯一的目标是入世,他的遁世是为入世。或自诩清高,或等待机缘,对于朝廷征召或要员荐举,均不任职,如羊祜、傅玄、孔愉、郗鉴等屡召他他不出仕,朝廷视谢安"少有重名",让他去州府做官,他以身体不好推辞。庾冰、范汪推荐他为尚书郎、吏部郎,皆被婉拒。

谢安在 41 岁前一直做隐士,帮着弟弟谢石做些辅助之事,不见俗态,实际上是他在窥世态,深藏以后淡出才是高人。对谢安来说,清谈不过是自欺的骗术,宁可走一条自毁的险路,也不愿在玄学的圈子里,以深奥的自娱消磨时光。不过在清谈中玄学的积累给了他一个不愠不躁的境界,以至在谢万被废后,谢安毅然出山,到桓温手下去做一个闲官。

相传谢安常携妓游东山,"坐石室,临峻谷",悠然叹曰:此与伯夷何远。谢安的后人谢灵运称此为"人间仙境",在宋人王铚的笔下,此处为:"拱揖蔽亏,如鸾鹤飞舞;林谷深蔚,望不可见。"谢安居住在这样一个上看千峰掩抱、万峰林立,下视烟海渺然、天水相接的地方,似乎隐得极深,亦极认真,至少在朝野人士看来如此。

很多年以后大功臣谢玄,也向皇上要求退休,终老会稽山,"从之叔臣安退身东山,以道养寿"。苏东坡非常神往谢安的潇洒,在游临安东山后题岩:"独携缥缈人,来上东西山。"

江左风流从容相

谢安无数次地阐释着一个人生的呓语,升腾着生命的内觉,这是老庄以后的中国文化人罕有的声音。谢安在魏晋时人们崇尚的玄学里进出自如。关键是谢安在作完一番涂饰之后，撕碎了理性之网，去接纳一种无序的混沌，然这种混沌，却是东晋之朝的立国之需。

晋人风度在于"大道如青天，我独不得出"。谢安的隐还是很到位的，游山水，临墨池，赏歌乐，狎名妓，在会稽山士人圈里，他在仕途上还是个新人。这恰恰是他的高明之处，虽"觊觎晋室权力"是他这一时期的主流心态，然隐逸的日子他也实在神往。不过有三件事，让他不得不考虑出仕问题，一是已统一的北方励精图治，大有南侵之势；二是桓温势力驰骋朝野，晋廷实为皮壳，篡权指日可待；三是弟弟谢石被废，谢家有可能中落，这在门阀政治下的晋代，是非常可怕的。出于上述三个理由，谢安决计出山，这理由相当充分，又极体面。

在东晋当皇帝是个苦差使，"皇权不振，士族专兵"，豪门执掌天下，皇帝并无实权。主弱藩强，这世道便云里雾里地不听使唤。幼主登基，老臣辅政，大权旁落。家族辅政在中国历史上实属罕见，东晋王、谢、郗、庾四家轮流执掌着朝中大权，门阀政治下，皇帝只是作为摆设，手无兵卒，坐龙椅如坐针毡。

晋廷有志之士，欲收复北方半壁河山，常谋北伐。在谢安当政前，从祖逖到桓温先后六人进行八次北伐，终胜少败多，到谢安执政时前秦已基本统一了北方，对东晋形成严重威胁。谢安深谙东晋的危机所在，求良将御边，以兄子谢玄为将领。

苻坚自恃天下无敌，匆匆下诏，沿途结集兵力，此乃兵家大忌，彭超动作较快，率十四万大军南逼，欲直趋广陵，其余部队在都城尚未起程。谢玄率三万北府兵迎战。淮南大战，北府兵以五万之众，四战四胜，歼前秦军十余万，北府兵旗开得胜。

淮南大战只是个铺垫，让谢安看出苻坚的致命弱点，紧接着的淝水之战便是中国历史上著名的以少胜多的经典战例，双方参战兵力为：晋军八万，秦军三十万。晋廷以谢安为征讨大都督。秦兵"发长安，戎卒六十余万骑二十七万旗鼓相望，前后千里"。战争的胜负有时就在一念之间。这一仗极富戏剧性,两军对阵隔河相望,谢安下棋练内功,苻坚便憋不住,屡屡宣战,北人忌水战,于是谢安要求对方后退数里,以便晋军过河较量,前秦依仗势众,巴不得晋军过来"包饺子"。

这一退便不得了,东晋在前秦军中的内应乘势高呼"秦军败了!"一时间,前秦军如洪水决堤,转眼间便兵败如山倒。苻坚受伤,单骑逃脱,这致命一逃,让江南政权,又偏安了数十年。

谢安的功绩,在于政治上消除桓氏家族对晋廷的威胁,调和大族的关系,使君臣上下和睦,文武各得其任;军事上御外安内,最具远见卓识,尽心竭智以辅圣明,此乃晋代许多执掌朝政者想作而未曾做到的伟业。

太元十年(385年)七月,谢安积劳成疾,一病不起。于是上疏暂停北伐,并回京师建康,不久卒于建康,孝武帝加以厚葬,死后追赠太傅,子孙袭爵。

谢安死的那年,他的老对手苻坚亦跟着作古,谢家却香火不断,谢玄的孙子谢灵运就在那年出生,接上了绍兴的风骨之脉。

贺知章的"文曲"之光

绍兴的山水意气,引得唐人争相前往,绍兴的鉴湖、新昌的天姥山、上虞的覆卮山、诸暨和嵊州的东白山以及天台山,都是唐诗路上的"热门打卡地"。

唐代的绍兴风流,全仗一位叫贺知章(约659—约744)的绍兴诗人,引来其他诗人的蜂拥而至。

公元8世纪前后,中国的长安是令全世界羡慕的城市,方圆三十多平方公里的长安城,有无数的院落、楼阁、佛塔、亭台和园林,来自世界各国的商贾宾客云集于此,印度佛徒和中国道士擦肩而过,阿拉伯商人和苏杭的丝绸老板接踵而行,亚洲各国慕名而来的留学人员聚首各书院,年轻的秀才前来参加三年一度的科举考试,浪人、武士来此寻找雇主,诗人、画家来此投靠门第,政客官僚为游逛请吃日日笙箫,酒楼妓院使尽解数招揽八方宾客。

唐朝的世界很美,鲜花到处,奇景到处,那种鲜活不时在唐诗的文字中凸现出来,春江花月,葡萄美酒,所有的灵感都生发在这个艺术的时代。

　　贺知章于浙江，有两件事可以入史，他是浙江史实上记载的第一位状元。因为贺知章之引，唐代的诗人纷纷来浙东，沾点知性与才气之光，才有了浙东唐诗路。另一件事，是他的退休仪式。

　　公元744年，京城长安有一件载入史册的文化盛事，京城东门外张旗立幕，当今皇上唐玄宗率太子及文武百官到长安东门外设宴，欢送一位退休官员离京。享受"筵开百壶"如此特别隆重礼遇的，是号为四明狂客的浙江山阴人贺知章。

　　贺知章是唐玄宗李隆基十分推崇的文人，他甚至还专门搭建临时行宫欢送这位唐代宫廷里的高人。唐玄宗赞贺知章：礼乐之司，文章之苑。学优艺博，才高思远。

　　贺知章只是因病告老还乡，唐玄宗却组织了史无前例的广场盛会，命文武百官作诗相赠，送别的队伍中，有皇太子、宰相，还有李适之、韦坚、崔璨、王琚、王瑀、姚鹄、于休烈、卢象等一批当时文坛上的才俊。当然，还有他的挚友李白。

　　唐玄宗一展早已写好的御笔送行诗，其中有颇得要领之句：

　　"寰中得秘要，方外散幽襟。独有青门饯，群英怅别深。"

　　此时的贺知章与李白已成了情深意笃的忘年之交，款款深情，难以割舍。面对壮观而又伤感的送行场面，李白技高，思绪直飞浙东写下："镜湖流水漾清波，狂客归舟逸兴多。山阴道士如相见，应写黄庭换白鹅。"

　　过了几天，玄宗皇帝见《送贺宾客归越》，意犹未尽，写了第二首：

　　"仙记题金箓，朝章拔羽衣。悄然承睿藻，行路满光辉。"

　　之前，贺知章做了一件令唐明皇感动的事，他大病初愈上表奏明皇上，请求恩准他回乡当道士。把自己在京城宣平坊的家捐赠出来做道观，请赐名"千秋"。这千秋二字，最为值钱，皇家图的便是千秋大业。

　　这样的壮观场景还只是铺垫，是为浙东唐诗之路的开幕。这个称"四明狂客"的贺知章，属于唐代的文曲星，他让千古一帝武则天、玄宗李隆基成为衬托，让李白自愧不如，让杜甫顶礼膜拜。回到故乡绍兴没多久，在外漂泊了大半辈子的贺知章平静地告别了人世。

贺知章留给历史的故事，由成名之前的李白开篇。

公元742年，42岁的李白第三次来到京城长安，这个文艺青年念念不忘地想闯出一片属于自己的天地。

好友元丹丘介绍他去长安城西南隅的一座著名道观，造访道友李持盈。这位道友可是当今皇帝唐玄宗的妹妹玉真公主，她在大唐的文艺圈子里非常有名，很多饱学之士都通过她的引荐步入官场，比如王维。但玉真公主不是你布衣李白想见就见的人物。

李白说自己是司马承祯的朋友，司马承祯是玄宗皇帝敬重的高人，于是一位年过七旬、仙风道骨的老者出来接见，此人是早已功成名就的贺知章，李白仰慕之情油然而生。贺知章早在四十多年前就高中状元，他仕途顺畅，从国子四门博士做起，再到后来的太子宾客、银青光禄大夫兼秘书监，是整天围着皇帝转的职位。

李白递上他的新作《蜀道难》，贺知章开句读到"噫吁嚱，危呼高哉！蜀道之难，难于上青天"所迸发出的大气磅礴，不用再读，惊叹了一句："此天上谪仙人也。"诗仙下凡，老贺激赏。李白与贺知章年龄相差42岁。一老一少，相见恨晚。

文人的格局，只需看他喝酒时的作派就行。两位诗人，边喝边聊，对饮畅叙。结账时，贺知章忘了带银子，手头无钱沽酒，他毫不犹豫拽下佩在身上显示官品的金饰龟袋，要人去换酒。"金龟换酒"的举动感动了李白，李白对这位真挚、豪爽的贺老先生倍加敬重。

金龟换酒，成为唐人潇洒旷达的经典。贺知章的奖掖，让李白名倾一时。

贺知章是武则天时代的状元，唐玄宗封禅泰山的时候，他是仪礼顾问。唐肃宗被立为太子后，贺知章担任肃宗的老师。贺知章为官五十载，豁达纯朴，因其"器识夷淡，襟怀和雅，神清志逸，学富才雄"而得到人们的敬重。唐玄宗曾写诗称赞他"岂不惜贤达，其如高尚心"。

贺知章在朝廷的力量比起李白在浙江剡中的好友吴筠大得多，等到李白第三次到长安的时候，八十多岁的贺知章向唐玄宗推荐李白，玄宗对李白礼遇有加，赏其待诏翰林。

贺知章号称"四明狂客"，好酒、好开玩笑，在长安文艺圈是出了名的。他的朋友圈，有与陈子昂、卢藏用、宋之问、王适、毕构、李白、孟浩然、王维、司马承祯的"仙宗十友"；有同是江浙老乡的张若虚、张旭、包融的"吴中四士"；他的酒友圈较杂，跨政坛、诗坛、书坛，更多至市井之徒、三教九流。但较为稳定的是与李琎、李适之、崔宗之、苏晋、李白、张旭、焦遂的"饮中八仙"，抽空叫上张若虚等诗友酒楼约酒。他写诗、写文，还能作画，书法也非常了不起，和当时号称"草圣"的张旭是好朋友，常与张旭、吴道子、钟绍京等边喝酒边聊书画。又常和李琎、李龟年、王维等人约酌，畅聊音律舞蹈。所以号称文学界和艺术界的"老祖宗"。

李白在长安生活三年，常常和贺知章、崔宗之等志同道合的朋友一起饮酒作诗，如"仙人聚"。杜甫在长安，也曾干谒过老前辈贺知章。每次去拜访贺老先生，贺府里总是"谈笑有鸿儒，往来无白丁"，贺知章往往和酒友们酒兴正酣，谈兴正浓，于是杜甫后来作《饮中八仙歌》，排名第一的就是贺知章：知章骑马似乘船，眼花落井水底眠。排到第六仙才轮到李白：李白斗酒诗百篇，长安市上酒家眠。天子呼来不上船，自称臣是酒中仙。

贺知章是唐玄宗的好朋友，也是肃宗的老师，回绍兴时皇帝赐诗，百官送行，动作极大，不只是官场大事，而且是文化盛事。这对其故乡绍兴影响极大，但真正传世的应该是他与李白的友谊。李白对贺知章尊重备至。

贺知章回绍兴的三年后，李白兴冲冲地来到浙江，来到越中寻访贺老，不意贺知章早已作古，乘兴而来，悲伤而返。李白遗憾："欲向江东去，定将谁举杯？稽山无贺老，却棹酒船回。"这真是访友隔世，谢恩无门的悲凉。

李白在贺知章故宅，空有荷花，一人独酌，怅然有怀，想起四明有狂客，风流贺季真，连写了两首诗来怀念昔日岁月：

其一难受：金龟换酒处，却忆泪沾巾。

其二更难受：念此杳如梦，凄然伤我情。

　　李白不远千里来探望知遇恩人，想要再找老友喝一盅。不料，贺知章已魂归故乡的青山绿水间。老友离世，李白作诗"人亡余故宅，空有荷花生"。哀思切切。

　　失去了老友，李白却得到新友——绍兴的稽山鉴水。他被绍兴的山水之美和人文之盛所折服，写下了著名的《梦游天姥吟留别》。李白以后，整个唐代有四百多位大诗人来过绍兴，写下上千首诗篇，走出了一条浙东唐诗之路。

　　贺知章的诗大多在醉后写作，随写随遗，存于《全唐诗》中只有 19 首又二句，佳言金句却流传千古。比如他的《回乡偶书》。

　　太子李亨是后来的皇帝唐肃宗，他在贺知章死后十四年，依旧怀念自己可爱可亲的老师、故越州千秋观道士贺知章，还颁下诏书："丹壑非惜，人琴两亡，惟旧之怀，有深追悼，宜加缛礼，式展哀荣，可赠礼部尚书。"

　　贺知章故里道士庄，在当时的鉴湖之中，位置在湖桑东南，与三山相接。韩家山有小溪流入鉴湖，名曰"剡川"。后来南宋的陆游，可以说是与贺知章毗邻而居。"家在山阴剡曲旁，一番风雨送新凉"，陆游以临"镜湖剡川一曲"居住自得。

　　贺知章归隐镜湖道士庄，首访道士庄的便是李白，后来唐诗人朱放、朱庆余等都相继造访。他的古宅千秋观，在他身后保留了一长段时间，后来改成了天长观。直到诗人温庭筠到越中，现破败之相，留有《题贺知章故居叠韵作》："废砌翳薜荔，枯湖无菰蒲。"这已经是贺知章过世后一百多年的事了。

　　一切苦楚，一切悲伤都是过眼云烟，就像门前的那一汪镜湖水，春风袭来，波澜依旧。贺知章旧宅在北宋时郡守史浩又予以修复，并增建赐荣园，"又筑长堤十里，夹道皆种垂杨、芙蓉。有桥曰春波桥，花间杯影，望之如图绣"。增添了新的景致。

　　贺知章公元 744 年的那次回家，很有意思，毕竟是阔别了 50 年的故乡。一个人，一头驴，像个普通老人回到故乡，不像荣归故里，只求落叶归根。

　　故乡如往日般平静、祥和，只有几个小孩在村口玩耍、嬉戏。

　　贺知章感触万千，顺口吟出："少小离家老大回，乡音无改鬓毛衰，儿童相见不相识，笑问客从何处来。"无数"少小离家老大回"的游子，无论是衣锦还乡，还是魂归故土，读到这首诗时无不潜然泪下。

回到故乡没多久，在外漂泊了大半辈子的贺知章便平静地告别了人世，他将最后一首诗留着了这里：惟有门前镜湖水，春风不改旧时波。

贺知章以 85 岁的高龄，走过了风风雨雨，迈过了沟沟坎坎，早将人生的滋味悟透，活成一场觉醒，活成一番领悟。

贺知章，唐代最幸福的诗人，出走半生，归来仍是少年。

风骨厅，永恒的碑刻

王安石的变法之殇

浙东运河过姚江，入宁波甬江，是之江的另一出海口。

鄞县属甬江边的一个粮食大县，北宋时期，县政府将公款贷于农民，置生产资料，终以农民获利、政府得息而皆大欢喜，做出这个决断的县令就是北宋的王安石（1021—1086）。

鄞县经验，成为中国 11 世纪的改革实验地，王安石这个人物，也被永远地刻录进之江群英谱。

偶拾鄞县记

今天宁波的一些文史爱好者，仍能通篇背诵王安石的一篇不太有名的古文，叫《鄞县经游记》，笔记风格，其影响力在浙江的一个县域绵延千年。

1047 年，26 岁的王安石担任鄞县知县，仅仅休整七天，便风尘仆仆，以自助游的形式，在鄞县全境做调查研究，写下这篇民情日志，或者说是下乡日记。《鄞县经游记》不长，300 来字，字里行间，浓缩着一路日夜兼程、跋山涉水、避雨宿庙的历程。作为唐宋散文名家，哪怕这篇游记显示着工作札记的文风，功底与文采亦经得起细细品读。该游记没有自然风光，满纸记述了民情民生。

行程第一站是"至万灵乡之左界,宿慈福院"。随后登上鸡山,考察碶工凿石的进度。然后又乘船至石湫,观察海潮,又游览天童山,宿于景德寺。这两处就是现在的天童森林公园和天童寺,王安石后来多次去游览,并留下大量诗作。他还乘舟穿越东钱湖,"泊舟堰下,食大梅山之保福寺庄",再去小溪等地。他用12天,走遍了东西14乡。

王安石思考着如何让农民走出困境,他到任的第一件事,就是清理县库存粮,救济灾民。年成好时农民可勉强糊口,一旦遇到灾害,便只能借高利贷度日。

于是,他推行实施了一项改善民生的政策,即"贷谷于民",青黄不接时,可向政府借贷粮食,到收获之时以低息偿还。这就是青苗法最初的试验。

古时有"宰相起州部"的用人诀,这位胸藏家国情怀的年轻人,在鄞县只干了三年,"治绩大举,民称其德",民间给了"江东三贤"之赞。

这一年,鄞县恰逢大旱,王安石动员十万民众治水。这一年全县兴修水利设施21处,突出的功绩就是修复丧失了灌溉机能的东钱湖,恢复湖界、加深湖底、围筑堤堰和设置碶闸,解除了鄞县镇海七乡农民的水旱之苦。千年后的东钱湖,西子风韵,太湖气魄,山美水美人美,湖边建起了王安石纪念馆。

北宋庆历年间(1041—1048),中央政府诏令天下办学,王安石在鄞县率先开创"教育与知识"的时代。当时的鄞县,没有现成的人才当老师,王安石遍访山野硕老,找到了杜醇、楼郁、杨适、王说、王致等五位饱学之士,史称"庆历五先生",形成了官学、书院、蒙学三个教学系统。王安石在鄞县父母官任上,还写过另一篇《慈溪县学记》,与游记的精神相呼应。文中写道:"天下不可一日而无政教。"

他提出兵农结合,按"什伍之法"组织保甲,对保障地方治安、维系基层政治秩序的一贯设想作了有益实验。这也是他后来"保甲法"的"初稿"。

在我看来,《鄞县经游记》,胜过他的任何诗文名篇。清代鄞县诗人陈劢留下诗作:"荆公宰吾鄞,学校振士风。石台足师表,楼王皆儒宗。留心及水利,经游详记中。旱涝切民瘼,往返劳行踪⋯⋯"

王安石要运作立德或者立功之类的大手笔，运用货币与金融手段调理国家。这一招出在千年以前，太具想法了，非一般政治家可以虑及。没有在鄞县的历练，后来的新政也难以付诸实践。

无言先立意

以矫世变俗、振国安民为己任的大文学家王安石，当了十八年地方官后，因为政绩卓著，被调任为京官，负责管理盐铁、度支、户部，大范围接触经济工作。

王安石变法的决心，是其来自基层实践的底气，底盘厚实才能心如磐石。

一部北宋作战史，尽是令人沮丧的溃逃、纳岁币的证录，宋朝无力抵御辽、金、西夏的不断侵扰。公卿大臣依然燕雀处堂，迎来送往。宋朝是中国古代修文高峰与武备谷底这样一个奇怪的时代。王安石决心改变这污浊横流的状况。

立国伊始，朝廷就实行了以金钱收买换取君臣相安的策略，将大批功臣宿将赶到了乡下，圈地养老，他们拥有一定的特权，高额收取地租，日子过得逍遥自在。王安石限制了这种生财空间，还得照章纳税。新法革了自己的命，保守势力开始发难。

作为文学家的王安石，受到欧阳修、文彦博、苏轼、苏辙、司马光、曾巩们的欣赏与推崇。但文人一旦参与了政治，味道就变了。王安石带着基层成功实践的信心，试图实现他的政治抱负。到京城工作没几天便经常催皇上抓改革。

王安石违反了官场常理，写了被梁启超誉为"秦汉之后第一大文"的上仁宗皇帝的万言书。抓住理财这个中心，直面经济改革，但那个有产阶层还是绕不过去，他只能硬着头皮往前走闯。把整个朝野给得罪了。

随后，青苗法出台，此法等于出钱预购粮食，用仓储与现钱借给农民种粮，农民来年偿还时加息两成，此法限制了官僚豪商的高利贷活动。

王安石是个急性子，两个月后又推出农田水利法。次年抛出更具影响力的"免役法"，改原先的差役为募役，让拥有田产的地主们又多出一笔钱。这几手直往地主豪门阶层的要害里捅。故政策既出，险象环生。

王安石遇到前所未有的阻力，王安石未上阵地，便遭狂轰滥炸。

德高望重的司马光的出场，让这场变革多了变数。司马光、欧阳修、张载、张戬、程颢、文彦博、韩琦、范镇、苏轼、苏辙……这些名字在百姓眼里是个高山仰止的群体，与这个群体作对，是很要命的。王安石在统治集团上层异常孤立。

王安石看似站在整个朝野的对立面，其实他在跟司马光一个人过招。这场改革演绎成两个著名文人之间的较量。这北宋的两大名人，都出身仕宦之家，都好学不倦，聪慧过人，同时从政于仁宗、英宗、神宗三帝，都称道对方才华学识，互表倾慕之心，他们对时弊看法都近似，都希望皇上整治天下，关键是整治国家的思路南辕北辙。

未啸已生风

司马光出局，王安石则继续提着脑袋往前闯，市易法的实施，是中国历史上商业创新的成功尝试，政府直接设网点吞吐物资，参与交易，平抑市场物价，断了那些操纵市场的大商人的财路。

倘若看一下北宋财政状况便知，"至熙丰间，合苗役易税等钱，所入乃至六千余万"，中外"府库无不充衍，小县所积钱米亦不减二十万"。熙宁十年（1076 年），仅开封一地的市易得息达一百四十三万贯。

运用金融的功能，重视货币的作用，王安石的变法思想，在今人看来是何等亲切。当时，市场上早已流通着马可·波罗眼中新奇的纸币，是政府特许的汇票，这种划账的票据，可免携铜钱之烦劳。王安石走向了改革的深水区。梁启超这样评价："中国人知金融为国民经济之命脉者，自古迄今只荆公一人而已。"

苏轼、苏辙、沈括、孙觉、程颐、欧阳修，这批曾经的变革派，一个个都离变法而去。要求神宗罢免王安石、废新法的疏文像雪片一样飞向朝堂，攻击言辞愈来愈激烈。

王安石的改革剧情顿时有了凄恻婉转的变化，这段历史，令人怀想的东西太多了。对于中国历史大进程来说，它拒绝变革，只允许渐进，即使有浅薄的成功，隐藏背后的是更大的挫折。

王安石走到了悬崖边。人算不如天算，秋天，中原大旱又遇蝗灾，四处尽见逃荒人，有人说变法触犯天威，致使流民遍野，非废法不可救。焦急不安的神宗，废除了新法中十八条，三日后果然天降大雨，这就神了。新法一废，甘露便降，似乎天公也顺人心。

王安石被贬回南京养老，从此再也没有返回过政治舞台。

王安石的故事是中国历史里的一个大题目，这位文学大家企图以金融调控的办法重振国事，是一个天才的创举。王安石对神宗说"不加税而国用足"，神宗听得云里雾里，他无疑明白以信用借贷办法刺激经济收到增税的效果。王安石撑起王朝财政，可悲的是朝廷的官僚们竟不知滚滚财源从何而来。

王安石走后，朝廷乱了套。司马光被主政的高太后请回，以 67 岁高龄任宰相，一年里尽罢新法。四月，王安石离了人间。九月，司马光过世。

王安石做个纯粹的文人一定不错，他的往来公文里甚至都冒着才气，闲暇之余作文，被欧阳修尊为"翰林风月三千首，吏部文章二百年"。梁启超更说，其德量汪然若千顷之陂，其气节岳然若万仞之壁，其学术集九流之粹，其文章起八代之衰。

王安石留给浙江的，是他的鄞县实践和一个在世上只活了一年零两个月的女儿，王安石将得病而死的女儿葬在一座叫崇法院的寺庙西北，就是今天宁波南郊的祖关山。他写了一篇墓志，把聪颖的女儿称作"鄞女"。祖关山当年是一座如全祖望所说的"气象磅礴，为城外之伟观"的山岗。王安石很喜欢这里，在寺庙里题了不少诗。王安石要离开鄞县，临行前的一个夜里，他坐船来和女儿告别，在女儿的坟前留下一诗："今夜扁舟来诀汝，死生从此各西东。"

王安石直到去世，再也没有回来看心爱的女儿一次，她永远地留在了宁波。

东钱湖以祠、庙和阁、亭、岭、堤、塘之名,将王安石这位先贤刻在大地上。

王阳明的哲思之巅

一位让世人为之震惊的思想家的出现,开场总是漫不经心的。

在绍兴这座没有围墙的博物馆里,阳明大师惊世骇俗。

王阳明(1472—1529)的顿悟,用长长的渐悟做铺垫。少年立志做圣贤,青年时将宋明理学视为死路,中年顿悟的王阳明,在山阴道上得道,成为圣者。

王阳明的悟,不在贵州,在绍兴。

龙场悟道

匆匆那年,先哲王阳明往鉴湖边一站,发现自己混沌的襟怀里供养一丝清气,湖边人家的银杏树飘下一片落叶,沿湖满山瞬间已是秋色一片,那意境绝对空灵。

儒家思想最擅长的,是让人在几千年漫漫长夜中自省。王阳明别无他求,只想点一盏灯,借一束微弱的光,看看身边世界的真实。

王阳明的神奇经历让今人读了依旧兴奋不已。这一年的冬天,兵部主事王阳明,因疏救戴铣被廷杖四十,贬为贵州龙场驿丞,在龙场,"穷荒无书,日绎旧闻,忽悟格物知当自求诸心,不当求诸事物,喟然曰,道在是矣"。据说他在龙场昼夜静坐默思,一天晚上忽然大汗淋漓,心跳如狂,"心学"豁然通悟而成,如此得道方式,禅宗称之"顿悟"。此即是中国思想史上著名的"龙场悟道"。

王阳明在思想的炼炉前过久凝视,冷不丁宣告自己是位通灵者,提供一种醍醐灌顶的新方法,他把心智引向了哲学,把苦难导入生命。他不想以官员身份向人索取赏赐,封侯拜相已不是他释怀的通道,他潇洒地站到了体制的外面。信仰心学不必盲目读书,于是被程朱理学折磨苦了的一代士人趋之若鹜。

大自然的真性情抹去了旷野的风霜后显示了出来,他的思想探索,开辟了以"良知"为主题的明代心学和新的启蒙时代。王阳明的主要思想观点和方法,见之于他的门人辑录的《传习录》。其能"震动一世之心",在于他的思想契合了当时社会的精神需要,用他的思想来拯救已经崩坏的世道人心,使社会回到正轨。

龙场悟道,作为他一生中的关键事件,被重写入他的个人传记,作为重要的思想史资源,得到新的阐释。黄宗羲《明儒学案》中说,"龙场一悟,得之天启,亦自谓从五经印证过来,其为廓然圣路无疑"。中国传统儒学在王阳明这里拐了弯,"心学"在"圣路"上,另辟了一条道,从者无数,接了地气,颇值得玩味。

心即理、知行合一、致良知,是王阳明心学的三大命题,梳理了儒家思想千年发展的脉络,使心学思想的路数有迹可循。

王阳明是中国历史上罕见的立德、立言、立功三不朽人物,是明代最为杰出的政治家、军事家和哲学家。他荡气回肠的一生,跌宕起伏,充满了传奇色彩,他的心学思想融合了儒释道三家之精髓,是"酱缸文化"的一剂解药。

王阳明的心学是体验之学,若离开了"事上磨炼"、切身体验,那就成了疯狂的工具。阳明心学简单直接,很少有人明白王阳明运用良知时为什么那么出神入化,因为王阳明三十多年各种知识的积累和身临绝境后的体悟制造了使用良知的奇迹,他是从千难万险曲折中来,这是其他人所无法复制的。

江南实学浪潮拍打儒学礁石三百年,属于纯粹的民间动因,一批思索者出现了,丘浚、王阳明、王艮、李贽、黄宗羲、顾炎武、方以智、王夫之、陈确、唐甄、颜元。一批链接世界的科学家诞生了,其中有戴震、钱大昕、赵翼、王鸣盛等人的历史考据实学;有黄宗羲、万斯同、全祖望、章学诚的经世史学;有徐光启、宋应星、王锡阐、梅文鼎的科技实学。江南实学直逼正襟危坐的儒家官学。

嘉靖、万历年间近代化的启蒙因素令制度变迁变得不可逆转,催生出16世纪徽商、晋商、陕商等自由大商帮,类似于马克思所说的特殊的商人阶层,这类有组织的商人、商品和商业资本,在中国历史上发生过巨大的影响。

天降大任

王阳明与中国历史上其他的天降大任者一样，踏着苦难而行，遭暗算，遇冷箭，入监狱，挨廷仗，被发配，匡时济世，终生奔波，一路传播他的思想。

思想上，江浙人从容出发的依据是对道学的质疑，王阳明对程朱理学的批判，黄宗羲对君主专制的批判，章学诚对史学的批判，风气开得振聋发聩。

艺坛上，江浙文人中的那些书画诗文边填补边留下无尽的空白，散发着生命与生命的碰撞，江浙民间各路高手不经意间完成了人生的准备，在毫无造神的空间与气息的时代，阴差阳错地成为旗手。

王阳明的内心，一定是万千气象，作为明代最大的哲学家，他别出心裁地将佛家顿悟之说用于儒学。利玛窦来中国，拜会王阳明的弟子，他夸张地说中国由一大群"哲学家"管理。

因为哲学上的成就，他的军事才略似乎常被一笔掠过。1519 年 6 月，朝廷命令时任南赣、汀漳巡抚的王阳明前往福建平叛，行至半路闻宁王朱宸濠在南昌起兵反叛。王阳明清楚反贼如果出长江顺流东下，南京陪都就危险了，王阳明遂用计拖延叛军入长江，保南京无虞。他派人到各府县假传命令，让朱宸濠不敢冒进。十多天过后，朱宸濠并未见朝廷兵至，才知中计。王阳明只用三千人马，花四十天时间，轻松生擒朱宸濠，立下大功。正德皇帝的态度离谱，竟要求将宁王放回鄱阳湖，自己率军重新征讨，玩一玩猫捉老鼠的游戏。王阳明亲自押宁王下富春江至杭州交给曾参与诛刘瑾的太监张永，任其发落，自己也不去邀功领赏。

历史的创痕是陈年的风湿，刮风下雨都会隐痛，王阳明对于创口的抚慰不同于常人，复仇不作为他前行的原动力。

王阳明讲学于戎马倥偬之际，他的弟子遍布大江南北。王阳明死后，其弟子王艮开创泰州学派，倡平民儒学。王艮后学颜钧、罗汝芳、何心隐、李贽等更推扬师说。王阳明心学思潮的激荡，使儒学呈露出由庙堂返民间的迹象，是中国近代化的内生源之一。

王阳明心学地位在中国发生变化是在近代，晚清三杰中的曾国藩和左宗棠是阳明心学的推崇者。曾国藩训练"团练"的战法都学自王阳明的军事思想。左宗棠把王阳明当成一生的偶像推崇、效仿。左宗棠"师夷长技以制夷"的业绩源自阳明心学的精神力量。

阳明思想是中国近代的遥远铺垫，王阳明学说直奔解放思想主题，中华史界，能仰俯历史的文化大师，懂哲学又长谋略。《明史》说：文臣用兵制胜，有明一代无人与他比肩。

余姚龙泉山北麓、武胜门西侧的寿山堂，是王阳明故居，王阳明就诞生于故居内的瑞云楼，并在此度过了童年和少年时代。阳光不显倦怠，深秋以后的大地略带暗色，萧萧秋风下苍老的绿荫抚慰苍老的古镇，历史的创意再丰盛终究抵不过阳光给予的神奇彩笔。

徐文长的狂人之孤

在绍兴，霉和臭属于好货色，诸如臭豆腐、霉干菜。绍兴人家等苋菜长到脱样了，切段放坛里腌制，不几日拎出，臭苋菜梗浑身披绿，发霉的臭汁与咸酸合一体，顶风臭十里。

灵者复活

借绍兴的臭喻人，徐渭（1521—1593）最合适。徐渭之名，在其离世三年后，他的"霉"和"臭"开始发酵，第一个嗅到这怪味的，是大才子袁宏道（1568—1610）。

袁宏道成为徐渭第一个招魂者。

1596年初春，28岁袁宏道辞去吴县县令，直奔杭州，找浙江文坛老友诗酒言欢，由陶周望兄弟相伴游杭州、绍兴，盘桓两个多月，不停地给自己减负，生命因此而灵动。

在杭州，袁宏道在陶周望书斋读到一本叫《阙编》的徐渭遗稿，这书装帧老旧、烟黑加毛边，仿佛如从墓中盗来。袁宏道翻之读之品之，"不觉惊跃"，"如魇中得醒"，徐渭了无忌惮的诗风，令袁宏道竟有晚识之恨。

见过徐渭的文字,袁宏道谓徐渭更值得押宝:"先生诗文崛起,一扫近代芜秽之习,百世之下,自有定论,胡为不遇者。"于是站到了当时文坛领袖李攀龙、王世贞等复古派的对立面,视复古派的拟古之作犹如"粪里嚼渣,顺口接屁"。

他说动绍兴推官孙应时筹资出版徐渭的全集,又请总督宣大、山西军务的梅国桢为徐立传,他甚至向有一代宗师之称的礼部尚书冯琦直截了当地推荐徐渭,说徐有李贺之奇,而畅其语;夺杜甫之骨,而脱其肤;挟苏轼之辩,而逸其气。

完事之后,袁宏道才溯新安江而上至徽州,饱览黄山、齐云秀色,人生重归和煦春风。

在明代文人中,徐文长以才气自负当世,后人凡知道在悖逆时俗的道路上一意孤行的徐文长,对他真是敬慕有加。他的诗文他的书画,他在戏曲艺术上的造诣和贡献,都备受推崇。

徐渭的狂,不只体现于文字,还体现在参加了著名的绍兴城西"柯亭之战"、城东的"皋埠之战"以及钱塘江入海口的"龛山之战"。徐渭的军事才能得到时任总督七省军务的胡宗宪的赏识,胡宗宪多次邀徐渭为幕僚,担任记室,代拟文稿。"葛衣乌巾,纵谈天下事","时督府势严重,文武将吏庭见,惧诛责,无敢仰者。而渭戴敝乌巾,衣白布瀚衣,直闯门入,示无忌讳"。呈献给嘉靖皇帝的两篇《白鹿表》使其名声大振。

后来,胡宗宪受严嵩案牵连入狱,徐渭担心祸及己身,先后九次自杀未遂。徐文长诗文艺术的巨大成就,几乎都是在得了狂症以后创造的。

看明代中叶以后的历史,就能察觉到这是一个让文人狂躁不安的时代。明代文人的普遍纵诞,是他们狂躁心理的反映。读徐文长的《自为墓志铭》,更能看出他的个性。梅客生说他"病奇于人,人奇于诗"。

假如徐文长能如早年那样慕于道、禅,或许会修成"正果",无奈他的个性那样倔强、偏激,绝不肯磨灭自己的直梗之气,偏要往狂厉这条路上走。

他用"狂"这个方式彻底割断了与此世界的联系,在"狂"时,无视周遭一切，甚至自残，这种行为也成为对世道与礼法的蔑视，于是"狂"而为诗、为文、为书、为画，奇超逸，惊世俗，成为明代第一人。

袁中郎《徐文长传》评论道："古今文人，牢骚困苦，未有若先生者也。"

徐渭之奇，是命也是人生，是运也是性格。异为因果不仅能概括徐文长，古往今来的杰出文人，也都不出这一个词。

世凉藤青

绍兴越城前观巷，深巷之中，时光慢了下来。小巷弯曲深窄，寂然无人，门牌 10 号，是徐渭的故居，叫青藤书屋。站在徐渭自凿的那方"天池"里，一股阴气油然而生，这是徐文长留待于此的一点精魂。

青藤书屋那株细小的葡萄，抽芽、长叶、开花、结果，一串串葡萄被郁郁葱葱的青藤所掩蔽。"青藤书屋"四字凝结了风光之美和文人情致，经历了四百多年风雨，与徐渭自己所画的《青藤书屋图》已大相径庭。徐渭的画上，"几间东倒西歪屋"，而非一座幽美的江南庭院，"一个南腔北调人"，成为一种艺术意象和一个人文概念。

徐渭的人生，少年得名，青年得志，中年"失踪"。徐渭父徐鏓曾任四川夔州府同知，晚年纳妾生下徐渭，但百日后父亲便去世。徐渭 6 岁读书，9 岁能文，十多岁时已是闻名遐迩，当地士绅都称徐渭为"神童"，将他与东汉杨修、唐朝刘晏等人相提并论。15 岁拜家乡一位叫彭应时的武举人学习射箭与剑术，20 岁入赘绍兴富户潘家，并随岳父潘克敬游宦阳江，协助办理公文。徐渭八次科考均未中。徐渭"貌修伟而肥白，音朗然如鹤唳"，时常中夜呼啸，宣泄愤慨。

田产被劫，妻子亡故，徐渭一下子陷入人生的低谷。27 岁，徐渭在家乡开设私塾"一枝堂"，以教授学童糊口，开始研习王守仁学说。

恃才傲物、放荡不羁的徐渭，个性用一个字来概括，那就是"狂"。徐渭认为艺术要有自己，表现"真我"。

行为的疯狂、偏执与乖戾的徐渭，婚姻一塌糊涂，一生经历四次婚姻，最心仪者是发妻潘氏，两人生活了六年，是徐渭感情生活中唯一幸福的六年。误杀了继妻张氏，系狱七年，出狱后，先是到金陵，又北上京师，终究狂症复发，回到绍兴，潦倒度日。

七年牢狱、八次乡试、九次自杀。人生落魄到这般境况，他却仍古狂放不事权贵。恶疾缠身的徐渭以卖画、卖书为生，常"忍饥月下独徘徊"，但从不为权贵作画。为了生存，数千卷心爱的藏书也变卖一空，以稻草裹尸走完了坎坷的一生。死时身边唯有一狗与之相伴，床上连席子都没有。正是这样的窘迫与抑郁使得他的才华有了惊人的爆发。

纸薄文长

绍兴市兰亭镇木栅村，是山上的一个古村落，古时称"木客村"。《越绝书》上说，木客一带多巨木，越王勾践灭吴后不久，曾派两千八百士兵乘着船，在这里砍伐松柏以制作木筏，当时称伐木人为"木客"。村东印山有两千年前的越王陵。一片茶园一片芭蕉林，冉冉苍绿，徐渭墓园就在越王陵旁边。

徐渭墓园，安静阴凉无人迹，守墓人说这里是徐氏家族墓地。墓是正方形的，用条石叠砌，极其简陋，惟墓碑沙孟海的字"明徐文长先生墓"尽显力道，周围遍生篁竹，有风吹过，竹叶沙沙作响。

墓后的那一架葡萄，交藤接叶，结缠到墓上年年开花，岁岁结果，无人采摘，一串串凋落在墓上，腐烂于土，墓中人终究是寂寞。

我在墓园里兜兜转转，却走不出徐渭的世界。墓园植物种类很多颇像徐渭的《墨花九段图》长卷中所有。纪念堂前的荷是他的"拂拂红香满镜湖"，院中的梅树长势郁葱，东篱的野菊、越兰兀自蓬勃，如徐渭的水墨奔突。

徐渭的水墨写意，喜愈喜，悲愈悲。《墨葡萄图》是他的代表作，水墨酣畅。一根老藤错落低垂，数串葡萄倒挂枝头。"笔底明珠无处卖。"这"笔底明珠"把明代的书画艺术推向了水墨写意的顶峰。

徐渭被尊为泼墨大写意画派的开山鼻祖，有"李贺之奇，苏轼之辩"，后人称其为"东方的梵高"。徐渭落魄、困顿、遭受诟辱，造就了他独特的、后人难以企及的画风。

　　走完石板路，站在徐园的门口，隐约间看见一个凄丽、若有若无的梦境与若隐若现的幻象。郑板桥还曾刻过一枚"青藤门下走狗"的印章。难怪齐白石要说："恨不生三百年前，为青藤磨墨理纸。"

　　徐渭师从季本和王畿，将王阳明心学向书法投射，将叛逆带入书法，这与明代中期书坛沉闷刻板的气氛格格不入。徐渭自书的《白燕诗》现藏天一阁博物馆。张岱称："青藤之书，书中有画，青藤之画，画中有书。"

　　徐渭对自己的书法极为自负，认为自己"书法第一，诗第二，文第三，画第四"。徐渭书法打破了明代书坛"台阁体"的主导，越过时代。他的《春园诗》，行笔如米芾，随意尽兴，长枪大戟，森然林立，奇境自出。将个性张扬到极致的书风，影响了后来的王铎、傅山、黄道周、倪元璐、张瑞图、朱耷、郑板桥、虚谷等书家。

　　徐渭"狂书"，行笔下笔滔滔，线条充满奇异纵肆的力量，字与字的间隔很小，他不想给这个拥挤的世间留间隔。

圣者园，永固的雕塑

黄宗羲的醒世之炼

之江有个意义特别的岔口，在杭州西兴口。从地理层面说，是富春江的尾声、钱塘江的序幕。干流东去，出杭州湾入东海。

　　之流南往，入曹娥江，经浙东运河，过余姚，至宁波甬江，也入东海。

　　江潮的浪淘沙和运河的天净沙，一个属于自然的，一个属于人文的，均撼天雷。

少年杀手，姚江黄孝子

浙东运河流过人文绍兴，出现了整个清代人气榜首的黄宗羲（1610—1695）。黄宗羲身上，是两种堪称极致的人生，一种是真汉子，另一种乃真文人。

故事从绍兴古城内一座叫蕺山的小山铺开,比较有意思,王羲之的家原来住在蕺山脚下,山上有座书院,是范仲淹建造的,王阳明在此讲学,这会儿,是明代大儒刘宗周坐堂。

崇祯二年(1629年)的一天,有位年轻的"杀手"光临,拜在刘宗周脚下。此人正是真汉子黄宗羲,是北宋大文豪黄庭坚的后裔,"东林七君子"之一黄尊素的长子,他的杀手之名源自他替父报仇的事迹。黄尊素因弹劾魏忠贤而被削职归籍,不久下狱,受酷刑而死。魏忠贤被诛,刑部审讯阉党余逆,19岁的黄宗羲手持铁锥,奔入公堂对质。阉党分子许显纯说是皇后外甥,免受死罪。黄宗羲当堂用所藏长锥猛刺,使之"流血蔽体"。另一阉党分子李实暗送黄宗羲三千两白银,央求其不要追究,被黄宗羲在公堂揭穿,以锥刺之。黄宗羲一连刺伤八人,轰动京城。崇祯帝叹称这位当庭杀人者为"忠臣孤子",民间则喊"姚江黄孝子"。

黄宗羲尊父遗命到绍兴拜刘宗周为师,理学大家刘宗周是阳明学说的传人,提倡"诚敬""慎独"之说。他的经历颇奇特,在考取功名后的四十五年里,只有四年在朝中为官,一生三次被革职,每每被罢官,他总是回到绍兴蕺山书院讲他的学。刘宗周更是一位正气凛然的骨鲠之臣。黄宗羲从老师处学到知识,更学到了气节。黄宗羲家中藏书读尽,就向余姚钮氏"世学楼"、绍兴祁氏"澹生堂"、南京黄氏"千顷斋"、常熟钱氏"绛云楼"等江南藏书大家借抄。宁波天一阁竟破族外人不准登楼的旧例,由范姓友人陪黄宗羲上楼观书、借抄。

黄宗羲是在明朝灭亡之际,组织反清运动不成后才去做的学问。

1664年,抗清二十年英雄张苍水,最后在杭州被砍了头。被解除通缉才一年的黄宗羲亲自操办了张苍水的后事,让这位"三度闽关,四入长江,光复名城三十座,潜行穷山二千里"的浙东老乡长眠于杭州南屏山麓。之后,他去了另一个战场,开始了思想启蒙的征程。

浙东的文化人,仅一个余姚,便有明代三杰王阳明、黄宗羲、朱舜水,耸立起中国思想史上的三座高峰，他们身上都有一种楷模性存在。

刚勇的杀手黄宗羲走向人生迟暮时，却以史学泰斗、文化巨匠、哲学大家的身份巍然屹立。他用嶙峋傲骨获得一种精神引渡。

中年举旗，江南守名节

浙东人的尚武精神是江南文明史上难得喋血岁月的壮丽句号，这些文化人大多无法想象一群手无缚鸡之力的文化浪子，用鲜血写了一曲呼天号地的文化悲歌。

当八旗狼烟滚滚、所向披靡时，但见傲骨嶙峋的江南文化人共赴国难，壮怀激烈。黄宗羲的老师刘宗周投水自尽，被人救起，清臣拿清帝的聘书请他出仕，刘绝食二十天而死。刘宗周临终前，黄宗羲侍奉在侧，刘宗周死时双目圆睁，用自己的血去祭奠那生生不息怆然傲岸的民族精神。

绍兴遭遇了死亡的季节。"有蝉蜕轩冕者，有山林终者，有自髡顶为僧者，有小草坐寒毡者，有起以大慰苍生者，有墓木已拱久者，有憔悴且行吟者。"一个个朝着不朽的地方走去。

明亡后，黄宗羲返回余姚，结集家乡子弟数百人在浙南山区组织义军，组成"世忠营"，赶赴钱塘江参加防江战役。他指挥"火攻营"渡海抵乍浦城下，因力量悬殊而失利。后来，黄宗羲遭清廷三次通缉，弟宗炎两次被捕，几处极刑。

黄宗羲见恢复明朝已无希望，就致力于学术研究和著述。结识继东林党而起的政治集团复社中坚人物，参加复社。后来，黄宗羲在余姚组织过"梨洲复社"。他游学南北两京，结交方以智等著名学者，视野大开。这一年，黄宗羲完成了著名的政治学术著作《明夷待访录》。提出了"为天下之大害者，君而已矣"这一振聋发聩的民主主义的口号，此书一直被列为禁书。辛亥革命前夕，孙中山在日本将此书油印散发，作为推翻帝制、实行民主自治的动员令。

中国经济思想史上，干预和反干预两股势力一直在较劲，反干预思潮在江南一直占据上风，这跟绍兴先哲的思想倾向有关。王阳明对程朱理学的批判，黄宗羲对君主专制的批判，章学诚对史学的批判，风气开得振聋发聩。

黄宗羲提出"切于民用"的新民本主义经济伦理发展商品经济，这种实学思潮，盛行保富、崇私、自为、富民、工商皆本论和新功利主义，突破了农耕社会的价值观。

黄宗羲反思体制的缺陷，怀疑孔子学说，质疑朱熹在误导这个世界，社会情形和欧洲宗教改革时不骂耶稣骂教皇一样。他建议地方扩权自治、民主荐官、有识者集会讨论政衙，让县令依讨论结果施政，是一种民主参政。

明末遗民为今天播下了文化精神的种子，以至在三百年后章太炎、蔡元培等大群文人高举恢复汉文化大旗，掠过这块斯文决不扫地的地方，召回那些永不散去的孤傲的魂魄。三千年江南水土，能与粗犷豪迈阳刚放纵结缘的，惟明清那段时空。

历史上的税费改革不止一次，唐"两税法"、明"一条鞭法"等屡见史册。但每次税费改革后，农民负担在下降一段时间后又涨到一个比改革前更高的水平。黄宗羲称之为"积累莫返之害"，这也是黄宗羲留给后人的一个经济学命题。

黄宗羲认为，要使民富，还必须"崇本抑末"。他驳斥了收税、征兵、取士、任官制度的种种不合理，这种政论品格与当时艺术精神走到一起，自由开放的品格渗入到社会细节，结交出商业伦理与怀疑传统的精神导向。

晚年鸿儒，稀世学问家

黄宗羲一边著书，一边往返于慈溪、绍兴、宁波、海宁等地设馆讲学，撰成《明夷待访录》《明儒学案》等著作，以彬彬弱质支撑着异常坚挺的文化人格。

就像河姆渡先人创造干栏式建筑一样，黄宗羲竟然从哲学、政治、民主、经史百家、乐律、释道里走出来，顺道拐进古典科学的胡同，撬开天文历算和数学的门：

发现《春秋》中记载的两次月食都是"前食而后不食"，论证了鲁襄公二十四年（前549年）有关月食的记录是错误的，而鲁庄公十八年（前676年）三月有关日食的记录是可靠的。

用历算的方法探讨了武王伐纣的确切年代，写有《历代甲子考》；确切推算了孔子的生辰。

在数学上纠正了朱熹《壶说书》中的相关错误。

刊校了《水经注》，批驳了"分野说"。

注解了蔡元定乐律学，纠正了朱熹注《孟子》中的相关乐律错误。

黄宗羲认为，设立学校，是"必使治天下之具皆出于学校"。给当时思想界带来很大震动。

黄宗羲是学术史界第一人，用"学案体"开了编写学术思想史的先河。他的《明儒学案》是中国第一部系统的哲学史专著；他的政治理想集中在《明夷待访录》中，从"民本"的立场抨击君主专制；他"工商皆本"的政策主张，"废金银"而"通钱钞"的币制改革主张，"均田""齐税"而又不排斥富民占田的"井田制"构想，向世人传递了光芒四射的"民主"精神。

黄宗羲的学问思想有着朴素的科学性和民主性。19世纪末维新派的"兴民权"，孙中山的三民主义，五四时的"民主与科学"，无不是启蒙于黄宗羲民主思想。

身材瘦小但体格强健的黄宗羲，一生著述50余种，300多卷。这位中国明清之际伟大的启蒙思想家，85年跌宕人生，从万历朝活到了康熙朝。后世称他是我国历史上成就卓越的大学问家，与顾炎武、王夫之、唐甄并称"明末清初四大启蒙思想家"，与顾炎武、方以智、王夫之、朱舜水并称为"明末清初五大家"，与陕西李颙、直隶容城孙奇逢并称"清初三大儒"，亦有"中国思想启蒙之父"之誉。黄宗羲，以治史而凝重，因思想而深邃，维著述而垂世，守名节而不朽。

在余姚陆埠镇化安山南麓，有黄宗羲的方形墓，墓地不大，青砖堆垒，清净无尘，人迹少至，据说是黄宗羲生前自创。墓的南面山坡有其父黄尊素墓。

黄宗羲病重时写下《梨洲末命》一文，嘱咐家人自己死后即日就葬，用棕棚抬至圹中，一被一褥，棕棚抽出，安放石床。纸钱、折斋、做七，一概扫除。

可在坟上植梅五株。墓前立石条作望柱，石柱上自撰联："不事王侯，持子陵之风节；诏钞著述，同虞喜之传文。"这两根原始望柱，想是岁月久远，已不知去向。

张岱的夜航之舟

天然条件下背山临河的绍兴，有棱有角，风骨傲然。水做的眉目，山成的骨血，各时代下挣扎的古老民居，显示着苍老的气息。名人纪念馆，就在寻常的街道里，"船方革履小，士比鲫鱼多"。水乡河道纵横，浸润人们的生活。

自导一种仙的人生

晚明文学，出现主张"独抒性灵，不拘俗套"的公安派与"幽深孤峭，奇理别趣"的竟陵派，却让一部至今让人感到意味隽永的散文小品《陶庵梦忆》占了鳌头，它的作者是绍兴人张岱（1597—1689）。

绍兴人在各个时代都有他独到的行为格调，其中基本的是风骨，如何做，绍兴人有自己的妙招："扛"为一法，"藏"亦一招，且管用。张岱会藏，将气节藏于内心深处，然后重塑形象从而给大众一个生存理由。

风流倜傥的张岱可谓历史上有趣、最会玩的男人之一。

生于明末绍兴显宦之家的张岱，幼年被誉为"神童"，一生著述等身，除《夜航船》外，他还留下了《陶庵梦忆》《西湖寻梦》《琅嬛文集》《石匮书》等著作。

张岱文字诙谐幽默，洞悉事态，笔调清新率真，在明代的小品文作家中，堪称第一。张岱的名气还在文章以外，比如说，玩茶。像张岱这样的散文大家，常会为圆一回风雅梦而屈膝。张岱爱茶成痴，若非因身遭国破之痛，改变了他的人生态度，以其才华及对茶学的理解，定能为中国的茶文化留下精华。

张岱的人生，是江湖上一壶清茶半壶浊酒熏出来的。扁舟载愁的张岱，有没有做完绮梦的可憾。

张岱爱鲜衣，爱骏马，爱华灯，爱古董入迷，爱花鸟成痴，爱烟花的绽开又熄灭，爱诗书着了魔。用他自己的话说："少为纨绔子弟，极爱繁华，好精舍，好美婢，好娈童，好鲜衣，好美食，好骏马，好华灯，好烟火，好梨园，好鼓吹，好古董，好花鸟，兼以茶淫橘虐，书蠹诗魔，劳碌半生，皆成梦幻。"

故国已去，既然现在自己不能实现理想，那就孤独终老，孤独亦可回避自己的尴尬，经世之志不能满足，那就连自己的诗魂一起离开这个世界吧。

张岱前半生生活优裕，喜好锦衣玉食，纵情声色犬马，是个十足的纨绔子弟。在这个越来越注重内心自由、崇尚有趣灵魂的年代，无趣便使生命丧失了多种可能。世上各式各样的人都不缺，可唯独有趣，是最难遇到的。

明亡后，他身历国破家亡之痛，避居山林，箪食瓢饮，虽屡遭断炊之苦，却仍甘之如饴。他为自己选墓地，作墓志，捧着冷泪读书。

汉文化停留的时间越长，晚明的存在越显得不逊色，虽只剩一些苦涩的轶事让你咀嚼，当然也有销魂的风采，只是都淹没在岁月的风尘里。

寻找一片叶的下落

张岱癖好极多，尤嗜茶，明茶理，识茶趣，为品茶鉴水的能手，认为开门七件事中，可以不管柴米油盐酱醋，茶却是每日不可少的，他视品茶为最大乐事。当时的茶人饮茶必以惠山泉水为高贵，张岱专门组织一个运水队伍，为朋友们服务，按量论价，月运一次，愿者登记，每月上旬收银。

《陶庵梦忆》叙述了张岱和善于论茶的名士闵汶水之间的一桩论茶故事。

闵汶水是南京城里的煎茶高手，人称闵老子，名流雅士如董其昌、郎瑛等人，凡经过其地，识与不识，皆去拜访，以能尝到闵老子所烹之茶为人生快事。

一个秋天，张岱根据好友周墨农的介绍，坐船到了南京，前往桃叶渡拜访闵汶水，不巧，他一大早就出门了。张岱等到很晚，闵老子才慢悠悠踱回家，两人刚见过礼，闵汶水好像忽然忘记什么，径自出门去了，张岱耐着性子等到初更时分，闵汶水才回来。

张岱恭敬地说：久闻闵老大名，今天如不能畅饮您老的茶，我便不回去！

闵汶水一听，乐了，想不到天下还有这样的"茶癖"，于是亲自当炉煮茶，款待客人。

闵汶水将张岱请进一小室,张岱环视之,见这里窗明几净,案上摆设古朴的宜兴壶和成化、宣德官窑瓷瓯十多种,都是片瓷千金的精绝之品。灯下再看闵汶水奉上之茶,但见茶汤之色与瓷瓯之色无别,而香气逼人,张岱禁不住叫绝,小呷一口,问:这是哪儿的茶?

闵汶水随口答道:四川阆苑茶。

张岱再啜一口说:您别骗我,这茶是阆苑茶的制法,但味道不像。

闵汶水一笑说:那么您可知道它产于何地?

张岱举杯啜后慢慢说道:像是长兴罗岕山的名茶!

闵汶水称奇。

张岱又问道:这水是哪里的水?

闵汶水说:是无锡惠山泉。

张岱道:惠山泉运至南京路途遥远,千里致水而不见其水之老,这是什么道理?

闵汶水再次叫绝道:是惠山泉,只是在汲水前必淘净泉井,待后半夜新泉涌至才汲之,且非得江风满帆才行舟运水,所以这水新嫩不生杂物。

闵汶水言未毕即离席而去。又持来一壶茶为张岱斟上,说:您再品味一下这茶。

张岱细品,茶香气浓烈扑鼻,味甚浑厚,失声叫道:还是罗岕茶,是春茶!刚才煮的茶则是秋茶。

闵汶水大笑说:是罗岕茶。我已70岁了,所见精于鉴赏茶的人没有一个能比得上您。于是两人成了忘年交。

明代论茶之艺实为茶的一种鉴赏艺术,它讲究品茶环境的幽雅洁净,所用茶具古朴典雅,追求名茶名水,重要的是茶人要有涵养,谙熟品饮之道,注重鉴赏功夫。

张岱后来写了《茶史》,明朝瓦解,江南大乱,《茶史》稿本散佚,只有序文收于他的文集中,这是中国茶史上的一大憾事。

琢磨一本书的妙趣

明亡后，张岱屏迹深山，但依然挡不住他以笔游戏人间，正好将胸中学问汇总在一起，写了这一本号称"明代小百科"的《夜航船》。

1665 年，69 岁的张岱为自己写下墓志铭，其中并未提及《夜航船》。

张岱 93 岁卒，《夜航船》从此湮灭，许多学人查访终生而不得。300 年后，尘封抄本重现于世，辗转入藏宁波天一阁。

在江南水乡，夜航船是南方苦途长旅的象征，人们外出坐船，因行驶缓慢，坐着无聊，便以闲谈消遣。坐船的人，三教九流各式人物应有尽有，无聊中考问一些事，谈话的内容也包罗万象。于是，张岱编写了这本列述中国文化常识的书，取名《夜航船》，使人们不至于在类似夜航船的场合丢丑，此书包罗着天下学问，文化常识中囊括传说、段子、神药偏方等好玩的内容，给严肃的百科添加了不少趣味，就像沃土，从中能孕育出灵魂的趣味。

若不为满腹经纶，只想拿来消磨时光，这部书也是上佳的选择。中国文人所能接触到的全部知识几乎都包含在这本《夜航船》里了。

跟着张岱领略中国文人的文化江湖，读这一本书，将毕生的所学所见融合成明代的百科全书，随意翻开，随意阅读，便能品味古代夜航船中的大千世界。

张岱说："天下学问，惟夜航船最难对付。"从星辰大海到诗词歌赋，从山川景致到伦理政史，从衣冠日用到珍宝古玩，从三教九流到番邦异域，从鬼神怪异到符咒方术……《夜航船》给你答案。

书中考辨，"寿亭侯"关羽水淹七军，"汉寿"是地名，"亭侯"是爵位，不是什么汉代的"寿亭侯"。

书中记载，唐朝时选宰相的方法：把几个候选人名字写了放在琉璃瓶中，焚香祷告，然后抓阄。唐玄宗亦然。

书中写道，文豪韩愈登华山，见山势险恶，恐惧发抖，怕下不来，靠着山崖大哭，写了遗书与世诀别。华阴县令搭起数层木架子，哄着韩愈喝醉，然后用毛毡裹住，用绳子把他放了下来。

与张岱隔着书本相处,仿佛狭窄的房打开了窗,使得阳光晃晃悠悠洒进来,生命充满快乐,闲来无事翻看两则,广博而有趣,生活平添谈资。应了那句经典的话:"要把生命浪费在美好的事情上。"

张岱的年代,距今已有300多年,有些文字和常识,今人读来不能理解其深意,但都可以毫无滞涩地与张岱一起,体会到《夜航船》的有趣,打开这本书,便能领略古代文人眼中的大千世界,可以看见漫天星光,在漆黑的夜空闪烁,璀璨迷人。

灵魂的趣味需要好书来浇灌。

鲁迅的山阴之独

寻找鲁迅,如不得要领,易在寻找中走失。

贝多芬音乐,康德哲学,歌德诗,可代表德国文化。毛选、鲁集,可解读当代中国。这两句话时髦了一阵子。

故乡,独染的乌色

曾经,某人有过城市规划奇想,将绍兴古城装点出晚清旧貌,呈现一个黑白的绍兴色泽,但因线装书里的景色不合当下敞亮的气氛,此事便没了下文。

有两个绍兴人,塑造了鲁迅。

鲁迅的家,隔一两条小巷,就是秋瑾的家,再走一阵,是在咫尺的徐锡麟的东埔镇,三人是同期的留日同学。20世纪在这块潮湿的土地上,埋下惊人的伏笔。

1902年鲁迅赴日。第二年,秋瑾也去了。没过几年,国家兴亡与个人荣辱的大幕猛然揭开。

1905年11月,日本政府应清政府要求,取缔留学生的政治活动。八千余留日学生反抗,实行总罢课。30岁的陈天华留下了《绝命辞》,投海自杀。此时,25岁的鲁迅自仙台往东京度寒假。数千留学生分化,秋瑾等二百余人愤然回国。

1907 年，徐锡麟于安庆刺杀安徽巡抚恩铭失败被捕，惨遭极刑；秋瑾响应徐锡麟起义被捕，就义于绍兴轩亭口。消息传到日本，愤慨的鲁迅，在徐、秋追悼大会上坚决主张打电报痛斥清政府的无人道，并与那些取媚强权的人争执起来。接着，鲁迅先后写下《人之历史》等檄文，激进地表露自己的观点。

鲁迅留日十年酿就了苦涩心理。那个言语过激的女子，居然演出了那样凄烈的惨剧，自己苟活着，扮演了一个"看杀"的角色。拒绝侮辱的陈天华、演出荆轲的徐锡麟、命断家门的秋瑾，凝聚成一个个抹不去的影子。这些影子使他与所谓的"名流"不能一致。

经历两年多的哀怨自责，鲁迅在寻找一个不走"纯粹的文学"道路的岔口。机会来了，浙江老乡钱玄同借"五四"为由头，要鲁迅写点东西，于是在《新青年》的页面上，有了惊世之篇《狂人日记》。他突然亮出一篇超水平的文章。大地为之震动。

徐锡麟被清兵剖心食肉，鲁迅在《狂人日记》这个开山之作里对吃人行为的清算："从盘古开辟天地以后，一直吃到……吃到徐锡麟！"

江山不幸，文学是彷徨之路，铲除黑暗的人，身上不免拖着黑暗的余影，中国知识界的悲哀在于，这一黑暗的余影太长了，如同鬼气附身。陈天华事件促使鲁迅放弃成为医生的理想而走上了文学疗众之路。

鲁迅抵抗奴役的精神表达，在灵魂的深与思想的深上，提示着人们去注意新的主奴关系的生成。鲁迅没有抱怨。

喧嚣，独有的景色

那个年代的争论很有意思，所有的角色都不怕惹祸上身，人们在有意无意间塑造了鲁迅这个孤傲的小个子巨人。

中国的哭声和笑声一样地可怖，鲁迅先后与现代评论派、创造社、太阳社、狂飙社、新月社各路名人交手，这位"斗士"叹息：六路碰壁，外加钉子，呜呼哀哉。

鲁迅的境界，今人不大可能取得，这是需要气度的。鲁迅以后，有这气量的大家,尚未见得;蔑视这气量的,大有人在。读过攻击鲁迅的文章,看那些文字的恶意与不屑,尽现变了形的嘴脸。

鲁迅一生突围,在到处碰壁中凝聚一股怨恨之气,横亘胸中,一吐为快。作为一个文化巨人,鲁迅极不讨巧,一生走得极沉重,极艰难,不讨人喜爱。他一生艰难地尝试着突围,独而无援。

中国文坛是可怕的,长久以来的霸权话语,居高临下,不免轻薄。鲁迅是预感到了对自己的大毁大谤势必到来,他明言宁愿速朽。这便是鲁迅的分量。

名家围剿名家,是文坛的发育不全,亦属文人的尴尬,但说是中国文化先天的不足,亦不尽然。毕竟在很多时代都发生过尖锐的对峙,鲁迅的文学,包罗了伪士的命题与智识阶级的攻战。

鲁迅终结于作家的异化,成了文豪。他走出了一条质疑体制抗争的路,对着滋生伪士的中国,开了一个漫长的较量的头。

鲁迅的遗产,对常人来说是陌生的存在。吮吸鲁迅营养成长的各路名家,带着自己的精神背景,用各自的色调涂抹鲁迅,为的是自己能长出比鲁迅更棒的"头发"和"胡须"。

鲁迅本来有个教书的饭碗,便不忙他事,也在常理。但某种力量却压得他近乎窒息,于是要迸发,于是凛然于世俗之上,于是成为作家中孤独的人,于是官方和民间都给予他横眉冷对。世界上没有哪一个作家会像鲁迅那样在生前遭到如此之多的亵渎,在他身后诟谇他的文字不计其数,在整个世界文学史上也难有此类现象。

30年代的中国文坛风云诡谲。

孤峰,独映的冷色

鲁迅的悲哀在于他四处爬行寻觅生长的土壤,他行将枯萎的根须,布撒在裸露的苍茫大地。中国古代没有一种文化是为鲁迅这样的知识分子准备的。

鲁迅独特的话语系统,连对手读后都甚感过瘾,他属于超时代的人,他的眼里只有历史的苍茫沉醉，他拒绝任何的现实关怀，他不能与现时友好相处，故而官方和民间都不接受他。

他随手拾掇极精确的字与词，得到的效果惊人，他会把最简单的言语，调理得跌宕多姿，永远软中透硬，永远凌厉而不粗鄙。藏老辣于平淡之中，寓激情于冷峻之内，这是鲁迅的风格，但令人高山仰止的，是那座人格意义上的特立的孤峰。

那时的环境不适合鲁迅风骨。鲁迅是一个醒着的人，一个以良心作为双眼的守夜人。人们对鲁迅的怀疑是从尊敬他的风骨而来。

鲁迅独构了自己的灵魂，他的立场永远是批判的，他即使不能改变现实，至少可以让我们保持清醒，尽管这种清醒比迷糊更为痛苦，因为我们不能提供新的世界来替代它。

鲁迅是一个百宝囊，不同时代的人、同一时代抱着不同目的人都可以在他的身上找到各自想要的东西。他成为新启蒙话语的一个中心语项。

鲁迅是一根敏感的神经，他的话题是长恒的。

山阴道上曾传来过无数文化高人的足音，鲁迅的足音无疑是最为沉重的。

第七章

左岸之异，大江与大海的纠缠

在这里，江与海拥抱时完成了意志的交汇，如拜伦所说，这是陆地和海洋的一种美丽的交融。

——与海记

小引——大海多苍茫，吾辈多寥廓

之江，只是地球尚在移动的无数道涟漪中的某一道。江的回流或者涌动，都是秩序的象征，是世间某种生命法则的神圣结姻。

钱塘江有个古名，叫罗刹江。因江中有罗刹石得名，按明陶宗仪的说法，这石"即秦望山脚，横截波涛中，船到此，多值风涛所困而倾覆"。罗刹的名称令我的背脊凉飕飕的，因为他在梵语里有恶鬼的意思。雷声隐隐，远处一线白潮，如万马奔腾，咆哮着朝湖面涌来。空气里带着腥味，还带有刺鼻的硫黄味道，几乎令人窒息。

宋人燕肃《海潮论》："今观浙江之口，起自会稽纂风亭，北望嘉兴大山，水阔二百余里。"钱塘江归入大海之前，嘉兴藏着骇浪，她的怀里，有一秀美的湖，叫南湖，奇迹之湖。

时至今日，国外开始流行水中分娩。而百年前，中国人早已作尝试，那属于开天辟地。

公元1921年7月23日，一批进步人士聚会上海法租界望志路树德里106号，这批年轻人尝试着一个开辟新时代的创意，这个影响后世的政治派对开了整整一个星期,会议将近结束时被租界巡捕房的便衣打搅,大家分头疏散。

疏散出来的代表搭火车赴僻静的嘉兴南湖,由王会悟租了条游船继续会议。

中共一大的最后一次会议非常有创意,十三名知识精英怀揣政治理想,挤上革命的小舟,这陈设考究的画舫悠闲地荡漾于烟雨微波上。王会悟在船尾"望风",远望迷茫的世界,近听觉醒的低吟,这位"接生婆"目睹略显狭窄的船舱里,一个大党在一条小船上"分娩",中共一大在水中落幕。

革命早期,是一代理想主义者博弈的舞台。有意思的是,六年后,叶挺、贺龙、叶剑英等策划南昌起义军事部署时,也选择了九江甘棠湖的一艘小船上,一支属于人民自己的军队诞生,一个民族的复兴与水有缘。

作为那个特定环境中立志改造中国和世界的人,那段历史,有个最基本的事实,他们始终是精神意志的坚定者,今天他们被作为英雄祭奠。

淌过之江,水上的沉郁与节制受益于两岸青山,孤帆一片抵达更宽阔的时空。

奇观,奔腾汹涌的水

海塘,重重叠叠的宿命

出了富春江,之江水才具有真正的狂想性质,它的能量消失在水的湍流及各种摩擦之中,它拒绝任何简单的猜想,它教你在对立中看世界。

有关之江的诗歌,格局旷远,但靠近市井人生。之江带着源头的风水寻找出路,过了海宁段急着去向大海致敬,就像有限的生命追求永恒。

20世纪六七十年代,我家门口的钱塘江上涨满了沙,我们一群少年顺着海塘下去踏沙,走得很远,似乎快到江心了,才见到沟壑中的江水,拥挤的江潮不停冲击,后来开始一片片坍沙,长城一样的海塘露出真容。

家国之患

强涌潮最高速度为每秒 12 米，瞬间冲击力高达每平方米 7 至 10 吨，这股力量一旦突破塘堤的约束，便意味着一场可怕的潮灾降临。

生活在钱塘江边，从某种意义上说，是在与老天爷赌命。潮灾，自古就是东南沿海的一大祸害。大潮汛又值台风季，潮借风势，风助潮威，出现强烈的风暴潮。一旦海塘溃决，田园便成泽国，潮退后，被海水浸泡过的田地至少数年不能耕种，满目荒残。

史籍中多有钱塘江潮灾的记载。三国魏太和二年（228 年），大风海溢，海宁平地水八尺。《旧唐书·五行志》记载，唐大历十年，"海水翻潮，飘荡州廓五千余家，船千余只，全家陷溺者百余户，死者四百余人"。明成化八年（1472 年），江海横溢，钱塘江北岸从杭州至平湖，"城郭多颓，庐舍漂流，人畜死"。海盐平地水丈余，溺死万余人。

从唐初到清末的一千二百余年间，海宁有史可稽的重大潮灾共计 180 多次，平均 7 年发生一次。有学者统计，截至 1949 年，直接因钱塘江潮灾而死亡的人数至少有 90 万，仅崇祯元年（1628 年）七月，便溺死 8 万人。雍正在位 13 年，年年有潮灾。尤其是雍正二年（1724 年）7 月，海宁有过一次称为"海啸"的大潮灾，海塘冲决，海水涌进堤内将近十里，溺死人畜无数。

北岸海宁溃塘，南岸萧山坍江，是个可怕的噩梦。钱塘江北岸是涨潮的冲刷区，南岸是落潮的淤积区。"贼偷勿算，火烧一半，坍江全完。"这是一句流传在萧山的民谚。明崇祯元年七月，南沙萧山瓜沥在潮灾中的溺亡人口便达一万七千有余；乾隆三十六年（1771 年），萧山暴风大雨，江坍，仅龛山一带便溺死数万人。

明清以来，每一次坍江，都是一次家园的彻底沦陷。死者已矣，生者流离，哀鸿遍野、满目疮痍。清代以后，萧山累计坍江失去土地，在四十万亩以上。

随着钱塘江主槽北移，遗留下的滩涂即南沙，这一大块土地实际上就是萧绍农民围垦而成的。截至民国，在今天的南沙大堤以外，已经开垦出了几十万亩沙地。

浙江人延续了护卫海塘的传统,大江东,杭州正在迅速崛起的新城,上升到了"大江东兴,则杭州兴;大江东强,则杭州强"的战略高度。当我们有能力控制一条江的时候,我们反而更尊重它。

倾国之力

浙江海塘以钱塘江口为界,北岸称浙西海塘,自杭州狮子口起,至平湖金丝娘桥止,塘长一百三十七里。修筑海塘的记载始于吴越国。

唐开元元年(713年)起始大规模重修北岸海塘124里;五代时期(907—979)钱镠在杭州用竹笼装石、打木桩固定塘基的方法筑塘;北宋改用梢料护岸,薪土筑塘,这是修筑"柴塘"的开始,比"竹笼木桩法"筑塘省工料,适用于软基险工段抢修。

南宋时,海宁盐官潮灾加剧。在大潮冲毁土地后,筑起50里防护土塘。

明代以永乐、成化、弘治、嘉靖和万历的海宁灾情最重。海盐平湖段海塘因潮势顶冲,灾害加剧,成为明代治理重点。成化十三年筑斜坡塘2300丈,弘治元年改石塘砌法为内横外纵式。后再改用方块石料纵横交错砌成内直外坡式。

嘉靖二十一年(1542年),黄光升创建五纵五横鱼鳞大石塘,在塘身后面开"备塘河"排水和防海水渗入农田。

康熙年间(1662—1722)于绍兴、杭州、嘉兴三府设"海防同知",专管岁修及海塘维护。雍正特设"海防兵备道",分派千总、把总率马步兵防守,以利抢修。

据道光十九年(1839年)统计,海宁东西有石塘17020丈,柴塘12810丈;海盐平湖土石塘共17680丈。咸丰、同治中失修,毁坏六七千丈,光绪二年修补四千二百余丈。民国时用柴埽、混凝土等材料堵护决口,并试验改建斜边塘千余米。

康熙、雍正、乾隆也面对着帝国东南传来的海潮声。在一封奏折上,雍正亲笔表明了自己治潮的坚定决心："浙江海塘工程，关系民生，最为紧要，朕宵旰焦劳，不惜多费帑金，务期修筑坚固，永保安澜。"修建海神庙，表达了雍正对于天意的敬畏，包括钱镠在内的吴越大地所有的治潮英雄都应入庙中享受祭祀。雍正在位十三年，修海塘十八次、塘堤五万四千多丈，费银五十余万两，并为后世开创了浙西海塘的岁修制度。

清代，朝廷用于修筑钱塘江海塘的银两，合计在二千六百万两以上，即使是在乾隆朝鼎盛时期，也占到全国岁入的六成，以至有了"钱塘钱塘，以钱筑塘"的说法。石材一车接一车源源不断运来。海宁，成了不计成本打造的抗潮前线。

故宫博物院珍藏着五千多份奏折，很多内容都是清朝几代皇帝与浙江官员往来通报钱江潮灾和海塘修护工程的文件。

这座原本是帝国最重要防线的石塘，如今已被海宁人当作最独特的潮文化资源，去打造一个集文化、休闲、旅游于一体的"百里钱塘国际旅游长廊"。北岸守，南岸攻。南北收紧，就像一匹烈马，钱塘江终于被套上了笼头。

报国之城

钱塘江海塘在秦汉已出现，是世界上修筑最早、工程最大的海塘之一。以整齐的长方形条石，自下而上叠砌，用黏性极高的江南糯稻米打浆、灌砌，再用铁锔扣榫，石塘顶部使用铁锭扣锁防止松脱，塘身后加帮土墩护塘。这种海塘，如同鱼鳞，故称为"鱼鳞石塘"，每筑一丈需费银三百两，修筑之艰，绝无仅有。

唐宋以来，海宁一带，是江南重要的蚕桑基地。紫禁城越来越依赖于江南的稻米与丝棉。明清之后，江浙承担了整个帝国一半以上的漕粮，而江浙赋粮又主要出自钱塘江北岸的杭嘉湖、苏松常等地。这座帝国最重要的粮仓，地势低平，平均海拔只有三米左右，一旦海水内灌，后果不堪设想。

唐开元元年至清乾隆中的一千余年间，用工万人以上，筑塘千丈以上的大型工程进行了约三十五次。清代定型为鱼鳞大石塘。江浙海塘北起江苏省的常熟,南抵浙江省的杭州,全长约四百公里。其中钱塘江北岸,平湖、海宁、杭州一线,一百五十多公里长的浙西海塘最为雄伟。

抵御潮灾,最有效的方法只有筑造海塘。考古发现江城路以东原江城文化宫平安里遗址,系五代吴越捍海塘遗址,是迄今发现的最古老的竹笼石塘营建工艺海塘实物。

宋人尚神,如何让这段暴躁的江水安静下来,笃信道教的宋徽宗费尽心机,他亲降铁符十道,从开封送到海宁盐官,投符入江以镇压潮水。每块铁符重达百斤,两面都铸有神符以及徽宗御书的咒语。

回到雍正七年(1729年),紫禁城中的雍正皇帝,连续接到了浙江总督和巡抚的奏报:今年钱塘江的第三次大潮,秋汛高峰终于安然度过,浙江的海塘保住了。读完奏报,雍正感到巨大的欣慰。在一年中海潮最凶猛的季节,忐忑不安地等待浙江省的奏报,是他每年秋天最重要的政务之一。

长城与大运河,是中国古代的伟大工程,今天,长城分截,大运河分段,而与之比肩的古代工程奇迹、海宁钱江堤上的中国海塘,依旧日日受凶浪狂拍。

沧浪,浩浩荡荡的潮水

巨流水

徜徉在宋词的意境里,目睹来自苍天之涯的钱江潮,涌到黄鹂婉转、燕子啁啾的江南,把个吴越天地撕扯得烟柳断肠、落红无数。潮与清远的江南山水失却了和谐。

钱塘江涌潮益于天时,更仰于钱塘江喇叭形河口及其底部的庞大沙坎。

见到大海它极度兴奋,苏东坡一声定笃"八月十八潮,壮观天下无",钱江潮举世称尊,辄成奇观。早先没有海塘时,潮流往往带来洪荒,到了钱镠筑海塘,于是有了今日削露的岩壁、高峻的海岸。钱江潮作为一种自然神力的观照,使柔软的江南有了浑雄,有了硬度。

钱江涛声隐隐如九天罡风,咆哮如荒原巨兽,山峦似的巨浪,如千军万马攻上了城墙,又如巨兽般高高跃起,然后炸成碎片。

钱江怒潮，妙在一个"怒"字，人们站在浑浑茫茫的钱塘江上，企盼的就是这个效果。江涛恍惚，浑然聚涌，望不真切；天涯浩荡，洋洋一气，不见边际；广袤的浮光，若银城雪岭，簇拥太虚；掠天的吼声，惊魂大地。寻潮而去，直望极致，不知发端何处，"潮自涌时涌起，涛从飞处飞来"。

古往今来，关于观潮的文字不好计数，恐与潮一样壮观，各路名人追章逐句，无句不用其极。柳永写出"怒涛卷霜雪，天堑无涯"后便不敢再写。宋人周密观潮后留下"吞天沃日"之句，后觉不过瘾，补上"快风吹海立"，以为不错，其实杜甫已有"九天之云下垂，四海之水皆立"之句。苏东坡也有"天外黑风吹海立"。之后还有人嫁接王勃名句写出"秋水天长共苍茫"之雅句，倒是换了思路。

不过，创造"境界说"的海宁王国维，又用了另一种语言来诠释潮："辛苦钱塘江上水，日日西流，日日东趋海。"一个"水"字，倒是有了新的境界，如此平和之句，用在云浪连天涌之中，如此妙句，唯长年在江边观涛听涛之人才能写就。观潮诗写到这个份上，可称至尊，怕是后无来者了。

潮在本质上是水，因为外力作用使水的造型剧变，刺激感官的同时，也塞满了这个苍天覆盖下的穹庐，将人冲洗得没有一丝愁绪，一点杂念。

江南山水，唯钱江之水不含脂气，荡气回肠也只有在"天风常送海涛来"这样的境况里，钱塘江在辛苦中变得坦然，激流、旋涡呈现不出深沉，直铺天边的只是浊浪。人类对于大自然的造地运动不太关注，太遥远的故事只能让历史去诉说，但钱塘江巨浪，曾带给两岸的灾害，世人永记，于是，人们要在农历八月十八日祭海神。

唐宋"钱江秋涛"就已盛行。远眺钱塘江出海的喇叭口，潮汐形成的汹涌，遇到澉浦附近河床沙坎受阻，潮浪掀起三至五米高，潮差竟达九至十米，确有"滔天浊浪排空来，翻江倒海山可摧"之势。

海宁新仓有个叫作大缺口的地方，潮水所至，惊心动魄的感受远过于盐官，山岳动天，沸腾百川，载浮载沉之悬念更不可名状。多少次曾试图下海弄潮，终究不敢，多年前有两个英国人要一破弄潮纪录，结果失魂落魄地被救了上来,他们大言不惭地下了个定论:"此处不宜冲浪。"

百变水

有一支叫作《春江花月夜》的乐曲,婉转轻柔,恬静而安详,有富春江神韵。但与澎湃的钱江大潮相比,却是两种迥然不同的风格。很难相信,如此娴静的富春江水,向东流淌 200 公里以后到达江口处,却会呈现出另一种姿态,江水急流,大潮汹涌,浪花翻腾,一泻千里,那是我们已经期待了很久的钱江大潮。静与动诞生于同一母体之中,自然的景观就是这样神奇莫测。

钱塘江是一条很有个性的江,支流变化多端,山水画廊新安江,碧水青山富春江,汹涌向海钱塘江,在 660 多公里中,小变大、清变浊、静变动、动变狂、狂变怒,怒以后,再重来。

观潮风俗出现在东晋,出名于南北朝,唐时猛烈,宋代成规模。

科学原理解释海宁大潮,则是地球每自转一次,其某一点必然有一次向着月亮、一次背着太阳;向月时,月亮的引力大于地球的离心力,使海水升高;背月时,地球离心力大于月亮的引力,海水再一次升高,造成海水一天两次涨升的自然现象。

每逢农历初一、十五,太阳、月亮、地球三者位置连成线,日月引力一致,形成大潮。到了农历八月中秋前后,地球绕太阳公转的位置处于椭圆形轨道的短轴上,日月离地球最近,吸引潮涨的能量也就最大,便形成一年一度的特大潮水。

雄伟壮观的钱江潮成因除月、日引力影响外,还跟钱塘江口状似喇叭形有关。约一千年前,北宋科学家燕肃在他的《海潮论》中首次提到,钱塘江中有一条积沙带,造成潮水前进的阻力,令潮水极度拥挤。

钱塘秋潮是闻名世界的奇观,是入海口外宽内窄的地势所致,每当初一、十五之时,海水从宽达 100 公里的杭州湾入海口涌入,入黄湾、新仓、盐官等地,进入"喇叭身"狭窄的瓶颈内,当大量潮水从钱塘江口涌入,由于江面迅速缩小,潮水来到那条长及数里、横亘江中的积沙带,来不及均匀上升,便层层相叠，排山倒海，出现"后潮叠前潮、大潮叠细潮"之潮中潮。海潮终于怒吼喷发，形成世上罕见的钱江大潮。其状正如刘禹锡"卷起沙堆作雪堆"的诗句。

一日之内出现两次涨潮，白天看不到海潮的话，晚上可补看，白居易说"早潮才落晚潮来，一月周流六十回"。半夜观潮，漆黑天际但闻潮声自远而近，气势无与伦比。

孟浩然描述钱塘潮："百里闻雷震，鸣弦暂辍弹。"刘禹锡在他的《浪淘沙》里也写道："八月涛声吼地来，头高数丈触山回。"白居易也有"山寺月中寻桂子，郡亭枕上看潮头"之句。

钱塘江发源于安徽江西两省交界的绵绵大山中，跋涉了600多公里以后，在喇叭形的杭州湾流入东海，完成它从一滴水到一片海的生长历程。大概很少有江河，在600多公里内有如此大的变化。

夺命水

钱塘潮与印度恒河潮、巴西亚马逊潮并列为世界三大涌潮。

一般认为冲浪运动出现于18世纪的夏威夷群岛。实际上在中国古代早已有之，这就是唐宋文献所说的发生在钱塘江的"弄潮"。

吴地险阻润湿，又有江海之害。越国"西则迫江，东则薄海，水属苍天，下不知所止"。东汉应劭说吴越之人形成如此风俗的原因"常在水中，故断其发，文其身，以像龙子，故不见伤害也"。吴越之人还因此有"文身断发"的习俗。这种常在水中进行捕捞的特殊的谋生手段，使吴越之人练就了一身精湛的水上功夫，造就了一批"善泅者"，"溯涛触浪的弄潮儿"成为吴越文化之一绝。

唐宋以来，杭州人都会倾城而出观潮，形成盛大的"潮会"。被时人誉为"骈樯二十里，开肆三万室"。观看"弄潮"。

宋施谔《夫差内传》说到了弄潮之戏，在唐朝演绎成为钱塘江观潮习俗中的表现。《武林旧事》有踏浪之语，实为弄潮。苏东坡《瑞鹧鸪》词："碧山影里小红旗，侬是江南踏浪儿。"

杭州人视弄潮儿为英雄,有钱人还"争赏争彩",朝廷亦有赏赐。海宁与萧山一带的钱塘江口滩涂地区,曾经有过一种堪称与死神对舞的危险营生"抢潮头鱼"。抢鱼人虎口夺食,每一次跳进潮中抢鱼,都得豁出命去。

几乎每年都有人因弄潮丧生。苏东坡诗:"吴儿生长狎涛渊,冒利轻生不自怜。"于是颁禁令,宋英宗治平年间(1064—1067)的郡守蔡襄作《戒约弄潮文》:"今年观潮,辄敢弄潮,必行科罚。"熙宁年间(1068—1077),两浙察访使李承之又"奏请禁止"。"然终不能遏也"。

到了南宋,弄潮之风更甚。弄潮者,持旗执竿,狎戏波涛中,甚为奇观,周密《武林旧事》云:出没于鲸波万仞中,旗尾略不沾湿,以此夸能。

两宋时期,钱塘江观潮,还以杭州的凤凰山、江云一带为佳处,明代之后,观潮胜地东移海宁盐官,盐官海神庙是宫殿式建筑,主殿甚至仿照清宫太和殿,气势之雄、规格之高,在江南独一无二故而有"银銮殿"与"江南紫禁城"之称。盐官安澜园曾经与苏州狮子林齐名,为江南四大名园之一,园名为乾隆皇帝亲笔题写。乾隆六下江南,四次来到海宁,全都驻跸于此。

钱江之水不再从属于视觉,一次次地爆发,无休止地往返,给了我们亲近的困难。由此合了王国维"辛苦钱塘江上水"的境界,世界本该从无声无息中走出,用平和看浮躁看狂野看红尘滚滚,终不会枉然。

秘笈,隐隐约约的谜局

钱塘江水流动的每一秒都藏着不确定,江面聚集着苍茫之气。

海宁、海盐平湖是钱塘江左岸,之江在此相约大海。

左岸有饮誉海内外的名人榜,你会闻到来自大海的气息。天赋异禀的江南,历史的悖论在这里不断被重复,左岸人视读书为衣食之需,这样的文化氛围造就了一群群高品位的学问人。故而河边小巷间的一个个书斋内的读书声,使得满城书香飘逸。

近代以来,有几个海宁书生的成就足以让当时的中国震撼。

谈迁花二十七年写明代编年体史学巨著《国榷》,56岁完成,改了六次。

但巨著在成稿的第三天夜间竟被偷了。谈迁呼天号地，欲投海走绝路，最终发愤重写。又花了五年，第二次完成《国榷》，共一百零八卷，四百多万字，这时谈迁的家境已一贫如洗。朝廷获此稿本，视如国宝，荐任礼部司务，谈迁不就。

比起谈迁，朱起凤编写《辞通》苦熬了三十四年，几次推倒重来，稿经十数易，行世后一鸣惊人，章太炎、钱玄同、林语堂、夏丏尊深致推崇。中国三大辞书中，《辞海》《辞源》均由集体编成，唯独《辞通》出自朱起凤一人之手。

近代史上，李善兰可为不朽。公元前3世纪，古希腊科学家欧几里得写出《几何原本》这样的著作，人类对它冷漠了近两千年，我国直到明代才由徐光启与意大利人利玛窦合译了十五卷中的前六卷。但译出后无人问津。沉寂了二百五十年后，李善兰慧眼识金，与英国人伟烈亚力补译了后九卷。一个文明古国守着算术"周三径一"几千年的历史由此告结。

李善兰译完《几何原本》后，又与英国人艾约瑟合译英国物理学家胡威立的《重学》二十卷，这是一部中国近代史上影响最大的物理学著作。

洋务派四巨头李鸿章、曾国藩、左宗棠、张之洞赏识李善兰，曾国藩的长子曾纪泽、次子曾红鸿与左宗棠之子左潜都曾随李善兰学数学。

和李善兰一样，海宁人在做学问上的表达方式也是很特别的。王国维便是这样的豪杰，他被誉为新史学开创者，他治史独特而又独有见地，用甲骨文论殷文，用古青铜器铭论周史，近代中国难找第二人，他还是把西方哲学介绍到中国来的第一人，蔡元培评价"他对哲学的观察，也是同时代人所不能及的"。

近代著名学者张宗祥人称"中华一绝"，他每天手抄两万余言，五十年如一日，致力抄校善本、孤本，抢救祖国宝贵的文化遗产。所抄校之书，无一不是稀世绝版的巨著。如《罪惟录》《国榷》《说郛》字数均在百万以上，《明文海》七百万余字，其贡献可谓亘古未有。

有人说，中国文学史上，有两位作家的作品做到了家喻户晓，一是曹雪芹，另一位便是金庸。金庸小说产量之高，读者之多是令人刮目的。

钱塘江左岸,有作家茅盾、钱君匋、陈学昭、殷白、沙可夫、穆旦;有出版家张元济;有翻译家朱生豪、杨仲衡、朱炯强;有摄影家徐肖冰、史东山,等等,浩若繁星。

历史一声叹息。左岸众多的文化缔造者,构成了中国文化史上令人关注的精神区域。

余华守在钱塘江出海口,其小说和他的情绪都不仅是属于他个人的,还属于那个特殊时代的怀旧符号。余华从青年忙碌到老年,从青涩腼腆到满脸皱褶,文中所见,多是出人意料的细节。

生活在海盐县城的余华身上没一点泥土气,他市井,他的写作冲动来自江湖,江湖是自由和侠义的。余华是个牙医,他自嘲是个从前跑江湖一类的拔牙工,钳子锤子钩子是从医工具,又是机修工,只是打理的是人体,他"观看了数以万计的张开的嘴巴",见过倒胃口的风景。

余华是不停打量文学岁月两端的智者。他的文学才能,在国际上是出名的。他的批判题材很有洞察力和吸引力。一个民族,能有一两个用自己的文字把它写出来的人是很幸运的,打破日常的语言秩序,组织着一个自足的话语系统,建构起一个又一个奇异、怪诞、隐秘和残忍的独立部落,实现文本的真实。

余华不纠缠于体制内的繁文缛节,海盐能释放他的天性。他冒险寻找大众读者,兼顾国外读者和国内大众读者,追求读者数量的最大化。

同时代作家中,余华是写作字数较少的作家之一,但也是精品众多、被研究得较充分的作家。他满世界跑,向国际大师靠近。他尝试着给国际媒体撰写专栏文章。余华在公共知识分子化过程中,参与对时代前沿话题的讨论,这检验了作家思考问题的能力和方式。

《第七天》有中国版《百年孤独》味道,当年先锋写作的影子下,七天貌似与圣经有关,实质暗合本土民俗的游魂头七概念。利用社会新闻素材创作,这有很高的风险。

余华带着一脸大师相在行内独立门户,温情地叛逆。余华不介意内心高贵，贵族没落了，江湖意志还在，不屑一挥平民的衣袖。

左岸，出海口，海宁金庸、海盐余华、平湖李叔同，怅寥廓。

彻悟，贫乏时代的修士

弘一，续缘南山宗

江与海拥抱时的壮观，水与潮撞击时完成的意志交汇，是一种大消融。江上没有搁浅的船，江水到平湖，一位江边看客，无休止地探索，此人便是李叔同。

摘尽人间仙桃

1918 年，杭州城发生了一件震惊整个知识界的大事，一位极具造诣的教师跑到虎跑寺出了家，这个叫李叔同的大才子令这座城市傻了眼。

李叔同盛年出家，也给后世留下一个谜。瘦削的李叔同，做学问的招式总融入生活的阴晴圆缺，艺术格调总体现文学的春华秋实。

李叔同是 20 世纪中国的传奇式人物，也是"二十文章惊海内"的奇才，观其一生，半为艺术半为佛。风骨、才骨、傲骨一样不少，作诗得雅，起文得正，会书画懂篆印，编曲演戏样样在行。丰子恺说："文艺的园地，差不多被他走遍了。"

一个涉猎文学、音乐、美术、戏剧诸领域的文化启蒙者，阅尽人间的繁华和沧桑后，从朱门到空门，从翩翩公子到戒律精严。这里有叹惋、有困惑，有猜测、有误解，自然也有故事，有讹传，终究不能圆满地解释他的一生。

李叔同因其生母为浙江平湖农家女，故每每自言平湖人，以纪念母亲。他的父亲乃天津银行家，他 18 岁迁上海，就读南洋公学，师从蔡元培，与许幻园、黄炎培等成立"沪学会"。极富贵的李叔同是当时上海滩一等一的贵公子，也是向中国传播西方音乐及戏剧的先驱者。他的一生，用他自己的话说是遍走天涯，但走来走去走不出自己的精神天地。他用文人的才情接会前人，以"二十文章惊海内"啸傲当世。各种文化元素集约在他一人身上，他一开始就不像梁启超、蔡元培那样对文化建设有什么宏图大略,他始终是风度翩然的艺术家。

李叔同家境富裕,交结的是风流于上海的文艺人士,声色犬马也就在所难免。他的周围,终日有一批名妓歌郎追随,与许幻园、袁希濂、蔡小香、张小楼等名士结为金兰之好。与艺界女子或风尘女子有过亲密的来往,像杨翠喜、金娃娃、朱慧百、李苹香、谢秋云、高翠娥都是李叔同的密友。

李叔同为旧时代做观照,一生都在进行精神探险。他是中国第一个开裸体写生的美术教育家,一幅《半裸女像》早在 1920 年便在他的弟子吴梦非创办的《美育》杂志创刊号上亮相。

李叔同留学日本,专攻绘画、音乐、文学、戏剧。回国后,他兼了南京、杭州师范的美术课和音乐课,他对美术家丰子恺、音乐家刘质平的培养和造就,都体现了传统文人的风范。

上乘的艺术,要从佛法中得来,李叔同发现世上的大艺术家,是最容易与佛法接近的,编《文选》的昭明太子,作《文心雕龙》的刘勰,都出家当了和尚;善书的王右军,善画的顾恺之,擅诗的贾岛,工诗擅词的苏轼都与佛学有很深的渊源。因此他的出家,也似乎有着一条必然的轨迹。

出风尘,修净土,研戒律,清苦自守,驾一叶扁舟驶在茫茫苦海,用心至善。人生在寻求走向彼岸的路上参悟出一点玄机来,不枉来世上一遭,他选择在佛前度过余生。

李叔同的出世道路非常漫长,几乎是用尽一生精力做物质生活、精神生活和灵魂的升华。他的大彻大悟,意味着对人生的大弃大毁,他在佛门一绝红尘,恰如广陵绝响,充满了人世沧桑的悲凉韵味。

入世苦,出世亦苦,他遁入佛门,将才华隐藏于梵音中,静美,夹带着神秘,像恍惚的云,缥缈虚幻。

长亭浊酒一瓢

李叔同为学人,诗人、僧人、艺术家、教育家,乃至法师、大师。虽然没有人称他为哲人，思想家，但他的各类作品充满了哲人的智慧，李叔同作为那个时代清醒的知识分子，最终皈依于佛觉的哲人的道路，他的选择是中国知识分子殉道精神的一个缩影。

李叔同一度寄情于声色场所，将风采风流风骚风雅风月一并看了，人生大观园里的诸景不过如此。当然他也有悲壮沉郁的诗，21 岁写的《北征泪墨》，称得上是一位爱国者的诗篇：烛烬难寻梦，春寒况五更。马嘶残月坠，笳鼓万军营。

李叔同有两个美丽的妻子，一个在中国，一个在日本。听说李叔同出家了，他的日籍夫人诚子漂洋过海来西湖边寻找。由杨白民夫人、黄炎培夫人陪同，在岳庙前的素食店共餐。席间，三人有问，李叔同才答，一席终了，他低眉垂目，既不发言，也不看人。饭毕，李叔同雇船离开，三人到岸边送行，但见一桨一船荡向湖心，直到淹没在湖云深处。杨、黄二夫人黯然神伤，诚子更恸哭而归。

李叔同的作品教人冷静、消却人间火气，充满哲人智慧。那年冬天，风雪中的上海，好友许幻园来告别，说家已破产，自己要远行，李叔同雪中久送，挥泪而别，于是有了那首传世的歌曲《送别》。这首歌曲仅十句唱词，八个乐句，借用美国奥德威一首通俗歌曲的旋律填成。这样一首寻常的歌曲，在 1914 年问世，传唱至今。

人生之悲，惟别而已，着眼近，落笔远，远及天边，一切景语皆情语，长亭、古道、芳草、晚风、夕阳，是离人眼中所见。黯然销魂者，惟别而已矣。

李叔同出家后七年，许幻园亡故。

用洞箫演绎《送别》，最好不过，怅然若失的旋律，空蒙缈远的节奏，从洞箫里缓缓流淌出来，如柳烟一样弥漫在瘦月下的江边。

中国的文化史相当一部分是被音乐浸润着的。随便从哪个朝代读起，都能够读到诗文与音乐的交相辉映。

夏丏尊、叶圣陶、马一浮、郁达夫、郭沫若、柳亚子、鲁迅等，都曾和这位大师面晤于寮房，好像都进不了大师的灯火阑珊处，只能在他的寻梦园外转悠，倾听隐隐的风声。柳亚子对李叔同出家颇有微词,他认为天赋如此当为世所用,干什么不好偏要出家?李叔同出家,丰子恺猜测,他是"嫌艺术的力量薄弱,满足不了他精神和灵魂的追求"。

人们在风寒粥冷的贫穷线上挣扎之时,在荒芜饥困多病短寿的大地上匍匐之际,大师安安稳稳地留芳青史。

拈得南山芳草

李叔同在重置灵魂的过程中,印光法师劝其先专志修念佛三昧,然后再事写经,得大师道,成为一名戒律精严的苦行僧。

李叔同一出家即告别尘世的一切,按照南山律宗的戒规:不作主持,不开大座,谢绝一切名闻利养,以戒为师,过午不食,过起了孤云野鹤般的人生。

在信仰上的大彻大悟,往往意味着对俗世的大弃大毁。李叔同由风流不羁的翩翩公子到重振南山律宗的苦行大师,这脱胎换骨的过程,非常人所能为。

李叔同在贵族的风采下早早地享尽人间美妙,人世间所有的优雅他都感触到了,也算是染尽人间仙气,精神生活再无多大空间,天堂般的日子大体如此了。

1942 年 10 月 13 日,弘一(李叔同)写下"悲欣交集"四字,安详圆寂于福建泉州不二祠温陵养老院。他的人生,充满了人世沧桑的悲凉韵味。想到自己能以慧剑斩断纷杂无绪的种种情思,一切烦恼涣然冰释而欣悦无比,安然升西。

一个人在奋斗的鼎盛期突然收起风帆,由儒入释,彻悟禅机,以肉身印证自己灵魂的真实,是一种大智慧。太虚大师曾为弘一法师赠偈:"以教印心,以律严身,内外清净,菩提之因。"

林语堂说:"他曾经属于我们的时代,却终于抛弃了这个时代,跳到红尘之外去了。"

李叔同凭佛境的厚道,独自探索心灵荒径,让问题回归本质。以个人力量为中国思想的改变留下伏笔。

从精美岁月到凋零暮年，举传统薪火，烛照人生悲欣交集。大师独树了自己的风格。

静安，已无人间词

海宁城的县治，1945 年之前，一直在盐官。据说鼎盛时有"一座古塔十座庙，五大城门四吊桥，七十二弄三大街，亭院寺阁九曲桥"。气象恢宏。

我在上中学时，去盐官，要从宣德门入古城，门楼高耸，护城河环绕，那景观震撼至今。再去田野菜地间的王国维故居，清幽低调，带着满宅的神秘与可怖，古宅清贵中透着残破，四壁浮着萧瑟，天井裹着前朝风华，老师说这是惊魂的地方。

前几年再访，故居门口立有王国维雕像，看上去被塑者显得营养不良，干瘦，眼神倒是闪着圣贤的幽光。他的文字在沉湖那一刻才成为理想，成为从容独白后的一种风采。

沉郁时光里王国维的境界，是用历史外壳护持着的精神家园。

自成法度

清末，两个文人在京城名声大振，王国维自然算一个，另一个则是与之唱对手戏的罗振玉。王国维是海宁人，生在钱塘江边，罗振玉在太湖边，做过苏州中学的校长，一生学海浮泛，宦海浮沉，政治上则稍嫌蒙昧，一心忠于清廷。

近代中国有一位百科全书式的文化巨匠，叫梁启超，他的学问生涯中深深受到过三位海宁人的影响。他自诩自己最推崇的人是王国维，最敬重的人是蒋百里，最看重的人是徐志摩。

1907 年，王国维从法国人伯希和那里借到他们从莫高窟得来的秘录，其中大多是六朝和隋唐人所写的卷子本及古梵文、波斯文、回鹘文等，开始了他敦煌学之路。王国维自编了《观堂集林》，成为新史学一大景观，梁启超惊叹几乎篇篇皆有发明，鲁迅也对其推崇备至，奠定他在中国甲骨学、美学、新史学、金石学、古文献学中蔚然大家的地位，是学者中的学者。

作为新史学开山者的王国维，是最早识读甲骨文的学者，王国维治史独有见地，频出奇招，用甲骨文论殷史，用古铜器铭论周史，写出《殷周制度论》，轰动整个学术界。他用出土器物纠了《史记》和《说文解字》的错。走近王国维考据类的大作，文字间尽见古人的风骨，字里行间长不出血肉，颇受罗振玉偏爱。

他是贫乏时代的修士，在家国得了顽症时，展示绝活。梁启超这样评论王国维："从弘大处立脚，而从精微处着力；具有科学的天才，而以极严正之学者的道德贯注而运用之。"《观堂集林》在梁启超眼里，完全是大学者的气象。

王国维从温润的江南到凄美的北冬，寒风过处尽是断肠的泣诉。他探讨着人的文化本质和人的生存底线，有欧洲的荒谬剧场和存在与虚无思想的色彩。

王国维穿着长袍马褂，留着辫子，一副眼镜很新潮，这新潮的眼镜后面，是探索的目光和通向卓越境界的心灵。他28岁开了用西方思想赏析中国古典小说的先河，写出《红楼梦评论》。33岁出版《人间词话》。36岁发表前无古人的《宋元戏曲史》，郭沫若称为拓荒的工作。41岁的王国维发表郭沫若赞之为新历史学的开山作《殷卜辞中所见先公先王考》。

20世纪初，这个萧条的大国再也裹不住前朝的风华。慈悲为怀的文化人在集体失语的沉默中呐喊。

人间薄词

王国维的《宋元戏曲考》与鲁迅的《中国小说史略》被誉为"中国文艺史研究上的双璧"。他的《人间词话》是对历代诗（词）的概括和总结。

《人间词话》全文寥寥四千余字，却精粹隽永，字字珠玑。美国学者阿黛尔·基特花了二十八年，才把《人间词话》译成英语。

王国维是真正的厚积薄发。俞平伯说《人间词话》："虽只薄薄的三十页，而此中所蓄几全是深辨甘苦惬心贵当之言，固非是胸罗万卷者不能道。"

王国维借时代之伟力，凭俯视一世之才，将新学问发扬得光焰四射，催开出奇葩丛簇。仰望 20 世纪的学术星空，王国维这颗集哲、经、史、戏曲、甲骨、敦煌学等研究于一身的学术巨星，星光灿烂，弘深瑰丽，显示了学术大师之"大"、哲匠之"哲"、巨灵之"灵"。

王国维是一个怀疑者和洞察者，他用自己的一生解析了上古成语中的艰涩。他的创作，表现个人为抗争的文学得到了再生，用文字在传统文化的冻土筑了新路。

读一读王国维那些沧桑的文字，带点前清遗民味，光靠新岁月熏不出这份造化，是时代到了拐角的兆头。

王国维每日求进的人格魅力令顾颉刚拿他与康有为作比较，说王国维的学问到近数年愈做愈邃密了；而康有为做完《新学伪经考》和《孔子改制考》之后，就以为自己学问成功了。

从前的知识分子太通老庄思想了，太爱惜自己的羽毛了，他们自诩参透一切，自己终究不愿俯下高贵虚蹈的头颅。王国维做《人间词话》，却如狂草般天骨开张，丰神峻远，江南走出的有大江笔意的书生太多，这秉性，如水灵气十足。

王国维没有学位，却建起一座庭院深深的学术宫殿，流观这百年之前的殿堂，他以诗人的灵动、艺术家的美感、哲学家的参悟，串起了晏殊、欧阳修、辛稼轩的散珠，连缀成"三境界"说，将历史上无数大家成功的秘笈结晶于意象之中。

家国玄机

王国维是世上第一等的苦读者，罗振玉家藏五十万卷书籍，让王读遍，南浔蒋汝藻家三代藏书他得尽观。江南诸多藏书名家、版本目录学家，都以王的光顾为荣。

他早就感受到西风东渐，他是把德国哲学介绍到中国来的第一人，蔡元培说"他对哲学的观察，也是同时代人所不能及的"。

一向苛以誉人的鲁迅认为"他才可以算一个研究国学的人物"。陈寅恪说他的学术成就"几若无涯岸之可望、辙迹之可寻"。陈寅恪这样看王国维治学：取地下之实物与纸上之遗文互相释证、取异族之故书与吾国之旧籍互相补证、取外来之观念与固有之材料互相参证。

王国维对那个没落时代感到绝望，梁启超在王国维墓前的演讲中称王国维的自杀"完全代表中国学者'不降其志，不辱其生'的精神"，不能把自杀看成是一种怯懦的行为。

王国维一向自视甚高，以天才自况，天才能洞见痛苦之根源，故要承受更为深切的孤独。而哲学又不能慰藉他内心的矛盾，他智与情兼胜的内在冲突，令他悲叹人生如江水"日日东趋海"。

王国维35岁后，专力于经史、古文字的考证，执着于理想，向往一种无功利、纯粹的学问，厌恶以学术求官，心中常有举世皆浊而我独清的遗世独立之感，梁启超说："本可不死，只因既不能屈服社会，亦不能屈服于社会，所以终究要自杀。"

海宁盐官王国维故居，黑白二色的单纯色泽居然在旷野里调度有方，远看一片乡僻近看一弯乡愁，在二楼透过格窗感受窗外浓绿的树影里飘散着几道金光尤见生动，一扫清末遗老气象。每每重新瞻仰总是别有洞天，再灵巧的视野在此定格，也会顿生细腻的悲悯。

门前石雕，抽象中见风骨，步入政治风雨荒野中的王国维对人生的舍弃是这等苍茫而精致的体悟。他营造的文采尽是千年汉文化史的万古壮怀。纸船随波、落叶逐流，其动人处是末世忠臣绝壁上那一个苦恋的回眸。

王国维的根在多水的江南，选择在缺水的北京投水了断，其间的意义只有他知道。王国维身上由此多了一点诡异。

才情，一方水土的悟性

诗人徐志摩，神译翡冷翠

之江离大海很近了，以海派文明为底色的江南水土，呈贵族相。

中西合璧的徐志摩故居是海宁风景的一朵奇葩，一年四季总如一座艳阳下的花园，老树遮荫，树荫尽见美丽的诗句，微风送香，一下子飘起陈年的樟脑味。人们在惊叹百年建筑理念之余，更为其中珍藏了一个诗魂所敬仰，所有到此寻觅挚爱的男女，都要沉下心来，倾听诗人远在天边的娓娓诉说。

至上的生命格调

意大利有座叫佛罗伦萨的古老城市，出过但丁、达芬·奇、伽利略、米开朗基罗、拉斐尔等散发过小宇宙般能量的巨星，照亮整个欧洲，是意大利文艺复兴的发源地。

1925 年 3 月，年轻的中国诗人徐志摩来到这里，将这座古老城市的名字给改了。他根据发音，挑选最好的字眼音译，将城市嵌入他的诗中——《翡冷翠的一夜》。翡冷翠属徐志摩首译，远比另一个译名佛罗伦萨来得更富诗意，带有更多色彩，也更符合古城的气质，富有无限美感，至少，在中文里看来是如此。

徐家是海宁硖石街上的名门大族，徐家在徐志摩身上花钱本是希望他读书经世。这个戴着圆镜的帅小子留洋后从欧洲带回的是爱因斯坦的相对论译稿，又邀请来诺贝尔文学奖得主、大胡子的印度大诗人泰戈尔，这无疑给这个封闭的国度带来一缕清新。徐家祖上的灵气汇聚到这位智者身上后在某种程度上异化了。

徐志摩从英国剑桥河边悄悄地回来了，又悄悄地带来他的《再别康桥》《哀曼殊斐尔》等诗，到底是海宁富家的弟子，他的新诗连想象都非常奢侈，情调的曼妙，词藻的华丽，让"五四"以后依旧沉闷的北京城顿时清新起来：我们的真诗人出现了。

徐志摩在文学界成名之迅速，不亚于胡适之于学术界，梁启超用"惊异"二字给予特别的赏识。

徐志摩的文字里有一种极速散发的热量，他的诗在不停的变化中，今天发表一首诗是这种格式，明日是另一种，后日又不同了，想模仿都模仿不了，别人是用两只脚走路,他却是长着翅膀飞的。他没工夫讲究渲染,他的诗是以颜色和音律合成的。

人们从文笔的优美中看到徐志摩的人格美,称他为唯美派。徐志摩以一支生花妙笔,写明月、群星、霞天,写真美善,写捡煤屑的穷人、深夜拉车过僻巷的老车夫、跟着钢丝轮讨钱的乞儿、沪杭车中的老妇、蠢笨污秽的兵士,他对这些对象都予以无限的同情。他说:贫苦不是卑贱,老衰中有无限庄严。沈从文说作者的文字简直成为一条光明的小河了。

独自为一个个群落找归宿,一定是大师,徐志摩不是像哲学家那样寻求理智,他属于艺术家。他设法避开人生的丑陋,始终保持博大的胸怀,即使受到新文学界的无理谩骂,亦不肯反击。在这七八年里,中国文艺界起了不少的风波,吵了不少架,许多很熟的朋友互相结怨,但没有人怨恨过徐志摩。他一路广交良友,风趣幽默,深受周围人的喜爱。

梁实秋说徐志摩那双发光的大眼,好像蒙着一层朦胧的轻雾,这正是一双诗人的眼睛。他的新诗席卷了整个京城,中国诗坛,我们不得不相信巨人的存在。印度诗人泰戈尔来华讲演,又由他当翻译,当时的他可谓红透了半边天。

纯粹的文化格局

徐志摩用音乐一样的语言造出了迷人的艺术奇观,几乎每一个音节都是经过精心选择后安放在最妥切的位置上的。1925年夏天他从欧洲回来,在北大开课讲英文诗歌。诗人宣讲时,有一种特别的音调,不疾不徐,似风来林下,泉流石上,悦耳之极,他的谈吐特别令人神往。以纯粹的口语,展示那种失去锦衣玉食的没落的哀叹;那种无可奈何的眷恋,被极完美的音韵包裹起来,像金子一样闪闪发光。

徐志摩的魅力,在于他把人生的全部复杂性作了诗意的提炼,戴着镣铐跳舞而能跳得好,那才显出诗人的本领。像他这样一位出身于巨商名门的富家子弟,社交极广泛,又在剑桥那样相当贵族化的学校受到深深熏陶的人,视野的开阔给了徐志摩世界性的眼光。徐志摩得到哥伦比亚大学文学硕士学位后离美赴英，一心要跟罗素学习。他摆脱了哥伦比亚大学博士头衔的引诱，离美赴英，买船票过大西洋，与罗素会了面。

每个诗人都拥有一座自己的地狱，他早早地在地狱的门槛上见到了自己神往的前辈，成为他精神的向导。1925 年 3 月拜访托尔斯泰的女儿，祭扫克鲁泡特金、契诃夫、列宁墓；4 月初赴法国，祭扫波特莱尔、小仲马、伏尔泰、卢梭、雨果、曼殊斐儿等人墓；在罗马，上雪莱、济慈墓。徐志摩说：我这次到来倒像是专做清明来的。

徐志摩的诗也充满了那种豪华富贵的天上的情调，徐志摩一直是文化界的热点，经久不衰且历久弥新。他与几个女人的情感纠葛，就是个说不完的话题。

作为散文家的徐志摩，把散文做成一种独立的艺术，在他的笔下，没有一个字不是活的，他有一种能力，将一件平常的事，铺排繁采到极致，陈意超常，以清亮照人的文采拈出铢积寸累的学问，五四名家蜂起，徐志摩在周作人、冰心、林语堂、丰子恺、朱自清、梁实秋这些散文大家中卓然而立，他的文字没有一个不是活的，使人们能够从周作人的冲淡、冰心的灵俊、朱自清的清丽、丰子恺的趣味之间辨识出他的特殊风采。

诗人是这个有序的世界的对立物，他并不强大，而且总在危险中，像流星划一道光亮而坠落在天边。死亡于诗人并不可怕，早死对于他个人也未必为不幸，在人们记忆里永远是个年轻的影子。

徐志摩要参加林徽因的一个学术讲座，飞机在山东党家山撞山，据传飞机残骸中，徐志摩是一具完尸，只是头上有个窟窿，顺然了江南民间的说法，徐志摩被勾魂了。

徐志摩活跃文坛不过十年，却留下许多永难磨灭的瑰丽果实，他活着时像天空一道灿烂的长虹，死，则像平地一声春雷。以雪莱、拜伦、济慈来比拟这位天才的诗人，诗人虽生活于这个尘世里，他的灵魂却栖迟于我们不知道的梦幻之乡。

诗人徐志摩，其实首先是一位学问人。留学英美期间，他将中国传统文化介绍到西方，也将西方文艺观、哲学思潮及文学名著介绍到中国。

想飞的诗人死于飞，一个天才诗人在凡间本就难以久留，他完全有可能成为别具一格的大师而留名于世。但他用一朵冲破浓密的彩云为大地书写思想。

匠人朱生豪，苦译十年功

20世纪中国的翻译界，有三位浙人对英文足够自信，一位是敏锐捕捉到时代气息的义乌人陈望道，译了《共产党宣言》。一位是将意大利的佛罗伦萨神译为翡冷翠的海宁人徐志摩。再一位是23岁始译《莎士比亚全集》、32岁英年早逝的嘉兴人朱生豪。

1978年，文学的春天降临，领头雁人民文学出版社拟推世界文学巨制，准备出版《莎士比亚全集》，两种意见杠上了，诗译体占上风，因为朱生豪的散文体译本已在1954年由作家出版社出版过十二卷，故不考虑。而人民文学出版社的黄雨石力排众议，屡屡在办公室里朗诵朱生豪的翻译和新译中的相同段落，最后诗译体落败，出版社决定，仍以朱生豪翻译莎翁的三十一个剧本为底本出版。这是朱生豪这位译者作古三十四年后的事。

之江学霸

钱塘江左岸的杭嘉湖平原，不缺读书人。朱生豪属于早慧者，1929年从嘉兴秀州中学毕业，保送之江大学，享受奖学金，主修中国文学，以英文为副科。

民国时的之江大学，名不见经传，该学府却有载入史册的傲人资本。朱生豪大二时创作诗歌参加"之江诗社"，写有诗集多种，他的才华深得教师及同学的称赞。有"一代词宗"之誉的夏承焘教授看了20岁的朱生豪，评价其"渊默若处子，轻易不发一言""聪明才力，在余师友之间，不当以学生视之"。他的英文造诣甚深，"之江办学数十年，恐无此不易之才也"。

大学毕业，他去了上海世界书局英文部任编辑，参与编辑《英汉四用辞典》。当时世界书局想取得与商务印书馆、中华书局等名社竞争的本钱，计划翻译《莎士比亚全集》。世界书局英文部负责人詹文浒钦佩朱生豪才华，力主让他来完成莎译。血气方刚的朱生豪慨然接下翻译《莎士比亚全集》的任务。

1935 年春与世界书局正式签订翻译《莎士比亚全集》合同。那一年，朱生豪才 23 岁，这在今天，只是一个初出茅庐的文学爱好者的年龄。

翻译西方古典名著，汉译者自身的古典文学修养一定要出色。朱生豪的古典文学修养能让他担起这一重任。除古典诗词娴熟之外，朱生豪还具有过人的英文造诣，尚未进行莎剧翻译之前，朱生豪于自己供职的上海世界书局编纂了一部《英汉四用辞典》。他在给妻子宋清如的信中很自信地说道："我相信你做了大官的时候，我一定已经得到了诺贝尔文学奖奖金了——为了我编的一本《英汉四用辞典》。"从中也能看到朱生豪对自己英文的足够自信。

古典英语与现代英语差别不小，莎士比亚时期的英语更考验翻译者的英文水准，能在那时编纂汉英辞典的人，中英文水平之高，自是出类拔萃。

朱生豪翻译莎士比亚，可以说是宿命。他在读过威廉·华兹华斯的诗歌后，在给宋清如的信中便感叹，"我以为能和文学发生关系的，只有两种人，一种是创作者，一种是欣赏者，无所谓研究。没有生活经验，便没有作品"。这些看似漫不经心的言论称得上一语中的，尤其显示出他对戏剧的理解，令人觉得他与莎士比亚之间有着必然的缘分，"短篇小说太短，长篇小说太长，但戏剧，比如说五幕的一本，那就不嫌太长，不嫌太短"。

两人舞台

无常的人生，有无数种活法，无数的因果注定无法规定一种人生范式。

1936 年，朱生豪供职的世界书局，编辑所里充满了萧条气象，公司裁员，好几个人自动辞职，人数越来越少，较之他初进去时少了一大半，他也觉得辞了职很爽快，恋着这种饭碗，会显得自己可怜渺小。年轻的朱生豪明白辞职的后果："我有家归不得的苦，姑母她们不能常住我家里，弟弟在外边，我不好守着弟媳妇在一起，真是走投无路，怨尽怨绝。"

即便如此，朱生豪还是一个劲儿地译着莎士比亚，他对妻子说："《暴风雨》的第一幕已经译好，虽然尚有应待斟酌的地方。做这项工作，译出来还是次要的，主要的工作便是把僻奥的糊涂的弄不清楚的地方查考出来。如果中途无挫折，也许两年之内可以告一段落。虽然不怎样正确精美，总也可以像个样子。你如没事做，替我把每本戏译毕了之后抄一份副本好不好？那是我预备给自己保存的……"他给自己规定了两年时间完成莎译："一共三十七篇，以平均每篇五万字计，共一百八十五万言。"

朱生豪像所有抱有使命感的人一样，不惜耗费大量精力，"今晚为了想一个句子的译法，苦想了一个半钟头，成绩太可怜，《威尼斯商人》到现在还不过译好四分之一"。

有宋清如这一个红颜知己可以倾诉，是朱生豪之幸，是爱情力量构成朱生豪生命中最顽强的支撑。但也不幸，他呕心沥血于这一前无古人的壮举之时，没有第二双眼睛对他予以关注。翻译莎士比亚成为他活着的意义。他告诉妻子，"我现在不希望开战，因为我不希望生活中有任何变化，能够心如止水，我这工作才有完成的可能"。

年轻的朱生豪，他刻苦淬砺所望的只是完稿后的喜悦，那种一改再改三改的背后是不可想象的艰辛。莎剧中的每句朱译台词，凝聚的是何等心血。心血背后，又是一些无情的现状，"据说明天薪水发不出，这个问题比打仗更重要一些"，他还是渴望着"巴不得把全部东西一气弄完，好让我透一口气，因为在没有完成之前我是不得不维持像现在一样猪狗般的生活的，甚至于不能死"。

心血之作

朱生豪 1936 年春着手翻译《莎士比亚全集》，打破了英国牛津版按写作年代编排的次序，将其按喜剧、悲剧、史剧、杂剧 4 类编排，自成体系。1937 年日军进攻上海，他辗转流徙，贫病交加中译有莎剧 31 种，新中国成立前出版 27

种，部分散失。他是中国翻译莎士比亚作品较早的人之一，译文质量和风格
卓具特色，为国内莎士比亚研究者公认。

1936 年 8 月译成莎剧《暴风雨》《仲夏夜之梦》《威尼斯商人》等 9 部喜剧。

1937 年 8 月 13 日日军进攻上海，朱生豪逃出寓所，随身只带有牛津版
《莎士比亚全集》和部分译稿。寓所被焚，世界书局被占为军营，已交付的全
部译稿被焚。他避难至嘉兴，后辗转至新塍、新市等地避难，稍得安宁，即埋
头补译失稿。

1938 年下半年重返世界书局，仍抓紧时间进行翻译。1939 年冬去中美
日报馆任编辑，写了大量鞭笞法西斯、宣传抗战的时政短文《小言》。1941 年
12 月 8 日，日军冲入中美日报馆，朱生豪混在排字工人中逃出，丢失再次收集
的全部资料与译稿，历年来创作的《古梦集》《小溪集》《丁香集》（新诗）等诗集
以及为宋清如整理的诗集两册一并被毁。至年底补译出《暴风雨》等 9 部喜
剧，把译稿丢失的莎士比亚喜剧全部补译完毕。

早在 1936 年 8 月译出的第一部莎剧《暴风雨》竟到 1942 年年底才第三次
译出。假如多达九部的被焚译稿能保存完好，朱生豪也终会有时间译完全部
莎剧。

1943 年 1 月，朱生豪携夫人回嘉兴定居，开始了最后的冲刺，仅靠微薄稿
费维持极困难的生活，把全部精力扑在译写工作上。每天，朱生豪在阁楼上
翻译，宋清如则买好一天或数天的口粮。朱生豪积劳成疾，健康日衰，他也知
道自己来日无多，每天咬牙伏案，在超强度的负荷下于年内译出莎士比亚全
部悲、杂剧及数种历史剧，翌年译出四部莎士比亚历史剧。到 4 月时，朱生豪
为莎剧写出《译者自序》，又动手编出《莎翁年谱》。延至 6 月，不堪重负的朱生
豪患上肺结核，不得不放下未译完的《亨利五世》。他对宋清如说，"早知一病
不起，就是拼命也要把它译完"。此时距他全部莎译完成只差五个半史剧。

1944 年 12 月 26 日，朱生豪终于耗尽全部精力，离开人间。此时，他的儿
子才刚满周岁。临终之际，宋清如俯身在丈夫身边，听丈夫还在喃喃说着莎
剧台词。朱生豪的苦译场景，窗户将乱世关在外面，屋内的朱生豪已形容枯

稿,气若游丝。

1947 年秋,译稿由上海世界书局分三辑出版,计 27 部剧本。

1954 年作家出版社出版朱译《莎士比亚戏剧集》。

1978 年人民文学出版社出版《莎士比亚全集》,内收朱译 31 部剧本。

朱生豪在孤独中完成了最艰难的事业,这是今天的读者之幸。

1987 年,宋清如将朱生豪的 31 部莎士比亚戏剧翻译手稿捐献给嘉兴市人民政府。

今天,嘉兴梅湾街历史文化街区,有朱生豪故居,门前是一座印象派之风的连体雕塑——"莎侣诗魂",宋清如微侧,朱生豪凝视,这尊显文艺复兴之美的作品出自雕塑家陆乐之手,这对患难情侣在嘉兴人眼里,属于文化巨匠般的存在。

第八章

运河之慢，误入正途的偏门中庭

布罗茨基用诗解析水的永恒：
无数世纪，流入我们，流经我们，
流向我们身后。

——古今记

小引——远古留下的导语

钱塘江有两个"枝杈"属于人工开辟，一是顺浦阳江南去，入浙东运河，有距今一万年的浦江上山遗址，九千年前的嵊州小黄山遗址，七千年前的余姚河姆渡遗址。二是江南运河，有距今六千年的杭州良渚玉文明，四千年的湖州丝文明，三千年的德清瓷文明。之江文明依水浩荡。

上山遗址里有一万年前的人类文明，是世界稻作之源、彩陶之源、中国村落之始。2021年年底，国家博物馆举办了上山文化展，人们看到文明源头的"那一群人、那一粒米、那一缕炊烟、那一抹红"。著名考古学家严文明这样说浙江的文明内涵："从美丽的小洲（良渚）出发，过一个渡口（河姆渡），跨一座桥（跨湖桥），最后上了山（上山），这是通向远古的诗意之路，中华文明的探源之路。"

苕溪出天目山后，顺势东流，注入钱塘江。《水经注》中有"浙江迳县左，合大溪"的记载。苕溪的第一次改道是自然力的作用，径流受到钱塘江高潮的影响，终致分流河道对古苕溪进行劫夺，苕溪上游来水经分流转折北上入太湖。

古苕溪在文化上是浙江的母亲河,良渚文化代表了中国五千年文明的最高成就,这个过程一直持续到马桥时期。越国出现之前,浙江的政治文化中心集中在东苕溪流域,它的象征之一就是良渚玉器,是中华文明一个重要的文化符号。

大运河,文化上风靡世人。

河边,晨曦童话

良渚,早年的城池

河流是人类文明的摇篮,是人类生存的动脉。

之江来到天目山脚下,带来早年的文明震颤。

东苕溪发源天目山南麓,流经良渚文化中心区,纵贯湖州,注入大运河,构成山水与岁月的无限延伸。

天目山向东,是一望无际的杭嘉湖平原,这片区域的史前文化积淀非常丰厚,如新石器时代良渚文化遗址群以及还有古史记载中的古防风氏国、封禺之山、余杭等古越地名,无一不是受东苕溪滋润、哺育而诞生的古老文明。

东苕溪以母亲河的胸襟,流淌的时光,从未停息流淌,河岸多少年没有急促的脚步,这些悠闲的脚步和落日告诉你的哲理:静等可以放下。

玉文化,远古的辉煌

从河姆渡到崧泽,都出土有玉器,但都为小件饰品。一入良渚,突然出现钺、琮等大型礼器和高度统一的母题纹饰,地位相当于商代中期的大型青铜礼器,太湖流域的玉器文化有了质的飞跃。此种突变无法以制作经验的积累来解释,人类文明史上,文化突变的唯一解释是社会突变,良渚玉器上的人面、羽冠、兽面纹等宗神文化表现,是中国各史前文化中所绝无仅有的。

良渚文化在一个很高的层面铺展,各地玉琮无一例外地刻着同一位宗神简化标志,说明人们在供奉一位共同的至上神。在这里,有个惊人的发现，良渚时期大墓大多建在人工堆筑的土丘之中，这些土丘，已被人们称为土金字塔，大墓中的随葬品多为琮、璧等大型玉质礼器，玉器数量之多、雕工之精，为世界史前玉器之最，一次次空前的玉殓葬，构成今天的良渚文化奇观。

大墓大玉，标志着良渚居民在神面前的不平等，告诉我们良渚文化早中期，江南地区已有一个统一的国家政权，一个被历史忽略的靠神权掌控的区域文明。

良渚时期，琢玉业发达，大型玉礼器的出现揭开了国玉礼制社会的序幕；贵族大墓与平民小墓的分野显示出社会化分工的加剧；出土器物刻画的原始文化表明中国文明的曙光从良渚升起。

贵族大墓告诉我们，良渚时期已有一个靠神权统治的文明古国。

上古历史冥冥中有一种返真的急切。30万平方米的莫角山遗址，更令历史惊愕，这处人工堆筑的大土台有大片的夯土层与夯窝等建筑基础，成排的呈圆或椭圆形的大型柱洞，这种大规模的夯筑基址，表明这里大概是当时的宫殿建筑，意味着这处遗址很可能是当时的国都所在。

良渚陵那纯净的黄土，厚达数十丈，代表了良渚时代的浑厚朴实。考古发掘表明，数米以下的良渚土层也大都是灰褐色的，显示着人工种植以及水淤的痕迹。

北京大学考古学家严文明教授在他的《良渚随笔》一文中这样叙述："土坯是龙山时代发明的，在良渚文化的福泉山、赵陵山遗址中都有发现，但数量很少，莫角山遗址土坯数量超过了同时代诸遗址土坯的总和，说明其建筑的规模大，技术先进。"

精心夯筑的地基，大方木构建的梁柱和用土坯建造的墙体，房子外有壕沟，这在当时的条件下，已经是颇为雄伟和气派的了。

距今四千年左右，自然环境的剧变，洪水的肆虐，加上持续的严寒，导致生态严重失衡，使蓬勃的良渚文化突然消亡。

防风国,夏商时的越国之都

史书中偶有"勾践迁都"的叙述,那么,勾践之前的越都在何处?

新石器时代四大神话中,防风神话亦真亦幻,似乎在向人们默默地诉说着一个久远而瑰丽、奇妙而宏大、真实而撩人的历史事实。

虞夏时,不少部落生息于此,如陶臣氏、乌陀氏、鸿蒙氏和若繇余氏,均游居于太湖一带,传说中,后来这些部落因帮助大禹治太湖水患有功受到封赐,居于苏州一带的若繇余氏被封为吴。

良渚文化先民是古越民族的祖先,德清县是古文献记载中的"夏代防风氏之国"所在的"封禺"之地。封山之阳有湖曰风渚,环湖四周有九里长,湖分上下,上为上渚,港汊纵横迷离,汀渚星罗棋布;下者下渚,湖面广阔,汀渚甚多,水涨汀没,水落渚现,湖荡四周多芦苇。

1941年,考古学家张天方博士在《浙西最古的史事》一文中说:"越国受封的初祖为无余,为夏少康之庶子,其初封之地,不在今山阴之会稽县,而在太湖流域之会稽郡,其地名为封禺,即今武康县。"

这里有个大胆的考证:夏商时的越国之都在德清。

清代道光初年,德清县武康金车山曾经出土青铜器勾锣,同铭文的有两件。童书业研究后认为:"越器出浙江之武康,武康或为越古都乎。"

公元前二千一百多年,大禹治水成功,召集诸侯到会稽山开庆功会,大会开了三天,还没见防风氏,等他赶来后,禹大怒,不问情由,下令将防风氏斩首。

民间有传说,防风氏被杀后,诸侯为他喊冤,禹派人调查,结果是防风氏在天目山一带巡视,因暴雨山洪泥石流堰塞湖的阻隔,延误会期。于是,大禹给防风氏平反,并立庙祭祀。

德清县封禺是防风氏国的传说中心,封禺所在地三合乡也是良渚文化遗址分布地,与余杭莫角山良渚文化的中心毗邻。

在下渚湖弯弯河道上品读岁月,留下无尽念想,旧时防风部落生活的地点是一片沼泽地。今天的下渚湖仍有六百多湖墩,这是防风古人生活信念的见证。

防风氏在湖中独角山建屋，在一片方圆几十丈的渚洲上，统领着散布于山麓和汀洲的百多户族人。

董楚平的《越文化新探》说："旧史盛称会稽自夏代以来即为越都，绍兴出土的越国遗物，未见早于勾践时代者，文化堆积也不丰厚，不像是千年古都。"而东苕溪中下游发现的古遗址群、古窑址群、土墩墓群等文物史迹在地域上属于"封禺之地"。就是说，大量出土文物证实，德清是越国曾经的中心。

司马迁《史记·孔子世家》记载：吴国夫差攻打越国勾践，吴军在会稽一带挖战壕时，挖到一个巨型的头骨，吴军将领伍子胥不知是凶是吉，特意去请教孔子。孔子告诉他，会稽就是当年大禹开会杀死防风氏的地方，这大头骨就是巨人族首领防风氏的遗骨。孔子又说，防风氏封地在封山禺山（今浙江德清县三合乡一带）。

据传，大禹当年错杀了治水功臣防风氏，心中不安，将武康县的封山周边方圆百里地，立为"防风国"。关于"防风古国"的文字，是浙江有记载的最古史事。武康东防风山，又名封山，是先秦文献记载的防风氏、防风国所在之地。唐宋文献均记此地为"禁樵采"。原因就是此山为禹王所封的"防风国"所在地。

防风祠坐北朝南，背依封山，南面下渚湖，极尽靠山望水的风水学理。民众想纪念防风氏，修造了防风庙。防风庙里不设禹王神像，据说是武康人责怪大禹错杀防风氏，缘此不祭禹王。

湖州，起初的物语

古丝，一个唯美的岁月品牌

古代希腊人称中国为赛里斯（Seres），意即"丝国"，美极。丝绸风靡意大利，罗马人称此为"赛里斯的纱"，雅极。英文启蒙读物《丝绸之路故事》，开篇说，一个孩子向作者维杰·辛哈发问：什么是"丝绸之路"，难道真有一条用丝绸铺成的道路吗？趣极。湖州钱山漾遗址出土了四千多年前的丝片，成为世界丝路的源头，神极。

中国古代和欧洲中世纪,有一条以丝绸贸易为媒介的文化交流之路,其线路从黄河流域,经印度、西亚连接北非和欧洲。它原先的起点在黄河流域的中国长安,后来上溯至长江流域的中国浙江湖州。再后来,因丝诞生无数的江南小镇。

汉初,匈奴人屡次进犯汉境。汉帝国派张骞带着丝织品出使西域,寻求盟友。汉朝向西开拓这条后来被称作的"丝绸之路",使东方宝物经西域后转运到西亚和欧洲。

汉政府分化匈奴,常派使者安抚这些游牧民,给部落送去大米美酒和纺织品。公元前1年,匈奴收到3万匹丝绸和大约相等的原材料,另加370套衣物。丝绸是重要的礼品,是权力和地位的象征,高级绸是单于尊贵身份的体现。

在汉朝,丝绸扮演着最值得信赖的货币的角色,丝绸与钱币、粮食一样用来支付军饷,成匹的丝绸维持着边境安宁。同时,丝绸还成了一种国际货币。

汉武帝招募大量商人,朝廷配给货物,到西域各国经商。中国丝绸甚至出现在几千英里以外的中东巴克特里亚市场。

罗马人很快加入到这条商道中,从公元1世纪起,罗马人开始迷恋从阿萨息斯王朝和阿克苏姆帝国手中转手取得的中国丝绸。恺撒大帝曾穿着中国丝绸长袍去看戏,引起全场的钦羡。

有人开始追根溯源。

尧舜在中原逐鹿的过程中融合了各路史前文化,缔造了统一的华夏文明。从这一时期中原各地的墓葬里,已可见那蚕之花。

丝路从长安西行,丝绸却源于江南。中原大地、陇西辽东,都发现了蚕种的蛛丝马迹,但最早的蚕是出现在浙江余姚河姆渡遗址,而最早的丝织品,则出现在湖州钱山漾遗址。

于是,有人借考古实证。

湖州城东有个叫钱山漾的湖,湖边的村落叫潞村。1934年夏,适值百年大旱,钱山漾干涸见底,一位叫慎微之的读书人在河滩上发现很多石簇、石镰、石刀、石斧、石锛、石犁等古人类石器。

慎微之（1896—1976）经考证后发表论文，与江南史学界吴越古文化"几与中原并驾齐驱"之说形成共鸣。1956 年和 1958 年，浙江文物专家对钱山漾进行了两次发掘，人类首次发现了绸片、丝带、丝线等一批尚未碳化的织物，令沉睡了数千年的钱山漾遗址进入人们的视野。

切片检测，奇迹发生了：绸片和丝带属人工饲养的家蚕丝织物。这些绸片再经碳十四测定，距今已有四千四百年，是世界上迄今发现的最早的家蚕丝织品。

慎微之把钱山漾遗址从石器时代的枯竭水面捞了上来，钱山漾遗址成了"世界丝绸之源"。由此，浙江的格局里，有了丝和远方。

钱山漾丝绸的历史墙上，有华夏丝绸史：夏代六州贡丝；春秋战国吴楚争桑；汉通西域，湖州丝绸入贡、西传；三国，发展民屯和军屯，德清的"永安丝"入贡；到五代，建成完善的塘浦圩田体系，湖地成为全国知名的粮桑产地、衣食之源；唐代，吴绫与蜀锦齐名；两宋，桑基鱼塘得循环使然，鲁桑走向"湖桑"；明清湖桑改良，桑基鱼塘兴盛，丝绸市镇兴起；晚清民国，湖丝获得了世界殊荣。显示出她无限的生命力。

2015 年意大利米兰世博会发布：发掘出世界上最早绸片的中国湖州钱山漾文化遗址，被正式命名为"世界丝绸之源"。

钱山漾遗址的一次偶然泄密，写就世界丝路源头的古老诗篇，尽显吉兆。

国丝，一个亘古的真丝部落

从湖州出发，踏上一条无畏的道路。先人用树叶蔽体改织布作衣，成为文明之人。

钱山漾牵出的这根纤纤蚕丝，精美细腻且柔韧平整，如此有生命力的劳动成果，没有成熟的制丝技术是不可想象的。

桑基鱼塘，令农桑环境成为体系，出优质湖丝，缔造丝绸王国，"湖州桑基鱼塘系统"被列入全球重要农业文化遗产。

今天湖州至南浔那一路叫荻塘的阔大水面,调教出了湖州水网中镜面般的清亮。荻塘深处,有个水边村落叫辑里村,村东流淌着一条清澈透明的河。这里土质粘韧,构成了育桑、养蚕、缫丝优越的自然条件。辑里村人的缫丝工具应用当时最先进的三绪脚踏丝车,独特的缫丝工艺,丝的质量有"细、圆、匀、坚、白、净、柔、韧"八大特点。湖茧、湖丝,双甲天下。《南浔镇志》记载:"水甚清,取以缫丝,光泽可爱。"

地理上,辑里村和钱山漾,近在咫尺;湖州和伦敦,远在天边。辑里村诞生中国首个世博会金奖,湖州气候温和,土质肥沃,几千年种桑养蚕,由蚕茧而缫丝。南浔成为中国的骄傲,是靠蚕桑之利,南浔的富裕人家,拿得出傲世的珍藏。

1910 年,辑里湖丝有 13 个经牌,在南洋劝业会评比中分别获得头等、二等商勋和超等、优等奖。1911 年,在意大利都灵举行的国际工业展览会上,南浔梅氏各种牌号丝经获得一等奖。1915 年的巴拿马国际博览会上,南浔梅恒裕辑里湖丝再获大奖。1926 年的费城世博会上,湖州生丝获得甲等大奖。

湖丝的魅力还在于是文人墨客代纸作画写字和装裱书画的必备佳品,被誉为"丝织工艺之花"。今天的湖丝,依旧是中国最优质丝绸的代表,奥运会、世博会、亚运会,全世界都留有湖州丝绸的倩影。

长丝,一座缠绕的江南小镇

南浔小镇不起眼的巷子深处,常有着旗袍、围丝巾,拜佛画画吟诗炖燕窝的女子,湖锦的贵族风华,它把江南穿出一道风景。

在桑田面前,早有来自南朝的诗赞,吴均感叹:"荫陌复垂塘""连连文蚕茧"。沈约在乐府诗《夜夜曲》中这样描绘乡人蚕织的场景:"孤灯暖不明,寒机晓犹织。"后来大诗人李白也有"吴地桑叶绿,吴蚕已三眠"。

浔丝作为上乘的湖丝,唐时已誉满长安。唐玄宗特选为贡品,"湖丝用作帽缎,紫光可鉴"。从康熙起,清皇室所穿龙袍凤衣,须以湖丝为料。康熙皇帝的九件龙袍,就是指名选用辑里丝织造的。有个统计,咸丰末到光绪初 20

多年里，湖丝全盛时期，每年约3000万银元汇入湖州各大钱庄票号，用于收买蚕茧、丝绸，这些财富大多转化为湖州的地方财富。

丝绸加上一群魔鬼商人，是一段关于这座19世纪初的中国江南小镇的寓言。南浔商人，门前都有自家的河埠，他们坐着小船，贩丝沪上，从上海滩捧回白花花的银两，再回到自家的河埠。

南浔出现了上百个大宅院，首次在中国大地上立起了中西合璧的建筑群，他们的财富究竟有多少，谁也说不清。有人以三种动物形体为标，有四象八牛七十二金狗的说法，财产总额亦在六千万至八千万两，这个数字令朝廷吃惊，当时清政府每年财政收入也才不过六千万两左右。

清光绪中叶，慈禧太后在颐和园辟桑园，造养蚕和织绸用的绮华馆，命浙江巡抚杭松骏到湖州选招蚕娘织女进宫，教授宫女饲蚕、缫丝、织绸技艺。即便在1900年8月，八国联军进攻北京，慈禧仓促出逃时，她也不忘带一名湖州蚕妇随从到西安。

1912年至1928年的16年，上海口岸年均出口辑里湖丝占上海出口蚕丝总量的38％。每年，来自世界的丝绸采购商不远万里赶赴湖州，寻找供应商。山西晋商中仅以经营湖州丝绸发家的不在少数，乔家大院里就留有乔致庸（1818—1907）当年到湖州购买丝绸的故事。

湖丝情节每每与中国历史上的商业奇迹丝丝相扣。

湖丝，一位圣洁的缥缈使者

蚕，亚里士多德称之为有角虫，它吃进的是桑叶，吐出的液体随风而变为三棱形的长丝，被欧洲人视为珍品，丝绸将中西方文明紧紧裹在一起。

1849年6月30日，英国白金汉宫开了一次历史性的会议，讨论维多利亚女王的一个创意：在伦敦举办万国博览会，这就是第一届世博会。1850年1月3日，世博会皇家委员会成立，维多利亚女王向世界各国发出世博会参展邀请，在会上可以展示各国的艺术和工艺产品。

消息传到上海，宝顺洋行买办徐荣村就把自己经营的十二包"荣记湖丝"

寄至英国伦敦展览,参与角逐。

博览会共有一万八千个各国参展商,提供了十万多件展品。世博会开了五个月,评委们还没有打开过这来自封闭的东方古国的商品。最后才想起这十二包中国展品,打开一看,都大吃一惊:洁白的"荣记湖丝"柔软而富有弹性。西方人钟爱的中国蚕丝被紧裹半年之久,仍然簇新质佳。

在最后的工艺评奖中,产自中国湖州南浔辑里村的"荣记湖丝"质量最佳,独获金奖,维多利亚女王亲自颁发奖牌、奖状,并赠"小飞人"画幅以示赞誉。这是湖州丝绸在世博会上的首次亮相。

伦敦世博会后,湖丝被女王钦点运用,成为宫廷中最雍容华贵的标志,并获免检进入英国和其他欧洲市场的权力,在欧洲大陆一时风光无两。

之前,清政府在南方实行公行制度,外贸被限制在广州一个口岸,湖丝外销要辗转运到广州被称为"天子南库"的广州十三行出口,精明的商人看到辑里湖丝的巨大市场,千里迢迢从湖州丝商手里收丝,然后沿海岸线走私出口。

1842年上海开埠,湖州人登场,湖丝运沪直奔洋行,外销成本骤降,外贸的交易量猛增,直至占到全国外贸的90%。

1857年,一个英国丝商代表团来到湖州南浔。他们的考察报告颇具诗意:南浔"几乎家家养蚕,户户缫丝。每个人的生活中都有湖丝的味道"。

1859年,因家蚕微粒子病重创了地中海沿岸的丝绸产业,为寻找健康的蚕种,意大利人卡斯特拉尼带了六人组成科考队来到湖州,他们购买蚕种,还做了为期五十天的养蚕实验,一行人在湖州学习养蚕技术、丝织工艺。

1860年,南浔商人陈熙元在上海成立了"丝业会馆",湖州丝商都加入其中。湖丝在上海滩的市场发言权只有一个南浔话筒,湖商主宰市场的沉浮。上海的租界加在一起,有一半的地产是湖商陈熙元的,巡捕房的服务多半围着他转。

在遥远的英国伦敦,有一个湖丝交易所,与湖商呼应。湖州人在沪上混得风生水起,成为时代的主角。1870年前后,《上海新报》每天都有关于湖丝的报价,丝价与今天的股票一样,行情日变。湖丝连接地球的两端,将东西方文明串了起来。

1876 年，上海 70 家做丝的公司，60 家是湖州人开的，湖商成为上海滩的风云群体。今天上海，一些精致幽雅的花园洋房，大多是湖商的家业。

2015 年 5 月 1 日，一款依照大书画家赵孟頫的书法作品《吴兴赋》定制的丝绸精品，沿着古老的丝绸之路，穿越三十多个国家，出现在意大利米兰世博会上，"吴兴水精宫，楼阁在寒监"的中国江南水乡，走进世界的视野。

这是七百多年前赵孟頫所在的湖州："吴兴之为郡也，苍峰北峙，群山西迤，龙腾兽舞，云蒸霞起，造太空，自古始，双溪夹流，瓢天目而来者三百里。"

岁月在不经意间流过了千年，散发着神秘光泽的湖丝，一头连着中国，一头连着世界，丝丝缕缕尽是湖州的传奇。这里是中国大气势其中的一笔气魄。

德清，原始的青瓷

一部陶瓷史，半部在浙江，源头是湖州。

2010 年，中国社科院考古所公布的"年度中国六大考古新发现"，湖州东苕溪流域商代窑址群位列首位。

瓷器是中华文明的一大骄傲，世界就是通过瓷器知道遥远的东方有个神秘的国度，古代中国通往西域的贸易路线，西方人曾冠以"瓷器之路"。湖州对于品位的追求一开始就高起点。

浙江在中国的制瓷史中有其独特的地位。慈溪上林湖出现的东汉越窑青瓷，代表着浙江是当时全国的窑业中心和制瓷技术的引导者。

德清瓷之源的气息，一展旷世风华，令当今的世人慨叹不已。

惊天疑问，从鸿山到湖州东苕溪

东汉之前，浙江有无青瓷？中国瓷器的源头在哪里？大江南北出土的那些商周原始瓷器又是在哪里生产的？这些问题一直困扰着考古界。

20 世纪 80 年代，浙北的东苕溪流域、浙东浦阳江流域的三十多座土墩遗存上曾出土过原始瓷器和印纹硬陶器，是商周时期的越国贵族墓葬，墓中有精美的仿铜原始瓷礼器与乐器,这条线索一直刺激着考古学家的探寻欲望。

2003年,江苏无锡鸿山邱承墩的一个特大型越国贵族墓群见了天日,出土了五百多件仿青铜的原始青瓷礼器和一百四十多件原始青瓷乐器,数量惊人,器类丰富,成为近些年越文化考古的最大亮点。

这个属于越国最强盛时期的贵族墓群,随葬有高等级原始瓷,越墓中出土的原始瓷礼器有鼎、豆、罐、瓴、尊、钫、壶、提梁盉、镂孔长颈瓶、镇、盆、盘、鉴、盒、烤炉、冰酒器等,出土的原始瓷乐器有甬钟、磬、句、锌于、钲、振铎、镈钟、缶、悬鼓座等。大概与六朝时期最高等级的青瓷器在一个水平。

越国强盛期与六朝中期,有近千年的时间,烧制此类瓷器,一定要有浴火经验或经过某种烈焰洗礼。越国时期,不用青铜的礼乐器,而以仿铜的原始青瓷或硬陶的礼乐器随葬,属于跳出了青铜时代的某种觉醒。

寻找这些原始瓷礼乐器的产地和窑口,成为文物考古界苦苦追寻的一种自觉。此前,浙江、福建、江西和广东等南方地区均发现过烧造原始青瓷产品的窑址,以浙江的德清、湖州南部和萧山较为集中。

成熟青瓷是由原始青瓷发展而来,无锡鸿山越国大墓出土的原始青瓷是否属于"成熟青瓷"是考古界争论的焦点。部分专家在德清地区的亭子桥、冯家山等窑址上采集到了原始瓷礼乐器的标本,认为其更接近"吴越青瓷"。

德清莫干山在上古就演绎过泥石风流,铸剑冶铜烧瓷均为能事。无锡鸿山越墓高档青瓷的来路突然清晰起来:"鸿山青瓷器可能为浙江德清一带烧制。"但考古讲的是史证、实证和物证。

国家文物局批准对火烧山、亭子桥窑址进行抢救性考古发掘。

2006年,怀着对古老文明的无比敬意,浙江省文物考古研究所会同故宫博物院和德清县博物馆,踏上这片神秘的田野,联合开展了对火烧山商周窑址考古发掘,一起追寻远古的瓷之源,人们惊异地发现了这处"中国制瓷工艺史上的第一座高峰"。

于是将"鸿山疑惑"送至国家层面。经古陶瓷的科学研究和理化测试,证实了江苏鸿山越国贵族墓出土的极其精美的青瓷礼乐器原产于德清战国窑址窑区。

德清亭子桥的重大发现，将成熟青瓷的年代从东汉晚期向前推了五六百年。

无锡鸿山出土的仿青铜的原始青瓷礼器和乐器，属于越国最强盛时期的原始瓷器，其质地、胎色、釉色与六朝时期最高等级的青瓷器相当。特别是十多处商代窑址的发现，更将原始瓷的烧制时间从西周前推至商代。

青瓷成熟于东汉，故东汉以前的青瓷一概称作"原始瓷"，德清亭子桥窑址出土的原始青瓷器，达到了成熟青瓷的标准。

由此，德清瓷文明，从夏代原始瓷的出现开始，礼器即成为原始瓷的主要门类，经历了西周至春秋早期两个大的发展期后，原始瓷在战国迎来发展的顶峰。

1999年10月，德清刘家山土墩墓，出土了一批西周中晚期原始瓷器。

2001年8月，新市邱庄战国葬中挖出一批原始青瓷器，其中一件罐器形状十分少见，而独仓山土墩墓出土的183件随葬原始瓷器，是浙江土墩墓发掘中较为重要的一次发现。

清脆的瓷之声中，传来了悠远的历史回响；厚重的尘之土，掩埋了曾经的辉煌源头。2008年4月，由故宫博物院、中国古陶瓷学会、浙江省文物考古研究所共同参与的"瓷之源"国际学术研讨会上，一个庄严结论公布于世：

德清的火烧山、亭子桥是国内最早的为王室与贵族烧造仿青铜礼器与乐器的窑场。这个商周时期原始瓷器的诞生地，代表着整个先秦的最高工艺水平。

2009年9月29日，德清原始瓷和江苏无锡鸿山越国贵族墓出土的精品，在浙江省博物馆精彩亮相，举世震惊。

德清这个江南小城令世人瞩目。在遥远的地平线上，德清有两处原点一直扑闪着原始的光亮。莫干山古人捧着泥土夹道而行，山间释放原始的热度。

宁静的远古港湾，恒久地停靠着一艘古船舶，将烧成的礼乐瓷器运往权贵主宰的城邑和部落。

原始瓷，来自莫干山下的叙说

德清莫干山方圆百里为天目山的分支，挺拔峻峭，秀丽多姿。远山让岁月熏出造化。印纹陶施釉，披一肩透亮，化作成熟青瓷。瓷从旧货堆里挺过来后，重启人类童年模式，从容地看破放下，品尘土与岁月，读爱和遗忘。

春秋末，群雄争霸，吴王得知干将、莫邪夫妇是铸剑神手，限令他们三月之内，铸成盖世宝剑来献。干将、莫邪在莫干山采山间之铜精，铸剑于山中。雌剑号莫邪，雄剑称干将，合则为一，分则为二，蘸山泉，磨山石，剑锋利倍常。

莫干山铸出惊世宝剑。干将和莫邪的用火经验，源于烧瓷人千百年的积累，因为火的洗礼，时光的力量已经渗透到了泥土的内脏，斜阳照在上面，又是一个千年深秋，它的含义太缥缈了，一些场景被放置在遥远的时空里，把玩之下只能倾听远来的风，这秘而不宣的内心轨迹，只能靠考古学家去捕捉。

原始境况里，省略了色彩的勾勒，褪去了修饰的骨骼，大地峻洁，山坡上的一排排古窑，删掉旖旎繁复，不掩萧索衰败，那苍老的本质比在任何古风更动人，"你用苍颜进入真理"。

无疑，湖州东苕溪流域的古人用走过的生命轨迹告诉我们，作为中国瓷器的源头，人类文明的至境是社会的和谐与山水的秀美。

作为某种原始物证，瓷器可以引出历史的真切，是考古学家终其一生虔诚俯身于土地的缘由。

德清黑瓷向来有名，但在陶瓷界有某种约定俗成的认知：德清窑的烧造历史并不长久，从东晋到南朝，一百多年而已。

不过，这个认知一直被质疑，最早出现在 20 世纪 30 年代日本人小山富士夫的考古论著中。隐隐的地层密码暗示：德清的原始瓷窑址时代可能存在极大的上溯空间。顺着这个思路，20 世纪 50 年代，浙江文管会汪扬、王士伦两位专家蹲在焦山等几处南朝窑址上潜心研究，提出了"德清窑"的概念，但缺确凿的佐证。

莫干山山峦连绵起伏，以绿荫如海的修竹、清澈不竭的山泉、星罗棋布的别墅、四季各异的迷人风光称秀于江南，享有"江南第一山"之美誉。

2008 年 4 月 28 日，故宫博物院、中国古陶瓷学会的专家走进湖州德清。专家的目光只聚焦在他们穷其一生在研究的三个字："瓷之源。"

宽阔的东苕溪流过德清县北部的独仓山，穿越县境，东苕溪以东，是广阔的杭嘉湖平原，这里依山傍水，气候宜人，非常适合人类生活居住。山脚下，有一处商周时期的村落遗址，密集分布着印纹硬陶、原始瓷窑址。曾几何时，漫山的火烧窑是这座山的主题，今天看去，全无历史的过往。

文明路上某些神秘的密码，总是期待着人类的解读，结果昭然若揭：原始青瓷窑址，大概属于公元前 8 世纪至 5 世纪的制品，大量原始瓷器如碗、盘、罐、水盂、钵、盆等，在两千多年后的今天，釉色依然饱满，足见德清先人对于高档瓷器烧制的理解与掌控艺术。

中国陶瓷史在这一天注定要被写上浓重的一笔。德清的面纱并不神秘，裸露的原始瓷窑址，征服了来自全国各地及日本、韩国的专家学者：德清原始瓷烧造达到先秦时期的最高工艺水平，是中国制瓷史上的高峰，也是中国瓷器的源头。

国内瓷器发展史上，从西周晚期到春秋末这年代序列的空白，由火烧山窑址填补了，出土的器物震撼了陶瓷界和考古界。以德清为中心的东苕溪流域作为中国瓷器的起源地，德清"瓷之源"的地位被确立。

一种来自远古灵魂的语言，透过原始瓷器无声地传递开来，它给了我们解读的空间，这里肯定潜伏一些条件，不是谁都能用眼一瞥就可以达到的。相形之下，那秦时月、汉时雨、唐时风，犹若昨日故事，眼前风景，伸手可以触摸。

还原几千年前的人生状态，虽没有固定的脚本，历史导演着多种可能，但人类懵懂的童年时期的尚美法则，在古人类那里被原始地演绎。

中华三大"特质文物"，德清瓷最为光鲜，如历史天空的笑靥，发人悟道。

运河，自然拜物

有细心的外国旅行者注意到，上海到杭州间，有三百多条支河流入大运河，上海至南京间，这种支运河数量近六百条。《江南》杂志主编哲贵说，与浙东运河相通的河流达七千多条。湖泊、沼泽、川流、湿地共同构成一个奇怪的江南水域迷宫。

溯河源，陈年佳酿

徐则臣说，运河的流向，颇费思量。

追溯河源，大河如一匹洗练的长卷，把我们带至河流常识以外：在江南，运河不只是河流，而是一个生态宇宙。

中国的河流大多是东西走向，没有南北水道，这种横向封闭的自然水系制约着各地交通往来，人们开始设法开凿南北走向的人工河——运河。

大运河，是中国东部平原上的一项人与自然的大融汇工程。

农耕时代，水路是最好的征服之路。泰伯、仲雍看到了旱涝之灾，下决心开凿了一条人工河叫泰伯渎，是苏州、无锡的最早联手，江南最早的一条运河。

春秋时的吴国，在太湖平原凿了许多条运河，其中一条向北通向长江，一条向南通向钱塘江，这两条南北走向的水道，就是最早的江南运河。

吴王阖闾为西征楚国，让伍子胥督凿苏州至长江的胥溪。他的儿子夫差，开辟过无锡到达常州的运河。

公元前486年，夫差筑邗城，又凿河到淮安城，沟通长江与淮河，这条150公里的河道叫邗沟。吴国挖邗沟，是一个战争准备项目，为的是吴国北上运输军队和辎重。公元前474年，辅佐勾践的范蠡在太湖西岸开凿了漕河，后人改称为蠡河。

越灭吴，苏州南部开凿了通江陵道，改善去吴淞江水运交通。楚灭越，春申君整治苏州、无锡的运河，江南运河登场。

秦始皇巡视吴地，开凿嘉兴至杭州的陵水道，是今天杭嘉运河的雏形。

汉武帝时，又沟通了苏州至嘉兴的运道。

吴王刘濞很懂得生意经，为运盐通商，开丹徒至丹阳运河，使吴国富甲一方。

直到隋朝，隋炀帝围绕洛阳这个中心，用了 6 年时间，拓浚江南运河，是为从江淮地区转运漕粮。运河北抵涿郡，西连长安，南至余杭，贯通海河、黄河、淮河、长江、钱塘江五大水系。南北大动脉的形成，全长 2700 多公里。

杨广修建大运河，北方城市需要的粮食物资，依靠江南运河到镇江，渡长江，顺山阳渎北上，入通济渠，逆黄河、渭河，达长安。中国经济文化中心到了南方后，京杭大运河的货物运输量占到全国的四分之三。大运河连接黄河流域和长江流域两大文明。

元代水利学家郭守敬，改造、疏浚运河，沟通大运河全线，是为京都漕运的畅通，终成中国版图上唯一南北走向的大运河，比苏伊士运河长 10 倍，比巴拿马运河长 20 倍，全程分为通惠河、北运河、南运河、鲁运河、中运河、里运河（古称"邗沟"）以及"江南运河"七段。

大运河在杭州入钱塘江，过江后开启浙东运河。越国时称为"山阴古水道"，它从钱塘江开始，经曹娥江、姚江和甬江，滋润浙东平原后，入东海。

大运河是今日中国的黄金水道、文化廊道、情感通道，如果说长城体现了华夏民族"守"的坚韧性格，那么，运河涌动的则是"开放交流"的特质。

大运河从开凿到现在已有二千五百多年的历史。2002 年，大运河被纳入了"南水北调"东线工程。2014 年，中国大运河成为世界文化遗产。

湿土地，滨河祭场

太湖是古代的海湾，杭加湖苏松常一连串城市围着太湖展开。淮河、泗水、沂河、沭河、钱塘江的川流不息，令太湖外围安顿了无数的湖泊。

大运河一波一波中打通与世界的经济命脉，构筑水上乾坤。

太湖先民由开沟掘井起始，到开渠挖河，再到河湖交错一体。秦汉时，有了漕运、灌溉,有了江南运河框架,勾勒出了杭嘉湖和苏南平原的水网轮廓。

东汉,这个区域有两项传世的水利工程,马棱在扬州兴修陂湖,溉田2万余顷。会稽太守马臻在会稽兴建镜湖,宽5里,长130里,溉万顷农田。

三国,句容凿赤山湖,江宁建娄湖。

西晋,丹阳造练湖。镇江建了丁卯埭,阻遏河水流失,合了航运需要。

东晋,湖州开荻塘,溉田千顷。镇江建曲阿新丰塘,溉田八百余顷。

南朝,金坛建单塘、谢塘和吴塘,湖州修吴兴塘、阳湖堰,太湖湿地全面开发。

隋炀帝开挖大运河,大得实惠的是吴地商业,杭嘉湖苏锡常加上扬州、镇江,河流将无数分隔的经济区块串合起来,太湖的综合实力得以合成。

唐代,长江流域130项塘堰为主的水利工程,集聚于太湖地区。

宋时,修通了与京口、台城、奔牛、望亭河段。就43县所建沟塘统计,可灌溉田地44240余顷。

明初,建塘堰40987处。

荻港,传承了千百年来的鱼文化,荻港的"鱼文化节"已连续举办了多届。联合国粮农组织命名的桑基鱼塘,成功入选中国重要农业文化遗产。

荻港留下江南最为纯正的水巷、小桥、驳岸、踏渡、码头、石板路、水墙门、过街楼之类的建筑小品,单一色彩反倒让精神丰满。

早春,江南河道烟水缥缈,人与神的距离近了。

一块块带着些湿润的青石板铺成水镇性灵之路。木构的带着拐角楼梯的旧式楼房,背阴的潮湿处,青苔油油地滋生着,墙上稀疏藤蔓密密地生长着,正如时间的帷幕,遮掩着。

大运河在杭州三堡接上钱塘江,犹豫了,它需要一个吐纳自如的海港做舒展,于是有了过绍兴、宁波从甬江口出海的杭甬运河。

京杭古运河在浙江延伸五百里。借赵柏田的话说:"传统农业国家向着海洋的诉求。"

水制度，漕运纪元

江南运河早就用于漕运，秦汉时，史书就有漕运的记载，北魏孝文帝时引洛入谷作漕运。中国的王朝建都北方，需求在南方，农户以实物抵地租和田赋，政府借水道把征收的粮食和物资调运到京城，漕运名为经济保障措施，实为一项重要的政治制度。

湖州颐塘沿岸是江南的"富庶之地"，是财赋之地，颐塘成了漕粮、贡赋输出的唯一水上大动脉。

历代封建王朝将征自田赋的部分粮食运往京师或其他指定地点，以供宫廷消费、百官俸禄、军饷支付和民食调剂，称为"漕运"。

从宋代开始至元明清，湖州成了"天下粮仓"，物产丰富，粮食、蚕丝、绫绢、茶业、太湖石、湖笔等源源不断通过颐塘经过大运河向政治中心输出，承担每年的漕运任务。

公元 7 世纪初，开凿大运河，这个工程只用了短短五个月。隋朝有没有在商业目光下开挖大运河，我们不清楚，但有个意图很明显，隋炀帝脚下的每一个行政省，都须从水路到达洛阳。

现在看来，隋炀帝开凿大运河的动机，显然是对江南的富庶和魅力的渴望。扬州地处大运河和长江的汇合地段，地位相当紧要，隋炀帝将扬州太守的官品提高到同京兆尹一样的品级。

大诗人杜牧的祖父杜佑做唐宰相时说，扬州天下利于转输。每年经扬州由漕运至汴京的船只，用吏部侍郎卢襄的话说：数数百艘，舢舻相稀，朝暮不绝。

马可·波罗站在瓜洲这个长江上的运输站，写道：相当多的各物运输到瓜洲，准备通过运河运到大都去。元朝所需各物，全部来自中国这一地区。

江南每年到底有多少货物北去，我们大体从漕运的大账簿可知一二，政府从事漕运的船只 11000 多艘，标准船的载物量为 4000 多石，每趟有 460 余万石的各类物资运抵京城，华北、西北地区拖欠税款的负担大多加在江南。

浩浩赴京的船队，装载粮食以外，有纺织品、木料、文具、瓷器、漆等，还有箭杆和制服之类的军需品,笤帚和竹杷之类的家用器具,就连新鲜的蔬菜、水果,鲜活的家禽统统捎带上,游弋于这细长的水面。

鸦片战争。英军围困镇江,阻断大运河北上命脉,江南物资不能进京,清政府赶紧答应英国人开出的条件,在江宁的江面上签下《南京条约》。

1901 年,钱币支付取代了实物缴纳方式,大运河丧失了存在的理由,渐渐干涸。

古镇,天降造化

大运河在时间和空间的流淌中,形成了两岸的老街文化,老街的形成成了增进人类交往和沟通的重要渠道,它们在历史时间线上演绎着一个又一个故事。

古镇的宅院从不固定一个主人,有钱人轮流主宰了老屋宅第的命运,江南人共同完成了古镇的厚重与深沉。

苏杭城市群晃荡在水上的古镇落,在宋代崛起,于困境中的中国城市影响深远。

南浔道,小邑大制作

南浔的话题,一为丝,一为书,世人称之"诗(丝)书之乡"。

一根丝,牵动一座城,南浔做到了。浔丝作为上乘的湖丝,唐时已誉满长安,君临天下。

碧水环绕、小桥石驳的南浔,以巨宅名园富甲天下。宋朝至清,镇上大小园林达二十七处,被行家称为"巨构"。五园园主,无一不是经营蚕丝发家的,这个蚕丝王国,有一个湖州不抵半个南浔之说。

老房子藏魂,是祖先回望的地方,丝行埭,曾是清末南浔最大的生丝交易场所。生丝在此交易上船之后,便经由頔塘往东直运上海外滩的十六铺码头。造就了中国近代史上最大的丝商群体,是现代文明尾声中留下的古典气质的门户网站。

南浔靠一批书生撑起大旗，明代有"九里三阁老，十里两尚书"之谚，宋明清，南浔出进士 41 名、京官 56 名、州县官 57 名。

就文化领域观之，清代三百年中，南浔出学者 450 人，著作 1200 种。有撰修辽宋金三史的著名史家庞朴，董说的《西游补》，朱国桢的《涌幢小品》，陈忱的《后水浒》，使古镇抹上了一层浓郁的人文色彩与文化气息。

南浔的许多巨富大宅就是古镇这本书的一条条注释。嘉业堂藏书楼寓肃穆于幽静的园林之中，藏巧于拙，楼内藏书六十万卷，不少是海内孤本。

在嘉业堂里藏有不少南浔人自己的诗集，明末清初更有一批江南诗人云集南浔，诗风一直延续到了当代，在徐迟那里画上句号。在南浔幽深的小巷里，偶尔照面的衣袂飘飘者，也许就是某位学富五车的智者。

南浔藏豪宅、藏娇气、藏群雄、藏财富，更藏书，书香溢城是南浔的主题，出了许多藏书楼。刘承干安安静静地在"小莲庄"水中央买书、读书、写书、校书、藏书，这就是四水环绕的嘉业堂藏书楼。小莲庄里，老树青葱，讲述着一个个丝路蚕花的美丽往事；嘉业藏书楼上，那鳞次栉比的另一本"线装书"里，记载着无数古老的智慧。

张氏二堂增了新古之风，懿德堂结构恢宏，花窗、门廊运用砖雕、木雕以外，更有壁炉、玻璃刻花，克林斯铁柱头等装点，把 18 世纪欧洲的生活方式带进了这个尚未觉醒的田园诗般的江南古镇。

大宅门，庭院深深处，在营丝过程中培育了幽深的文化森林。一个小镇，户习弦诵之音，家设文献之贵，拥有嘉业堂、密韵楼、六宜阁三大藏书楼。这些文化构造，是由一些经营丝业的暴发户来完成，由此积蓄出古镇千年的精气。

蒋汝藻发家后建"密韵楼"，海宁王国维专门替他编过一部藏书志。王国维说这个蒋汝藻抄书成癖，"首尾百万余言，无一笔苟，绵历二年"。柳亚子常跑南浔，一为交诗友，二为找赞助，刘承干等一批诗友常为柳亚子解囊中羞涩之忧。

富家后代，他们一者步入政坛救助革命，一者潜入书楼挽救文化，就某种程度竟是殊途同归而载入史册,有意思的是,张氏推翻帝制实行民主革命,而刘氏留恋清朝皇室有心结交遗老。恰如旧宅门仪上刻的"有容乃大",南浔确有超乎寻常的包容。

古镇的格调是让人们不愤怒,不骄躁,尽心地过日子,夕阳斜射下老人的脸上的皱纹找不到一丝孤傲的痕迹,这里遍布慈祥。

藏书与写书,是南浔的独特存在。1978年的早春二月,《人民日报》用整版篇幅刊登了徐迟的报告文学《哥德巴赫猜想》,就像一颗巨石投进沉寂的湖面,在沉闷的思想界、文艺界和科技界激起惊天的声响和浪花,徐迟令世人走出梦境,被誉为新时期文学繁荣的报春花。

徐迟二十来岁已活跃在上海诗坛。1945年毛泽东在红岩村接见了徐迟和马思聪,徐迟请毛主席题词,一个星期后,毛主席亲笔题写"诗言志"三个字赠给他。

在崇美的路上,徐迟无意间拎到的奇葩,是他翻译的《瓦尔登湖》,一本寂寞、孤独的书,是一个人的书。

徐迟以他那闪耀着理想的科技之光、融抒情叙事政论于一炉的瑰丽文字,成为中国报告文学的开风气人物,堪称中国20世纪报告文学写作的一代大师。

徐迟发现的那颗皇冠上的明珠,依然熠熠生辉,激动着数学界的英俊豪杰不畏艰险,奋力攀登。但故乡这颗悬于心头的明珠,他敢于冒险重复用句。徐迟的《江南小镇》,用了六十多个"水晶晶"来赞美他的南浔故乡,水晶晶的朝云,水晶晶的暮雨,水晶晶的田野,水晶晶的池塘……水晶晶的灵魂。

2002年5月,中国报告文学学会和湖州市人民政府联合设立徐迟报告文学奖。

背着诗人的行囊,去了报告文学,回到猜想的世间,人间都在寻找答案。

乌镇埠,荡气风云势

乌镇只需罗列几个人文经典,便没有了古镇那超重的愁。

解读乌镇，说说几个人物，就够了。

人物一：1921年的一个夏日，乌镇人王会梧找到博文女校校长黄绍兰，说"北京大学暑期旅行团"要借宿。学校正值暑假，校舍空着，黄绍兰一口答应。王会悟租了女校楼上的3间房，又购买了几张芦席，以备到会的代表打地铺用。

疏散出来的代表分头来到环龙路渔阳里二号陈独秀、李达的寓所商议，上海显然是不安全了，有人建议去杭州，那里有西湖有景色，但没人接应。李达夫人王会悟建议去她老家：僻静而秀美的嘉兴南湖继续会议。

31日上午，代表们搭火车赴嘉兴南湖。

王会悟先到一步，她在南湖边的鸳湖旅馆定下客房，租了条游船。中共一大的最后一次会议非常有创意，这陈设考究的高档画舫悠闲地荡漾于烟雨微波上。王会悟备下酒菜、二胡、琵琶、麻将掩人耳目，一身旗袍的她抱着琵琶坐于船头，远望迷茫的世界，近听觉醒的低吟，这位"接生婆"目睹略显狭窄的船舱里，通过了《中国共产党成立宣言》和党纲、党的工作决议，过程也只四十来分钟，最后大伙压着嗓门呼喊了几声口号，一个大党在一条小船上"分娩"。

人物二：1873年，浙江余杭县发生了毒害亲夫的"葛毕氏案"，也就是人们所说的清末四大奇案之一的"杨乃武和小白菜"案。此案历时3年，复审处理的最后结果是：一百余名官员包括两位二品大员被摘了顶戴花翎。

将葛毕氏亲夫的棺木自余杭运到北京开棺验尸时，北京街头可谓万人空巷，事后慈禧召见了小白菜，渴望找到某个答案，用慈禧的话说是什么原因，坏了她的100多个奴才。最后降旨让小白菜去尼姑庵了却余生。

光绪的老师夏同善是乌镇人，是将此案送到慈禧那里翻案的功臣。恭亲王会一会这个震惊朝野案的女主人公，问小白菜何求，小白菜说：自己在狱中曾有一誓，谁为我申冤，愿侍候其一辈子。因太后有旨，恭亲王犯难了。然恭亲王还是变通，让她去乌镇服侍夏同善三个月，但需天黑进出，以防人知。这事在今天的乌镇传为趣谈。杨乃武呢，出狱后去上海申报馆做报人去了。

古镇展现白墙黑瓦后面的人文精神。烟雨长弄，沥沥春雨，迎面走来玄色长衫，撑着油纸伞，扶着圆圈眼镜的旧式诗人，在路灯的昏黄下，现代人用古典的方式行走。在回廊尽头里阐释生命，并非让一个失意诗人独自徘徊。

乌镇连阳光细雨微风薄雾都在营造古典情调。原始质朴连同宅院的地气和尘土味与高雅贯通，赵孟頫过乌镇留下"泽国人烟一聚间，时看华屋出林端"诗句。乌镇的作派嵌入了中国城乡结合的痕迹中。

善琏阁，再笔王羲之

公元 6 世纪的一天，一个名叫周兴嗣的员外散骑侍郎突然接到梁武帝的一道圣旨，要他从王羲之书法中选取一千个字，编纂成文，供皇子学书之用，要求是这一千个字不得有所重复。

随后，周兴嗣完成了《千字文》的收选，中国历史上有了第一篇《千字文》："天地玄黄宇宙洪荒日月盈昃辰宿列张寒来暑往秋收冬藏……"

一千五百多年前，湖州善琏蒙溪河畔一座孤独的寺院，青灯下，老法师伏案行书，这位禅师叫智永，是书法史上第一位高擎二王大旗的名家。

智永禅师是王羲之第五子王徽之之后，属王羲之七世孙，此时在湖州善琏永欣寺修行，苏东坡尊称的这位"智永禅师"，以先祖王羲之为宗，将作为传家之宝的王羲之《兰亭序》，带到云门寺保存。智永决心使家祖的书法万古流芳，便在自己的永欣寺盖了一座小楼专供练字。他在书阁上潜心习书三十年，发誓"书不成，不下此楼"。智永妙传家法，隋唐间工书者鲜不临学。

以楷书方式对草书，是智永的创造。智永禅师草书《真草千字文》，得笔于家祖王右军，并师承了草字法规，优入神品，有"天下法书第一"之誉。智永继承王羲之的笔法，行楷每字中也有一二重笔，因而字态生动，劲雅，重笔之处也显得圆润合拍，健肥适当。唐宋以后的书法大家也大多喜欢师承智永禅师的楷字。

史家称智永"为隋唐间学书者宗匠"。智永的书法对初唐虞世南等的书法很有影响。唐代书法家张怀瓘将古今书家分成三品：神品、妙品、能品。智永的行书入能品，隶书、章草、草书皆入妙品。可见智永书法成就已达到相当高的水平。

智永居永欣寺临写王羲之《千字文》，王羲之生前并无千字文，宫中所藏王羲之墨迹中拓了互不重复的千字，再经周兴嗣编次成韵文。智永临《真草千字文》八百本，分赠浙东诸寺，目的是要借佛门之力，流布乃祖书法。《千字文》用笔上藏头护尾，一波三折，意趣含蓄而有韵律。

智永在永欣寺有两位高足。一位智果，工于书铭。智果的行书、草书，张怀瓘《书断》皆列为能品，传说隋炀帝特喜其书，他曾对智永说过："和尚得右军肉，智果得右军骨。"可见智果也是书僧中之佼佼者。

另一位高徒叫辨才，是经手《兰亭序》之人。王氏后裔视《兰亭序》为珍宝，代代相藏，一直传到七世孙智永，"三十年不下楼"，"临《千字文》八百本"，"抱笔而终"。智永临死时把《兰亭序》传给了弟子辩才。

唐太宗派遣监察御史萧翼，从辩才和尚手里骗得了《兰亭序》的真迹，唐代何延之《兰亭记》详细记载了这一过程。从此，唐太宗"置之座侧，朝夕观览"。

唐太宗临死，将《兰亭序》随他殉葬在自己的陵墓里。从此"茧纸藏昭陵，千载不复见"，或许，这张茧纸，为他添了几许面对死亡的勇气，为那个黑暗世界博得几许光彩，在虚无中抓住永恒的美。有论者说："《兰亭序》真迹如同天边绚丽的晚霞，在人间短暂现身，消没于长久的黑夜。山阴真面却也永久成谜。"

唐太宗喜爱《兰亭序》，不仅因其在书法史的演变中，创造了一种俊逸、雄健、流美的新行书体，代表了那个时代中国书法的最高水平，也是因为《兰亭序》之于唐太宗，就不仅仅是一幅书法作品，而成为一个对话者。

文人会玩，首推魏晋，其次五代，两宋以后，文人渐渐有"使命感"了。永和九年暮春之初的阳光味道还弥留在上面，笔作为精神世道的点拨者，绝非缘于一种文化传奇，而是从一个庞大的、久远的精神布局去考虑。

有人说，唐太宗的昭陵后来被一个"盗墓狂"光顾，这个人，就是五代后梁关中节度使温韬。《新五代史》记载，温韬沿着墓道潜进昭陵墓室，从石床上的石函中,取走了王羲之的墨宝,那时的《兰亭序》,笔迹还像新的一样。

据宋人《画墁集》中记载,有人从浙江带着《兰亭序》的真本进京,准备用它在宋神宗那里换个官职,没想到半路传来宋神宗驾崩的消息,就干脆在途中把它卖掉了。这也许是我们今天能够打探到的关于真本《兰亭序》的最后的消息,它的时间,定格在1085年。

王羲之死了,但他的字还活着,世世代代的艺术家都在《兰亭序》上面留下自己的生命印迹。

盐官城,潮落千古逝

百尺牍和陵水道,是嘉兴境内的古运河,百尺牍在盐官西南四十里许,经长安直达钱塘江边,吴王夫差所开,比邗沟要早,后来勾践就是循这条河北上攻吴。

写盐官,因为与涌潮有关,有些人物必须在场。

首当的,属三国时东吴大都督陆逊,陆逊于公元201年任海昌屯田都尉,都尉府就设在盐官,他组织开垦良田,种植蚕桑,为海宁的繁荣富足奠定了基础。

之前潮灾连连,人们难以抵御来自大自然的随性,于是,陈朝皇帝陈霸先(503—559,557—559年在位)祈盼洪海安宁,给个吉祥域名——海宁。

明代以后,由于江槽北移,江流、海潮改道,汹涌之潮来到海塘占鳌塔下。

海神庙汉白玉石御碑,阳面为雍正帝御制《海神庙记》,背面乾隆帝御制《御海塘记》。两代皇帝的御碑合在一起,极显帝王之气。

雍正八年,铸镇海塘铁牛五座。乾隆五年又铸四座于海宁段海塘上。九座铁牛每座重三千斤,身镌铭文"惟金克木蛟龙藏,惟土制水龟蛇降"。

乾隆六下江南四到盐官,1763年,亲临海宁勘视海塘,三月初三下谕,并御制观海塘志,乾隆在白石坛观潮,留诗一首:镇海塔旁白石台,观潮端不负斯来;塔山潮信须臾至,罗刹江流为倒回。

又在占鳌塔西侧种植朴树一株,老树迄今迎风吸霞,枝繁叶茂、葱茏俊逸。

盐官古城五大城门之一的宣德门，当年，乾隆皇帝沿着大运河一路南下，经由上塘河直达盐官，均从此门进入，城门上的"镇海楼"之名是乾隆所赐。乾隆六下江南，有四次驻跸在盐官安澜园，下旨将安澜园景物仿建于北京圆明园中，题额"安澜园"，留下了一路的故事。

与大运河最有渊源的，当属陈阁老宅了。陈元龙拜相后，雍正十一年（1733 年）退居故里，在堰瓦坝添建了元龙府邸。乾隆光顾陈家，亲笔在陈家的宅堂题写了"爱日堂"和"春晖堂"两块牌匾。清朝陈家出现了"一门三人四阁老，六部五人七尚书"之荣耀而声名远播。

陈家第一位"阁老"陈之遴，也是明末清初声名卓著的文人。其夫人徐灿是著名女词人，著有《拙政园诗集》传世，可与李清照、朱淑真相提并论，清初学者陈维崧曾评她的词是"南宋以来，闺房之秀，一人而已"。《近三百年名家词选》中唯一入选的女词人便是她。

海宁潮以其潮高、多变、凶猛、惊险而饮誉海内外，海宁潮一日二次，一年有一百五十多个观潮日。

1916 年 9 月 15 日，孙中山应海宁知名人士杭辛斋、许行彬等邀请，偕同夫人宋庆龄及蒋介石、胡汉民、朱执信、叶楚伧等来海宁在此亭观潮后，留下"猛进如潮"之慨。

1923 年 9 月 28 日，诗人徐志摩南归故乡硖石为祖母病逝奔丧。徐志摩尽地主之谊，邀约胡适、陶行知、陈衡哲、朱经农、马君武、高梦旦、曹佩声等名流到盐官观潮，他们下火车后，上了徐志摩租好的船。木船橹声咿呀，向盐官进发，在船上他们吃的是船菜，有小白菜芋芳、鲜菱豆腐、清炒虾仁、粉皮鲫鱼、雪菜豆板泥、水晶蹄髈和芙蓉蛋汤等。吃得胡适他们赞不绝口。

2013 年 9 月落成的徐志摩偕友人观潮雕塑位于观潮胜地公园占鳌塔旁，由雕塑家陆乐亲自制作，命名为《那一天》，是纪念 1923 年 9 月 28 日徐志摩邀请胡适、陶行知等一行相聚海宁盐官观潮而设，再现这一群时代弄潮儿的观潮身影。群雕给之江增设了出人意料的细节，给留在江上的人物一点美的建构。

1957年，9月1日上午，毛泽东从杭州乘车至盐官七里庙附近观潮，写下气势如虹的《观潮》："千里波涛滚滚来，雪花飞向钓鱼台。人山纷赞阵容阔，铁马从容杀敌回。"诗人的内气与外景耦合，可谓真正的天成。江山的大气碰上了一个懂它的知音。

海塘，南北朝、隋唐、宋代都以土为堤，明代用木柜、竹络修筑石塘，清代始筑"鱼鳞石塘"。

古城打造了民宿一条街，伫立着一整排香樟树，清风徐来，老叶飞舞。数百年来，这些郁郁葱葱的古树被保留着，延续着古城的记忆。

盐官历史上出过许多名人，王国维、周承德、朱宇苍、赵万里、吴育英、陈巳生、郑晓沧、史量才、陈学昭等。城内众多的名人故居和十余处文保单位，故有袖珍式历史名城之称。

西汉时，吴王刘濞让民众煮海为盐，为管理盐务，设专门官员，故名盐官。

盐官是良渚文化源头之一，古城北侧有徐步桥和盛家埭等古文化遗址。

唐朝以后，盐官一直是海宁州、县治的所在地，是两浙的交通孔道，城市经济自古繁荣，是当时全国著名的三个繁荣县市之一，苏东坡在诗中称之为"古邑"。

历史古城退守到虚无的状态，这才有遥远这个词。

袁花门，望族书剑录

海宁袁花，是之江与运河悄悄谋面的古镇，运河到了这里，属神经末梢，钱塘江倒是将要拥抱大海。这个古镇，只要说透一个小姓大族，就够了。

一个旧年，我去袁花叩开了那个叫作赫山房的查门古园，这充满历史感的精魂遗迹，这在文字中无法体悟的环境气韵，给了我一脉神奇。

袁花查族的脉气一直极旺盛，查氏家族这支队伍到底有多庞大，难以辩考，仅清初大诗人查慎行那一辈可上溯近百世。查族历代科第先后相望，连绵不断。

先说有"诗人之诗"的查慎行。明嘉靖朝（1522—1566），顺天府尹查秉彝，乃查慎行父亲的高祖，名望显赫，放着正三品的官衔，去弹劾奸相严嵩，结局当然不必多说，后遭廷杖谪贬云南。

查秉彝生三子，长子查志文，庐州府同知，查慎行之高祖；曾祖查允揆，以文学赠兵部主事；祖父查大伟，礼部侍郎；父查松继，淡出仕途，布衣终身。

查慎行的母亲是杭州才女，河南巡抚钟化民的孙女，诗词文章都有一手，时誉才比薛涛，著书若干卷。这大户人家的女德观却是神圣，在病重时，将所作诗词文集，全部烧毁，原因是"风雅流传，非女辈所宜"。大家闺秀如此做法虽合时宜，然文化史上却是缺了一页女杰力作，也是可惜。

查慎行有过三年从军的经历，转战千里讨吴三桂。目睹了兵戎纷扰下的满目疮痍，写出大量战争酷烈作品，查慎行学问大，功力深厚，被称做是"诗人之诗"，认为他与北方诗坛领袖王士禛齐名为"南查北王"，黄宗羲说查慎行堪比宋陆游。宰相张玉书和直隶巡抚李光地向康熙推荐了查慎行。

以查慎行为代表的查氏一族，叔侄七人同在朝中充任"翰林"，查慎行自诩"臣本烟波一钓徒"，赢来清名。皇上身边的官监都称"老查"，关系融洽，康熙西巡，凡遇名胜之地，查总作小诗呈上，康熙每每不动声色称赞。在康熙朝"一门五状元，叔侄七翰林"，这是历史上查氏家的荣耀时期，举人进士者百余人。

洪昇的《长生殿》，这套新曲子在北京贵人公馆演唱，作为洪昇的朋友，查慎行捧场，不料皇后驾崩，京城素服，一月不嫁娶，百日不作乐。丧期未到百日，士大夫们偷偷聚唱起来，此事被人弹劾。结果唱戏和看戏的名士都被革职，时有诗云："可怜一曲长生殿，断送功名到白头。"回到海宁袁花家中，他在种花弄草之间，一头钻进书斋，攻他的诗作去了。

查家的宗祠里，有一副康熙亲笔所题的对联："唐宋以来巨族，江南有数人家。"但查门还是历经三次文化灾难。

再说孤傲才子的查继佐，与黄宗羲等在浙东抗清，商议从海宁进取海盐，再入太湖集江浙豪杰，只到平湖，黄宗羲兵败。查继佐隐姓埋名，山居野宿，康熙即位后才归隐海宁故里。

查继佐诗赋书画名播江南,他凭一腔旷世才华,冒着株连九族的巨大风险,花三十年编写《明书》易稿数十次,访问数千人,后改书名为《罪惟录》,洋洋洒洒一百零二卷。

查继佐用秉直的史笔书写历史的真实,给后世留下了不少真实史料。

查家人对人生枯荣到了进退自如的境界。五代时南唐工部尚书查文徽,宋时殿中侍御史查元方,明时山东布政使参政查焕都是查门英气勃勃之才,对于人生的把握极为独到,那种独特的家风一直承传下来。查文徽率部攻入福州,吴越守军以为要屠城了,查部陷城后却一番安抚,让人们安顿家园,重振生计。到了明代,查约任福建布政使,明辨冤狱,损了权贵利益,起了兵祸,查约一个人前往敌阵,说服将士,平定叛乱。

清初的查容便是个出世者,云游天下,到云南吴三桂处,吴美酒相待。酒席间,查容发现吴三桂有反叛之意,装醉连夜出逃。

江南之美,在"山温水软",而海宁的袁花还兼有了山的侠气、水的傲气。这竹篱茅舍,溪桥细柳,查家的子孙每每回到这苍苔履迹暖风扑面的故地,心情总是快意的。

乾隆最后到海宁,到尖山一带视察海塘工程,面对钱塘江口,咀嚼无际,袁花小镇竟平静如太古,这里什么也没发生,这里照例以儒为业,耕读为务,诗礼传家,文士世族仍在不经意间名传京城。题诗:"金堤筑筹固,沙渚涨希宽,总庶万民戚,非寻一己欢。"尖山离袁花查家一箭之遥,查氏在袁花赫赫有名,查姓子孙遍布连绵几个村庄,号称查半镇。

极目东眺无际无涯的钱江口,乾隆自叹朝廷那土黄色的龙旗变得遥远而淡漠,依稀觉得它的无力。

19世纪,查门走出了两位摆弄历史琴弦的高人。一位是诂经精舍的大才子查揆,钱大昕等名人慕其名,写信给阮元,让查揆入京任太学博士。查揆文笔雄秀称绝一时,每赋一篇,必为杰作,诗作与查慎行并之,"惊动过之,卓然成家"。

另一位是震惊朝野的"丹阳教案"的主角查文清,查文清任丹阳知县时,百姓火烧教堂，"丹阳教案"震惊中外，首犯当然提拿斩首。查文清先让两人逃走。后查文清病逝袁花，丹阳几十绅士吊祭，被查文清所救的两个人一路哭拜，从丹阳一直磕到袁花。

查文清有一个孙子擂响传世之鼓。这个人叫查良镛，中国百姓更多知晓的是他的笔名金庸，在查良镛眼里，族人的优秀，激发着自己更趋优秀，著名诗人查良铮，著名社会活动家查济民，查门的女婿蒋百里，自己的堂舅徐志摩，都令人仰慕不已。

查良铮赶在金庸之前以穆旦这笔名作了个奇兀的姿态，屹立在诗地平线上，塑造了一个中国诗歌精神的经典性人物。穆旦紧踏灾难血泊中崛起的中国大时代节律，一步也没有少，尽管时代的苛刻，扼制诗人与众有异的独立个性和特异诗风，但这颗星星还是冲出了浓云闪着寒光。

穆旦的突兀是因为他对传统的警惕，这颗自由不羁的诗魂，决不屈从在一律性的框架中，这是很多伟大诗人所不具备的。穆旦的高度在于桀骜不驯的异端色彩，成为 40 年代中国现代文学史上占重要地位的九叶派的代表诗人。

穆旦属大自然赋予的天生的诗人，徒步三千里去西南联大，参加中国远征军，接受死神屡屡召唤，夫妇双双获留美博士，又毅然回国。任何一位中国诗人绝不可能有穆旦的经历。穆旦的照片上那双智睿的眼睛、白皙的脸面，一看是个徐志摩式的诗人。

穆旦的戏还没演完，金庸便登台亮相，他的崛起，让中国文坛措手不及。查家的祖先里，不乏才高八斗之人，这一直为后辈引为自豪，历史走到金庸这里，查家的读书人不再是皓首穷经，弱不禁风，即便到不了"龙章凤姿，天质自然"的地步，把握人生还是有自己的独到之处的。

金庸出生的时候，查家拥 3600 亩田地，租种查家田地的农民有百户之多。因家学渊博，查氏藏书闻名，仅《海宁查氏诗钞》雕版便有 900 卷之多。

金庸作品文字浅白凝练，幻想雄奇无比，刀光剑影，曲折离奇中见渊博，见哲理，见沧桑。金庸的出现是文学史上的一个异数，被视作"奇迹"，运用内力引发一场静悄悄的革命，让作家走下圣坛，让大众文学登上大雅之堂。金庸力求把人性推向深层，仅有良暴对立、忠奸对立是不够的。金庸充分挖掘中国的文化资源，给人提供一种以往文学中缺乏的，提供恶人的善面，好人的阴险面，平常的怪异面，提供人身上的灵性与兽性，用鲁迅的话说就是"拷打灵魂"，于是作品中尽用哲理，不见浅薄，即便俗，也是高雅的。

金庸受聘于浙江大学文学院后，据说他要请两位老师讲课，一位韵音学，一位训诂学。复杂多舛的人生经历构成金庸复杂独立的人格。

改朝换代都不是由读书人完成的，读书人的使命永远是忠诚和报效。查氏人确非等闲之辈，绝不会安居一隅，不过在外面看多了愁云惨淡，日月无光，寒骨鬼唱，干戈低吟。再回海宁老家看一看柳枝吐青，屋檐燕啼，也是美事。若要舒展，信步钱江观惊涛击天，少不了畅快淋漓。

海宁袁花这个柔软的小南古镇，一年四季常挂着这幅极富软性美的水乡归舟图，风情绰约，查氏弟子的才思和遐想，凝练多少华章文采从这里流进中国文学的煌煌巨帙。

镇廓，自古繁华

塘栖桥，杭城有北岛

京杭大运河最惹人瞩目的莫过于杭州段。北起塘栖，南至钱塘江，一百多公里的河段记录了杭州太多的白墙墨瓦、市井百态和历史沧桑。

河水出了杭州拱宸桥河面就渐趋宽阔，第一站便是塘栖，故号为南源首镇。南北两岸有近百米之遥。大运河穿镇而过。"两岸人家依绿波，中间一道是官河。"道出塘栖古镇的江南模样。

塘栖得名于"负塘而栖息"。东里仁桥和西广济桥，两座大桥横跨大运河，守护古镇的两扇水上大门。

作为大运河遗产点之一，广济桥是古运河上仅存的一座七孔石拱桥，建成于唐代宝历年间（825—826），重修于明代弘治年间（1488—1505）。千年以来，她静静地"卧"在河面之上，见证着运河两岸的市井繁华。

薄墩联拱石桥，乾隆视为龙鼻子的广济桥，这座京杭大运河上仅存的七孔石拱桥，与拱宸桥相仿，拱宸桥为三孔石桥。与一般的小桥流水不同，广济桥有着直登云霄的恢弘气势，脚踩着饱经风霜的石阶上行，每一步仿佛都在与历史触碰。全镇最多的时候有大小桥梁三十六座半，一个江南运河河畔的弹丸之地不经意间竟然冒出那么多的各式桥梁。

塘栖是杭州的北岛，是被水环绕的蓝绿色汀渚，塘栖所有的故事和大运河相关，塘栖生活的精髓就是怎么和大运河打好交道，比起周边那些江南名镇，她只静静地坐落在杭州一隅，似乎低调。但要说江南水乡的韵味，这里却是不让分毫。

运河穿镇而过，是塘栖古镇的地理风貌，房宇屋舍建在若干大小运河的两岸，被水团团围住，居民非桥莫过，非舟莫渡，因此先民自然要将筑桥放在百事之首。史志说，塘栖，元朝开河、筑桥、市聚。衍生出满镇的廊檐街、一河的各式船只、七十二条半弄、众多的缫丝厂。

丰子恺从石门老家返杭州，喜欢包船走运河，在塘栖停留和过夜。

塘廊，灰黄斑驳的骑楼楼板，从店铺和米床之间往西走去，一直走到尽头，顺着粗糙、平缓的石阶小步登上高耸的桥顶，居高临下往东眺望，便见一眼望不到头的水乡黑瓦与白墙。

塘栖是活着的世界遗产的一部分，经得起世界的打量。有着其他江南运河古镇所没有的宽阔水面，樯帆不断，大运河穿镇而过，风帆就是一个标杆。

广济桥近 90 米，桥高 14 米，中间孔跨度近 16 米，桥洞宽敞，大船能交会而过，大帆船过广济桥前，先要降帆。据说，令船工与纤夫头疼的事莫过于"过桥门"，而在运河塘栖段仅隔几千米就得过两座大桥，纤夫也面临诸多麻烦。

塘栖景色，典雅不失庄重，个性不失沉稳的气质，让众生倾倒，粉墙黛瓦，临水枕河，与大自然亲密无间的人类居住形态，融入天人合一的大气场中。

古镇始建于北宋，到了明清，已位居"江南十大名镇"之首。

塘栖古镇的前身是一个渔村，大运河的开通，这座南源首镇形成了一个货物中转站，被称为"江南名镇之首"。走进塘栖古镇，如回到了真正的老杭州。这里的商铺临京杭大运河而建，因此也被称为"过街楼"。楼靠河的一边还建有廊檐，这些廊檐夏遮阳、冬挡雨，非常实用。

明代漕运开通后，苏州、无锡等地入杭的商船必经此地。小镇凭借大运河的舟楫之利商贾云集。明代诗人王稚登诗句"水阔雨溟溟，飞帆去不停"。

塘栖有近 150 处不可移动文物，代代传承的蚕桑生产习俗、清水丝绵制作技艺、皮影戏等非物质文化遗产，将运河的故事娓娓道来。

漕运文化、非遗文化、美食文化等绘就塘栖千年文化底色，街头数不清的小馆充斥着闪亮的酱香、绰约的茶香，各色冒着香气的糕点小食。粢毛肉圆、细沙羊尾、蜜饯……都是流传百年的工艺。老字号商铺用"老底子"手艺，"盛"满了运河边的人生百味。

上塘河古运河将班荆馆、安平泉、桂芳桥、龙兴寺等为代表的宋韵、吴越、江南文化全线贯通，生活在倚水傍桥的古宅人家，是江南古镇的传神之笔。

时尚界，黑与白是永恒的基调。江南所有的镇落，存这两种色调，人们自如地生活着，江南民居是一首首古典诗，用黑白灰三色，给了江南建筑质朴的外衣，作为人类居住的主色调，镶于青山绿水的自然中。

怦然心动的倒不是历史风貌的完好保留，而是现代人用古典的方式行走。古典与现实在回廊尽头交会。古镇沿水而街应水而居的深处，可以读到时光，读懂岁月。

这里农耕文明发达，不少殷实耕读之家，精心构建自己的家园。稍有一点艺术感觉的局外人，一眼赏尽五门：山、桥、屋的空间格局；黑、灰的民居色泽；轻、秀、雅的建筑风姿；情、趣、神的庭院意境；韵、气、律的畅和气场。一个激活了所有细胞的家园。

她的细节，在屋檐雨滴，在拖鞋蒲扇，在风过门隙，在关门打烊声中都可以觅得，有神合的痕迹。

大运河在时间和空间的流淌中，形成了两岸的老街文化，老街的形成成为增进人类交往和沟通的重要渠道，它们在历史时间线上演绎着一个又一个故事。

苏杭晃荡在水上的古镇落，在宋代崛起于困境中的中国城市影响深远。

新市湾，回望河埠群

大运河出杭州，铺进江南原野，第一个古镇是德清的新市，千百年来居民在生存空间摆进一些心思，傍桥而市，形成典型的江南风情，新市是浙北地区大运河侧的重要商埠，自古繁华。

新市始建于公元 308 年，商贸文化在两晋就已形成市井，街道间有弄堂贯穿，市河上有小桥横卧。小镇，街、坊、巷密集，四门八坊数十巷都挤在这被河巷分割的弹丸之地。是江南七大古镇之一。这里稻田隐含希望，青草摇曳欲念，河道弯处给你猜想。

新市河埠群属全国重点保护文物，是当时运河上重要的商品集散地，现存古建筑风格、样式受运河文化影响深远，明显体现商贸特征。驳岸商铺林立，防火墙、骑楼、廊棚紧密连接，建筑多融砖雕、木雕、石雕艺术于一体。

新市古镇的布局体现中国风水学大智慧，河流将镇区分割成 18 块，36 条弄堂贯穿于街市之间，店坊、民居临街而建、傍水而居，驳岸商铺林立。72 座石桥将老镇连成一片，成双成倍的数字叠加，千年吉祥。构成典型的"小桥、流水、人家"的诗意画卷。

古建筑是新市另一盛景，成片古民居主要集中在觉海寺、西河口、南栅三个区块。街与街之间有弄堂相连，宅弄深远，曲径通幽，弄里建有宅第、作坊，现存有直街、南昌街、南汇街、朱家弄、觉海寺路、寺前弄、胭脂弄、甘河弄等数十条街弄。

在新市，于临河的廊棚长椅上慵懒地闲坐一两小时，在汩汩的水声里，看阳光不出声地在暗色的古老骑楼上缓慢走过。

今天的新市古镇，即使不怎么打理，依旧是江南的眼神里动人的一瞬，古井小桥老柳之间，一块块带着些湿润的青石板铺成古镇性灵之路。木构地带着拐角楼梯的旧式楼房,背阴的潮湿处,青苔油油地滋生着,墙上藤蔓密密地生长着。一尘不染的院落里放着些盆栽,有闲的日子,静静地凝视着那些藤和蔓上的青和绿。难怪小镇老人愿在老屋坐等来世。

新市人文荟萃,南朝著名道学家陆修静筑楼读书于此,南宋词人吴潜,升为左丞相,《辞海》中称吴潜对南宋朝廷的苟且偷安深感忧虑,主张备战以抗御元兵。吴潜一生两次为相,任职繁多,忠正睿智,政绩卓然。奸臣贾似道暗使武人刘宗申毒害至死。

清朝有影响日本一代画风的画家沈铨,应日本天皇之聘,偕弟子郑培、高钧等东渡日本,从习画者颇多,日本江户时代长崎画派即在其影响下形成,尤以圆山应举最为著名。

现代有著名神学家赵紫宸和他的翻译家女儿赵萝蕤,中国古桥古船专家朱惠勇。自近代少年爱情小说家王嘉仑留下众多的人文胜迹,若流连其间,无不能领略此地的清纯与从容。

新市河埠群,粉墙黛瓦时时撩起远古的轻愁。新市文物古迹众多,河埠群及南圣堂、刘王庙戏台题记、觉海寺、永宁寺经幢、梅林遗址等泰山堂药店、杨元新酱园、宋氏祠堂等共 57 处,其中位于镇区 27 处。古镇现存传统街巷20 余条,近百幢厅堂,代表性古建筑有曹宅、尤宅、童厅、徐宅、张宅等。另有12 座古桥梁,3 座寺庙,明清驳岸 1500 米,保留较完整的古河埠码头 130 个。古运河与传统街弄、古桥梁、古民居,以及古刹、驳岸等共同构成古色古香的江南水乡古镇。

老街清一色的旧石板,横骑在老街上的拱门,是大户人家的墙界标志,店铺上着陈旧的刻着排列序号的木门板,时光下,历史不过是昨夜吊起的一桶井水,随意地冲洗着这些老式门板。早期市场经济的影子无处不在。

新市的商贸文化在两晋就已形成市井,街道间有弄堂贯穿,市河上有小桥横卧。小镇,街、坊、巷密集,四门八坊数十巷都挤在这被河巷分割的弹丸之地。这里会发现那些默然无语的曾经,流传在人世间千百种的说法,零星地散落在旧苑荒台上。江南古镇连阳光细雨微风薄雾都在营造古典情调。

觉海寺旁长长的钟楼弄，寺、桥、古槐遗迹成串，优美典雅、古色古香，弄的一头是波光粼粼的市河和造型优雅的迎圣桥，古刹、小桥、流水、深巷四景合一，构成一幅古朴的图画。正如黄庭坚《题觉海寺》"夕阳原在竹荫西"。

新市连同德清东部水乡，保留着完好的江南影像，"春水碧于天，画船听雨眠。垆边人似月，皓腕凝霜雪"。当你走近、细细品味，所有对于江南的想象，所有儿时念过的关于江南的诗词，在这里，都可以找到出处。西河口的老式河埠、骑楼、长廊、古桥都进了电影《林家铺子》的镜头。在陈家潭大宅院与三仙桥一带是电影《蚕花姑娘》拍摄地。连通北街与寺前胭脂弄，明朝时就已出名。这条一米来宽的小巷，旧时多为娼妓所居，因弄内胭脂味扑鼻而得此名。残庐钱币馆，藏在历代文人墨客为之吟咏的数不胜数的诗篇书画和那名目繁多、从遥远一路走到今天的各类风物民俗志里。

水乡人家，大串大串的农舍毗连，几辈子不会有哀乐交杂，恩仇纵横，读书人离开家乡外出，远远望一眼山水间的农舍，总漫出一层层泪影，那一刻，带点茫然，带点执拗，更带点闯荡天下的决心。杨万里《宿新市》"春光都在柳梢头"。

老街人家大多家境平实，街景随意，不可预知，外来的生客每踏一步，都会有新天新地新视觉的体验。世俗的人情能够给人意外之喜的，都在老街相遇。老街的空间精神大于物质性，空间是市井化的空间，它是俗态的、平民化的，与时政无关。

湖边人的苍老只显在瞬间，常看依然有生气，显年轻，那是水气使然。

瘦敝的人文古道，前方是瘦马过客歇脚的一角驿站，或是幽幽灵慧的一座古寺，粉墙上留下失意或遣怀的诗作，萧萧老树绿荫下稍憩，飘来吟诵之声，字正腔圆。

江南民居是一首首古典诗，用黑白灰三色，给了建筑质朴外衣，作为人类居住的主色调，镶于青山绿水的自然中，更显淡雅朴实，属另类的田野风光。江南山水如诗如画，水墨灵妙，再高远一点，天地之色，阴阳两界，世界地域建筑史上独一无二。江南是诗人还乡的地方。

濮院织,亘古民间造

杭州至嘉兴的大运河沿途镇落,如高人治学,学问深而下笔浅,一座座如自在、放下的老僧,淡然任由花香散处,官舫连艘,百货聚集,南北货贸易均盛,繁花似锦百代不衰。古镇的动力,源自终身苦练,遥远的财富光芒。无尽的水边安放无尽的镇落,不时散发醇酒和玫瑰香,有别于中国的味道。

古之嘉兴的镇落巨制,不是今天的盐官乌镇西塘,而是桐乡的濮院。曾以"日出万匹绸"被誉为"嘉禾一巨镇"。

濮院镇,宋以前是自由草集,土地肥沃,农户房前屋后遍种桑麻,有戏称以机为田、以梭为耒。宋元之交,北宋王室贵族纷纷南迁,著作郎濮凤以驸马都尉身份随驾宋高宗南渡,行至李墟,这一带人们爱种梧桐树,而濮驸马名"凤",看李墟满地梧桐树,舒畅满怀,以其为立脚之处,便不再继续南下,带着公主把家室安到了这里。自此,濮氏崛起在这江南古镇。

濮氏之音,始于濮凤六世濮斗南,濮氏家族第六代子孙濮斗南,这位理宗朝的吏部侍郎,因拥立宋理宗有功,其宅院被下诏赐名为"濮院",小镇因此得名。这事发生在1224年,也就是南宋嘉定十七年。据旧志载,濮氏家族崇文重教、功德善举,使得名儒大家杨维桢、宋濂等先后眷顾于此,怡然栖居。

濮院古镇重现了濮院近九百年的江南文化历史。

濮院的前身为崇德梧桐,到1307年,濮鉴出资构屋开街,建钱庄、绸庄、丝行、当铺四大牙行,收积机产,"召民贸易","远方商贾旋至",让他们免受羁泊之苦,故又名永乐市。尤其是濮院丝绸,家家户户纺机声,红极一时,日织万匹绸。明朝《濮川志略》记载:镇上居民"以机为天,以梭为乐"。

到了明万历年间,人们改土机为纱绸,制造工艺擅绝海内,濮绸闻名全国。机杼之声扎扎相闻,日出锦帛千计,不远千里的大商人携囊群至,是个商贾辐辏的大镇。濮院成为蚕桑丝织中心。今天庞大的羊毛衫市场,一定是得了祖上仙传。

濮院旧称"幽湖",是明清时期江南五大名镇之一,是"天下第一绸"故里。

元朝年间,濮院就发展丝绸业,形成中国最早的丝绸市场。

濮院古镇保护开发面积是乌镇景区的三倍。街面除了传统的流水小桥、密布的水网、摇橹船等江南水乡风貌，注重街道纵横的格局。建筑风格少却一些温婉，多了一丝严谨和大气，"檐牙高啄，廊腰缦回"的建筑，几泾碧绿的涓涓细流。

濮院古镇呈现的风貌除了更成熟的水乡业态外，多元化的时尚文化碰撞成为这个小镇的魅力来源。以濮商闻名，旧有濮绸誉满天下。元代，濮院种桑养蚕，发展丝绸业，形成最早的丝绸市场，历史上曾有"日出万匹绸、嘉禾一巨镇"的美誉，是"天下第一绸"濮绸的故里，也是明清时期江南五大名镇之一。

濮院挖掘老业态商铺文化，打造白铁铺、陈记米行、大德桥商铺、小人书店、蜡烛街商铺、定泉桥茶楼等系列商铺，恢复烟火气。古镇有濮川八景：福善翠冷、翔云高眺、妆楼旭照、梅泾花舞、荷塘晚风、化坛枫冷、幽湖月满、西院缠霞，每景都有美丽的传说。

濮院镇之东南有幽湖，水澄泓沆漾，幽不可测。相传诗人墨客均喜于夜泛舟幽湖，并写诗词。宋元明清四朝，出了 26 个进士、86 个举人。

濮凤定居梧桐乡后使种田和养蚕成为经营家业的重心，缫茧成丝、丝织成绸、出货销售。濮氏家族的经商奇才濮鉴在市中构居开街，设立丝绸贸易市场，完善濮绸生产与销售的产业链。带有濮氏鲜明印记的丝绸制品销往各地，"日出万匹绸"的美名远扬，更因于山海关处屹立不倒数月，艳丽色彩经久不褪被称为"天下第一绸"。

从濮绸到中国最大毛衫市场，濮院镇是一部千年织造的历史。

荻港渔，遗产尽书香

苕溪水东入大海，一浪一浪中打通与世界的经济命脉，构筑水上乾坤。

荻港三绝，是今天的名声。

一绝原汁原味。古村四面环水，青堂瓦舍，临运河而铺展，作家舒乙说："这是最好的江南小镇。"

荻港始于东晋，兴于明清，千余年来，荻港古镇独守一方。从残照烟柳的千年古刹演教禅寺到见证乾嘉盛世的南苕胜境;从有着宋代石狮、百年梧桐的总管堂到名噪一时的积川书塾;从沿运河连绵五百米的外巷埭到临市河逶迤六百米的古老街市里巷埭……走进荻港,就像走进了一处绝版的古江南。

京杭大运河支流穿村而过,荻港因河港如织、水中芦苇丛生而得名。河港如织,古桥众多,仅荻港一古镇就有桥 23 座。门前屋后,绿桑成荫,鱼塘连片,小桥、流水及逶迤的街面廊屋,处处古韵,有着"苕溪渔隐"的美称。

紧依京杭大运河之西线——官河,沿河而建廊下街南北走向,各类店铺、商行皆聚于此。有彩云楼,今夜月、泰源堂、百乐堂、正泰店,丝行、鱼行、米行等和轮船码头。外巷埭商业街,旧房、廊屋见证古镇商业繁荣历史。

在荻港,藤蔓走力量型之路,雄浑的内力不显山露水,只是动作意味深长。民间说法老房子是祖先回望的地方,农桑渔业的发达带动了市镇商业、手工业的兴旺,形成了成片的古民居群落。荻港的古巷、古桥、古道、老街等,处于原生状态。荻港朱、钟、章姓大户从事工商金融业,在故乡建起了一批以"章氏十八堂"为代表的深宅大院。他们相信百年老屋会显灵,那是守护神。

清冷的初冬踏访荻港,让人心暖暖的,只愿醉卧其中,逍遥一生。

二绝原乡书香。荻港古村,这个早先"无桥路不通、无船难成行"的穷乡僻壤,走出了两名状元,五十多名进士,两百多名太学生、贡生、举人等。有着深厚的书香底蕴,有章、朱、吴三大名门望族。近现代更诞生了近百位地质学家、外交家、教育家、科学家、实业家等。"湖州百位民国人物"榜上,有 5 位出生于荻港。

追着荻港人的跫音,踏着清冷而悠长的石板,古镇沿水而街应水而居的深处,可以读到文化的因子。荻港状元陆润庠,是清末宣统皇帝溥仪的先生,由于皇帝年幼,南浔嘉业堂藏书楼的九龙金匾"钦若嘉业"四字由他执笔代题;民国要人陈果夫的岳父朱五楼,上海首任钱业公会会长,荻港渔庄的品牌菜肴陈家菜正是陈果夫的私房菜肴;中国地质事业的创始人章鸿钊,是中国地质部部长李四光的老师,武汉地质大学有他的半身铜像,三瑞堂是他的故居;华中师大校长,中国社科界辞去"院士待遇"第一人章开沅。亭台楼阁榭堂坊轩一应俱全的背面，又暗含人文胜迹，个中匠心需要悉心体会的。

时尚界，黑与白是永恒的基调。人们在古镇落这两种色调中，自如地生活着，荻港弥漫在村子空气里的那缕缕崇文重教、"渔读"相传的淡淡墨香。

三绝遗产遗韵，"塘基种桑、桑叶喂蚕、蚕沙养鱼、鱼粪肥塘、塘泥壅桑"的生态系统，联合国粮农组织命名的桑基鱼塘，入选中国重要农业文化遗产。由此延伸出千百年来的鱼文化，荻港的"鱼文化节"已连续举办九届。

对荻港的"土著"来说，最宝贵的只是一个"鱼"字。是鱼，养育了这一方宝地。水乡人都说"吃鱼的人聪明"，荻港人则说，村上的那些个"能人"全是吃鱼吃出来的。

这里是湖州有名的"低地"，"湖荡棋布，河港纵横，墩岛众多"，典型的水乡泽国。数千年间，历代荻港先民在这里浚河道、筑堤坝、造土闸，遂成"塘浦圩田"格局，创造了赖以生存的基本条件。

渔业是荻港人的经济命脉。这个 6.3 平方公里的行政村，水塘却有 4000余亩。精明的荻港人把对自然资源的运用发挥到了极致。低洼地被改造成一个个池塘，塘里养鱼、水面种菱。池里的鱼有多个品种：素食鱼、肉食鱼，浅水鱼、深水鱼。池塘养殖空间无形中得到倍增，而食螺青鱼的排泄物又成了鲢鱼的美食。

荻港留下江南最为纯正的水巷、小桥、驳岸、踏渡、码头、石板路、水墙门、过街楼之类的建筑小品，单一色彩反倒让精神丰满。章家三瑞堂、吴家礼耕堂、朱家鸿志堂等 50 座堂，名居之萃；庙前桥、秀水桥、隆兴桥、徐庆桥等记载的 31 座古石桥，桥桥有别；还有那平铺着的石板路，纵横交错。

荻港蕴含着典雅大气的古村气质，南苕胜境有嘉庆御赐"玉清赞化"御碑亭，赞化者，赞天地之化，即以赞也。德以成人开万物祖，诚能立极作百世师，即以化也。

依市河而建的小巷弄隐居原有章、朱、吴望族，鸿远堂、礼耕堂等名宅，一河四桥，东安桥、积善桥、秀水桥、中市桥，两边商店林立，有茶店、服装店、点心店、日用商店，是古村小桥流水人家风貌展示。殿堂楼阁错落有致，水池津梁、奇石清流,甚是恬静清雅。

这里有家农耕商业中心,名曰"荻港渔村",编织了古镇动人的最为日常的情节。缕缕袅袅的炊烟,丝丝轻荡的涟漪,檐间滴落的雨、窗前的爽朗对谈,都让古镇的韵律多了烟火人气的感动。

早春,荻港河道烟水缥缈,人与神的距离近了。人们眼里,谁都说不清哪张明星脸最深刻,弄堂里走来的丁香一样的姑娘楚楚动人,比银幕偶像贴身得多,俏丽的沉韵惹人思量三日。渔村角角落落点缀的绿色小品,尺寸小、气韵大,丛丛生姿,总让你瞬间过瘾,久看不厌。

涛声依旧

之江进入钱江,便没了细节,尽为大段落,凭涌潮冲刷两岸。

它在某种程度上永远是原始的,将开端包含在结尾之中。到了钱塘江,定下了忧郁的调子。是被英国诗人丁尼生(1809—1892)作为一种"永恒"的象征:因为人可能降生也可能死亡,但我永远流淌。

英国诗人柯勒律治(1772—1834)在湖区写下"永远变化的内容"的诗句水又是令人难以捉摸的。

一千多年来,钱江观潮点在不断东移,宋时观潮在杭州望江亭一带,南宋江干号称潮势最盛,南宋施谔谓之"元气嘘吸,天随气而涨敛。"

后来,潮的精彩一直东移,老盐仓的"惊涛裂岸回头潮",盐官的"江横白练一线潮";夜间更有"月中齐鸣半夜潮"。

再后来,观潮的狂点出现在我的故乡——海宁新仓,一个叫大缺口的地方,潮水在此做大回转,借莫名的自然力,玩一次撕裂,东来和南涌之潮在此相碰,称"一潮三看赏四景,双龙相扑碰头潮"。

在婉约的江南谈及潮之豪爽与风雅,不失为酣畅。从当下开始,却需要延伸到逝去的时间的另一端,这里在地理平面上是如此之小,可是,文化的层积却如此丰厚。

1972 年,我 16 岁,第一次遇见潮的肆虐,擎天巨浪将观潮的上百人打入塘内芦苇河,当年流行着白色的确良面料的女孩,湿漉漉衣衫贴胸,成出水芙蓉,我初品此景,也算我的成人礼。故土的粉墙旧宅连同江边潮女奇观,是我常忆起的一束故地的光。

大缺口海塘为著名的鱼鳞石塘,顶坡设挡浪墙,背坡植草坪,已做成最美百里海塘公园,有很潮的雕塑与构件。这里紧贴老沪杭公路,道路两旁的枫杨、香樟古树参天,树枝槎桠在空中相簇,阳光透过枝桠微微闪耀,如同童话中通往奇幻森林的绿野仙踪。林荫道旁盛放的向日葵、格桑花是夏日里最美的花海。

钱塘江到海宁尖山,过了潋浦六里堰,江面大无边。假如江面偶过文化的船,船上总有些我们熟知的热爱大海的水手,新安江上从李白到胡适;富春江上从吴均到麦家;浙东水系从谢灵运到鲁迅;钱塘江尾声从王国维到余华。他们都有麦家"人生海海"的历练;都如18岁出门远行的余华的小说所述"一直游到海水变蓝"。

每个人身上,都有一个江湖。江湖上,有各自的造化。大曲口东眺,隐约可见凶神罗刹山,告诫你凭敬畏读江。大缺口带走过无数生命,自然也有观潮不慎被暗潮卷走的,很多的活生生就在这里走向虚无,故有归宿地意义。

我离开故乡那一年,曾来此祭海,对行走来说,故乡可能不是最好的地方,但我们还不能从那里离开,时间不放我们离开,信念上让步终归不是办法,人间万事消磨尽了还有个家。

听着潮声长大,江湖的事,既然无法周全所有人,就只能周全自己。这里告诉你,得留意当下的脚力,还得寻觅远方。

站在海宁尖山看江,这里据说是存罗刹石的江面,巨石巍峨、横亘江心,波涛汹涌,整个气场感觉紧张。达·芬奇"有关水的64条结论",与运动中的水有关。他所列出的条目中有"泡沫""奔涌""潜流""汇流地带"等。他的兴趣点在漩涡的形成,如果问在哪里能发现一个有关水的"小宇宙",那么就是在漩涡里了。

一滴水从山中下来,走几天可能到达大海,或许在河里待些时日,或者在地下被锁上万年,但那滴水并没有消失。水的这种循环提出了另一个神秘的问题,这问题在《传道书》中有最好的表达:"江河从何处流,仍归还何处。"万河归一。

因为涛声依旧,大自然的文字写在江上的永远不只最后一笔,江水不断带我们回到童年。

《之江传》里的人物,或奇迹般地留下倒影影响至今;或用才华营造孤独,打造文化遗产;或是做多元思想和艺术世界的一员,成蛮荒时代的每一弯清流;或如前朝书生将前程交给弥途,勾勒一串怀旧的符号。

午后的钱塘江水共长天一色,平日里大缺口鲜有游人到访,风平浪静的江面独有韵味,吸引不少本地人前来休闲,江水,不会赋予个人什么使命和担当,心若没有栖息的地方,到哪里都是流浪。

我用历史文化散文形式,写东方三水,探索地学哲思文本:第一部《太湖传——天堂一滴》已于七年前出版;第二部《之江传——具化的南方想像》今面世,也耗时七年;第三部《黄浦江传——怅寥廓》,大概也在七年。

有智者说,一生中能为大江大河做功德,能攀七级浮屠。于是,谢有顺教授为我书写四字:七年之痒。"痒",听起来似"仰",这本书,是关于水的信仰。

之江靠近源头和靠近入海口,同样的人迹罕至。江水到了出海口的乐趣就是见到大海极度兴奋,它影响了人类对时间与自身命运的理解,代表着从世界的逃离,它拉长了时间,亦从时间中"逃脱"。大地回到了哲学。

稿于 2023 年初夏
改于 2024 年中秋
于长兴图书馆文学创作室

图书在版编目(CIP)数据

之江传：具化的南方想象 / 张加强著. -- 上海：
上海人民出版社，2025. -- ISBN 978-7-208-19518-9

Ⅰ. I267

中国国家版本馆 CIP 数据核字第 2025XK1657 号

责任编辑　罗俊华
封面设计　赵释然

之江传
——具化的南方想象

张加强　著

出　　版　上海人民出版社
　　　　　（201101　上海市闵行区号景路 159 弄 C 座）
发　　行　上海人民出版社发行中心
印　　刷　苏州工业园区美柯乐制版印务有限责任公司
开　　本　720×1000　1/16
印　　张　22.5
插　　页　5
字　　数　302,000
版　　次　2025 年 7 月第 1 版
印　　次　2025 年 7 月第 1 次印刷
ISBN 978 - 7 - 208 - 19518 - 9/K · 3493
定　　价　128.00 元